LE COUVENT DES OISEAUX

CHRISTIANE D'AINVAL

LE COUVENT DES OISEAUX

Ces jeunes filles de bonne famille

Perrin
8, rue Garancière
Paris

ISBN 2-262-00884-1

On porte en soi toujours l'enfant
Confusément qu'on fut naguère.

ARAGON.

Nourri dans le sérail, j'en connais les détours.

RACINE.

Avant que le monde de ma jeunesse ne s'engloutisse dans l'oubli, j'ai pensé qu'à titre d'échantillon sociologique une enquête sur un couvent parisien de 1935 à 1945 pourrait avoir quelque intérêt, constituant un point de repère pour mesurer les changements survenus depuis cette décennie dans les mœurs et les mentalités. Cela m'a conduite à m'interroger sur l'histoire de ce couvent - longue étude...

En ce qui concerne mes souvenirs, tout ce que je rapporte est exact, rien n'est enjolivé. Les erreurs ne peuvent provenir que de défaillances de mémoire.

Je remercie les religieuses, professeurs et amies de classe qui m'ont confié leurs propres souvenirs.

Je dédie cet ouvrage à la mémoire de mère Marie Lucienne, ancienne supérieure de la congrégation de Notre-Dame, qui m'a fait confiance en m'encourageant à l'écrire.

AVANT-PROPOS

La forme d'une ville
Change plus vite, hélas, que le cœur d'un mortel.

BAUDELAIRE.

Il est dans Paris certaines rues que je n'aime point emprunter à cause des souvenirs trop vifs qu'elles éveillent en moi. Parmi elles, la rue de Ponthieu : pendant des années j'ai fait des détours pour ne pas voir surgir devant moi la façade acier et verre qui remplaçait, indûment me semblait-il, le mur en pierres de taille, percé d'une porte cochère en bois verni, sur lequel était apposée jadis une plaque de marbre noir gravée de lettres d'or : Cours des Champs-Élysées.

Cette inscription s'adressait au commun des mortels. Pour les initiés, ce bâtiment s'appelait le couvent des Oiseaux. Enfant, je croyais que de temps immémorial les Oiseaux avaient occupé cette place. Maintenant je sais que ce fut seulement un de leurs nids : nombreuses sont les branches sur lesquelles, au cours de près de quatre siècles, ils se sont posés.

Un soir d'hiver à la campagne, assise au coin du feu, regardant danser dans les flammes mes souvenirs, je me suis interrogée sur les origines de ce couvent qui façonna ma personnalité. J'étais parvenue à l'âge où l'on s'intéresse à l'histoire... Telle est l'origine de cet ouvrage.

Voici la grande nuit qui parle à mon oreille
J'écoute s'écouler le sablier du temps.

ARAGON.

Je me plongeai dans les livres... Mon esprit, sans entraves, vagabonda avec délices... Et je me mis à transcrire de-ci, de-là, ce que je découvrais, et aussi mes réactions à ces lectures, confrontant l'exploration du passé avec mes propres expériences, ne craignant pas les sentes buissonnières des digressions. Je voletai... tel l'oiseau que je fus.

Le résultat de cette façon de procéder fut que j'obtins, en fait de livre, un pot-pourri... On connaît ces vases ajourés où les Anglais entassent pêle-mêle des fleurs au fur et à mesure de leur défloraison, et qui dégagent un arôme subtil. Puissent ces pages exhaler de même l'essence toujours vivace des jours révolus! Suivant mon humeur je jetai sur le papier le fruit de mes recherches historiques, entreprises de la façon la plus objective possible, et mes pensées personnelles, ô combien subjectives! tantôt historienne du dimanche, suivant l'expression de Philippe Ariès, tantôt philosophe, pour revenir à mes débuts estudiantins.

Mettant mon grain de sel à propos de tout, je l'ai fait aussi à propos de la religion – surtout même, car c'est l'objet principal de mes réflexions, l'objet passionné. Je revendique ici le libre examen et la liberté de conscience : les idées religieuses que j'ai évoquées sont les miennes, non celles que l'on m'a enseignées – et que dans bien des cas d'ailleurs l'on n'enseignerait plus.

Je fis jadis, par l'entremise du maréchal Gouvion Saint-Cyr dont j'écrivis la biographie, la connaissance du philosophe des sciences Augustin Cournot qui fut le précepteur de son fils; je recopiai alors certaines lignes de sa plume que je voudrais faire miennes aujourd'hui : « Je n'oublie point l'effrayante responsabilité dont se chargent ceux qui ne craignent point de devenir pour les autres une pierre d'achoppement et une occasion de scandale, en opposant orgueilleusement leur propre sagesse à la sagesse des siècles... Notre plus douce récompense serait d'avoir pu réconforter quelques âmes troublées, en les aidant à mettre d'accord la sagesse de leur siècle avec la sagesse des siècles qui l'ont précédé [1]... » Ne pas choquer, ne pas troubler... « Intus ut libet, foris ut mos est. » « Intérieurement comme il te plaît, au-dehors selon l'usage [2]. » Ce principe de Gabriel Naudé, médecin de Louis XIII et bibliothécaire de Mazarin, n'est pas empreint de cynisme : c'est plutôt la marque d'un esprit délicat, soucieux de ne pas inquiéter la concience d'autrui – ce lac qu'il ne faut rider.

1

LA PRÉHISTOIRE DE L'ENSEIGNEMENT DES FILLES DE LA FORÊT GAULOISE AU JARDIN RENAISSANCE

LA SAINT-CHARLEMAGNE

Lorsque je remontai le fil du temps pour parvenir aux origines de la Congrégation dans laquelle j'avais été élevée, je découvris que ses fondateurs avaient été des pionniers de l'enseignement des filles. Avant eux c'était la nuit – ou presque.

On s'aperçoit en effet qu'à travers le monde – en Chine, en Inde, en Égypte, en Europe – partout les femmes étaient brimées et leurs talents méconnus. Partout l'enseignement, dans ses premiers balbutiements, avait présenté les mêmes caractères : il avait été l'œuvre de la caste sacerdotale et réservé aux seuls garçons, sans doute parce que cette caste cherchait essentiellement à se reproduire elle-même.

Le plus ancien texte en France concernant les écoles – un canon du concile de Vaison en 529 – le met bien en évidence : l'évêque qui le préside – César d'Arles – ordonne aux prêtres des campagnes de recevoir et d'éduquer des jeunes gens afin de se préparer des successeurs.

Avec le déferlement des invasions sarrasines, franques, normandes, ces foyers d'instruction disparurent. Charlemagne, déplorant l'obscurantisme dans lequel était plongé son empire, ordonna à plusieurs reprises l'ouverture dans les campagnes de petites écoles gratuites où l'on apprendrait à lire, écrire et compter aux enfants, ainsi que, dans les cathédrales et les monastères, de grandes écoles où l'on enseignerait les belles lettres, le chant et les Saintes Écritures. « Que les prêtres, dit l'article 70 du Capitulaire de 789, tiennent des écoles dans les bourgs, qu'ils ne refusent pas d'instruire les enfants des fidèles, qu'ils n'exigent rien pour ce service et ne reçoivent que ce que les parents offriront spontanément [3]. » La gratuité est donc un des traits de l'enseignement en France dès son origine. L'on sait que les écoles cathédrales ou monastiques n'acceptaient que des jeunes gens, mais celles des villages étaient-elles ouvertes aux filles? C'est à croire, sans certitude.

En souvenir de l'intérêt porté aux écoliers par l'empereur, dans les institutions libres, jusqu'en 1968, on fêtait la Saint-Charlemagne le 28 janvier au cours d'un banquet où étaient conviés les lauréats des compositions. Hélas! la coutume n'avait pas lieu chez les filles dont il s'était moins soucié, non plus que dans les collèges tenus par les Jésuites, plus tatillons sans doute : Charlemagne, il faut le reconnaître, n'avait nullement mené la vie d'un saint...

Son œuvre culturelle ne s'arrêta pas à la création d'écoles : il s'occupa aussi de doter l'empire de collections de livres, en achetant des manuscrits ou en en faisant copier par des moines; son nom reste d'ailleurs attaché à une écriture, la caroline. « Monastères sans livres, citadelles sans vivres [4] »; la règle bénédictine prévoyait mille cinq cents heures de lecture par an, ce qui équivaut à lire cinquante ouvrages. Il fallait que l'offre suive la demande... Grâce à l'intense activité des copistes, non seulement s'est développé l'art charmant de l'enluminure – seule peinture de cette époque sans peinture, notait Malraux – mais encore ont été préservés de nombreux textes des Anciens. Près de huit mille livres de nos bibliothèques datent du IXe siècle – infime partie de ce qui dut être produit. Bien qu'à l'inverse d'aujourd'hui il existât alors dix fois plus de monastères d'hommes que de femmes, il est certain cependant qu'il y eut aussi des moniales copistes [5].

Si la grande masse des filles était inculte, il n'en était pas de même dans l'aristocratie. La réputation de quelques femmes privilégiées, plus instruites et brillantes que les autres, a traversé les siècles, telles Gisla, Rotrude et Gundrade, sœur, fille et cousine de Charlemagne, lesquelles demandèrent à Alcuin un commentaire de l'évangile de Jean et un traité de la nature de l'âme. La première femme écrivain dont nous possédions un ouvrage est la touchante Dhuoda, auteur d'un *Manuel pour mon fils* dicté par l'amour maternel vers 843 : « Ô mon fils Guillaume, je me vois éloignée de toi. L'anxiété que j'en éprouve et le désir de ton bien m'ont portée à faire écrire pour toi cet opuscule... »

Après la mort, en 814, du grand empereur bien digne d'entrer dans la légende, l'œuvre de développement intellectuel qu'il avait entreprise et qu'on surnomma la « renaissance carolingienne » fut continuée, non par ses successeurs, mais par l'Église. Dès 813, le concile de Châlons avait ordonné d'ouvrir des écoles. De 816 à 859 plusieurs conciles reprirent les mêmes directives, ce qui laisse à penser qu'elles n'étaient guère suivies.

Vers l'an mille, l'enseignement supérieur était assuré par les « grandes écoles » épiscopales, l'enseignement primaire par les petites écoles paroissiales et surtout monastiques, les monastères d'hommes éduquant les garçons, les monastères de femmes les filles, mais en bien moins grand nombre. Les écoles monastiques masculines comportaient déjà la distinction entre l'externat et l'internat : une école extérieure au cloître recevait les enfants des environs [6]; à l'intérieur du cloître une autre école était réservée aux oblats, c'est-à-dire aux enfants destinés à l'état monastique [7].

C'est à la Trinité de Fécamp – la plus importante des abbayes normandes – que les ducs firent élever leurs enfants [8], là que fut instruit Guillaume le Conquérant. L'abbaye de Fontevrault, près de Saumur, reçut nombre de filles de grandes familles ou même de la famille royale. A Paris, les écoles les plus célèbres furent celles des abbayes de Saint-Victor et de Saint-Germain-des-Prés.

Quand les chanoines qui formaient le « chapitre » des cathédrales n'enseignèrent plus eux-mêmes, ils se gardèrent le privilège d'attribuer la licence ou permission d'enseigner aux maîtres désireux d'ouvrir une école en ville – privilège qui fut à l'origine d'une longue prescription qu'ils défendirent jalousement au cours des siècles. La surveillance de ces écoles fut dévolue à un clerc nommé par eux ou par l'évêque, appelé écolâtre ou chantre.

L'enseignement, cependant, restait marginal, et ne touchait qu'une partie très restreinte de la population [9]. A Montaillou, vers 1300, sur 250 habitants environ, quatre seulement étaient alphabétisés, soit 1,60 % [10]. Quelle était, d'une façon générale, la proportion de filles par rapport aux garçons? Minime sans doute.

De la teneur de l'enseignement prodigué nous ne savons pas grand-chose. Dans les petites écoles on apprenait à lire dans le psautier – en latin évidemment, car il n'existait pas d'abécédaire. Guère à écrire. A compter en « jetant » des cailloux... A chanter... Le but de cet enseignement était en effet essentiellement religieux. Ce programme réduit resta inchangé jusqu'au XVIIIe siècle; à cette époque encore, dans le Sud-Est, les maîtres à la recherche d'engagements qui se proposaient dans les foires portaient « une plume au chapeau s'ils apprenaient seulement à lire, deux plumes s'ils apprenaient aussi à écrire, trois quand ils savaient également compter [11] ». Ce n'est que tardivement qu'on s'aperçut qu'on pouvait apprendre en même temps la lecture et l'écriture : à l'origine leur enseignement était successif. Dans les grandes écoles, dépendant des églises cathédrales, et réservées aux jeunes gens, étaient enseignées la grammaire, la rhétorique, la dialectique, l'arithmétique, la géométrie, l'astronomie, la musique.

Alors comme de nos jours, l'école était le meilleur moyen d'ascension sociale et quelquefois le point de départ de destins fulgurants. Si, au XXe siècle, d'un minuscule village du Cantal devait surgir un président de la République, neuf siècles auparavant un certain Gerbert – probablement pâtre – passé par l'école d'Aurillac, s'assit sur le trône de saint Pierre sous le nom de Sylvestre II.

Les archives des grandes écoles épiscopales ne mentionnent nulle part la présence de jeunes filles. Si elles étaient instruites, ce ne pouvait être qu'au sein de leur famille, ou bien dans des couvents. En effet la règle monastique imposait aux religieuses un minimum de connaissances – il fallait qu'elles puissent lire l'office – et quelques heures d'étude par jour. Elles devaient donc instruire leurs novices : par tolérance elles accueillirent d'autres jeunes filles destinées à rentrer par la suite dans le monde. C'est ainsi que Saint Louis plaça à l'abbaye de Pontoise des orphelines, filles de chevaliers morts en Terre sainte, « pour leur faire apprendre les lettres [12] ». On possède cependant quelques indices de l'existence de petites écoles pour filles : en 1292, le registre des tailles mentionne le nom d'une maîtresse – la première connue – Typhaine, rue aux Ours, près de la rue Saint-Denis à Paris. En 1357, le plus ancien règlement scolaire, établi par le chantre (ou écolâtre) de l'église de Notre-Dame de Paris, interdit les écoles mixtes – discrimination promise à une longue durée. (Dans les siècles précédents, nombre de monastères féminins avaient accueilli des petits garçons d'âge tendre en même temps que des petites filles.) En 1380, le procès-verbal d'une réunion chez le chantre révèle qu'il y avait quarante et un maîtres et vingt et une maîtresses exerçant dans les divers quartiers. Les fillettes fréquentaient donc moins l'école que les garçons... Les noms des maîtresses indiquent qu'elles exerçaient par ailleurs de petits métiers : Joannère la Mercière, Perrette la Verrière... En 1484, le chantre de l'église de Paris autorise une maîtresse à diriger une école dans la paroisse de Saint-Germain-l'Auxerrois pour enseigner les jeunes filles dans les bonnes mœurs, l'abécédaire, et autres connaissances permises et honnêtes [13].

En province, la première école de filles signalée se trouve à Rouen au XVe siècle. Faute d'autres archives, on peut raisonnablement penser que l'enseignement des filles laissait encore plus à désirer que celui des garçons, et que la plupart d'entre elles étaient analphabètes : la mère de Villon ne savait ni lire ni écrire, et Jeanne d'Arc seulement signer.

Les moniales, par contre, étaient instruites dans l'ensemble, et la réputation de quelques-unes brilla d'un grand éclat. Célèbres ont été Hrotswitha, religieuse vers 960 à l'abbaye de Gandersheim dans le Brunswick, qui fut une écrivassière prodigue et même une dramaturge, et au XIe siècle l'abbesse Hildegarde de Bingen, habile à faire des enluminures, dont l'étrange et fameuse image de l'homme microcosme. Mais la plus intéressante est sans doute la fameuse abbesse du Mont-Sainte-Odile, Herrade de Landsberg, qui, à la fin du XIIe siècle, composa à l'intention de ses moniales un ouvrage d'une exceptionnelle envergure par la taille, la beauté, l'érudition : le *Hortus deliciarum*, ou *Jardin des délices*, encyclopédie de 314 feuillets mesurant chacun 53 centimètres sur 37 et ornée de 334 miniatures [14]. Ce chef-d'œuvre, hélas, fut la proie des flammes en 1870. Heureusement, des érudits avaient fait des copies des deux tiers de l'ouvrage : grâce à eux le jardin des délices n'est point tout à fait un paradis perdu !

Les abbesses les plus légendaires sont certainement celles de Fontevrault qui dirigeaient moines et moniales. Aliénor d'Aquitaine désira y reposer : son gisant la représente un livre entre les mains, image même de la reine lettrée.

Nous sommes surtout renseignés sur la façon dont étaient instruites les filles privilégiées par la vie d'Héloïse (1101-1164) – une exception il est vrai : Abélard attestait alors « la rareté des femmes lettrées » et Pierre le Vénérable déplorait à la même époque « l'ignorance générale du sexe ». Élevée au couvent d'Argenteuil où elle se fit remarquer par son intelligence, Héloïse fut envoyée vers l'âge de seize ans chez son oncle Fulbert, chanoine de Notre-Dame de Paris, afin de parfaire son éducation. Elle habitait donc à côté des écoles de Notre-Dame mais ne les fréquentait pas, la mixité n'étant pas admise; elle recevait des leçons à domicile d'Abélard, le célèbre maître. On sait comment il la séduisit, et comment elle se retira ensuite dans le couvent du Paraclet, dont elle devint l'abbesse, et où elle enseigna le grec et l'hébreu aux religieuses [15].

En dehors des moniales, quelques femmes de haut rang avaient aussi une culture étendue : les dames des cours de Champagne et de Provence savaient apprécier la qualité des troubadours, et c'est grâce à leur protection qu'ils purent rimer sans souci du lendemain [16].

MISÈRES DE LA FEMME MARIÉE, MISES EN FORME DE STANCES

Après ces âges fortunés du point de vue culturel, s'étendit une période d'obscurantisme tout au long de la guerre de Cent Ans. Nombre d'écoles fermèrent. Le niveau intellectuel baissa dans les monastères, faute d'encadrement; seul le pouvoir de l'Université grandit, mais ses portes restaient fermées aux femmes, tandis qu'un courant antiféministe s'insinuait partout.

Quelques figures féminines de proue éclairent cependant ces temps sombres : Catherine de Sienne la conseillère des papes, Jeanne d'Arc la guerrière, Christine de Pisan la lettrée. L'éducation de celle-ci (1364-1430) fut faite par son père, astrologue du roi. Veuve à vingt-cinq ans – et inconsolable – elle fut la première femme à vivre de sa plume en versifiant des pièces de circonstance. Elle fut aussi la première à traiter de la question des femmes : les hommes, dit-elle, leur reprochent leur manque d'intelligence, mais ils ne leur donnent pas la possibilité de se cultiver sous prétexte que « trop de mal advient aux femmes par la lecture et l'écriture ». Cependant « si la coutume était de mettre les petites filles à l'école et que communément on leur fît apprendre les sciences comme on fait aux fils, elles apprendraient aussi parfaitement et entendraient les subtilités de tous les arts et sciences comme ils font [17] ».

Son contemporain Gerson, chancelier de l'Université de Paris, professait des idées opposées : tout en s'intéressant vivement à l'éducation des garçons il déclarait de façon péremptoire que « tout enseignement pour les femmes doit être considéré comme suspect » – conception que devaient partager de nombreux esprits masculins au cours des siècles. Les maîtres de la Renaissance firent toutefois des exceptions pour les femmes de la haute société : les traités d'Érasme et de Vivès sur l'éducation féminine s'adressent « aux jeunes filles de qualité ». Ces humanistes étaient de si grands voyageurs qu'on en oublie leur nationalité. Vivès, espagnol, fut le précepteur de Marie Tudor, fille de Catherine d'Aragon et d'Henry VIII d'Angleterre; contrairement à Gerson, il pensait que « la plupart des vices des femmes de ce siècle et des siècles précédents proviennent de l'inculture [18] ». Quant à Érasme de Rotterdam, il considérait que le but de l'éducation d'une jeune fille était de la préparer à devenir une épouse agréable, et aimait citer l'exemple de son ami anglais Thomas More : « Il épousa la fille d'un châtelain. Il la prit toute jeune et encore inculte, n'ayant jamais vécu ailleurs qu'à la campagne entre ses parents et ses sœurs, afin qu'il lui fût loisible de la façonner à son idée. Ainsi façonnée, la jeune femme avait tout pour être une compagne idéale aux côtés de Thomas More. » Et Érasme d'affirmer : « Une épouse est telle que son mari la veut [19]. » Il est vrai que, célibataire, il n'avait aucune expérience de la question! Thomas More instruisit lui-même ses quatre enfants, et sa fille fut encore plus érudite que ses frères : elle connaissait le grec et correspondait en latin avec Érasme. Ces exemples montrent que pour les filles de qualité l'enseignement – lorsqu'il existait – se faisait surtout à domicile.

A la même époque, Rabelais, passionné par le problème de l'éducation masculine, ne s'intéressait guère à celle des filles, si ce n'est, ô scandale, pour réclamer la mixité dans son abbaye de Thélème. Montaigne ne s'en préoccupait pas davantage, non plus que Guillaume Budé, le fondateur du Collège de France. La femme idéale, pour ces hommes si érudits, ce n'était pas la femme savante mais la femme sensée, bonne maîtresse de maison : ils auraient volontiers souscrit au vœu d'Apollinaire

Je souhaite dans ma maison
Une femme ayant sa raison
Un chat passant parmi les livres
Des amis en toute saison...

Au siècle de la Renaissance, la palme de la culture ne revint pas aux moniales, comme au Moyen Age, mais aux princesses. François Ier en personne donna le ton à la Cour en rimant des poèmes inspirés de l'Antiquité. Sa sœur Marguerite d'Angoulême, mariée en secondes noces à Henri d'Albret, roi de Navarre, fut une des femmes les plus instruites de son temps. Elle connaissait le grec et l'hébreu, correspondait avec Érasme, et écrivit un livre célèbre, *L'Heptaméron*. Malheureusement elle ne put éduquer sa fille : François Ier la lui arracha pour la faire élever au Plessis-lès-Tours dans le désir de la marier plus tard à son gré [20]. Elle avait hérité des dons littéraires de sa mère et versifiait elle aussi. Non moins instruite que la première Marguerite de Navarre fut sa belle-sœur, la fille d'Henri II, sœur d'Henri III, femme d'Henri IV – la célèbre reine Margot – qui laissa des Mémoires et des poésies d'un genre libertin.

La plus touchante des princesses érudites est Marie Stuart. Avant son mariage avec François II, et alors qu'elle n'avait que treize ans, elle prononça devant la Cour réunie dans la grande salle du Louvre un discours latin de son cru sur l'utilité de l'étude pour les femmes. Tout au long de son existence dramatique elle chercha à ses malheurs une consolation dans l'écriture, elle berça son cœur de complaintes [21].

Si Marie Stuart connaissait le grec et le latin, l'anglais, l'italien et l'espagnol, ce n'était rien à côté de la duchesse de Retz, laquelle à la cour de Charles IX possédait, disait-on, toutes les langues vivantes de l'Europe – aussi la consultait-on pour des affaires diplomatiques. Rares sont les périodes où l'on a attaché un telle importance à une parfaite éducation, non seulement des gentilshommes, mais aussi des dames de qualité. Les maîtresses royales étaient elles-mêmes des lettrées. La duchesse d'Étampes protégeait Marot, Diane de Poitiers, Ronsard – cette même Diane qui créa à Anet

Le jardin tapissé d'éternelle verdure
Et la vive fontaine à la source immortelle [22].

Dans la bourgeoisie, quelques personnes – mais elles étaient rares – partageaient cet engouement pour la culture et la poésie. En témoigne un ouvrage au titre peu engageant : *Les Misères de la femme mariée, où se peuvent voir les peines et les tourments qu'elle reçut durant sa vie, mises en forme de stances par Madame Liébaut* [23].

Cependant, à part les brillantes exceptions que nous avons citées, la grande majorité des femmes du XVIe siècle restait dans l'ignorance. L'exemple le plus significatif est celui de la fille de Montaigne : il eut six filles, dont cinq moururent en bas âge, et il ne s'intéressa qu'à l'éducation des garçons, bien qu'il n'en eût pas! Pourtant, en principe, il ne considérait pas la femme inférieure à l'homme : « Je dis que mâles et femelles sont jetés en même moule; sauf l'institution et l'usage, la différence n'y est pas grande. » Pour justifier cette affirmation, il se référait aux Anciens : « Platon appelle indifféremment les unes et les autres à la société de tous études, exercices... en sa *République*. » Une page des *Essais* montre que s'il n'approuvait pas l'éducation donnée à son enfant, il se refusait toutefois à intervenir : il y remarque qu'on dresse uniquement les filles « dès l'enfance aux entremises de l'amour : leur grâce, leur attifeure, leur science, leur parole, toute leur instruction ne regarde qu'à ce but. Leurs gouvernantes ne leur impriment autre chose que le visage de l'amour, ne fut qu'en le leur représentant continuellement pour les en desgouter. Ma fille ne commence encore qu'à se desniaiser de la nayfveté de l'enfance... [24] ».

Mais il n'osait pénétrer dans ce gynécée, de peur de soulever une tempête dans son ménage. Cette fille, seule survivante après cinq disparues, devait être quelque peu couvée par sa mère...

Certains penseront que Mlle de Gournay, sa « fille par alliance », représentait pour lui le type de la femme idéale : mais ce serait oublier son goût de la fantaisie. Alors qu'elle avait vingt-deux ans et lui cinquante, elle lui exprima son admiration pour les *Essais*. Il s'ensuivit entre eux une sorte d'amitié littéraire. Après sa mort, Mlle de Gournay s'employa à faire rééditer – fort bien d'ailleurs – les *Essais*. Mais elle « commit » aussi deux petits ouvrages qui « puent l'huile et la lampe », selon l'expression de Montaigne à propos de livres où le travail a trop grande part : *Le Promounoir de M. de Montaigne*, bourré d'allusions à l'Antiquité, et proprement illisible de nos jours, et *L'Égalité des hommes et des femmes*, où elle passe en revue les philosophes antiques et les théologiens chrétiens sans émettre d'idées personnelles, n'ayant pas su, à l'instar de son père spirituel, digérer ses lectures. Cette érudite apparaît ainsi comme la première de nos « femmes savantes », de nos bas-bleus, et aussi de nos féministes. *Les Caquets de l'accouchée*, libelle du temps, n'ont pas manqué de ridiculiser « la docte et scientifique demoiselle qui s'entend à la philosophie et ne se baigne qu'une fois l'an [25] ».

L'enseignement, disent les *Essais*, doit avant toute chose respecter la liberté de l'enfant : qu'on n'étouffe pas sa personnalité comme on le fait d'ordinaire : « On nous a tant assujettis aux cordes que nous n'avons plus de franches allures. » Qu'on l'aide à comprendre plutôt qu'à apprendre par cœur – « savoir par cœur n'est pas savoir » – pour qu'il ait « une tête bien faite plutôt que bien pleine ». Qu'on ne l'emprisonne pas dans un collège, mais qu'on l'envoie tôt à l'étranger apprendre la langue du pays et « limer sa cervelle contre celle d'autrui ». Qu'on développe son corps par l'exercice physique afin qu'il se sente bien dans sa peau : « Ce n'est pas assez de lui roidir l'âme, il lui faut aussi roidir les muscles. » Qu'on l'encourage au lieu de le punir, car la punition risquerait de le traumatiser. Qu'on lui fasse jouer la comédie pour qu'il acquière de l'assurance. Qu'on lui épargne les finasseries d'orthographe ou de style. Qu'en Histoire on l'intéresse davantage aux mœurs qu'aux destins particuliers [26].

Éducation sans obligation ni sanction, activités d'éveil, Nouvelle Histoire, voilà comme on définirait de nos jours ces orientations. Les conseils de Montaigne se séparent cependant, sur deux points essentiels, des théories pédagogiques actuelles : il veut que cet enseignement soit court, vite relayé par la vie, et surtout qu'il soit axé sur la formation morale grâce à l'exemple, sans cesse évoqué, des héros de l'Antiquité. Apparemment, Montaigne préfère ce modèle à celui des saints, et les livres de philosophie à l'Évangile.

INVENTION DU CATÉCHISME

L'éducation qu'il préconise ne s'adresse, somme toute, qu'à une élite, et une élite masculine. Le problème de l'enseignement populaire, et aussi féminin, – dont l'Église s'était à peu près seule occupée jusqu'alors – fut repris par les Réformés, surtout en Allemagne. Luther avait compris que le prosélytisme passe par l'école. Dès 1520, dans son *Manifeste à la noblesse chrétienne de la nation allemande*, parmi la multitude de réformes qu'il proposait, tant religieuses que sociales, il plaçait celle des universités et des écoles. En 1524, il lança un « Appel aux magistrats de toutes les villes allemandes pour les inviter à ouvrir et à entretenir des écoles chrétiennes ». A côté de celles que nous appellerions secondaires, où il recommandait l'enseignement des langues anciennes permettant de lire l'Écriture dans le texte, il réclamait l'établissement d'écoles populaires pour garçons et aussi pour filles : « Qu'on envoie les garçons chaque jour une heure ou deux dans une telle école et qu'on les fasse travailler le reste du temps à la maison, apprendre un métier ou ce à quoi on les destine, en sorte que les deux choses aillent de pair aussi longtemps qu'ils sont jeunes... De même une petite fille dispose d'assez de temps pour aller chaque jour une heure à l'école et s'acquitter quand même de sa tâche à la maison [27]. » Il fut écouté : la même année des écoles furent ouvertes à Magdebourg, Nordhausen, Haberstadt, Gotha, et dans d'autres villes les années suivantes. Mais ce fut surtout Melanchton, son bras droit, qui suivit la question scolaire de près et mérita le surnom de « précepteur de l'Allemagne[28] ».

Toutefois, il ne semble pas que Luther ait eu des idées originales en matière d'éducation : l'école de ses rêves continue l'école latine médiévale, avec cette différence qu'elle insiste davantage sur l'instruction religieuse à base biblique.

A son acquis il faut mettre les *Petit* et *Grand Catéchisme* qu'il composa pour remédier à la carence populaire – les premiers qui fussent imprimés – et une traduction de la Bible en allemand, la rendant accessible aux foules. Il réalisa son but : à sa mort un Allemand sur soixante-dix possédait une Bible. Son catéchisme fut réédité soixante-dix-huit fois de son vivant, sa traduction de la Bible (entière ou par extraits) plus de quatre cent trente fois [29]... Non sans orgueil il se rendit à lui-même cet éloge : « J'ai, par la grâce de Dieu, pu réaliser tellement qu'un petit garçon ou une petite fille de sept ans en savent plus de la doctrine chrétienne que ne le savaient autrefois les Hautes Écoles et les docteurs [30]. »

Calvin imita Luther, et à son tour rédigea deux catéchismes, les premiers écrits en français (1537). La Contre-Réforme, par la plume du jésuite hollandais Canisius, réagit : celui-ci composa le premier catéchisme catholique [31]. Jusqu'alors on instruisait les enfants en leur lisant des passages de la Bible. Dorénavant on leur inculquerait une doctrine, et comme la tendance était alors de tout comptabiliser dans l'Église, on leur ferait apprendre les sept dons du Saint-Esprit, les sept péchés capitaux, les sept vertus cardinales, et ainsi de suite. On leur inculquerait aussi – influence protestante – la peur de l'enfer : on a compté que dans l'ouvrage de Canisius le nom de Satan était cité soixante-sept fois, alors que le nom de Jésus ne l'était que soixante-trois fois [32].

Le concile de Trente (qui se tint, avec divers intermèdes, de 1546 à 1563) se préoccupa d'un catéchisme unique, à la charge pour chaque évêque de l'adapter à son diocèse. Dans les grandes lignes ce catéchisme durera jusqu'à Vatican II, partagé entre les vérités à croire, les commandements à pratiquer, les sacrements à recevoir. La conséquence de l'apparition du catéchisme fut que l'Évangile se codifia et que la spiritualité changea : une grande différence de mentalité sépare celui qui chante des psaumes à Dieu depuis son enfance, tel l'écolier médiéval, et celui à qui on enseigne d'abord la définition du catéchisme : « Dieu est un être tout-puissant [33]... » A l'un Dieu apparaît comme un père, un berger qui le protège, un rocher sur lequel il s'appuie, aux yeux de l'autre il risque de demeurer une pure abstraction. Car, comme devait plus tard le remarquer Pascal, « Dieu est sensible au cœur, non à la raison ».

Si l'Église sut réagir contre le défi lancé par les réformés en ce qui concerne l'instruction religieuse, qu'en fut-il sur le plan de l'instruction, en particulier celle des petites filles, puisque tel est notre sujet?

2

FONDATION DE LA CONGRÉGATION DE NOTRE-DAME

SAINTE-URSULE ET LES ONZE MILLE VIERGES

Le concile de Trente avait insisté à plusieurs reprises sur l'obligation d'ouvrir des écoles. Alors qu'au XIIIe siècle les ordres nouvellement créés s'étaient faits mendiants, au XVIe siècle ils se firent enseignants. Jésuites, Oratoriens, Doctrinaires se chargèrent des garçons. Quant aux filles, c'est l'honneur de la Congrégation de Notre-Dame (laquelle devait, trois siècles plus tard, donner naissance au couvent des Oiseaux), d'avoir été la première, en France, à s'occuper d'elles. La première, ou presque... En effet, quelques années auparavant, en Italie, une petite congrégation de pieuses filles s'était formée dans le but de soigner les malades et instruire les fillettes – congrégation promise à un grand avenir, qui devait essaimer partout dans le monde : les Ursulines.

Les Ursulines ne furent pas fondées par sainte Ursule mais par Angèle Mérici, qui leur donna le nom d'une sainte de Cologne très populaire à l'époque : une vierge du IVe siècle qui défendit sa virginité au prix du martyre, suivie dans son sacrifice par onze compagnes que la légende multiplia par mille : les onze mille vierges. De nombreux peintres ont illustré leur histoire, dont Memling qui décora la fameuse « châsse de sainte Ursule » de l'hôpital de Bruges.

Angèle naquit en 1474 – neuf ans après Luther – sur les bords du lac de Garde, de parents cultivateurs. Des faits extraordinaires, nous dit-on, marquèrent sa jeunesse, comme celle de tous les saints qui furent ses contemporains : les biographes de ce temps, pour être crédibles et attrayants, devaient satisfaire l'appétit de merveilleux de leurs naïfs lecteurs – et ils n'y manquèrent pas.

Angèle jouit d'une science infuse : sans avoir rien appris, elle sait lire l'italien et le latin... Au cours d'une des visions dont elle est favorisée, elle voit, sur une échelle, des vierges monter et descendre ; l'une lui dit : « Angèle, sache que Dieu t'a ménagé cette vision pour te marquer qu'avant de mourir tu fonderas à Brescia une société de vierges semblables à celles-ci... » Se rendant en pèlerinage à Jérusalem (tout comme son contemporain saint Ignace) elle perd la vue au départ pour la retrouver au retour. Après un pèlerinage à Rome, elle réunit à Brescia un groupe de jeunes filles dévotes désirant s'adonner à des œuvres charitables : elles font en privé le vœu de virginité et soignent les malades. Alarmée par les ravages causés par le luthérianisme, Angèle leur recommande en même temps d'instruire les femmes et les jeunes filles qu'elles assistent. Devant le nombre grandissant de ses compagnes, Angèle trouve utile de leur dicter une règle, en 1535 : c'est la date officielle de la fondation des Ursulines. Quand elle meurt, à soixante-six ans, en 1540, celles-ci sont cent cinquante. Il fallut attendre deux siècles pour qu'elle soit béatifiée ; elle fut canonisée en 1807 [1].

Son ordre prit le nom de « Compagnie de sainte Ursule » pour manifester l'esprit de discipline qui l'animait, à l'imitation des Jésuites qui, vers la même époque, fondèrent la Compagnie de Jésus : au début, les administratrices des Ursulines se firent même appeler « colonelles ».

Son évolution fut complexe. A l'origine ce fut un simple institut de bienfaisance : les jeunes filles qui en faisaient partie restaient dans leur famille, sans porter de signe distinctif. Cinq ans après la mort de leur fondatrice, l'Église les obligea à revêtir un semblant de costume religieux : ceinture de cuir et fichu blanc. Jusqu'en 1590, leur apostolat ne se spécialisa pas : elles se dévouaient dans les hôpitaux, dirigeaient des orphelinats, et enseignaient les rudiments de la foi aux petites filles des écoles de la Doctrine chrétienne – où l'on apprenait à lire dans le seul but de pouvoir utiliser un manuel de catéchisme.

L'évêque de Milan, Charles Borromée, approuva leur implantation dans son diocèse, mais suivant les directives du concile de Trente auquel il venait d'assister, il chercha à la « récupérer » en lui donnant un cadre plus juridique [2]. Si

Angèle Mérici fut la fondatrice de la Compagnie de Brescia, lui-même apparaît comme le fondateur des Ursulines de Milan. En recommandant aux évêques de sa province d'établir des couvents d'Ursulines dans leurs diocèses, il contribua grandement à la propagation de l'ordre, mais ces couvents demeurèrent sans lien entre eux, chacun recevant de son évêque une règle particulière.

Vers 1592, une de ces communautés s'établit à l'Isle-sur-Sorgues, près d'Avignon, alors enclave pontificale en territoire français. La fondatrice en fut Françoise de Bermond. Née à Avignon en 1563, elle désirait se dévouer à Dieu dans la prière et l'apostolat avec quelques compagnes quand elle entendit parler de la règle des Ursulines. Le rôle de ces premières Ursulines provençales devait être de catéchiser les filles : elles étaient plus catéchistes qu'institutrices. Elles ne tardèrent pas à essaimer partout dans le Midi, leurs fondations successives répondant à des besoins urgents [3].

En 1608, Françoise de Bermond « monta » à Paris initier un groupe féminin à la vie de « congrégées séculières »; puis, au bout de deux ans, elle retourna dans le Midi. Le groupe qu'elle avait dirigé fut alors pris en charge par Mme de Sainte-Beuve, surnommée par tout Paris la « Sainte Veuve ». C'était une cousine et protectrice de Mme Acarie, laquelle venait d'introduire le Carmel en France. Elle incita les jeunes filles qui se sentaient la vocation religieuse, mais non celle de carmélites, à rejoindre les nouvelles Ursulines. Peu à peu celles-ci évoluèrent dans un sens différent de leurs compagnes du Midi. Elles en vinrent à oublier sainte Angèle et son goût de la liberté, et sous l'influence du climat ambiant très enclin au mysticisme, désirèrent transformer leur maison en monastère. En novembre 1617, eut lieu, au couvent du faubourg Saint-Jacques, la première prise d'habit. Désormais les Ursulines de Paris vivraient cloîtrées, et liées par quatre vœux : les traditionnels vœux de chasteté, pauvreté, obéissance, plus celui d'enseignement. Les séculières d'Angèle Mérici, devenues les congrégées de Charles Borromée, finirent ainsi... moniales [4].

Au cours des siècles suivants l'ordre des Ursulines resta diversifié : les nombreuses maisons n'avaient pas de supérieure générale, l'uniformité de la règle n'était pas absolue... et celle du costume non plus. Pour l'enseignement des jeunes filles, ce fut l'ordre qui atteignit en France la plus grande extension : trois cent cinquante monastères, dix mille religieuses à la fin de l'Ancien Régime pour une population de quinze à vingt millions d'habitants [5]. Ses élèves, parmi lesquelles se recrutaient le plus souvent ses novices, étaient surtout issues de milieux cultivés. Furent Ursulines une fille de Racine, une petite-fille d'Honoré d'Urfé, trois nièces de Descartes, une petite-fille de Malherbe, trois tantes de Fénelon, une sœur de Diderot, la sœur de Buffon, deux tantes de Lamartine [6]. Mme de Maintenon fut élevée dans un de leurs couvents, ainsi que Mme de Brinon, la première supérieure de Saint-Cyr. L'ordre devint tellement à la mode que Beaumarchais, en témoin de son temps, fit dire à la comtesse Almaviva dans *le Mariage de Figaro* : « Je vais me retirer aux Ursulines... »

Le promeneur qui flâne dans la pittoresque rue des Ursulines de Crépy-en-Valois, aux pavés chaotiques, enserrée entre de hautes murailles, s'étonne de lire, sur un beau portail en bois sculpté, cette inscription : « Ici fut construit par Louis XIII en 1623 le couvent des religieuses ursulines qui instruisaient les jeunes filles de la ville. Bien national en 1791, il devint une usine de calicot. » Ce portail n'est pas tout ce qui reste du couvent : subsiste aussi le souvenir gardé par le nom de la rue. Sans doute ces sœurs furent-elles aimées... Dans nombre de villes de l'est de la France (Laon, Soissons, Châlons-sur-Marne...) une « rue de la Congrégation » rappelle le dévouement d'autres religieuses enseignantes établies à la même époque : celles de Notre-Dame – les nôtres, dont nous parlerons plus loin – dépossédées, elles aussi, à la Révolution.

Les fondations des ordres féminins créés au début du XVIIe siècle se ressemblent étrangement : au départ, dans l'idée des fondateurs, il s'agit toujours de groupes de jeunes filles pieuses, vivant dans le monde, sans costume, sans clôture, sans vœux, à part celui, privé, de virginité, et qui s'adonnent à un apostolat précis. « Ayez pour cloître, les rues de la ville. Pour clôture, l'obéissance... Pour voile, la sainte modestie », demande saint Vincent de Paul à ses Filles de la Charité [7].

Puis apparaît un processus de durcissement : Rome intervient... et les fondateurs doivent s'incliner, emprisonner leurs recrues derrière des grilles, leur choisir un uniforme et leur faire prononcer des vœux. « A une femme il faut un mari ou une clôture », tel est le verdict de l'époque. L'ordre de la Visitation, fondé par saint François de Sales, et qu'il avait voulu actif, se transforma contre son gré en ordre contemplatif et cloîtré. La même histoire faillit se renouveler pour les Filles de la Charité, mais Monsieur Vincent, finaud, parvint, grâce à la protection de Louise de Marillac, à garder ses filles dans le monde : ce fut le seul. Nous allons voir que les fondateurs de la Congrégation de Notre-Dame, saint Pierre Fourier et Alix Le Clerc, connurent les mêmes déboires...

Car une autre constante de ces fondations féminines du début du XVIIᵉ siècle est qu'elles eurent chacune deux fondateurs : un homme et une femme. L'œuvre d'Angèle Mérici fut reprise et codifiée par Charles Borromée; Vincent de Paul et Louise de Marillac sont à l'origine des Filles de la Charité, François de Sales et Jeanne de Chantal à celle de la Visitation. Sans doute la place de la femme dans la société d'alors était-elle trop effacée pour qu'une fondation pût se passer d'un appui masculin; d'autre part, depuis le concile de Trente, l'Église s'efforçait de tout superviser par l'intermédiaire de ses pasteurs : elle promouvait un renforcement de l'autorité, une concentration du pouvoir, une sorte d'« étatisation » de la religion.

ALIX LE CLERC FONDATRICE

La Congrégation de Notre-Dame, pour sa part, dut son existence à la collaboration d'Alix Le Clerc et de Pierre Fourier : il voulut le premier enseigner les petites filles, mais elle eut la première l'idée de fonder une nouvelle « religion », c'est-à-dire un nouvel ordre, pour accomplir « tout le bien que l'on pourrait ». La Congrégation naquit grâce au hasard de leur rencontre.

Pierre Fourier vit le jour le 30 novembre 1565 à Mirecourt, en Lorraine, dans une famille de petite bourgeoisie qui lui fit donner une solide instruction. Très intelligent, il continua ses études de quatorze à vingt ans à l'université de Pont-à-Mousson, tenue par des jésuites. Il entra alors chez les chanoines réguliers de Chaumousey, voués au ministère des paroisses, qui lui firent poursuivre une dizaine d'années encore des études de théologie à cette université. Il y choisit comme directeur de conscience le recteur Jean Fourier, son cousin germain, lequel fut également le directeur de François de Sales, ce qui explique la ressemblance de leurs spiritualités.

En 1597 il devint, selon son souhait, curé de Mattaincourt, tout près de son lieu natal : c'était une grosse bourgade manufacturière de deux à trois mille habitants, qui faisait le commerce du drap et de la dentelle avec Genève. Elle avait la réputation d'être de mœurs très libres et fort paganisée : on disait d'elle : « C'est une petite Genève. » Après un bref essai, il échoua dans sa tentative de fonder une école pour les garçons, mais réussit, en 1598, grâce à la collaboration d'Alix Le Clerc, à ouvrir une école pour les filles, première ébauche de la Congrégation de Notre-Dame. Les œuvres sociales qu'il créa dans sa paroisse furent nombreuses : il institua une caisse d'assurances et de secours mutuels, dite « Bourse de Saint Epvre », et organisa des distributions de vivres. Sa réputation était telle que l'archevêque de Paris voulut lui confier la réforme de l'abbaye de Sainte-Geneviève; il refusa, mais entreprit celle des chanoines réguliers, dont il devint le supérieur général en 1632. Son œuvre majeure reste toutefois la fondation de la Congrégation de Notre-Dame qui comptait à sa mort près de cinquante maisons, et devait se développer encore par la suite.

Conseiller des ducs de Lorraine, il contribua à faire échouer le plan de Richelieu qui voulait par un mariage rattacher la Lorraine à la France : il incita Claude, l'héritière du duché, à épouser son cousin et non un prince français comme le souhaitait le cardinal, grâce à quoi la Lorraine resta indépendante un siècle encore. Traqué par les envoyés de Richelieu, il dut s'exiler à Gray en 1636 où il mourut quatre ans plus tard.

Telles sont les grandes lignes de sa vie. Racontée par un chanoine de son ordre, le père Jean Bedel, qui l'avait bien connu et beaucoup admiré, elle ne manque pas de saveur et de pittoresque. Bedel cède parfois naïvement à l'appétit de merveilleux de son époque. C'est ainsi que pour illustrer la pureté du saint, il rapporte que tout bébé il sanglotait quand il était nu, ou quand sa sœur l'embrassait [8]. Ce travers emphatique, Pierre Fourier le lui reprochait déjà de son vivant : « Il faut dire à votre plume... qu'elle rabaisse un peu son haut bec [9]... » Fourier quant à lui savait être simple, sinon bref...

Malgré ses fioritures, l'ouvrage du père Bedel, paru cinq ans après la mort de son « héros », reste le document de base pour connaître saint Pierre Fourier, ainsi que les quinze cents lettres de celui-ci parvenues jusqu'à nous, et savamment rééditées de nos jours grâce aux soins de la sœur Hélène Derréal [10].

D'Alix, par contre, nous savons peu de chose, mais la plus grande part de ce que nous en connaissons est de première main : la sienne. En effet, quatre ans avant sa mort, son confesseur de l'époque, le père Guéret, un jésuite, eut l'heureuse idée de l'obliger à écrire une « relation » des faits « un peu extraordinaires » de sa vie (ordre semblable à celui donné, soixante ans plus tôt, à Thérèse d'Avila, ou trois siècles plus tard, à Thérèse de Lisieux). Grâce à lui nous possédons une *Histoire d'une âme* du XVIIe siècle, car le texte d'Alix, c'est essentiellement l'histoire de son âme : des grâces qu'elle reçut, des visions qu'elle eut, des miracles qu'elle fit peut-être, mais surtout des tentations de « désespoir » et « sensualité » auxquelles elle avoue avoir été sujette. Que d'oppositions entre elle, si mystique et parfois, pourrait-on croire, un peu exaltée, et Pierre Fourier, si équilibré et pragmatique ! Première religieuse d'un ordre enseignant, elle ne parla pratiquement jamais d'enseignement. Lui, bien qu'accaparé par des responsabilités multiples, ne cessa de « fignoler » ses conseils pédagogiques aux sœurs de la Congrégation qu'il avait contribué à fonder.

Le manuscrit d'Alix a disparu, mais la bibliothèque municipale d'Évreux en possède une copie : elle est probablement de la main d'Angélique Milly, qui fut l'élève, puis la novice, enfin la fidèle compagne et la confidente d'Alix. En effet, « pour la distraire dans ses fâcheuses visions, ses confesseurs avaient trouvé bon qu'elle s'en consolât parfois auprès d'une religieuse de la Maison [11] ». A sa suite elle dirigea le monastère de Nancy pendant trente sept ans (avec les intervalles exigés par la Règle).

A la mort d'Alix, le comte François de Vaudémont, qui l'avait en grande vénération, s'occupa de rassembler des documents en vue d'une biographie. Il contacta Pierre Fourier qui fit la sourde oreille ou du moins manifesta peu de zèle pour ce projet [12], mais la mère Milly rédigea un « Éclaircissement » sur la « Relation », recopia des textes d'ordre spirituel écrits par Alix, et composa la *Remarque des actions de vertu que la Mère a pratiquées... tirées des mémoires des religieuses qui ont vécu avec elle.* Malheureusement Vaudémont, une fois duc de Lorraine, eut d'autres pensées en tête... La mère Milly, se sentant vieillir, entreprit elle-même de faire publier l'ouvrage. Elle mourut en 1660, avant qu'il vît le jour... et des religieuses ajoutèrent sa biographie à celle de mère Alix : *Recueil des plus signalées vertus de la Mère Milly.*

L'ensemble de ces textes fut enfin imprimé en 1666, soit quarante-quatre ans après la mort d'Alix [13]. La relation de sa vie y diffère légèrement du texte primitif : les tentations contre la pureté, dont elle disait avoir beaucoup souffert, y sont quelque peu édulcorées.

Elles le sont plus encore dans la réédition qu'en fit, deux siècles plus tard, en 1882, un Belge pourvu d'une certaine dose d'originalité, le comte Gandelet [14]. A l'âge de quinze ans, la lecture de la vie d'Alix l'avait tellement bouleversé qu'une fois adulte il voulut s'employer à la faire béatifier. Dans ce but il entreprit une publication des documents qui la concernaient sans craindre de les adapter au goût du jour, son souci majeur étant de ne pas scandaliser ses lecteurs et surtout ses lectrices. (Notons que la « Relation » est brève : elle ne compte que cinquante-cinq pages dans l'édition qu'il en fit.)

Alix naquit le 2 février 1576 à Remiremont en Lorraine. Son père, Jean Le Clerc, bourgeois de cette ville, devint doyen de la justice du lieu en 1582, grand échevin en 1587, maire en 1591. On hésite sur le nom de sa mère : Sagay ou de Lagoult. Ses parents eurent une autre fille, « Philippe », qui épousa Claude Perrin et, veuve, se remaria. Probablement d'autres enfants naquirent, dont un fils Jacques [15]. Les écrits d'Alix prouvent qu'elle reçut une éducation relativement soignée, chose rare à l'époque. Sa vocation, alors qu'elle avait dix-huit ou dix-neuf ans, se révéla à la lecture d'un livre – « un livre, dit-elle, qui me tomba en main par cas fortuit; un jeune homme par raillerie le jeta sur mon lit où j'étais malade d'une fièvre continue. Ce livre traitait de certaines histoires tragiques de ceux qui n'avaient pas voulu confesser leurs péchés par honte. Aussitôt que je me portai mieux, j'allai à confesse menant encore avec moi mes plus intimes compagnes, leur ayant imprimé les mêmes craintes que j'avais conçues de l'Enfer [16] ».

Le décor est planté – ou plutôt l'arène : toute sa vie Alix se crut en butte aux attaques des hôtes de l'enfer – les démons – et essaya loyalement de voir clair en elle, en fouillant sa conscience avec peut-être trop de scrupules à nos yeux ; c'est ainsi que, cherchant à être « vraie », elle insista dans sa « Relation » sur les choses qui pouvaient le plus l'humilier... Toute sa vie aussi elle eut l'âme d'un chef, s'efforçant d'entraîner les autres à sa suite.

« Étant résidente en la ville de Remiremont où il n'y avait que des ténèbres d'ignorance, point de gens d'Église pour instruire à la vertu, cette confession ne fut pas suffisante pour me retirer des péchés et vanités que je commettais... tout ce qui était de meilleur en moi pour lors était que j'aimais l'honneur. » (Le culte de l'honneur est une des caractéristiques de cette époque, comme en témoignent les goûts chevaleresques de Thérèse d'Avila, l'invention de don Quichotte, le panache blanc d'Henri IV, les chatouilleux points d'honneur des duellistes.)

Voilà qu'elle eut un songe, le premier d'une longue série : « Une fois en dormant il me sembla que j'étais en l'église de ladite ville dédiée à Notre-Dame, où j'entendais la messe, et qu'allant à l'offrande j'aperçus la Vierge au coin de l'autel avec un habit tout semblable au nôtre... Elle m'appela, disant : " Viens, ma fille, et je te recevrai, parce qu'étant en péché, tu as fait chose agréable à mon fils de te confesser. "... Ce fut une grâce particulière de Dieu que je ne fus pas portée à la vocation du mariage, mais j'avais aversion à la sujétion d'un mari. » (Il est vrai qu'à l'époque la sujétion était grande... et l'indépendance de caractère d'Alix grande aussi, le cours de sa vie allait le montrer.)

Deux ans plus tard, Pierre Fourier fut nommé curé de Mattaincourt. « Par trois divers dimanches... étant en la grand-messe, il me semblait entendre... le son d'un tambour qui me ravissait les sens, qui pourtant étaient lors fort extravagants et attachés à mes affections vaines et mondaines : toutefois comme j'aimais fort à danser, ce son m'attirait plus fortement à jeter mon affection à l'écouter. Le dernier dimanche, mon esprit fut si fortement attiré à ceci que, hors de moi-même, il me sembla voir en l'air un diable qui frappait ce tambour et une troupe de jeunes gens qui le suivaient avec grande allégresse, ce que considérant attentivement, je me résolus à l'heure même de n'être plus jamais de cette troupe... Je proposai que désormais... je ferais tout ce que je saurais être plus agréable à Dieu, quand ce serait pour mourir...

« Je quittai tous mes habits de vanité et pris un voile blanc sur ma tête comme les simples filles de village le portaient lorsqu'elles voulaient communier, et fis vœu de chasteté sans en prendre aucun avis. Ceci mit mes parents en alarme et tout le voisinage d'alentour... Je m'en allai alors voir Monsieur notre bon Père... Il me conseilla de faire une confession générale, qui fut bientôt faite pour cette fois, ne pensant pas avoir beaucoup de péchés : mais il me mit en main un livre qui traitait de l'examen de conscience où je me trouvai dépeinte avec tant de péchés que j'entrai en telle amertume que je pleurais jour et nuit. J'employais tous les jours quelque temps à me confesser devant lui, l'espace de six mois. Il me revenait toujours plus de péchés en mémoire. » Le concile de Trente avait mis le sacrement de pénitence à l'honneur, mais cette assiduité au confessionnal n'est pas sans étonner quand on se rappelle que Fourier avait alors trente-trois ans et Alix vingt.

« Quand je priais Dieu, il me tombait toujours en l'esprit qu'il faudrait faire une nouvelle Maison de Filles pour y pratiquer tout le bien que l'on pourrait... J'allais incontinent le proposer à notre bon Père, le priant de me laisser déterminer sur cela; ce qu'il ne voulut point, me remontrant la difficulté de trouver des Filles qui eussent ce qu'il faudrait pour prendre cette nouvelle vocation... En moins de six semaines ou deux mois, trois Filles, l'une après l'autre, me vinrent trouver, me découvrant le désir qu'elles avaient conçu promptement d'être religieuses et de venir avec moi... Je les menai aussitôt auprès de notre bon Père, elles y firent leurs confessions générales et nous lui dîmes toutes ensemble le dessein que je leur avais proposé et qu'elles avaient accepté volontiers : et, dès lors, nous voulions vivre ensemble et nous mettre en commun, mais on ne nous voulut pas laisser faire. »

Néanmoins, la nuit de Noël 1597 à Mattaincourt, cinq jeunes filles, Alix en tête, revêtues de modestes habits noirs « qui ressentaient l'adieu qu'elles faisaient au monde [17] », communièrent les premières après que Pierre Fourier leur eut adressé, devant toute la paroisse, une courte exhortation. Aux yeux de l'historien, cette nuit marque l'origine de la Congrégation. Les noms des compagnes d'Alix étaient Gante André, Isabeau et Jeanne de Louvroir, et une Barthélemy qui ne persévéra pas. (Elle fut remplacée plus tard par Claude Chauvenel.)

Comment Fourier allait-il orienter ces jeunes filles qui voulaient faire « ce qui serait le plus agréable à Dieu »? Un mois plus tard, le 20 janvier 1598, la veille de la Saint-Sébastien, après avoir passé la nuit en prières, il eut une illumination : il en ferait des institutrices! L'instruction des petites filles était si délaissée... Elles acceptèrent l'idée.

Malheureusement les Le Clerc refusaient de donner leur accord : ces nouveautés les effrayaient, et l'autorité d'un père, en ces temps, ne se discutait pas : la majorité légale était alors fixée à vingt-cinq ans pour les filles. « Mes parents, rapporte Alix, étant offensés des murmures et calomnies que l'on faisait contre moi à cause de ces nouvelles dévotions, me firent mener en une Religion de Filles Hospitalières de l'Ordre de Sainte-Élisabeth... Je leur dis bien que ce n'était pas là ma vocation... toutefois la curiosité de voir ce qu'on y faisait m'aida à supporter cet ennui... Étant là, je n'y trouvai point l'ordre ni les bons exemples que j'eusse souhaités; les séculiers y entraient indifféremment, avec beaucoup de sujets de distraction... J'écrivais souvent à notre bon Père qu'il procurât mon retour promptement car j'étais là en plus grand danger que d'être parmi le monde, ce qu'il fit aussitôt y employant Madame d'Apremont et Madame de Fresnel, Dames de l'Église de Poussay, que j'avais vues déjà auparavant et qui savaient tous nos desseins... Elles prièrent mes parents de me laisser aller avec elles, ce qu'ils leur accordèrent. »

Ces chanoinesses firent alors don à Alix et à ses compagnes d'une petite maison où elles ouvrirent leur première école. « Nous demeurâmes seulement un an en ce lieu de Poussay à cause que Madame l'Abbesse et les anciennes Dames conçurent du mécontentement contre nous, craignant que leurs jeunes Dames, à notre imitation, s'adonnassent trop à la dévotion. Madame d'Apremont, pour éviter ces plaintes, nous acheta une maison à Mattaincourt. »

Les agissements de ces jeunes personnes défrayaient la chronique, d'autant plus qu'Alix ne passait pas inaperçue : c'était en effet une des plus jolies et aimables filles du voisinage : « Étant encore chez ses parents à Remiremont et

Hymont, lorsqu'elle allait à l'église, les personnes sortaient du logis pour admirer sa modestie et disaient :“ Allons voir la fille de Monsieur Le Clerc, il semble voir une vierge descendue du Paradis [18]. ” » « Elle était d'un naturel doux et accommodant, d'un abord agréable, avec une modestie qui donnait de l'admiration, accompagnée d'une certaine gravité grâce et douceur qui la faisaient craindre et aimer; sa présence donnait du respect et de la retenue à ceux qui conversaient avec elle, même avant sa conversion. Elle était grande, droite et bien faite, la taille et le port excellents, un peu blonde, le teint blanc et délicat, les yeux bleus, le nez assez long, la bouche belle et un peu plate ; l'esprit et le jugement bons, fort retenue et avisée en ses paroles, d'une humeur tranquille et toujours égale [19]. » Ceci provoque l'admiration car on connaît, par ses confidences, ses troubles intérieurs. Tout déconcerte dans son existence...

Elle était de plus très artiste : « elle avait la voix fort belle », elle « aimait les belles cérémonies [20] ».

L'élévation d'âme d'Alix, et aussi, sans doute, son charme, sa distinction étaient faits pour plaire à Mme d'Apremont, chanoinesse de Poussay, et donc dame de qualité. Si les chanoinesses de Remiremont étaient les plus puissantes – on opposait les « dames » de Remiremont aux « servantes » de Poussay – celles-ci devaient cependant faire preuve de seize quartiers de noblesse. Au nombre d'une quinzaine, elles vivaient ensemble en jouissant de leurs biens, sans clôture ni vœux, leur seule obligation étant le service divin, c'est-à-dire la récitation de l'office canonial – d'où leur nom de chanoinesses.

Grâce à la générosité de Mme d'Apremont et au zèle d'Alix et de ses compagnes, le père Fourier voyait enfin son rêve réalisé : sa paroisse était dotée d'une école de filles ! Usant du droit de justice attaché à sa charge curiale, il déclara l'école obligatoire : il interdit aux parents, sous peine d'amende, d'envoyer leurs filles à l'école des garçons. Les petites filles affluèrent; comme certaines des maîtresses n'avaient reçu qu'une instruction rudimentaire, « il prit la peine de les enseigner à bien lire, et correctement, et de leur faire entendre les principes de l'orthographe et les règles de l'arithmétique par méthode, et leur en faisait tous les jours une petite leçon ». Quant aux enfants, il voulait « qu'outre les leçons et prières, on [leur] fît tous les jours répéter partie du catéchisme et des dialogues qu'il composait lui-même contre les vices... qui régnaient le plus en sa paroisse [21] ». C'était un homme avisé... La paroisse entière se mit à se convertir.

Mais au bout de deux ans les complications commencèrent. Qu'était ce semblant d'ordre? Jésuites et Récollets voulurent envoyer ces pseudo-religieuses enseignantes chez les Clarisses, ordre ancien, connu, et donc sûr. Pierre Fourier prit du recul, et pour les éprouver ne leur adressa pas la parole pendant un an. Alix et ses compagnes tinrent bon – et finalement eurent gain de cause.

En 1602, Mme d'Apremont leur fit don d'un bel hôtel à Saint-Mihiel : elle vendit même sa vaisselle d'argent pour leur venir en aide... Fourier alors nomma une supérieure à leur tête : Gante (diminutif de Marguerite) André. Par ce choix surprenant, il mit Alix à l'écart, pour la première fois mais non la dernière. Voulait-il assouplir son orgueil? Peut-être. Ou bien tout simplement lui préférait-il Gante? Il était au courant des troubles intérieurs d'Alix et pouvait redouter un éventuel déséquilibre de sa part. Connaissant son extrême sensibilité, peut-être craignait-il aussi qu'elle s'attachât trop à lui?

La bonne réputation de ces écoles engagea en 1603 le cardinal Charles de Lorraine, fils du duc régnant, à en demander une à Nancy, alors peuplée de huit mille habitants. Il accordait ainsi son appui à la jeune Congrégation, qu'il baptisa « Filles de la Bienheureuse Vierge Marie », laquelle prit ensuite le nom de « Congrégation de Notre-Dame ». A son tour, Pont-à-Mousson, la ville universitaire, réclama une école en 1604, Saint-Nicolas-de-Port en 1605. L'installation dans la ville neuve à Nancy s'avérant vite trop petite, Alix acheta en 1606 le prieuré bénédictin de Notre-Dame-de-la-Vieille-Ville. En 1608 s'ouvrit l'école de Verdun, et en 1613 celle de Châlons-sur-Marne, la première fondée en France. (En effet la Lorraine, où se trouvaient les autres maisons, était encore une province indépendante.)

Ces succès ne doivent pas faire oublier les difficultés rencontrées, les souffrances endurées. Les sœurs se livraient avec zèle à la pénitence et jeûnaient plus que de raison. Les premières fondations traversèrent souvent de graves crises financières; à Pont-à-Mousson, par exemple, pour survivre les sœurs durent cumuler les emplois de lavandières salariées et d'institutrices gratuites. Ce siècle mystique mérite vraiment son surnom de siècle de fer...

Il fut question en 1608 de donner à la Congrégation de Notre-Dame la règle de saint Benoît; Pierre Fourier acquiesçait à ce projet, mais Alix, si docile au fil des jours, savait faire preuve d'une indépendance d'esprit totale aux instants critiques. C'était elle qui avait eu l'idée d'une « nouvelle religion » : les Filles de la Congrégation de Notre-Dame resteraient « elles-mêmes » – des religieuses enseignant des externes – et ne deviendraient ni des Clarisses ni des Bénédictines... ni même des Ursulines.

Quelques années plus tard, en 1615, Fourier envoya Alix accompagnée d'une autre sœur se documenter auprès des Ursulines du faubourg Saint-Jacques à Paris : il désirait profiter de leur expérience pour la rédaction des Constitutions à laquelle il travaillait et aussi pour la construction du nouveau monastère que le primat de Lorraine, Antoine de Lenoncourt, voulait ériger à Nancy. Tous deux souhaitaient avoir des religieuses enseignantes à la pointe du progrès.

Les Ursulines proposèrent la fusion des deux ordres. Alix, interloquée, demanda l'avis du cardinal de Bérulle, le fondateur de l'Oratoire : il conseilla aux unes et aux autres de garder leur originalité, les Ursulines étant davantage axées sur l'instruction des jeunes filles de la bourgeoisie, la Congrégation de Notre-Dame sur celle d'enfants plus démunies.

Si Mgr de Lenoncourt avait décidé de faire bâtir un monastère traditionnel selon les normes de l'époque pour abriter la Congrégation de Notre-Dame, c'est qu'il avait compris – et Fourier avec lui – qu'elle n'obtiendrait pas l'approbation pontificale tant qu'elle ne serait pas cloîtrée. Les faits prouvèrent qu'il avait raison : en 1616, une bulle, enfin, concédait au monastère de Nancy – mais à lui seul, et non aux autres monastères pour l'instant – la permission d'enseigner, en sus des pensionnaires, des externes. La profession des nouvelles moniales eut lieu le 21 novembre 1617 dans la collégiale où étaient enterrés les ducs de Lorraine, afin de manifester aux yeux de tous les Nancéiens l'importance de la cérémonie. Les religieuses, au nombre de treize, provenaient de divers couvents. Le primat leur mit sur la tête le voile blanc des novices et une couronne de roses. Couronne de roses, couronne d'épines... Puis il les conduisit en procession jusqu'au monastère flambant neuf, sur le seuil duquel il fulmina la sentence d'excommunication : les lieux sacrés au cours des siècles, comme certaines mosquées encore de nos jours, ont toujours été frappés d'interdit... Par ses sœurs unanimes, Alix fut élue supérieure [22].

Les années suivantes, de nouvelles maisons furent fondées : en 1618, à Bar-le-Duc et Mirecourt, en 1620, à Épinal, en 1621, à La Mothe, Soissons, Dieuze... Quels en étaient les effectifs? A titre indicatif, nous savons seulement que Châlons, fondée en 1613, comptait en 1621 vingt-sept religieuses et quatre cents externes, et que de 1618 à 1622, dix-sept religieuses firent profession à Nancy, âgées de dix-huit à trente ans, une seule ayant atteint l'âge de trente-sept ans. Puis survint la mort d'Alix, le 9 janvier 1622...

Telle fut donc sa vie publique : celle d'une fondatrice d'ordre, lequel se développa à toute allure, comme beaucoup à l'orée du XVIIe siècle, ce siècle de saints. Une vie apparemment heureuse et réussie.

COURONNE DE ROSES, COURONNE D'ÉPINES : ALIX LE CLERC MYSTIQUE

Mais il y a le revers de la médaille : sa vie intérieure. Quel contraste! De ces multiples fondations, de toutes ces enfants enseignées ou évangélisées avec tant de soin, il n'est guère question dans la « relation » qu'elle fit de sa vie. A la première lecture ce récit surprend plus qu'il n'édifie – interprétation qui change quand on l'étudie de près. Si Thérèse d'Avila voyait des manifestations diaboliques, elles n'étaient que secondaires par rapport aux apparitions du Christ ou de la Vierge dont elle bénéficiait. Alix pour sa part souffrit plus de visions démoniaques qu'elle ne jouit des autres; or ces visions démoniaques n'étaient rien, disait-elle, par rapport à ses tentations charnelles. Étrange opposition entre ces obsessions et l'innocence des petites filles au milieu desquelles elle vivait!

On peut penser que l'éducation qu'elle avait reçue y était pour beaucoup : à l'époque, la crainte du diable était communément répandue, chez les catholiques comme chez les réformés. Luther le voyait partout, jusque dans son lit, entre lui et sa femme [23]. Le péché de la chair était le péché le plus vilipendé par les missionnaires de la Contre-Réforme comme il l'avait été par ceux de la Réforme : la cause en était que, dans les ordres point encore réformés, le laxisme des mœurs était grand. A l'origine d'une des plus grandes tentations d'Alix furent les propos déshonnêtes que lui tint un prêtre – événement que rapporte seul le manuscrit d'Évreux et qui fut expurgé dans la suite, par crainte de choquer les esprits. Et la plus grande calomnie dont elle eut à souffrir fut d'entendre colporter qu'elle était la mère d'un enfant trouvé au « tour » du couvent, ce portillon tournant à travers lequel on passait les objets d'un côté à l'autre de la clôture. Il est probable qu'Alix souffrit de la maladie du scrupule sur le point précis de la sensualité : la crainte de faillir entraîne l'imagination, formant un cercle vicieux. L'admirable en cette étrange affaire fut la loyauté dont elle fit preuve et l'humilité avec laquelle elle fouilla sa conscience. Victime des phantasmes de son époque, elle sut tenir bon et résister à des tentations qui sont, par un retour des choses, typiquement celles de notre temps : le suicide et l'impureté.

Plusieurs visions d'Alix ne furent que la mise en images des croyances privilégiées de ses contemporains sur lesquelles elle dut longuement méditer : l'enfer, le péché originel, les états de grâce ou de péché mortel, la lutte entre les bons et les mauvais anges. Lorsqu'elle voyait un ange armé d'une épée menacer le démon, elle se référait inconsciemment à cette effroyable guerre qui passionna des générations de fidèles et fut à l'origine de l'édification du Mont-Saint-Michel. Le diable lui apparaissait sous des formes diverses : un homme difforme, ou un fantôme, un être armé d'un crochet, une bête farouche, un serpent ailé, ou simplement un globe de feu... On retrouve ces descriptions dans toutes les démonologies de l'époque, ce qui prouve bien qu'elles étaient influencées par les récits qui circulaient. Alix remarqua que des puanteurs précédaient ses tentations : n'est-ce pas un cliché de dire que le diable sent le soufre, et qu'inversement un être exceptionnellement bon meurt « en odeur de sainteté » ? A la mort d'Alix, des effluves embaumés, dit-on, se répandirent...

Une véritable épidémie de sorcellerie, coïncidant avec les guerres de Religion, semait la panique dans les campagnes : elle atteignit son paroxysme en Lorraine. Le procureur de Nancy, Nicolas Remy, se vanta d'avoir dans sa carrière fait périr neuf cents sorcières, après les avoir soumises à la question. Il versifia même ses exploits :

Ces femmes aussi, au milieu des tortures,
Vantent leur probité, leurs intentions pures...
Mais déjà si l'on sait les verser sur le dos
Et dans leur bouche ouverte infuser un peu d'eau,
Surtout de l'eau sacrée empruntée à l'église,
Une confession est aussitôt émise[24].

Ce n'est qu'un cas entre des milliers... Les historiens considèrent en effet qu'entre 1570 et 1630 de trente mille à cinquante mille bûchers s'allumèrent en Europe pour brûler les prétendus suppôts de Satan[25].

Comment Alix, délicate et sensible comme elle l'était, n'aurait-elle pas été impressionnée par ces horribles affaires? Une histoire dut la bouleverser tout particulièrement, car elle y fut mêlée : celle d'Élisabeth de Ranfaing. Cette jeune veuve de Remiremont, âgée de vingt-quatre ans, mère de six enfants dont trois vivants, aurait pu être la « veuve joyeuse » car elle n'avait pas à regretter un mari de quarante ans son aîné qui l'avait rendue fort malheureuse. Elle préféra faire le vœu de chasteté et se confiner dans une vie de prière. Mais voilà qu'à un pèlerinage elle tomba amoureuse de son médecin, au point d'en devenir folle, et de souffrir de troubles nerveux allant jusqu'à la paralysie – probablement des crises de tétanie. Croyant qu'il l'avait ensorcelée, elle demanda à partir de 1619 à être exorcisée. A la suite des accusations qu'elle avait portées contre lui, sept juges lorrains, assistés de dix-sept autres magistrats, le mirent à la question. Il n'avoua rien, mais la sorcière qu'on disait être sa comparse indiqua des complices : tous deux furent brûlés en 1622, et un des prétendus complices en 1625. Élisabeth ne se trouvait pas délivrée pour autant et continua à être exorcisée. Un de ses exorcistes fut même le père Guéret, le confesseur qui avait demandé à Alix d'écrire la relation de sa vie[26]. Ce qui la guérit ce fut, remède souvent efficace, les voyages : elle se rendit en pèlerinage à Notre-Dame de Paris, Notre-Dame de Chartres, Notre-Dame de Liesse...

Plusieurs fois, quand elle était en crise, elle avait été chercher conseil et réconfort auprès d'Alix, sa compatriote et son aînée de seize ans. Il semblerait même qu'elle lui aurait confié ses trois filles : Alix aurait voulu qu'elle entrât au couvent en même temps qu'elles, mais elle aurait refusé.

Avec les années, Élisabeth se calma. Elle réussit même, en 1640, à fonder un ordre pour les filles repenties : l'ordre du Refuge. On se mit alors à vanter ses mérites avec tant d'outrance que Rome fut obligée d'intervenir et d'expulser du duché de Lorraine trois religieux qui prônaient son culte, la canonisant pour ainsi dire de son vivant.

Ce fut Louis XIV qui mit fin aux procès de sorcellerie : un édit de 1672, rédigé par Colbert, défendit aux juges de les recevoir : le Roi-Soleil destituait Satan [27].

Pierre Fourier, semble-t-il, resta sceptique quant à la manifestation du diable en ces troubles affaires. Après la mort d'Alix, en 1628, il fut témoin d'une manifestation collective de quatre-vingt-cinq « énergumènes » qui perturbaient les offices de l'église de Mattaincourt par leurs hurlements, dénonçant une sorcière qui leur avait jeté un sort. « Les uns grondent comme des pourceaux, les autres aboient comme des chiens... ce sont presque toutes jeunes filles et quelques femmes... C'est une extrême pitié », rapporte-t-il dans une lettre [28]. La plupart de ses compatriotes n'avaient, hélas, ni son intelligence ni sa bonté.

Heureusement Alix eut d'autres visions plus joyeuses. L'une se rapporte à la fondation de la Congrégation, évoquée par un petit sentier verdoyant dont il lui est dit qu'il est encore trop tôt pour le suivre... La croix qui lui traverse le cœur, semblable au javelot du chérubin planté dans le sein de Thérèse d'Avila, lui indique la charge de supérieure dont elle va être investie. Sainte Claire et sainte Élisabeth, refusant de l'admettre dans leur couvent et lui montrant dans un berceau une tige d'avoine qu'un marteau ne parvient pas à briser, lui annoncent la pérennité de son ordre au milieu des persécutions. La vision la plus explicite représente un cloître où Alix ratisse des brins de paille, ignorée des jésuites qui s'y promènent, sauf de saint Ignace, lequel l'encourage à l'instruction des petites filles – ces pauvres pailles... Les Jésuites, fondés une cinquantaine d'années auparavant, expulsés de France et exilés en Lorraine depuis peu, devaient se révéler en effet de fidèles protecteurs de la congrégation naissante. Ce fut d'ailleurs un jésuite qui donna l'ordre à Alix de relater sa vie. N'y a-t-il pas quelque corrélation entre les Exercices de saint Ignace, qui accordent tant de place à l'imagination, en recommandant de se représenter des scènes de la vie de Jésus, et l'importance des visions rapportées par Alix? Saint Ignace lui-même avait eu de nombreuses visions... Aujourd'hui nous préférons une religion plus dépouillée et plus abstraite.

Le contraste est très grand entre les lignes de la *Relation*, qui sont celles d'une mystique favorisée de visions, et celles, si raisonnables, si pondérées, écrites par Alix dans ses *Cahiers journaliers*. Pleines de références à la Bible, elles traitent surtout de l'art de gouverner ou des moyens d'obtenir la paix de l'âme, dont l'humilité est la clef. Alix n'avait-elle pas gravé sur les murs nus de sa cellule ces trois mots : « Le rien. L'ignorance. Le péché [29] »? Lever les yeux vers Dieu pour garder confiance, puis les baisser sur soi pour se réformer, en ce double mouvement était enclose toute sa spiritualité.

Car Alix possédait avant tout une vocation de contemplative. La mère Milly résumait ainsi les *Sentiments de la Mère sur l'Institut* : « Ces religieuses sont obligées par leurs Règles d'employer la meilleure et principale partie du temps à prier, méditer, chanter les louanges divines, se recueillir elles-mêmes en la présence de Dieu, pour recevoir la rosée et la manne célestes qu'elles doivent départir aux âmes de leurs petites écolières [30]. » Alix donnait l'exemple : « La Mère était fille de grand silence, toujours dans le recueillement et la retraite, autant que les affaires le lui permettaient [31]. »

Alix a parlé fort peu dans ses écrits des écolières, mais « elle disait qu'elle ressentait une consolation sensible de ce que la fin de [son] Institut était d'instruire les enfants sur les Saints mystères de la foi [32] ». Sans doute préférait-elle le catéchisme à l'alphabétisation, sans la négliger toutefois : « On ne saurait expliquer le zèle qu'elle avait pour l'instruction des enfants. Comme Dieu l'avait choisie spécialement pour cette vocation, il lui donnait des lumières, des conduites et des adresses qui n'étaient pas communes aux autres... » « Elle dressait les Filles qui demeuraient avec elle si soigneusement qu'en peu de temps elle les rendait capables d'y être employées avec utilité, leur enseignant par pratique les méthodes qu'il y fallait tenir. »

Plus intelligente certainement que la plupart d'entre elles, Alix savait les gouverner. « Elle avait l'abord facile et aimable ». « Elle avait une grâce particulière pour supporter les défauts du prochain, et s'accommoder à toute sorte d'humeur. » « Elle disait en ses entretiens particuliers que la patience était la vertu des saints. »

La voyant elle-même si calme, nul ne se doutait des tourments intérieurs qui la torturaient, et de la sorte de dépression constante en laquelle elle vivait. « Elle... s'était acquis tant de pouvoir sur ses passions qu'on ne la voyait jamais troublée... demeurant toujours égale et tranquille, avec une douceur et sérénité de visage comme [si] rien ne lui eût fait peine... elle savait si bien vaincre parmi ses grandes afflictions d'esprit que celles qui conversaient d'ordinaire avec elle n'ont jamais pu rien remarquer. » « Elle était pourtant d'un naturel assez prompt et vif, mais elle s'était fait de si grandes violences qu'elle paraissait à tous ceux qui la voyaient de complexion un peu mélancolique, tant elle était retenue en ses paroles et actions. » Il n'y eut que sa confidente, la mère Milly, pour voir quelquefois, au milieu de ses plus grandes tentations, sa figure changer au point de devenir méconnaissable.

Alix fut certainement très influencée par « l'imaginaire » de son époque et ses angoisses : « Quel moyen, disait-elle, y a-t-il de vivre en paix parmi tant de guerres qui nous arrivent, du monde, et de toutes les forces de l'Enfer, et le plus dangereux et difficile, c'est nous-même [33] ? » Elle fut très tributaire aussi de sa santé, qui était mauvaise – « elle était délicate et incommodée de santé [34] » – et de son système nerveux, ultra sensible, qui faisait d'elle une incomprise. Elle souffrit, semble-t-il, de tétanie – un « charme » l'empêchait parfois de mouvoir ses pieds –, de névrose, de psychose, peut-être.

Notre principal sujet d'admiration, ce ne sont pas les écrits d'Alix qui nous le procurent, mais son œuvre : on juge l'arbre à ses fruits. Cette personne apparemment quelque peu déséquilibrée ne devait pas l'être tellement pour avoir fondé des couvents si florissants et promis à une si longue durée! La visionnaire peut déplaire, non la fondatrice et l'administratrice.

ALIX LE CLERC ET PIERRE FOURIER

Fourier avait confiance en son bon sens, de même que les autres ecclésiastiques qui prirent soin de la congrégation naissante. En 1597-1598 il avait conçu à l'usage des nouvelles « congrégées » un Règlement provisionnel; il en fit un autre en 1602 : c'était un homme lent qui n'aimait pas les décisions précipitées et les fruits « aigrelets » faute de maturité. Ces règlements s'avérèrent insuffisants quand l'ordre se développa : il entreprit alors de rédiger des Constitutions pour lesquelles il demanda l'aide d'Alix. Elles furent remises à l'évêque accompagnées... d'une poupée : Alix l'avait revêtue de l'habit porté par la Vierge dans l'une de ses visions. (C'était l'usage d'envoyer des poupées pour faire connaître la mode : Henri IV en fit parvenir plusieurs à Marie de Médicis.) L'évêque réunit son conseil et deux érudits pour délibérer pendant trois jours; le dernier jour, ultime sécurité, il convoqua Alix, avant de donner enfin son approbation officielle à ce qu'on devait appeler les Petites Constitutions. (Elles furent suivies en 1647 des Grandes Constitutions, tout juste terminées par Fourier quelques jours avant sa mort : les monastères les accueillirent avec réserve, les croyant apocryphes et, à la veille de la Révolution, la moitié seulement les avaient adoptées [35]). En même temps se posa pour la Congrégation de Notre-Dame le problème des « bulles » : elle dut attendre trente ans l'approbation de Rome! Le primat de Lorraine, Antoine de Lenoncourt, avant de construire le monastère de Nancy, avait demandé l'octroi d'une bulle : celle qu'il reçut le 6 octobre 1613, signée par Paul V, ne mentionnait pas les écoles externes; les pourparlers continuèrent pendant que le monastère sortait de terre; une seconde bulle, le 6 octobre 1616, permettait, à titre provisoire, l'instruction des externes, mais au seul monastère de Nancy : Urbain VIII voyait d'un mauvais œil l'institution de religieuses enseignantes à cause du mot de saint Paul : « Il n'est pas permis aux femmes d'enseigner. » Que faire, sinon louvoyer, et trouver de bons prétextes pour continuer l'enseignement sans se faire remarquer? Enfin l'indult du 6 août 1628 ratifia ces illégalités : les religieuses de la Congrégation de Notre-Dame feraient un quatrième vœu : celui d'enseigner, et elles porteraient le titre de chanoinesses régulières, c'est-à-dire de religieuses tenues de dire l'office au chœur selon la règle de saint Augustin [36]. (Il ne faut pas les confondre avec les chanoinesses séculières de Poussay, Remiremont et autres lieux, qui ne se liaient par aucun vœu.)

Quels rapports existèrent entre les deux fondateurs de la Congrégation de Notre-Dame? On a beaucoup parlé de leurs démêlés, et prétendu que Fourier préférait Gante André à Alix : c'est probable. Gante, la première compagne d'Alix, ne lui ressemblait guère mais la complétait à merveille. Autant Alix était délicate de constitution et de sentiment, autant Gante était forte. Autant Alix était féminine, autant Gante était masculine : « Elle était d'une complexion robuste, écrit le père Bedel, d'une santé bien ferme, d'un courage à dévorer toutes les épreuves sans les mâcher, et d'un sens commun si solide que les plus avisés parmi les hommes ne craignaient pas de recourir à son conseil [37]. » On comprend que Fourier se soit appuyé sur elle. Il eut des différends avec Alix, c'est certain, mais on les a grossis. Peut-être, au courant de ses tourments intimes, agit-il à son égard avec une prudence particulière, voulant éviter qu'elle s'attachât à lui. Cette attitude expliquerait les lignes si désagréables qu'il lui adressa un jour, alors qu'avec ses correspondants il se montrait d'ordinaire plein d'onction et d'affabilité : « Si vous vous recherchez vous-même, écrivez toujours hardiment... votre nom en dessous des missives que vous envoyez çà et là, comme je le trouve en celles que je reçus les dernières de vous. Si vous cherchez purement et simplement le bien de la Congrégation, suivez la commune forme de souscrire de vos compagnes et de vos statuts qui est telle : vos très humbles servantes en Dieu les filles de la Congrégation de Notre-Dame de Verdun [ville qu'habitait alors Alix [38]]. » Il ne lui passait rien – pas même une mèche de cheveux ! « Il me semble que vous, sœur Alix et sœur Catherine, ferez bien de ravaler vos voiles un petit peu plus bas sur le front afin que vos cheveux ne paraissent pas, comme ils faisaient ces jours passés [39]. » Une autre interprétation est possible. Pierre Fourier qui savait, nous dit-on, manier les âmes avec dextérité [40], cherchait peut-être à enlever à la fondatrice toute tentation d'orgueil... C'est ainsi que, trois fois, de supérieure il la fit descendre au rang de simple religieuse.

Quoi qu'il en fût, la confiance entre eux resta grande : quand Alix connut la plus grande épreuve de sa vie, après avoir subi les assauts d'un prêtre « indécent » à Nancy, c'est auprès de Fourier à Mattaincourt qu'elle se réfugia – et elle resta deux mois auprès de lui. Pour rédiger les Constitutions, c'est à elle qu'il demanda conseil. Quand il eut à consulter les religieuses sur des points importants, en particulier à propos de nouvelles fondations, il réclama toujours son avis [41]. Au moment de mourir, elle le fit chercher. Et il revêtit des ornements de fête à ses obsèques, afin de manifester aux yeux de tous qu'il la croyait au Paradis.

Alix mourut jeune, à quarante-six ans : son impressionnabilité, sa nervosité prenaient sans doute leur source dans la maladie qui la minait – la tuberculose. Elle s'était préparée à l'ultime passage d'étrange façon : elle avait fait mettre un cercueil dans une pièce inoccupée, et s'y couchait...

Sa réputation était telle qu'à sa mort les foules affluèrent à la grille du couvent : chacun voulait avoir une relique d'elle. La duchesse de Lorraine fit enchasser dans de l'or le verre où elle avait bu, et le duc envoya aussitôt un peintre faire son portrait.

On l'enterra dans la chapelle, juste sous l'autel, mais au cours de travaux le cercueil fut déplacé... et perdu pendant la Révolution. Ce n'est qu'en 1950 qu'on le retrouva [42].

De sa vie, dégagée des fioritures, quelle leçon, quel exemple tirer? On attend, du fondateur ou de la fondatrice d'un ordre, un message : lequel nous livre Alix Le Clerc?

Il n'est pas fort étonnant que, visionnaire, elle se soit montrée par ailleurs éminemment pratique et réaliste, comme le prouve son rôle de fondatrice : Bergson a bien mis en relief l'union chez les grands mystiques de ces deux aspects opposés. L'expérience de la vie courante montre d'ailleurs que beaucoup de personnes à l'équilibre psychologique vacillant réalisent de grandes œuvres. Proust le savait bien qui, dans *le Côté de Guermantes,* faisait dire au docteur du Boulbon s'adressant à une malade : « Supportez d'être appelée une nerveuse. Vous appartenez à cette famille magnifique et lamentable qui est le sel de la terre. Tout ce que nous connaissons de grand nous vient des nerveux. Ce sont eux et non pas d'autres qui ont fondé les religions et composé les chefs d'œuvre. Jamais le monde ne saura tout ce qu'il leur doit et surtout ce qu'eux ont souffert pour le lui donner [43]. » Sans aucun doute Alix, pour son malheur et pour notre bien, était-elle de cette famille...

Elle a été vénérée de ceux qui l'avaient approchée, les grands de la Cour, et aussi les petits qu'elle avait aidés au fil des jours. Sa souffrance intime l'avait rendue accessible aux malheurs d'autrui, compréhensive et compatissante. Ceci encore est normal.

Ce qui est plus étonnant, c'est qu'elle ait été aimée des

religieuses avec qui elle vivait, et qui sans cesse la réélisaient à leur tête : elle eut assez de force pour ne pas les faire pâtir de son déséquilibre intérieur et de ses états d'âme. Quand un couvent était en difficulté soit financière soit morale, on l'y envoyait, et elle rétablissait l'ordre.

Un seul éprouva quelques réticences à son égard : Pierre Fourier essaya toujours de mater Alix – et elle le laissa faire. Malgré son estime, il ne la tint pas pour une grande sainte : c'est à contrecœur qu'il collabora avec ceux qui voulurent entreprendre sa biographie.

Entre ces deux fondateurs de la Congrégation de Notre-Dame il y eut, semble-t-il, plus une alliance d'intelligence que de cœur. Leurs natures étaient opposées : elle, sensible et nerveuse, tout élan, toute vivacité, toute poésie, tout mysticisme, les yeux fixés sur les étoiles, lui, esprit pratique, pondéré, perspicace, lent à prendre des décisions, mais toujours égal d'humeur, fondamentalement bon, gai et réconfortant. Ceux qui s'intéressent à la Congrégation de Notre-Dame ont le choix, suivant leur propre sensibilité, de considérer l'un plutôt que l'autre comme son véritable fondateur, et de suivre la voie de l'un plutôt que de l'autre.

CERISES ET TABLEAU NOIR, OU LA PASSION D'ENSEIGNER DE PIERRE FOURIER

Il est temps de faire davantage connaissance avec Pierre Fourier. Pour notre plaisir, les deux « héros » de notre histoire ont ceci de commun... qu'ils sont beaux l'un et l'autre. La mère Milly l'a signalé d'Alix, le père Bedel, de Pierre Fourier. « Ce n'est pas une règle infaillible, écrit-il, qu'une belle âme soit toujours logée dans un beau corps... mais ici les deux se rencontrent parfaitement bien, une âme innocente mariée avec un corps tellement accompli que cette fleur lui fut gardée jusqu'à son extrême vieillesse [44]. » Leurs caractères par contre sont très différents : Pierre Fourier nous fait changer de registre, c'est l'optimisme incarné et l'équilibre même. Ses vertus sont typiquement celles qu'appréciait son époque : une affabilité non dénuée de préciosité, la douceur, la tempérance, la patience, la prudence... Et une gaieté constante. Sa devise était : « A nul ne nuire, à tous servir. »

Mais ce sont, à nos yeux, ses talents de pédagogue qui sont les plus frappants, car ils ont marqué de son empreinte la Congrégation. En matière d'enseignement, il se révéla même un véritable novateur.

Tout d'abord par le but : c'était une idée nouvelle de vouloir instruire les petites filles, laissées jusqu'alors davantage pour compte que les petits garçons. Et de les instruire gratuitement, afin que nulle ne se sentît exclue. « Ces Filles, écrivait-il des sœurs de la Congrégation, sont les premières de notre âge (au moins en ces quartiers) qui se sont avisées de prendre comme dot et principale fonction de leur Religion le devoir d'instruire fidèlement et gratuitement les petites filles, ayant commencé cette dévotion nouvelle en l'année 1597, lorsque personne n'y avait encore pensé, au moins que nous sachions [45]. » C'était une innovation également de vouloir leur donner un enseignement pratique, les préparant à leur vie future (idée que devaient reprendre quatre-vingts ans plus tard les Frères des écoles chrétiennes) en leur proposant comme dictées des formules de quittances et de récépissés – la comptabilité est si souvent l'apanage des femmes! – comme sujets de compositions, des lettres de félicitations ou de condoléances; comme travaux manuels, des ouvrages de ravaudage. « Ce qu'il fallait savoir dans la conduite d'une famille, ce qui servait à l'usage, à l'économie, à l'entretien d'une maison, tels étaient les divers objets des premiers travaux où elles exerceraient les enfants [46]. »

Novateur, Fourier le fut aussi par le choix des moyens : il désira que l'on construisît des bâtiments exprès pour l'école – que jusqu'alors on installait dans n'importe quelle salle vacante. Ces bâtiments « ne prendraient point de jour sur la rue, mais sur une cour particulière; il y aurait aussi un jardin ». Mais la principale originalité de ces constructions serait... leur système d'« écluses ». Ce mot est celui qui évoque le mieux les séparations qu'il établit entre le monde extérieur et le couvent, pour permettre aux religieuses d'enseigner des externes tout en restant cloîtrées. On faisait entrer les écolières dans une pièce, puis on fermait les portes donnant sur la rue... et on en ouvrait d'autres qui laissaient entrer les religieuses institutrices. Les externes ne côtoyaient jamais les pensionnaires (d'ailleurs bien moins nombreuses qu'elles : vingt fois moins par exemple à Nancy au XVIIIe siècle, où elles n'étaient que dix-neuf pour quatre cents externes et quarante religieuses). Les pensionnaires résidaient à l'intérieur de la clôture, au sein de laquelle certains lieux mêmes leur étaient interdits : ceux réservés aux religieuses. Les externes avaient classe de huit heures à dix heures, de une heure et demie à quatre heures, et congé le samedi. Les pensionnaires se levaient à six heures. De sept heures à sept heures et demie elles avaient une classe d'écriture. A sept heures et demie, messe, puis petit déjeuner, suivi des classes. A dix heures, dîner, puis récréation jusqu'à midi. A midi, classe, à une heure et demie, étude, à deux heures et demie, goûter, de trois à quatre, étude, de quatre à cinq, catéchisme, à cinq heures et demie, souper, puis récréation jusqu'à sept heures. Prière du soir : *Pater, Ave, Credo, Confiteor, De profundis,* plus quelques oraisons; à huit heures coucher. Les élèves se confessaient tous les mois. Elles apprenaient à lire en latin et en français – même les externes!

L'enseignement des externes comme des internes était gratuit, mais les parents de ces dernières devaient payer leurs frais de pension. Les pensionnaires sortaient rarement, seulement après une demande de leurs parents et pour des motifs sérieux, selon l'usage qui existait de longue date dans les monastères. Il arrivait que des élèves ne sortissent jamais du couvent – car à leur tour elles y prenaient le voile – si ce n'est pour se marier. Cette barbare coutume se perpétua longtemps : deux siècles plus tard, elle existait encore... Devant une tradition si bien ancrée, on comprend que Pierre Fourier, malgré son ouverture d'esprit, n'ait pu contrevenir aux prescriptions de la bulle pontificale et s'opposer aux usages du temps concernant la clôture. Il eut davantage de liberté pour lancer des innovations dans le domaine pédagogique. C'est ainsi qu'il inventa l'enseignement simultané... et le tableau noir. Jusqu'alors le maître faisait venir à lui chaque enfant afin de lui fournir en particulier des explications ou l'interroger. Désormais l'institutrice expliquerait la leçon à toutes les élèves à la fois, et les interrogerait à tour de rôle en public : c'est l'enseignement que nous connaissons. Pour ce faire il était nécessaire de diviser les enfants (qu'on acceptait depuis l'âge de quatre ans jusqu'à celui de dix-huit) en classes de même niveau : « En la première seront les escholières qui lisent les registres et autres papiers et lettres escriptes à la main. En la seconde, celles qui apprennent à lire ès livres imprimés... En la troisième, les petites abécédaires [47]. » Dans une même classe il y aurait plusieurs bancs réunissant les élèves d'égale force, par groupes de seize à vingt. Dans la mesure du possible, elles posséderaient toutes le même livre. Enfin un tableau noir, apposé au mur, leur permettrait de voir les mêmes signes en même temps, favorisant ainsi un enseignement collectif.

Fin psychologue, Fourier chercha par tous les moyens à rendre agréable le travail des enfants. Il demanda par exemple qu'on mît à leur disposition un bon matériel – « plumes bien taillées et bon canivet », c'est-à-dire canif – et qu'on fournît de la belle encre aux maîtresses, « car cela donne du lustre à l'écriture [48] ». (Notons qu'à l'époque la façon d'écrire changea : au début du siècle, on tenait la plume verticalement, entre le pouce et l'index, comme on le voit sur le portrait d'Érasme par Holbein ou sur la Vierge du *Magnificat* de Botticelli ; ensuite on la tint obliquement avec les trois premiers doigts, ainsi qu'en témoignent les tableaux flamands [49].) Fourier s'efforça aussi de stimuler les enfants par l'appât de récompenses – une place sur le banc dit de la Victoire – ou la crainte de punitions – une place sur le banc de Métanée, c'est-à-dire du repentir.

Il désira que l'école, loin d'être une prison, soit une maison de famille. Il conseilla aux religieuses de faire preuve vis-à-vis des enfants d'une douceur maternelle : qu'elles ne leur infligent pas trop d'heures de classe, cinq seulement, moins que dans les autres écoles. Qu'elles les rendent toujours « joyeuses et bien contentes [50] » en leur prodiguant diverses gâteries : des cerises ou autres bonnes choses avec le pain de leur goûter, des gâteaux les jours de fête, et en leur ménageant des surprises, ce dont elles raffolent : par exemple, qu'elles les emmènent dans une partie des bâtiments que celles-ci n'ont pas l'habitude de fréquenter « pour y dîner et faire meilleure chère [51] ».

Sa largeur de vues tranchait avec l'étroitesse d'esprit de ses contemporains : il demanda qu'on ne fermât pas la porte aux petites protestantes, mais qu'on n'essayât pas non plus de les endoctriner : « Si quelque fille de cette religion prétendue réformée s'y retrouve parmi les autres... ne permettez pas que les autres la molestent ou lui fassent quelque reproche ou fâcherie; ne la sollicitez pas ouvertement à quitter son erreur, et ne lui parlez directement contre sa religion [52]. »

La valeur pédagogique de l'enseignement de Pierre Fourier provient de ce qu'il était directement issu de la vie : ses devanciers, tels Rabelais, Montaigne ou Luther, bâtissaient des théories avec leurs rêves – lui avec les expériences qu'il avait vu faire ou tentées lui-même. Il connaissait le métier pour l'avoir pratiqué, ayant été précepteur à l'âge de dix-huit ans. Curé de paroisse, il s'était intéressé de façon « préférentielle » à l'enfance. Tout au long de sa vie il ne cessa de s'enquérir des essais d'autrui, interrogeant les institutrices : « Pendant que j'étais à votre école, je ne pris pas le loisir de vous demander une chose qui n'est pas de petite conséquence... c'est de savoir quelle méthode vous tenez à instruire vos écolières et pensionnaires [...]. Je vous prie de me mander par petits chapitres ce que vous faites en cela pour la piété, le catéchisme [...] et pour la lecture, l'écriture, l'orthographe, etc. et pour les mœurs et la modestie, l'ordre du temps [53]. »

Les réponses obtenues lui servirent à élaborer les ébauches successives des Constitutions de la Congrégation de Notre-Dame, auxquelles il ne donna une forme définitive qu'à la veille de sa mort, après avoir tiré profit des expériences de cinquante monastères pendant quarante-deux années. Les Petites Constitutions qu'il avait rédigées en 1617 et qui remplaçaient le Règlement provisionnel, c'est-à-dire provisoire, n'avaient qu'une vingtaine de pages; les Vrayes Constitutions, appelées à juste titre les Grandes Constitutions, et terminées en 1640, en comportent plus de quatre cents. Aux divers problèmes auxquels s'étaient heurtées les religieuses au fil des ans il désirait donner des réponses détaillées : il établit les règles de vie de l'infirmière, de celle qui a la charge de faire les drogues, de la lingère, de la bibliothécaire, de la réfectorière, de la cuisinière, de la grenetière (qui crible et nettoie le grain), de la boulangère, de la jardinière, de l'excitatrice (qui manie la clochette), etc. Il n'oublia pas les règles des filles de la basse-cour, personnel libre de tout engagement qui faisait le lien avec l'extérieur. Il décida que les élections de la supérieure auraient lieu tous les trois ans et qu'elle ne pourrait remplir cette charge plus de douze ans d'affilée.

Pierre Fourier avait les pieds sur terre. Parfois trop, suivant l'opinion de certains, spécialement quand il parlait argent. Le problème des dots des religieuses n'avait point été abordé dans les premières Constitutions, mais l'expérience prouva qu'on ne pouvait l'exclure. Il s'efforça alors de trouver un équilibre entre le dénuement et l'abondance : car sans argent, point de pain, point d'école gratuite... « Elles se contenteront de rentes médiocres et suffisantes à leur communauté... Lorsqu'elles seront suffisamment rentées pour l'entretennement [l'entretien] de ce nombre [de religieuses choisi avec l'évêque selon la capacité du lieu et des écoles...] elles recevront des filles bien propres à leur vacation, pour l'amour de Dieu et sans dot [54]. » Ce fait se produisit d'ailleurs quelquefois.

Ainsi on a beau être un généreux fondateur, on doit se plier aux usages et impératifs de son époque : après avoir voulu des sœurs éducatrices dans le siècle, Fourier dut se résoudre à les cloîtrer, et à partager leurs élèves en deux catégories, les externes et les pensionnaires, ce qui créait un clivage social. Après les avoir voulues pauvres, il fut bien obligé d'exiger qu'elles fussent, pour la plupart, dotées... La source est toujours plus pure que le cours du fleuve...

Autant que du sort des religieuses de la Congrégation Notre-Dame, Fourier se préoccupa de celui des écolières, pour lesquelles il se sentait une tendresse toute paternelle. Une grande partie des Constitutions – Petites ou Grandes – est consacrée à leur instruction. Lorsque, âgé de soixante-treize ans, il dut s'exiler en Franche-Comté, à Gray, pour fuir les persécutions des émissaires de Richelieu, sa consolation y fut encore l'instruction : « Je serais bien aise et bien fortuné, écrivit-il alors, de pouvoir encore enseigner à des enfants à lire [55]. » Il mourut en 1640. Vint ensuite la gloire : en 1730 il fut béatifié. Lacordaire prononça son panégyrique en 1853 dans la basilique de Mattaincourt qui venait de lui être dédiée. En 1897, deux siècles et demi après sa mort, il fut canonisé : Léon XIII voulait encourager les défenseurs de l'école catholique, alors violemment attaquée. L'idée que se font d'un personnage exceptionnel les générations successives ne cesse d'évoluer au cours du temps : c'est ainsi qu'un être de chair et de sang se mue peu à peu en saint de vitrail.

3

ESSOR DE LA CONGRÉGATION DE NOTRE-DAME

DU GIVRE SUR LES RONCES : LE FOISONNEMENT DES MONASTÈRES

En Angleterre, du givre sur les ronciers en fleur laisse présager, dit-on, une belle récolte de mûres... Interprétant des signes plus célestes, Pierre Fourier et Alix Le Clerc furent convaincus que la Congrégation de Notre-Dame se développerait longtemps encore après eux, et s'étendrait en de multiples lieux. Les faits devaient leur donner raison. Mais au cours de cet accroissement la Congrégation perdit une part de son originalité : l'ordre des Ursulines et elle-même ne restèrent pas longtemps les seules congrégations enseignantes. Elles firent tache d'huile... A leur exemple, beaucoup d'autres se fondèrent au cours du XVIIe siècle, ce « siècle de saints ». Certaines se vouèrent uniquement à l'instruction, d'autres furent mixtes, à la fois enseignantes et hospitalières. Les branches traditionnelles émirent de nouveaux rameaux : les Bénédictines, les Augustines... Pour un esprit non averti, il est difficile de se retrouver dans leurs pittoresques dénominations : il y a les Filles, les Sœurs, les Dames, les Demoiselles, les Religieuses...

Ces ordres se placèrent sous le patronage d'un saint, de la Vierge, ou... de Dieu. S'honorèrent de la protection divine les Filles de la Croix et les Sœurs du Bon Pasteur (1625), les Filles de la Providence (1630) ou les Filles charitables de la Providence (à Rouen en 1662), de l'Enfance (en 1662, à Toulouse), de la Sainte-Famille (dites aussi Miramiones, du nom de leur fondatrice, en 1661), du Saint-Enfant-Jésus (à Reims), de la Sagesse.

A la Vierge se confièrent les Sœurs de la Visitation (fondées par saint François de Sales et sainte Jeanne de Chantal en 1611), de la Présentation-de-Notre-Dame (1626), de la Sainte-Vierge-de-Rennes (1674), les Filles de Notre-Dame à Bordeaux en 1606. Sous la protection des saints se mirent les Filles de Sainte-Geneviève (1636), de Saint-Joseph (en 1638 à Paris), les Sœurs de Saint-Lazare (en 1651), de Sainte-Marthe et de Sainte-Avoie à Paris en 1672, les Filles de Saint-Charles à Lyon en 1675.

S'y ajoutèrent des religieuses aux noms plus civils annonçant leur programme : les Nouvelles Catholiques en 1634, les Filles de la Charité, fondées par saint Vincent de Paul en 1635, les Demoiselles de l'Instruction, célèbres sous le nom de Béates au Puy en 1650, les Sœurs des Écoles charitables à Rouen en 1665, celles de l'Instruction chrétienne en 1657, de l'Union chrétienne en 1661, les Régentes des écoles de Troyes et d'Auxerre en 1672 [1]. Mentionnons enfin en 1686 une œuvre à Mende vouée à l'instruction des petites protestantes converties, et les premières ébauches de Saint-Cyr : les maisons ouvertes par Mme de Maintenon en 1680 à Montmorency, en 1682 à Rueil...

Il ne faut pas confondre les Filles de Notre-Dame avec celles qui nous intéressent, les Sœurs de la Congrégation de Notre-Dame. Les premières furent fondées par Jeanne de Lestonnac et se répandirent dans le Midi, où elles se partagèrent avec les Ursulines l'instruction des jeunes citadines. Jeanne de Lestonnac était la propre nièce de Montaigne ; veuve à quarante ans du marquis de Montferrand dont elle avait eu cinq enfants, elle se décida, après avoir été se recueillir sur la tombe de Montaigne, à fonder un ordre. Sa démarche confond ceux qui accusent de stérilité le scepticisme de l'auteur des *Essais* [2]. Un ordre dont la dénomination ressemble au sien est celui des Filles séculières de Notre-Dame, qui en fait se rattache à la Congrégation de Notre-Dame. Sa fondatrice, Marguerite Bourgeoys, avait été institutrice externe dans une maison de la Congrégation à Troyes. Les religieuses de ce couvent étaient issues de grandes familles, telles Marguerite de Lorraine, Anne de Champagne, Marie d'Arondel. L'une d'elles était la sœur de M. de Chomedey de Maisonneuve, fondateur de la ville de Montréal et gouverneur du Canada : elle suppliait son frère de l'emmener fonder une maison dans ce pays. Le couvent, bien doté, aurait payé les frais élevés du voyage, et la jeune

Marguerite l'aurait accompagnée. Finalement, à cause de problèmes de clôture, la mère ne reçut pas l'autorisation de partir. Marguerite affronta seule « les mutineries de l'océan », et en 1657 ouvrit la première école pour filles de Montréal. Elle devait y mourir en 1700 : la congrégation qu'elle avait fondée comptait alors dix-huit maisons. (Aujourd'hui on en dénombre plus de quatre-vingt-dix.) Elle fut canonisée en 1982.

Parmi les différents ordres cités précédemment, le plus important, à la fin du XVIIe siècle, après les Ursulines et les Visitandines (lesquelles possédaient quatre-vingt-six couvents à la mort de leur fondatrice) se trouvait être la Congrégation de Notre-Dame. Mais les différents noms qui lui sont attribués dans les statistiques prêtent à confusion : ses religieuses y sont tantôt appelées Augustines, car elles suivent la règle de saint Augustin, tantôt Chanoinesses, Filles de Notre-Dame, Dames de Notre-Dame, Sœurs de Saint-Pierre-Fourier... Néanmoins, lorsqu'une ville possède une rue de la Congrégation, c'est toujours d'elles qu'il s'agit!

L'essor extraordinaire de ces nouvelles communautés s'explique par deux raisons : la ferveur de l'époque, sans aucun doute, mais aussi le discrédit dans lequel était tombé le mariage. On mariait les jeunes filles très jeunes, souvent sans les consulter, presque de force; un grand nombre d'entre elles mouraient ensuite en couches, ou voyaient trépasser une partie de leurs enfants. Il ne faut pas s'étonner que beaucoup aient préféré à cette voie peu réjouissante celle du couvent...

Un siècle plus tard, une jeune fille ne mit pas en balance la vie austère mais paisible du cloître et le peu de joies que promettait le mariage : il s'agit de Marguerite de Labouchère, protestante de naissance, qui s'était convertie, encore enfant, à la religion catholique. L'âge venu, ses parents lui trouvèrent un mari. « Le jour des noces, la jeune fille, accompagnée de son futur époux et de sa famille, passe devant le monastère des Ursulines d'Orthez. Il est cinq heures du matin; on sonne le réveil. Sous prétexte de dire un mot à la portière, elle pénètre dans l'entrée, appelle la supérieure, obtient de pénétrer dans la clôture. Son absence se prolonge. Les parents surpris s'en inquiètent... Elle leur fait répondre qu'elle ne sortira pas du lieu qu'elle a choisi pour toujours [3]. » Cette vie de couvent – qui nous semble si dure – ne le paraissait donc pas tant aux yeux des contemporains : la preuve en est que les ordres recrutaient essentiellement leurs novices parmi leurs pensionnaires. On nous dit de la mère Milly, la confidente de mère Alix, qu'elle fut une si bonne éducatrice que presque toutes ses élèves prirent le voile...

Les premières fondations de la Congrégation de Notre-Dame s'étaient créées trop vite, un peu à la légère, et plusieurs se trouvèrent rapidement au bord de la faillite, avec de gros emprunts à rembourser à la suite d'acquisitions d'immeubles. Celle de Metz – pourtant assez tardive, car elle date de 1623 et est donc postérieure à la mort de mère Alix – se révéla particulièrement difficile et émut de pitié Pierre Fourier. « Vous verrez avec le temps, du moins en l'éternité, combien vous auront servi... ces logements empruntés, ces peines continuelles... ces épargnes, ces faims et ces soifs que je vous vois dès ici remporter assez souvent avec vous en sortant de la table, n'y ayant pas osé suffisamment manger, ces froidures piquantes qui épient vos mains et vos pieds pour cet hiver prochain, ces couvertures légères, ces épargnes de feu, ces grandes inquiétudes à chercher tantôt du bois, tantôt du pain, tantôt du sel, tantôt des œufs, tantôt de la bonne eau, tantôt des messes, tantôt des confesseurs, tantôt du conseil, et bien souvent des consolations [4]. »

La correspondance de Fourier peut choquer certains lecteurs : à part quelques lettres de haute spiritualité, la plupart traitent surtout de questions financières et sont seulement assaisonnées de conseils de piété. S'il s'inquiète du nombre de pensionnaires, c'est parce qu'elles sont source de revenus. On a l'impression désagréable que parfois il essaie de s'allier des personnages importants à coups d'amabilités et de compliments afin d'obtenir leur contribution financière [5]. Il est évident qu'il se réjouit plus de l'entrée dans la Congrégation d'une personne du rang de Mme du Jar que de celle d'une simple fille sans fortune [6].

La lecture de ces lettres, cependant, réconforte tant elle révèle la connaissance qu'a Pierre Fourier des détails de la vie quotidienne : il comprend et excuse les légères brouilleries de la vie en commun. Il déride... et tout s'arrange... Il aime citer les proverbes de la sagesse des nations : « Après la pluie le beau temps », « Qui trop embrasse mal étreint », « Tout vient à point à qui sait attendre. » Et aussi : « Dieu aime celui qui donne gaiement [7]. » Il aurait mérité qu'on gravât autour de sa tombe la guirlande en lettres gothiques qui entoure le beau gisant du maréchal d'Aligre au château de Cordès en Auvergne : « De Dieu je suis le serviteur allègre ».

LA CONGRÉGATION NOTRE-DAME DANS L'AISNE : SOISSONS, CHÂTEAU-THIERRY, LAON

Avertis par l'expérience de la pauvreté, Pierre Fourier et ses religieuses s'employèrent si bien à trouver des donateurs qu'une évolution inverse s'ensuivit : certains couvents s'enrichirent. Ne citons qu'un exemple, celui de Soissons [8].

L'établissement de la Congrégation à Soissons fut rondement mené : répondant aux sollicitations de M. de Gonnelieu puis de l'évêque Mgr de Hacqueville, Fourier s'était rendu dans cette ville en octobre 1621. Un mois plus tard débarquaient quatre professes de Châlons, qui furent reçues dans l'hôtel épiscopal avant de prendre possession d'une chapelle et d'environ un hectare de terrains vagues avoisinants [9]. C'est là que les difficultés commencèrent... Ce sanctuaire, le plus ancien du Soissonnais, élevé en 1184 à la mémoire des saints cordonniers Crépin et Crépinien, inhumés en ce lieu après leur martyre vers 286, était le siège de diverses confréries dont celle des Arbalétriers. Ceux-ci n'entendaient pas perdre les prérogatives dont ils jouissaient depuis des siècles dans ladite chapelle : messes, inhumations [...]. De violentes disputes les opposèrent aux sœurs : ils en vinrent même à les lapider! Pierre Fourier, avec son affabilité coutumière, parvint à calmer les esprits : « Mon Dieu, il me fait si mal d'entendre que vous prenez ainsi des places avec des bruits, avec des coups de pierre, avec des procès, avec des appellations, avec des poursuites par les cours... Ne sauriez-vous [...] faire adoucir le cœur à ces pieux Messieurs, à qui il fait mal de voir leur Confrérie troublée en ses dévotions et dépouillée de la possession et comme de l'héritage de leur saint patron [...]. Je ne me suis pas étonné s'il leur en fait mal. Ils sont très excusables et très dignes d'excuses [...]. Accordez-vous avec eux en quelque façon [10]. » Finalement les arbalétriers abandonnèrent leur chapelle à condition de pouvoir continuer à y faire célébrer les messes et obits et services fondés, et s'y faire enterrer.

La maison de la Congrégation de Notre-Dame fut la première école pour jeunes filles de Soissons. Elle ne connut pas de concurrence jusqu'à l'arrivée en 1714 des sœurs de l'Enfant-Jésus ou de Genlis. Elles se partagèrent alors les enfants, ces dernières se consacrant aux plus défavorisées alors que la Congrégation instruisait surtout les filles de la bourgeoisie.

La puissance monte souvent à la tête... Cela arriva au riche couvent de Soissons qui un beau jour de 1624 fit dissidence... Certaines sœurs voulaient remplacer leur supérieure par une autre. Les avis des évêques de Châlons et de Soissons étaient partagés. Fourier dut organiser un chapitre qui groupa cent trente-six religieuses provenant de onze couvents. Elles blâmèrent l'attitude des sœurs de Soissons, qui devant cette épreuve de force s'inclinèrent.

En 1645 fit escale dans ce couvent la fameuse Gante André, la première compagne d'Alix Le Clerc, celle qui après elle marqua le plus l'ordre, de son nom de religieuse mère Claire de Saint-Ignace. Elle tomba subitement malade, mourut et y fut inhumée : elle avait soixante-dix-sept ans.

Au fil des années, avec les dotations et les fruits d'une bonne gestion, grâce aussi aux économies réalisées par les religieuses à coups d'austérités, le couvent s'agrandit : en 1653, par la construction d'une façade de soixante mètres ; en 1681, par l'achat de deux maisons contiguës ; enfin en 1698, par l'annexion de ce qui restait de terrains vagues, lesquels furent transformés en terrasses et jardins. Un cartulaire de 1638 à 1645 indique qu'une vingtaine d'années après sa fondation la Congrégation se trouvait fort opulente, étant propriétaire de biens fonciers dans vingt villages et de trois maisons dans la ville.

Cette richesse s'explique si l'on sait que Charlotte de Bourbon, alliée à la famille royale, avait contribué avec son mari M. de Gonnelieu, dont nous avons parlé plus haut, à l'implantation de ce couvent où sa fille devait prononcer ses vœux, et qu'elle s'y était retirée elle-même en 1642 pour y mener la vie d'une simple religieuse.

En 1783, la communauté se composait de vingt-six dames de chœur et quinze sœurs converses, et en 1791, au moment où la Révolution les chassa, de vingt-deux dames de chœur et onze converses. En 1792, on entreposa au siège du district – l'actuel hôtel de ville – le mobilier des couvents supprimés. Dans ce stock d'objets considérés comme sans valeur venaient fouiller les curés d'alentour. Celui de Vauxbuin obtint pour sa paroisse un autel en marbre et des reliquaires provenant de la Congrégation de Notre-Dame, lesquels renfermaient des fragments d'os d'un nombre impressionnant de saints : vingt-six ! Finalement, ô dérision, nous sommes mieux renseignés sur l'histoire des reliques de la Congrégation que sur celle de ses élèves, pensionnaires ou externes, dont nous ignorons même le nombre...

Des centaines ou milliers d'élèves qui furent élevées à la Congrégation Notre-Dame de Soissons depuis sa fondation jusqu'au moment où elle sombra, hélas définitivement, dans la tourmente révolutionnaire, une seule sort de l'ombre : Léopoldine Naudet, qui connut un fulgurant destin. Son père, né à Soissons, mais descendant d'une vieille famille lorraine, accompagna à la cour de Florence le duc François de Lorraine après qu'il eut échangé son duché contre celui de Toscane. De son mariage avec Suzanne d'Aruth, d'origine allemande, attachée au service de l'archiduchesse Marie-Thérèse d'Autriche, il eut deux filles : Luisa et Léopoldine. Dix ans plus tard, Naudet, veuf, revint à Soissons afin que ses filles puissent se perfectionner dans leur langue maternelle. Il les confia alors à la Congrégation de Notre-Dame où une religieuse de grande vertu, Mme de Boignarelle, les prit sous sa protection. A la Révolution le grand-duc Léopold fit revenir à Florence les jeunes filles, devenues orphelines, pour être gouvernantes de ses plus jeunes enfants. Quand il succéda à l'empereur Joseph II elles le suivirent à Vienne ; à sa mort elles furent appelées comme dames d'honneur auprès de l'archiduchesse Marie-Anne, abbesse du noble chapitre des Chanoinesses de Prague (où vint chercher refuge, à sa sortie de prison, Madame Royale, fille de Louis XVI).

C'est alors qu'un certain père Paccanari incita l'archiduchesse Marie-Anne et les deux sœurs Naudet à fonder une société religieuse s'inspirant de la règle de saint Ignace, les Dilette di Gesu : Bien-aimées de Jésus. Après de multiples péripéties – dont l'arrestation de Paccanari, douteux personnage – Léopoldine fonda en 1807 l'Institut de la Sainte-Famille, un pensionnat ouvert aux jeunes filles de condition, qui devaient y rester toute la durée de leurs études sans en sortir ; elle y adjoignit bientôt un externat gratuit pour les enfants pauvres : il est incontestable que pour cette double fondation elle s'inspira de l'exemple qu'elle avait eu sous les yeux à la Congrégation de Notre-Dame. Léopoldine mourut en 1833. Son procès de béatification est en cours, et récemment un ouvrage lui a été consacré en Italie [11].

Cette étonnante histoire prouve, une fois de plus, qu'autres temps, autres mœurs, autres sensibilités. De la clôture du couvent de Soissons Léopoldine n'avait pas dû souffrir, mais plutôt goûter les charmes et apprécier l'utilité pour en avoir instauré une encore plus stricte – six à huit ans sans sortir! – dans l'institution qu'elle créa... Qu'on ne parle pas trop de la vie d'enfer des couvents de jadis! Un certain nombre de pensionnaires s'en plaignit, mais la plupart l'aimèrent. La preuve en est le nombre de couvents qui furent fondés par d'anciennes élèves, dont nous aurons l'occasion de parler.

Revenons au département de l'Aisne... Nous ne pouvons en effet passer sous silence deux autres fondations que la Révolution fit disparaître à tout jamais : celles de Laon et de Château-Thierry. Le roi Louis XIII ayant remarqué, pendant ses séjours dans cette dernière ville, alors peuplée d'environ quatre mille cinq cents habitants, le peu de ressources qu'elle offrait pour l'éducation des jeunes filles, incita ses habitants à faire venir des religieuses nouvellement instituées par le père Fourier, dont on disait grand bien; il écrivit à ce sujet à l'évêque de Soissons, Simon Legras, et à l'intendant, M. de Caumartin. Le 22 décembre 1633, celui-ci installa solennellement cinq sœurs détachées de la Congrégation de Soissons dans une maison dite du Moulin, sise dans la grand-rue. Plus tard elles déménagèrent de l'autre côté de la rivière, sur la gauche du faubourg de la Marne, où elles firent bâtir une chapelle. La fondation ne fut jamais florissante... « Le couvent avançait sur la rue, était sombre, triste, et mal distribué. Cette communauté ne passait pas pour être riche [12]. » Ces religieuses, apparemment, avaient l'esprit ouvert et accueillaient les enfants de toute provenance confessionnelle : en 1754 le curé de Saint-Crépin baptisa une fille juive dans leur chapelle, avant de baptiser leur père, prénommé Lévy, à Saint-Crépin, et en 1767 le prieur curé d'Essômes y reçut l'abjuration d'une jeune protestante fille d'un vigneron d'Essômes [13]. En 1783 la communauté ne comptait que quinze dames de chœur et neuf sœurs converses. La tristesse des lieux influa peut-être sur le moral des religieuses qui déçurent la bonne opinion que l'on avait d'elles au départ. « Dès longtemps avant la Révolution elles n'étaient plus regardées comme de bonnes institutrices. On disait assez communément qu'il n'y avait chez elles ni esprit, ni science, ni politesse, ni propreté, ni bon ordre, ni par conséquent bonne éducation [14]. » A la Révolution elles ne montrèrent pas davantage de courage... Alors que les religieuses de l'Hôtel-Dieu se conduisaient héroïquement et, rassemblées au chœur, croyant leur dernière heure arrivée, refusaient malgré les menaces de prêter serment – ce qui les fit expulser à Soissons où elles vécurent dans la fidélité à leurs vœux –, les sœurs de la Congrégation, pour leur part, promirent tout ce qu'on leur demandait et acceptèrent de remplacer les Augustines à l'Hôtel-Dieu, où elles furent conduites en grande pompe, précédées du tambour et de la musique. Par la suite plusieurs quittèrent leur ordre pour se marier. Leur couardise fut punie : sous prétexte de rendre la rue plus droite et plus régulière, les révolutionnaires détruisirent les bâtiments qu'elles possédaient au faubourg de Marne. Quant à la ville, elle se vengea à sa façon de leur médiocrité : à l'inverse de tant d'autres elle ne baptisa aucune de ses rues du nom de la Congrégation. Du siècle et demi que passèrent à Château-Thierry les religieuses de Notre-Dame il ne reste aucun vestige, ni dans la pierre, ni dans les mémoires...

Il en est autrement à Laon où subsistent, en plus du nom de la rue, d'immenses bâtiments déserts qui servirent un temps de prison. Le portail de la chapelle est de style jésuite avec des niches vides que la Révolution a dépouillées de leurs statues. Ce couvent, bâti en 1626, est un des rares édifices du XVIIe siècle dont peut s'enorgueillir la ville. Mgr de Brichanteau, évêque de Laon, puissant personnage, fils de duc et pair, désirant ouvrir une école, s'était adressé à la Congrégation de Nancy parce qu'il voulait des religieuses de bonne famille et cultivées : dans les couvents des petites villes, les sœurs étaient souvent d'origine paysanne et peu savantes. Il hébergea les quatre sœurs fondatrices au Petit-Saint-Vincent, au coin de la rue Saint-Martin et de la rue des Casernes – ravissant hôtel qui constitue de nos jours un des joyaux de cette ville d'art. Elles y demeurèrent neuf ans. On choisit ensuite pour leur bâtir un monastère un terrain vague sur les remparts, d'une superficie d'environ sept hectares. Mgr de Brichanteau fut un grand bienfaiteur de la Congrégation, mais autoritaire : il voulut s'en réserver la direction, à l'encontre de la règle qui prévoyait un « visiteur ». En effet, si les couvents de Lorraine restaient sous la juridiction de Pierre Fourier, ceux de France se trouvaient sous celle des évêques locaux. Le « père instituteur » souffrit beaucoup de cette situation, tout particulièrement à Soissons, car il craignait des déviations par rapport à la règle qu'il avait établie.

PENSIONNAIRES PARISIENNES : MANON PHLIPON À LA CONGRÉGATION, HÉLÈNE MASSALKA CHEZ LES CISTERCIENNES

A tout seigneur tout honneur... Il revint à Mgr de Brichanteau, avec la protection d'Anne d'Autriche, d'introduire la Congrégation de Notre-Dame à Paris, (et ce malgré les réticences de Pierre Fourier) où après des débuts difficiles elle devait exercer jusqu'à nos jours un grand rayonnement. En 1634 il envoya des religieuses laonnoises fonder un monastère dans le quartier Saint-Germain, rue du Chasse-Midy, ce qui signifiait « quête du déjeuner », rue ainsi nommée à cause des œuvres d'assistance du style « distribution de soupe » qui y étaient implantées. Les bâtiments s'étendaient entre les numéros 23 et 31 de l'actuelle rue du Cherche-Midi. Ces religieuses connurent de grosses difficultés financières et leurs créanciers obtinrent que le monastère fût mis en vente. Il fut racheté en 1669 par des bénédictines qui y ouvrirent un pensionnat pour les jeunes filles de la noblesse.

Le second monastère parisien fut établi en 1643 dans le quartier Saint-Antoine, rue de Charonne, grâce à Marguerite de Lorraine, seconde femme de Gaston d'Orléans, frère de Louis XIII. En 1677, à la mort de la supérieure, Mme de Kerveno, Louis XIV voulut imposer pour lui succéder une cistercienne, Mme de Grandchamp, alors qu'une élection était de règle. Les sœurs refusèrent de lui ouvrir leurs portes. Le pape leur donna raison, mais Louis XIV trouva le moyen de faire dissoudre le monastère récalcitrant : en 1681 le Parlement le déclara saisi par ses créanciers et le supprima [15]. On sait que Louis XIV ne craignait pas de tenir tête au pape auquel il répondit vertement un jour : « Vous avez été sacré avec une huile tirée de la terre et moi avec une huile venue du ciel [16] » (apportée, selon la légende, par une colombe).

La troisième fondation parisienne eut plus de chance : elle s'implanta en 1644 près de la porte Montmartre, à l'angle de la rue Saint-Fiacre et de la rue des Jeûneurs – qui devait son appellation non à des ascètes mais à des jeux « neufs » de boules récemment créés. Les fondatrices en étaient la mère de la Fère, de la province d'Anjou, et sa sœur, de celle de Laon. En 1674 le couvent déménagea pour se fixer rue Neuve-Saint-Étienne – l'actuelle rue de Navarre – non loin de la célèbre abbaye Saint-Victor, dans l'hôtel de Montauban que leur avait légué le recteur de l'hôpital général de la Pitié, le prêtre Imbert Porlier. Cet hôtel était pourvu d'un grand jardin. Huit ans plus tard, les religieuses acquirent une maison voisine, et sur son emplacement firent construire une chapelle surmontée d'une élégante coupole, que l'on peut admirer sur les gravures du temps. Elles instruisaient alors quatre cents élèves dans leur école gratuite à laquelle étaient adjoints un pensionnat et une maison de retraite pour veuves et femmes seules, selon l'usage de l'époque [17]. L'*Almanach du Voyageur* de 1785 nous apprend que les frais de pension qu'elles demandaient étaient de quatre à cinq cents livres, chiffre raisonnable, comparable à celui des Ursulines de la rue Sainte-Avoye [18]. Dans les pensionnats les plus huppés, tels le Pentemont rue de Grenelle et l'Abbaye-aux-Bois rue de Sèvres, appartenant alors à des cisterciennes, ils s'élevaient de six cents à mille livres – presque le double. Cet *Almanach* nous signale aussi que leur église n'offrait rien de « recommandable », à l'inverse de celle des Ursulines de la rue du Faubourg-Saint-Jacques dont il inventorie les splendeurs. A la veille de la Révolution, le nombre des pensionnaires diminua : de trente-quatre en 1765 il tomba à vingt-six en 1784, seize en 1786. Mais les externes, élevées gratuitement, restaient nombreuses, d'où la précarité de la situation financière du couvent, dont témoigne une lettre adressée par les religieuses au cardinal de Luynes : elles lui rappellent qu'elles sont dans « un quartier habité principalement par le plus petit peuple, avec peu de secours pour l'instruction des enfants de la pauvreté ». « Elles s'appliquent gratuitement, lui disent-elles, à l'éducation des petites filles qui fréquentent tous les jours en grand nombre leurs classes extérieures [...]; elles ne se bornent pas à leur enseigner à lire, à écrire et à les catéchiser [...] : elles s'occupent aussi à leur apprendre à travailler [19]. » Il y avait alors quarante-trois couvents de religieuses enseignantes à Paris, mais seulement huit enseignaient, en plus des pensionnaires, des externes gratuites. C'était une particularité qu'ignoraient les grandes maisons.

Notre seule source de connaissance de la vie d'une pensionnaire rue Neuve-Saint-Étienne, nous la devons à Mme Roland, née Manon Phlipon : plusieurs fois, dans les *Mémoires* qu'elle rédigea dans sa prison avant d'être guillotinée et dans sa correspondance, elle évoqua ses souvenirs de couventine. Elle entra dans ce couvent en 1765 à l'âge de onze ans pour y faire sa première communion. Il comptait alors vingt-cinq religieuses, une centaine d'externes, et trente-quatre pensionnaires. Le récit que fait Manon de sa vie de couventine est romanesque et plein de fraîcheur, évoquant celui que George Sand devait faire plus tard de son passage chez les Dames anglaises; toutes deux, âmes d'écrivains, donc d'une sensibilité aiguë, facilement exaltées, furent séduites par cette existence : poésie et mystère, sens de l'Infini, amitié, voilà les valeurs qui se découvrirent à elles sous les arceaux du cloître et dans ces jardins clos. Plus tard elles renièrent les idées qu'on avait voulu leur inculquer, mais restèrent fidèles aux sentiments qu'elles avaient alors éprouvés.

« La première nuit que je passai au couvent fut agitée, écrit Manon... Une faible lueur éclairait la chambre où l'on m'avait mis coucher avec quatre autres enfants de mon âge : je me levai doucement, j'allai près de la fenêtre; le clair de lune permettait de distinguer le jardin. Le plus profond silence régnait dans ces lieux; je l'écoutais, pour ainsi dire, avec une sorte de respect; de grands arbres projetaient çà et là leur ombre gigantesque [...] je levai les yeux vers le ciel, il était pur et serein; je crus sentir la présence de la Divinité [...]. Mes compagnes étaient au nombre de trente-quatre et réunies dans une seule classe, depuis l'âge de six ans jusqu'à celui de dix-sept ou dix-huit, mais partagées en deux tables pour les repas, et comme en deux sections dans le courant du jour pour la suite des exercices [...]. Élevée comme je l'avais été jusqu'à cette époque, il n'était pas fort étonnant que je me trouvasse mieux instruite que la plupart de mes compagnes, même les plus âgées [...]. Je devins la favorite de toutes les nonnes [...]. Celle qui était chargée de montrer à écrire aux pensionnaires était une femme de soixante et dix ans, qui s'était faite religieuse à cinquante par effet de chagrin ou suite d'infortune; elle avait reçu de l'éducation, et joignait à cet avantage tout ce que peut valoir [...] l'usage du monde. Elle se piquait d'instruction; elle avait encore, pour l'écriture, une très belle main, faisait des broderies superbes, donnait de bonnes leçons d'orthographe, et n'était pas étrangère à l'histoire [...].

« Cette bonne fille s'attacha bientôt à moi, à cause de mon goût pour l'étude : après avoir donné leçon à toute la classe, elle me prenait en particulier, me faisait répéter la grammaire, suivre la géographie, extraire des morceaux d'histoire [...]. J'avais conservé de mes maîtres deux seulement, dont j'allai prendre leçon au parloir avec deux compagnes, sous l'inspection d'une religieuse, et l'on m'avait donné pour continuer le dessin une maîtresse qui entrait dans l'intérieur du couvent. La régularité d'une vie très remplie, partagée entre des exercices variés, convenait beaucoup à mon activité. Aux heures de promenade ou de récréation [...] je me retirais solitairement sous quelques arbres pour lire ou rêver.

« Comme j'étais sensible à la beauté du feuillage, au souffle des zéphirs, au parfum des plantes! Je voyais partout la main de la Providence [...]. Pénétrée de reconnaissance, j'allais l'adorer à l'église, où les sons majestueux de l'orgue, unis à la voix touchante des jeunes religieuses exécutant des motets, achevaient de me ravir en extase. Indépendamment de la messe où l'on conduisait toutes les pensionnaires le matin, il y avait, dans l'après-midi [...] une demi-heure consacrée à la méditation, à laquelle on n'admettait que celles qui paraissaient capables de la faire [...].

« Une novice prit le voile peu après mon arrivée au couvent. Les fleurs, les lustres brillants, les rideaux de soie, de superbes parements, décorèrent l'église et l'autel [...]. Triomphante et parée, la jeune victime parut à la grille dans la plus grande pompe, qu'elle dépouilla bientôt pour reparaître couverte d'un voile blanc et couronnée de roses [...]. Lorsque après avoir prononcé ses vœux, la novice prosternée fut couverte d'un drap mortuaire sous lequel on aurait dit qu'elle était ensevelie, je frissonnai de terreur [...]. La philosophie a dissipé les illusions d'une vaine croyance; mais elle n'a point anéanti l'effet de certains objets sur mes sens [...]. Je puis encore assister avec intérêt à la célébration de l'office divin... Les images étrangères s'évanouissent, les passions se calment, le goût de mes devoirs s'avive : si la musique fait partie des cérémonies, je me trouve transportée dans un autre monde, et je sors meilleure du lieu où le peuple imbécile est venu sans réflexion saluer un morceau du pain [20]. »

On connaît la suite de la vie de Manon, comment, rentrée dans sa famille, elle continua chez elle de brillantes études. Elle retourna cependant trois mois dans son cher couvent pour voir clair en elle, à la suite de quoi elle se décida à faire un mariage de raison en épousant Roland, le futur ministre de l'Intérieur de la Convention, de vingt ans son aîné [21]. Elle se prit ensuite de passion pour un conventionnel, Buzot, mais resta, semble-t-il, fidèle à son mari. Pour des motifs politiques elle fut emprisonnée et guillotinée... à la suite de quoi l'un et l'autre, son mari et son ami, se suicidèrent. Le mot qu'elle prononça de la charrette des condamnés en passant devant la statue de la Liberté, place de la Révolution – devenue la Concorde – est célèbre : « Liberté ! Que de crimes on commet en ton nom ! » Elle mourut avec courage, en idéaliste qu'elle avait toujours été.

Les passages de ses *Mémoires* que nous venons de citer posent de façon aiguë le problème des rapports entre le cœur et la raison. Il y a ceux en effet que la splendeur des cérémonies choque, et qui n'y voient qu'un luxe inutile et coûteux, et ceux qu'elle émeut profondément et incite à la piété, comme elle et comme aussi Alix Le Clerc, laquelle s'est convertie au cours d'une grand-messe.

Il faut reconnaître qu'autrefois le faste et la beauté des offices les jours de fête constituaient un réconfort pour les cloîtrées : c'était leur distraction, leur « ailleurs »... le seul changement qu'elles connussent dans la monotonie quotidienne. L'émotion de chaque assistante s'accroissait de celle des autres par un phénomène connu de celui qui étudie la psychologie des foules, et qu'on peut observer aussi bien lors d'une prise d'armes ou pendant un défilé qu'au cours d'un pèlerinage.

La grandeur des célébrations rue Neuve-Saint-Étienne qu'appréciait tant Manon Phlipon était bien dans la ligne voulue par le fondateur de la Congrégation, lequel accordait beaucoup d'importance à la décoration des autels et à la liturgie. Il vivait en effet à l'époque baroque où, par réaction contre la nudité et la froideur des temples protestants, s'épanouit le triomphalisme des églises jésuites; on attribuait alors un grand rôle aux symboles : nombreux furent les catholiques qui demandaient qu'après leur mort leur cœur fût envoyé en telle ou telle église par signe de fidélité – usage barbare qui dura jusqu'au XIXᵉ siècle.

Attentif aux directives du concile de Trente, Fourier avait recommandé à ses ouailles la confession fréquente. (Dans les siècles précédents, on ne se confessait qu'une ou deux fois par an, sauf cas de faute grave.) Il est certain que lui et saint François de Sales, plutôt que des prédicateurs, furent des directeurs de conscience : ils aimaient faire du « sur-mesure ». Les effets du concile de Trente, en ce qui concerne le sacrement de Pénitence, se propagèrent jusqu'au seuil de Vatican II, où ils échouèrent comme des ondes sur la grève...

En dehors des souvenirs de Manon, seul témoignage connu sur la vie d'une pensionnaire de la Congrégation, peu d'écrits d'anciennes couventines d'autres ordres sont parvenus jusqu'à nous. Le plus complet est celui d'Hélène Massalka, orpheline issue d'une grande famille polonaise, qui en 1772 fut conduite par son oncle évêque et Mme Geoffrin à l'Abbaye-aux-Bois, où elle passa huit années sans en sortir, sauf pour quelques bals en période de carnaval [22].

L'Abbaye-aux-Bois appartenait pour lors à des cisterciennes originaires d'une abbaye fondée en 1202 dans le diocèse de Noyon. (Ce n'est qu'en 1807 qu'elle devint un couvent de la Congrégation de Notre-Dame.) En 1654, à la suite d'un incendie dû aux troubles qui agitaient le Soissonnais, les religieuses s'étaient réfugiées à Paris rue de Sève (l'actuelle rue de Sèvres) dans des bâtiments précédemment occupés par les Annonciades des Dix-Vertus – au nom ambitieux puisqu'on ne dénombre que sept vertus cardinales... Elles-mêmes et les pensionnaires qu'elles accueillaient étaient issues de la plus haute noblesse : à cette époque où les classes sociales se trouvaient bien définies, il existait toujours une homogénéité entre le milieu des maîtresses et celui des élèves.

Pour notre chance, Hélène Massalka fut une épistolière très précoce puisqu'elle commença son journal à l'âge de dix ans. On s'explique l'attachement qu'elle éprouva pour son couvent quand on voit la vie fort libre qu'on y menait : on ne risquait guère, alors, d'être renvoyé, aussi les élèves s'en donnaient à cœur joie. Qu'on en juge : « Mademoiselle de Choiseul et moi avions découvert qu'en frottant la porte avec de l'huile, on pouvait l'ouvrir sans le moindre bruit [...]. La chambre de Mademoiselle de Choiseul donnait dans la mienne, elle se levait donc la nuit, venait à mon lit, nous passions nos robes de chambre, nous ouvrions doucement la porte, et nous courions la maison toute la nuit, nous amusant à jouer toutes sortes de tours. Une fois, nous prîmes une bouteille d'encre et nous la versâmes dans le bénitier [...]. Comme ces dames disent matines à deux heures après minuit et qu'elles les savent par cœur, il n'y a point d'autre lumière que celle de la lampe qui éclaire bien faiblement le bénitier; elles prirent de l'eau bénite et ne s'aperçurent point comme elles s'accommodaient. Mais le jour vint, vers la fin des matines; ainsi, se voyant toutes balafrées d'une manière si étrange, elles se mirent si fort à rire les unes et les autres que l'office en fut interrompu [...]. On fit le lendemain des perquisitions, mais on ne put jamais savoir qui c'était.

« Quelques jours après, nous fîmes un autre tour [...]. Nous attachâmes fortement nos mouchoirs aux cordes des cloches. Quand la novice qui devait sonner matines vint, elle eut beau faire. Elle croyait sonner mais, quand cela venait aux nœuds, cela arrêtait, et les cloches ne remuaient pas; ainsi ces dames qui attendaient le premier coup de matines pour descendre n'arrivaient pas, la religieuse était " rendue " de sonner [...]. On monta à la tribune et l'on trouva les mouchoirs. Malheureusement nos marques y étaient. » Voici la punition : « Nous serions à genoux en bonnet de nuit pendant la grand-messe le dimanche suivant; mais comme nous devions compte à Dieu des prières qui n'avaient pas été dites ce jour-là, [...] nous dirions à haute voix pendant la récréation les sept psaumes de la pénitence. »

L'affaire qui nous surprend le plus par son ampleur est

une rébellion que fomentèrent les élèves, se retranchant dans les cuisines comme dans un camp fortifié. (L'abbaye abritait alors soixante-treize religieuses, cent quatre converses, huit novices et cent soixante-dix-sept pensionnaires.) Mme Saint-Jérôme, détestée des élèves, avait jeté à terre l'une d'elles qui se disputait avec d'autres en récréation; cette chute lui occasionna un saignement de nez. « Quand nous vîmes le sang, nous nous rassemblâmes autour d'elle et jurâmes que [...] nous allions jeter madame Saint-Jérôme par la fenêtre parce qu'elle avait assassiné une de nous. Madame Saint-Jérôme [...] perdit la tête [...]. Elle prit donc le parti de la retraite, en disant qu'elle allait se plaindre à madame de Rochechouart. Mortemart [une élève] monta sur la table et dit [...] qu'il fallait nous retirer de la classe, et n'y revenir qu'à des conditions aussi avantageuses qu'honorables. On décida qu'on traverserait le jardin, qu'on s'emparerait des cuisines et garde-manger et qu'on réduirait ces dames par la famine [...]. Nous entrâmes d'abord dans la cellerie, où nous ne trouvâmes que madame Saint-Isidore et sœur Marthe. Nous les priâmes fort poliment de sortir; elles furent si effrayées de nous voir qu'elles s'en allèrent tout de suite [...]. Nous fûmes un peu étonnées de voir beaucoup de monde à la cuisine [...]. Madame de Saint-Antoine nous demanda ce que nous voulions : mademoiselle de Mortemart lui répondit que nous fuyions la classe parce que madame Saint-Jérôme avait cassé la tête à une pensionnaire. Effrayée de cette nouvelle [...] elle nous quitta et courut à la classe pour vérifier tout cela [...]. Pour madame de Saint-Sulpice, âgée de seize ans [...] nous lui dîmes que nous la gardions comme témoin, que nous ne ferions aucun dégât dans les provisions de la maison [...]. On résolut de faire une capitulation [...]. [Des ambassadrices en portèrent le texte à madame de Rochechouart, maîtresse générale] : “ Nous vous demandons pardon, Madame, de la démarche que nous venons de faire, mais les cruautés et l'incapacité de madame Saint-Jérôme nous y ont forcées. Nous demandons une amnistie générale du passé, que madame Saint-Jérôme ne mette plus les pieds à la classe, et huit jours de récréation pour nous reposer de la fatigue de corps et d'esprit que tout ceci nous aura donnée [...]. Si [...] l'on ne veut pas traiter avec nous [...] nous irons à force ouverte chercher madame Saint-Jérôme et la fouetter aux quatre coins du couvent " [...]. Quand nous revînmes, on nous entoura : " Eh bien, quelles nouvelles? – Aucune! " dîmes-nous tristement [...]. Alors nous enfonçâmes les portes de la boulangerie et de la boucherie, et sœur Clotilde [...] fut obligée de céder au grand nombre et apprêta le souper, qui fut très gai. L'on fit cent folies, l'on but à la santé de madame de Rochechouart [...]. Madame de Saint-Sulpice, qui était gaie et aimable, fut de la meilleure humeur du monde et elle joua avec nous. Quand il fut question de se coucher, nous arrangeâmes une espèce de lit avec de la paille qu'on prit dans la basse-cour [...]. Cette nuit se passa partie à causer, partie à dormir, comme l'on put. Le lendemain, on se prépara à passer la journée de même, et il nous semblait que cela devait durer toute la vie. Cependant on était très embarrassé dans le couvent, comme nous l'apprîmes depuis [...]. Madame de Rochechouart dit qu'il valait mieux faire venir les mères des pensionnaires qu'on jugerait être les chefs de la rébellion [...]. Elles vinrent à notre camp et appelèrent leurs filles et leurs nièces. Celles-ci n'osèrent pas résister, elles les emmenèrent [...]. Alors on envoya une sœur converse aux pensionnaires dire [...] que celles qui seraient revenues à midi à la classe auraient une amnistie générale du passé. On se consulta beaucoup, les plus mâtines étaient parties, nous revînmes toutes [...]. Madame de Saint-Antoine dit que nous méritерions d'être punies, mais qu'enfin c'était le retour de l'enfant prodigue [23]. »

A l'Abbaye-aux-Bois – de même d'ailleurs qu'au Pentemont, collège aussi sélect – l'esprit du monde et de la Cour ne manquait pas de pénétrer : c'est ainsi, rapporte Hélène Massalka, que des élèves d'une dizaine d'années s'y battirent en duel à coups de canif pour une question de point d'honneur de leurs familles; leurs blessures, heureusement, furent légères. Ou bien l'affaire courut tout Paris, ou bien elle se répéta ailleurs : on lit en effet dans un ouvrage anonyme, *Les Enfants célèbres chez toutes les nations,* que « deux jeunes demoiselles de bonne famille et pensionnaires dans une abbaye de Paris, après avoir été amies intimes, se brouillèrent en apprenant le blason, chacune d'elles soutenant que sa maison était plus ancienne que celle de sa compagne. La querelle devint si vive qu'elles résolurent de se battre en duel [...]. Elles se rendirent dans un endroit écarté du jardin du couvent et, s'attaquant avec fureur à coups de couteau, elles se blessèrent grièvement l'une et l'autre ». A Pentemont, une élève de huit ans, Mlle de Montmorency, réprimandée par l'abbesse, Mme de Richelieu, qui lui dit, en colère : « Quand je vous vois comme cela, je vous tuerais! », lui répliqua : « Ce n'est pas la première fois qu'un Richelieu serait le bourreau d'un Montmorency [24]. » Pour un âge aussi tendre, elle connaissait bien son histoire...

Cependant l'on ne faisait pas que des farces de collégiennes à l'Abbaye... Si l'on en juge par les Mémoires d'Hélène Massalka, on constate qu'on y faisait aussi des études fort honorables. Celle-ci avait un joli style, mais hélas une écriture illisible dont se plaignait son professeur, M. Charme; comme elle confondait les M et les N, il lui faisait recopier l'exemple : « Massinissa, roi de Numidie »... Le dessin n'allait guère mieux que la calligraphie... Mais elle savait « sur le bout de son doigt » son histoire ancienne et la mythologie, l'histoire de France, tout le poème de la « Religion », les fables de La Fontaine, deux chants de *La Henriade*, toute la tragédie d'*Athalie*. Elle avait appris aussi un peu de géographie, et le catéchisme de Montpellier, d'inspiration janséniste. C'était une jeune fille fort accomplie : elle dansait très bien, savait solfier, jouait un peu de clavecin et avait des notions de harpe. L'horaire des pensionnaires se partageait en effet par moitié entre l'instruction proprement dite et les arts d'agrément, car l'on désirait former à l'Abbaye de futures grandes dames, aptes à tenir leur place dans le monde et à la Cour.

La vie, hélas, loin d'améliorer le caractère d'Hélène Massalka, en accusa les défauts : d'espiègle elle devint fantasque, donc malheureuse. Elle commença par aimer passionnément son premier mari, le prince de Ligne, dont elle eut une fille, mais ensuite en divorça pour épouser le prince Potocki, lui-même divorcé, qui la trompa abondamment malgré ses violentes scènes de remontrances. Elle voyagea beaucoup. Ils eurent trois enfants qui à son grand désespoir moururent en bas âge. Quand elle revint à Paris après la Révolution, elle visita avec nostalgie sa chère Abbaye défigurée : Mlle de Stainville, la sœur de sa meilleure amie d'antan, Mlle de Choiseul, avait été guillotinée... Elle-même mourut, après une brève maladie, en 1815, à cinquante-deux ans.

MARIAGES ARRANGÉS ET VOCATIONS FORCÉES

La véritable honte de cette époque, ce n'est pas à notre sens l'enfermement derrière des murs, dans une clôture très stricte, de tant de fillettes. L'éloignement de la famille, le peu d'intérêt que celle-ci portait à sa progéniture nous choquent davantage. Mme de Sévigné se reprocha comme d'une « barbarie » d'avoir mis sa fille en pension, et déplora que Mme de Grignan suivît cette cruelle coutume et après Blanche envoyât Pauline à la Visitation d'Aix. (Entrée à cinq ans et demi, elle devait y prendre le voile à dix-huit ans.) L'ignominie, à nos yeux, ce sont les mariages d'enfants, si répandus alors... Hélène Massalka a raconté le mariage d'une de ses compagnes, Mlle de Bourbonne, avec le comte d'Avaux en 1778. Elle avait douze ans, devait faire sa première communion, se marier quatre jours après, puis rentrer au couvent. « Elle était si excessivement mélancolique que nous lui demandâmes si son futur ne lui plaisait pas; elle nous dit franchement qu'il était bien laid et bien vieux... Nous le trouvâmes comme il était, abominable! ... Tout le monde lui disait : " Ah! mon Dieu, que ton mari est laid! Si j'étais que de toi, je ne l'épouserais pas. Ah! la malheureuse! " Et elle disait : " Ah! je l'épouserai, car papa le veut; mais je ne l'aimerai pas, c'est une chose sûre [25]. " » Il ne faut pas s'étonner qu'elle ait eu, quelques années plus tard, une longue liaison avec le vicomte de Ségur.

D'excellents parents, comme le duc et la duchesse d'Ayen, n'hésitèrent pas à négocier le mariage de leurs filles dès qu'elles eurent quatorze et quinze ans, sous la condition que leurs futurs gendres, le marquis de Lafayette et le comte de Noailles, attendissent l'un dix-huit mois, l'autre un an. La meilleure amie d'Hélène Massalka, Mlle de Choiseul, épousa à quatorze ans, en 1778, son cousin, et rentra ensuite à l'Abbaye-aux-Bois : on ne les avait jamais laissés seuls ensemble, mais par chance elle s'en éprit [26].

Un autre scandale, ce furent les mariages bâclés, c'est-à-dire conclus sans l'avis des intéressés et célébrés presque aussitôt alors qu'ils se connaissaient à peine. Geneviève de Malboissière, dont nous possédons les nombreuses lettres qu'elle écrivit entre quinze et dix-neuf ans à son amie intime Adélaïde Méliand, fait le récit de celui de sa cousine, Louise

Randon, qui épousa en 1764 un veuf, le président Le Pelletier de Saint-Fargeau. Elle avait dix-sept ans, et sortait d'un couvent réputé, la Madeleine de Traisnel. Le mariage, décidé par les parents le 20 novembre, fut annoncé à l'intéressée le 12 décembre – elle pleura – et célébré le 26. Les mariages de Mme d'Houdetot, en 1748, et de la comtesse de Choiseul-Stainville, en 1761, furent encore plus rapides [27].

Dans la seconde moitié du XVIIIe siècle, la vogue des mariages arrangés commença heureusement à être battue en brèche : Manon Phlipon refusa de multiples partis avant de se décider à épouser Roland. Quant à Geneviève de Malboissière, elle s'élevait contre les mariages de convenance et était décidée à faire un mariage d'amour; le fiancé qu'elle s'était choisi mourut hélas à dix-neuf ans, et elle moins d'un an après lui, tous deux des suites d'une rougeole.

Les jeunes filles, en ce temps-là, rêvaient tôt du mariage. Une élève des Ursulines de Gand rédigea une « Litanie pour les filles qui désirent avoir un mari », alors qu'elle n'avait pas dix-huit ans.

Seigneur ayez pitié de moi
Sainte Marie tout le monde se marie
Sainte Bertrande personne ne me demande
Saint Éloi ayez pitié de moi
Saint Nicolas ne m'oubliez pas
Saint Simon soulagez ma passion
Saint Louis envoyez-moi un mari
Sainte Julie qu'il soit joli
Saint Léon qu'il soit bon garçon
Saint Ignace qu'il ait bonne grâce
Saint Hilaire qu'il ait bon air
Sainte Agnès qu'il ait de l'adresse
Saint Benoît qu'il n'aime que moi
Saint Gilles qu'il soit bien habile
Saint Grégoire qu'il n'aime point à boire
Saint Cloux qu'il ne soit point jaloux
Saint Bruno que ce soit bientôt
Saint Gilain que ce soit demain
Saint Henri que ce soit aujourd'hui
Saint Clément que ce soit maintenant
Saint Denis que tout soit accompli
Sainte Élisabeth je suis toute prête
O bon Jésus, je n'en puis plus [28].

Que voilà une jeune Belge déchaînée ! Mais l'histoire finit bien : elle se maria.

De même qu'il y avait des mariages arrangés, il y avait des vocations forcées – autrement dit, des entrées au couvent imposées. Manon Phlipon signale celle de sœur Agathe, et Hélène Massalka celle de Mlle de Rastignac dont elle décrit la cérémonie de profession : « Quand elle eut fait son vœu d'obéissance et que cela vint au vœu de chasteté, elle s'arrêta si longtemps que toutes les pensionnaires, qui avaient beaucoup pleuré, ne purent s'empêcher d'avoir envie de rire. Elle fit un profond soupir en disant " de chasteté et de clôture perpétuelle ", et en même temps elle laissa tomber sa tête sur les genoux de Madame l'abbesse. On vit qu'elle s'évanouissait, aussitôt on la mena à la sacristie [29]. »

En contrepartie il existait aussi des vocations qui chagrinaient fort les parents : nous avons vu que ceux d'Alix Le Clerc furent longs à lui donner leur accord. Racine a avoué dans une lettre combien il avait pleuré à la profession de sa fille aux Ursulines : « Je n'ai pas cessé de sangloter, et je crois que cela n'a pas peu contribué à déranger ma santé [30]. » Il mourut en effet quelques mois plus tard.

La Révolution devait balayer bien des coutumes. Cependant, celle des mariages ou des prises de voile célébrés à la sortie de pension, sans que les jeunes filles connussent le monde, se perpétua longtemps encore ; Mme de Souza en fit le sujet de son roman *Adèle de Sénange* : mise au couvent à deux ans, Adèle doit épouser un homme qu'elle n'a vu qu'une fois au parloir. L'auteur s'était inspirée de ses souvenirs personnels : en effet, selon Sainte-Beuve, « il y a [...] dans la vie et dans la pensée de Mme de Souza quelque chose de plus important que d'avoir lu Jean-Jacques ou La Bruyère, que d'avoir vu la Révolution française, que d'avoir émigré et souffert, et assisté aux pompes de l'Empire, c'est d'avoir été élevée au couvent [...]. Cette circonstance est demeurée la grande affaire de sa vie [31] ».

Puisque nous passons en revue les scandales du temps dont la femme fut victime, il faut mentionner les internements d'épouses pour motif d'adultère, punition relativement fréquente à la fin du Moyen Age, et qui était encore appliquée au XVIIIe siècle comme en témoigne l'histoire de la comtesse de Stainville. Son mari, ayant appris qu'elle le trompait avec un acteur, se munit d'une lettre de cachet et l'enleva un beau jour de 1767 à trois heures du matin pour la conduire au couvent des Filles de Sainte-Marie à Nancy où elle resta enfermée jusqu'à sa mort : en effet, quand on lui offrit d'en sortir elle refusa [32]. L'autoritarisme des maris, ou plutôt leur despotisme, Mme de Maintenon le connaissait bien, qui mettait en garde contre lui ses filles de Saint-Cyr : « L'obéissance des gens du monde est bien plus difficile que celle des religieuses. Si vous y cherchiez de la douceur, je vous dirais : entrez dans un couvent, car entre la tyrannie d'un mari et celle d'une supérieure, nommons cela ainsi, il y a une différence infinie [...]. Il serait difficile de prévoir jusqu'où un mari peut porter le commandement [33]. »

Les couvents, heureusement, ne remplissaient qu'accidentellement l'office de prison pour femmes adultères. Dès la fin du XVIIe siècle, ceux dont la vocation était enseignante commencèrent à susciter moins d'engouement : Fénelon fut le premier à prôner l'éducation maternelle donnée à la maison. Ils ne désemplirent pas cependant car ils répondaient à de réels besoins : ils permettaient, entre autres choses, de « caser » les orphelines de père ou de mère relativement nombreuses car l'espérance de vie était courte alors, ainsi que les enfants dont les parents étaient partis aux Iles rétablir leur fortune (tels les Roume de Saint-Laurent, installés à la Grenade, qui mirent leur fille au Pentemont, où l'abbesse poussa le dévouement jusqu'à lui chercher un mari [34]). Il y avait enfin les enfants dont la mère avait un emploi à la Cour ou une vie sociale trop chargée pour s'occuper d'elles. Dans la noblesse ou dans la bourgeoisie, chose curieuse, on n'envisageait point alors la solution de l'externat. L'éducation à la maison avec des professeurs variés ne constituait pourtant pas la solution idéale, car il y manquait l'apprentissage de la vie en société. Mais c'est probablement là, il faut le reconnaître, que se formait l'élite intellectuelle, là qu'une jeune fille douée pouvait le plus facilement développer ses talents. Les cas les plus spectaculaires furent ceux de Manon Phlipon qui ne passa au couvent que l'année de sa première communion et qui poursuivit ensuite de brillantes études, et celui de Geneviève de Malboissière, jeune fille prodige dont Grimm fit l'éloge à son décès, en disant qu'elle possédait parfaitement sept langues, à savoir : le grec, le latin, l'italien, l'espagnol, le français, l'allemand, et l'anglais [35].

En France on s'est toujours moqué des bas-bleus : Molière avait obtenu un franc succès en caricaturant les femmes savantes, les précieuses ridicules, l'école des femmes. Quelques vers, extraits de la préface d'un *Livre de rhétorique à l'usage des jeunes demoiselles,* édité en 1787, prouvent à quel point on les incitait peu au travail intellectuel – étrange publicité pour un livre de classe !

> [...] *Tous les jours leur ignorance aimable*
> *A la honte du Grec et du Latin fait voir*
> *Combien au cabinet le monde est préférable*
> *Et le sentiment au savoir.*

Ce que l'on cherchait, somme toute, au XVIIIe siècle, c'était à former de bonnes maîtresses de maison qui fussent aussi d'un commerce agréable. Et l'on y parvint : étincelants d'esprit furent les salons d'alors. Jamais l'influence des femmes ne fut plus grande car souvent elles tiraient les ficelles en politique ou en religion. Le nonce du pape avait déjà remarqué en 1623 qu' « en France, tous les grands événements, toutes les intrigues d'importance dépendent le plus souvent des femmes ». Un siècle et demi plus tard, un témoin d'un genre différent, Collé, auteur de chansons et comédies, émit le même jugement : « Elles ont tellement pris le dessus chez les Français, elles les ont tellement subjugués qu'ils ne pensent et sentent que d'après elles [36]. »

On put constater, au moment de la Révolution, que leur éducation morale n'avait pas été négligée, comme on aurait pu le croire : si trop souvent ces femmes de l'Ancien Régime ne se conduisirent pas en bonnes épouses à cause des mœurs du siècle qui les obligeaient à se marier très jeunes et sans inclination, elles surent, quand il le fallut, mourir avec courage sur l'échafaud, et affronter la mort avec la même grâce polie qui avait été leur apanage dans la vie – et parfois la même élégance. « Parmi le peu de vêtements qu'on leur avait permis d'emporter [en prison], écrit Mme de Nicolay en parlant de sa mère Mme de Lameth, et de Mme d'Aiguillon, elles avaient glissé un caraco plus élégant que les autres, dont elles se gardaient bien de se parer et qu'elles réservaient pour le jour qu'on les conduirait au supplice [37]. » Quant à la jeune princesse de Monaco, après avoir coupé sa chevelure pour la léguer à ses enfants, elle se mit du rouge aux joues : « Je ne veux pas, dit-elle, que l'échafaud puisse me faire pâlir[38]. » La foule remarqua la robe blanche de Marie-Antoinette, si propre et si nette. On rapporte qu'au moment de s'approcher de la guillotine, elle heurta légèrement le bourreau du pied : « Pardonnez-moi, monsieur », dit-elle. Ç'auraient été ses dernières paroles[39]... Vraies ou arrangées, ces anecdotes sont significatives d'un état d'esprit qui, lui, exista réellement, et frappa les contemporains. On aurait dit que ces femmes, qui avaient tant souri à la vie, s'efforçaient, par une suprême coquetterie, de sourire à la mort, d'un « sourire en pleurs », comme dit Homère. Elles, souvent si légères, trouvèrent dans leur tradition chrétienne une force qui parvint à susciter l'admiration.

SAINT-CYR ET PORT-ROYAL

Il exista bien une tentative pour trouver un moyen terme entre l'éducation au couvent, confite en dévotion, et celle à la maison : ce fut Saint-Cyr. La Maison royale de Saint-Cyr fut à l'origine un établissement laïc, tenu par des dames et non des religieuses, et tout entier pensionné par le roi. Mme de Maintenon, qui avait souffert d'avoir été une jeune fille noble mais pauvre, avait insufflé à Louis XIV l'idée de faire une fondation en faveur de celles qui se trouvaient dans cette même situation. Mais Louis XIV ne voulait plus de couvents, les trouvant déjà trop nombreux, inutiles et dispendieux. D'où l'idée d'une fondation originale... Saint-Cyr constitue donc un cas tout à fait particulier, et apparaît quand on l'étudie fort différent de ce qu'on croit communément. Il est nécessaire de rappeler quelques dates pour comprendre son histoire. Mme de Maintenon, née en 1635, après avoir passé quelques années aux Iles, fut élevée à Niort, puis à Paris chez les Ursulines dont elle garda mauvais souvenir. Mariée à seize ans à Scarron, écrivain infirme, elle se trouva veuve désargentée à vingt-quatre. Sa vie alors ne fut pas sans écarts : elle eut une liaison avec le marquis de Villarceaux, et devint vers 1674 (aux approches de la quarantaine) la maîtresse de Louis XIV qui l'épousa secrètement dix ans plus tard à la mort de la reine. Elle fonda alors, avec son appui, la Maison royale de Saint-Cyr pour l'éducation de deux cent cinquante jeunes filles nobles et pauvres.

Ses goûts ne la portaient pas vers la dévotion – sur ce point elle se trouvait en accord avec Louis XIV –, mais vers l'instruction et les œuvres charitables : elle était bonne et généreuse envers les démunis, dont le sort l'apitoyait fort. Quant à l'instruction, elle avait déjà fait ses preuves en élevant les enfants du roi et de Mme de Montespan.

Mais Saint-Cyr se transforma vite en une petite cour... L'idée d'être pensionnaires du roi montait à la tête des jeunes demoiselles. Avoir joué devant lui Esther ou Athalie, et suscité son admiration et celle de son entourage, n'était pas pour les rendre plus humbles. Elles se croyaient tout permis : certaines mirent même de la ciguë dans le potage de leur maîtresse pour s'en débarrasser ! Sept ans après sa fondation, Mme de Maintenon se rendit compte qu'elle l'avait bâtie « sur du sable » – ce sont ses propres termes – que les couvents, qu'elle avait tant dénigrés, avaient du bon, et que sans doute la raison ne pouvait suppléer l'oraison. Saint-Cyr vers la fin du XVIIe siècle connut donc la même évolution que les instituts créés près de cent ans plus tôt comme les Ursulines et la Congrégation de Notre-Dame : de laïques les maîtresses se firent religieuses et prirent le costume. Quant à la clôture, elle existait déjà : chose étonnante, alors que Mme de Maintenon voulait avant tout préparer les demoiselles à leur vie future et leur donner une éducation ouverte sur le monde, elle les enferma dans une clôture aussi stricte que celle des couvents, ne les autorisant, au cours de leurs treize années de pensionnat, à voir leur famille que quatre fois par an, aux vigiles des grandes fêtes – et ceci jusqu'à l'âge de vingt ans [40].

Mme de Maintenon n'avait rien d'une mystique : pourtant, à un moment elle fut subjuguée par le quiétisme de Mme Guyon et de Fénelon (dont elle appréciait fort par ailleurs les théories éducatives). Devant les excès que cette doctrine introduisit à Saint-Cyr – les demoiselles devenaient exaltées et visionnaires – et le mécontentement du roi qui ne craignait rien tant que les hérésies, source de dissensions dans le royaume, elle laissa tomber Fénelon et Mme Guyon et redevint la personne plus raisonnable que dévote qu'elle avait été jusqu'alors, avant tout passionnée d'éducation.

A la Révolution les dames de Saint-Louis durent quitter leur illustre pensionnat pour n'y plus revenir. Napoléon, qui admirait Mme de Maintenon, s'inspira de son exemple pour fonder les maisons de la Légion d'honneur. Qu'évoque de nos jours Saint-Cyr dans la mémoire des Français? Une légende, sans doute, semblable à un beau conte de fées : nobles, pauvres, protégées par les rois, les trois mille demoiselles élevées à Saint-Cyr en cent ans firent plus travailler les imaginations que parler d'elles : aucune ne devint célèbre. Demeurent aussi les tragédies que Racine composa à leur intention. On oublie souvent que l'hymne national anglais, le « God Save the King », est la traduction du chant de bienvenue par lequel les petites filles accueillirent Louis XIV à sa première visite, et qu'il fut composé par leur directrice, Mme de Brinon, sur une musique de Lulli. Les beaux bâtiments construits par Mansart, après avoir abrité nombre d'orphelines dont les pères avaient été tués dans les guerres du royaume, hébergèrent de futurs officiers : les ailes de la gloire palpitèrent encore quelque temps dans leur murs – jusqu'en 1940.

Mais il reste aussi... les rubans ! Mme de Maintenon inventa de différencier les classes par la couleur des rubans que les demoiselles portaient dans leurs cheveux et à la taille, et qu'on retrouvait dans les courtines de leur dortoir et les rideaux de leur salle de travail. L'idée fit fureur : tous les couvents enrubannèrent leurs élèves. On les connaissait encore aux Oiseaux de Verneuil, en 1945. Mme de Maintenon, si raisonnable – en apparence du moins – que Louis XIV l'appela Sa Solidité, a ainsi laissé dans l'histoire de frivoles souvenirs : la petite croix à la Maintenon, avec quatre diamants, et des flots de rubans multicolores...

Plus encore que Saint-Cyr, Port-Royal a donné naissance à un mythe :

Feuillages pondérés et fins de Port-Royal,
Peupliers qui tremblez jusques en vos racines;
Brumes s'évaporant en flocons bleus du val;
Vous m'avez fait aimer d'un amour sans égal
La prose de Pascal et les vers de Racine[41].

La gloire qui entourait la célèbre maison a rejailli sur les petites écoles qu'elle abritait, celle de garçons, la plus connue, et celle de filles, bien que leur existence fût brève. Fondées en 1657, elles furent fermées en 1661. Jacqueline Pascal, la sœur de Blaise, rédigea le règlement de celle des filles. Il ressemblait à celui des autres pensionnats, à ceci près qu'on y admettait les fillettes à condition qu'elles y restassent plusieurs années, et que l'accent était porté sur le silence, sans doute à cause de l'influence des Solitaires établis à côté. C'était une éducation strictement religieuse, mais la pratique en était raisonnable. « Port-Royal, remarqua Pascal, voulait l'étincelle, mais il la voulait dans les cœurs plutôt encore que dans les esprits. Il voulait des esprits réglés, et des cœurs brûlants de zèle : la science ne venait qu'en second ordre. » Quant à lui, il regrettait le manque d'émulation qui y régnait, et constatait avec tristesse : « Les enfants de Port-Royal, auxquels on ne donne point cet aiguillon d'envie et de gloire, tombent dans la nonchalance [42]. »

Philippe de Champaigne a peint dans un tableau fameux les religieuses de Port-Royal, qui ont inspiré aussi les écrivains dont Sainte-Beuve, puis plus récemment Montherlant. Ce dernier, dans une pièce de théâtre, les a opposées à leur évêque : « Nous sommes différentes, et c'est en effet le seul grief qu'on ait contre nous. Nous sommes différentes, mais le christianisme est différent, Monseigneur [...]. Dans un village il y avait un ecclésiastique qui passait son temps à lire son bréviaire. Alors, dans le village, on commença de l'appeler : janséniste. Dans un couvent, il y avait de petites pensionnaires qui allaient toujours les yeux baissés : alors on se mit à les traiter de jansénistes. En tout endroit où le christianisme est pris au sérieux un peu plus qu'ailleurs, on appelle jansénistes ceux qui le prennent ainsi, et on les traite en maudits et en pestiférés [43]. » On ne peut relire l'histoire dramatique de Port-Royal sans la rapprocher de celle des intégristes modernes. Tant de pleurs, peut-être aussi une bonne dose d'orgueil de part et d'autre. Tant de talents gaspillés... Ainsi au cours des âges se succèdent les affrontements religieux. Ainsi la sueur de sang de Jésus – le grand Solitaire, le grand incompris du mont des Oliviers – ne cesse de couler sur le monde...

LA LIGNE MAGGIOLO

Port-Royal fut un cas à part que nous ne pouvions passer sous silence à cause du retentissement qu'il eut. Il est temps de revenir à la Congrégation de Notre-Dame, et de survoler l'éparpillement de ses maisons – presque une centaine ! – dans la France de l'Ancien Régime : on en trouvait en particulier à Mattaincourt, Nancy, Pont-à-Mousson, Saint-Nicolas-du-Port, Bar-le-Duc, Mirecourt, Épinal, Lunéville, Neufchâteau ; à Metz, Dieuze, Novemy, Toul ; à Verdun et Saint-Mihiel ; à Arras et Douai ; Saint-Amand et Châteauroux ; Valenciennes ; à Châlons, Vitry-le-François et Sainte-Menehould ; à Houdan, Montfort-l'Amaury et Châteaudun ; à Carentan ; à Vernon ; à Bernay et Honfleur ; à Nantua ; à Coulommiers ; à Châtellerault ; à Rouen, Caudebec ; à Nemours, Provins, Étampes ; à Soissons, Laon, Château-Thierry, Compiègne ; à Reims et Rethel ; à Strasbourg et Saverne. Il ne faut pas oublier, évidemment, le couvent de Paris et ceux des environs : Versailles, Issy, Corbeil. (A l'étranger, mentionnons des couvents au Luxembourg, en Belgique, en Italie, en Hongrie et une dizaine en Allemagne.)

Une constatation se fait jour... Il semblerait qu'en France ces différentes maisons se soient principalement implantées au nord d'une ligne imaginaire allant de Saint-Malo à Genève – la fameuse ligne découverte en 1826 par le baron Dupin, alors qu'il étudiait la fréquentation scolaire de l'époque, et réinventée cinquante ans plus tard par Maggiolo [44]. Maggiolo était un inspecteur d'académie qui, une fois à la retraite, inaugura la période la plus féconde de son existence. Il eut l'idée géniale, afin de cerner le problème de l'alphabétisation, de réclamer le gracieux concours de ses collègues dans l'enseignement, les instituteurs. Il leur demanda de bien vouloir dépouiller les archives de leurs mairies et dénombrer, par périodes qu'il indiquait de 1689 à 1872, les conjoints qui savaient signer leur acte de mariage. Leur zèle ne le déçut pas : seize mille effectuèrent ce sondage. Il put alors remarquer que les Français du Nord étaient nettement plus alphabétisés que ceux du Midi – plus exactement ceux qui habitaient au nord de la ligne Saint-Malo-Genève. Depuis on a constaté que cette ligne est véritablement magique, qu'on vote différemment de part et d'autre, et qu'on y vit, qu'on y grandit et qu'on y meurt différemment. Des explications multiples ont été avancées... Il est amusant de voir que le développement de la Congrégation de Notre-Dame s'est effectué grosso modo au nord de cette ligne. Vu le petit nombre de ses écoles, le résultat n'est guère significatif... mais il nous permet de mentionner cet étonnant Maggiolo ! Signalons toutefois qu'à notre époque de grands bouleversements, le palmarès scolaire change lui aussi : depuis 1960, le Sud bat le Nord !

Il faut préciser ici que la Congrégation de Notre-Dame n'a jamais été une congrégation rurale. D'autres sœurs, telles les Vatelottes en Lorraine, se sont vouées à l'enseignement des petites filles des campagnes. Ce style de vie était incompatible avec la clôture, laquelle requérait un nombre assez important de religieuses et des moyens financiers conséquents.

Après avoir étudié la « ligne » Maggiolo, faisons une remarque sur une « courbe » : celle des établissements de la Congrégation de Notre-Dame, qui est ascendante jusque vers 1700, puis descendante. On retrouve cette courbe dans les autres ordres, masculins ou féminins; sa montée est due principalement à l'enthousiasme né de la Contre-Réforme, mais aussi au développement de la bureaucratie sous Louis XIV : l'État avait besoin, pour les nouveaux postes qu'il créait, de gens sachant lire et écrire; la chute de la courbe résulte de l'affaiblissement général du sentiment religieux qui décrut avec l'apparition des Lumières : les donateurs se firent moins généreux, les revenus tarirent, les vocations diminuèrent de dix ans en dix ans. A la veille de la Révolution, la Lorraine restait cependant une des régions les plus scolarisées de France, en grande partie grâce à l'œuvre accomplie par la Congrégation de Notre-Dame.

QUELQUES MONASTÈRES ET LEURS BIENFAITEURS

Nous sommes relativement peu renseignés sur les couvents de la Congrégation à la fin de l'Ancien Régime. Un des mieux connus est celui de Reims, lequel, en plus de son rayonnement propre, offre cette particularité d'avoir joué un rôle dans la fondation des Frères des Écoles chrétiennes [45]. Jean-Baptiste de La Salle (1651-1719) qui était rémois s'est en effet inspiré de son exemple pour créer son ordre enseignant. Il connaissait bien la Congrégation, établie à Reims depuis 1637, par les nombreuses personnes de sa famille, tantes, sœurs ou nièces qui y étaient entrées comme élèves ou religieuses – seize y prirent le voile ! – et aussi par ses amis ecclésiastiques qui avaient été en rapport avec elle, tel le chanoine Nicolas Roland, fondateur des Filles du Saint-Enfant-Jésus.

Il s'inspira des Constitutions rédigées quatre-vingts ans auparavant par Pierre Fourier pour écrire ses « Règles communes » si bien qu'on a pu faire un parallèle entre les deux textes. La Salle a surtout adopté les idées générales de Fourier en ce qui concerne la gratuité d'un enseignement ouvert à tous et préparant à la vie professionnelle (et n'ayant pas seulement une finalité catéchistique). Mais les frères étaient d'abord des enseignants avant d'être des religieux, tandis que les sœurs de la Congrégation de Notre-Dame étaient d'abord des contemplatives et secondairement des enseignantes.

En effet, seul un petit nombre d'entre elles remplissaient des fonctions de maîtresses : à Reims vers 1668, sur 58 religieuses (converses comprises) il n'y en avait que 4 affectées à l'enseignement des pensionnaires, et 12 à celui des 200 externes. (Dix ans plus tard, le couvent comptait 60 religieuses et 400 élèves, ce qui prouve le succès remporté par son système éducatif). A Châlons la proportion était du même ordre : sur 100 religieuses, 20 enseignaient à 350 élèves [46].

La maison d'Épinal dut son établissement en 1620 à la protection d'une chanoinesse de Remiremont, Mme de Bragone, et celle de Dieuze, en 1621, aux libéralités de Mme de la Ruelle. Malheureusement, ces maisons furent ruinées quelques années plus tard par les Suédois, alliés du roi de France pendant la guerre de Trente ans et connus pour leur sauvagerie [47].

L'établissement de la Congrégation de Notre-Dame à Sainte-Menehould en 1627 ne se fit pas sans problème... Elle se trouva en concurrence avec les Ursulines pour l'achat d'une maison, chaque ordre faisant une surenchère par rapport à l'autre. Finalement les Ursulines s'établirent à l'ouest de la ville, la Congrégation à l'est.

Le monastère de Corbeil, qui avait commencé très petitement en 1642, dut son essor quarante ans plus tard à la protection d'Anne d'Autriche : entre autres libéralités, les religieuses pouvaient prendre chaque année « quatre minots de sel dans le grenier de Corbeil [48] »...

Le couvent de Strasbourg eut une puissante protectrice en

la personne de la douce et pieuse Marie Leczinska : quand son père, le roi Stanislas, fut dépossédé du trône de Pologne, elle le suivit à Wissembourg, et de là combla de ses bienfaits la Congrégation de Notre-Dame, établie à Strasbourg depuis 1707 grâce à Louis XIV qui lui avait donné pour s'installer l'hôpital Sainte-Barbe, lequel abrita bientôt quatre-vingt-dix pensionnaires et quatre cents externes. Marie Leczinska aimait tant ce couvent qu'elle y fit une retraite avant son mariage. Plus tard elle fit transférer ces religieuses dans de plus vastes bâtiments ayant appartenu aux Ursulines [49].

Une fois reine de France, elle protégea aussi le couvent de Compiègne : ses filles le visitèrent, son époux Louis XV aussi. (En 1770 Marie-Antoinette devait suivre son exemple et y venir à son tour.) Dans son testament, Marie Leczinska laissa une somme d'argent pour installer la Congrégation à Versailles où, à l'imitation de ce que Mme de Maintenon avait fait à Saint-Cyr, elle voulait fonder un couvent qui accueillerait les filles des officiers attachés à son service et à celui du roi. Dès l'ouverture du couvent les externes pauvres affluèrent : il y en avait deux cents vers 1773, quatre cents à la Révolution [50].

L'établissement de la Congrégation au Luxembourg, en 1627, par des religieuses de Metz, se fit avec la protection de Mme de Busbach, d'une grande famille du pays. Deux de ses filles y prononcèrent leurs vœux, puis elle-même qui dut obéir à l'une d'elles promue supérieure. Son exemple attira beaucoup de vocations : en quatre ans, dix-huit jeunes filles issues des premières familles du Luxembourg prirent le voile dans la Congrégation [51].

En 1634, les sœurs de Saint-Nicolas de Nancy aidèrent la princesse Henriette de Lorraine, sœur du duc Charles IV, à fuir les horreurs de la guerre de Trente Ans et à se réfugier aux Pays-Bas. Neuf ans plus tard, celle-ci favorisa leur implantation à Bruxelles.

La fondation du monastère de Presbourg en Hongrie, en 1742, se fit grâce à la protection de la comtesse d'Oneil et de l'impératrice Marie-Thérèse d'Autriche [52].

Les bienfaiteurs ne faisaient pas toujours preuve de discrétion : c'est ainsi qu'à Metz M. de Belle-Isle plaqua ses armoiries et celles de sa femme Mme de Béthune au-dessus de la porte principale du couvent, tandis que M. de Saint-Simon faisait apposer un cartouche avec les siennes au-dessus de la porte des classes externes. Heureusement une inscription d'une portée plus spirituelle se trouvait aussi gravée dans la pierre :

A Jésus et Marie, sous leur protection,
Est vouée à jamais la Congrégation.
Dans ce lieu la jeunesse est élevée et instruite
Tant à la piété qu'à la sage conduite [53].

Quelquefois d'éminentes bienfaitrices se conduisaient de façon exigeante, telle Madame, douairière d'Orléans, qui avait aidé à fonder le couvent de Charonne : ses infirmités ne lui permettant pas de s'y rendre, elle envoyait souvent quérir la supérieure, « afin de profiter de sa sainte conversation [54] ».

On peut se rendre compte, d'après ces lignes, que le rôle des protecteurs a été primordial dans l'essor de la Congrégation. Comme c'était le cas dans la plupart des autres ordres féminins, ses revenus provenaient pour un quart environ des élèves pensionnaires, un autre quart des dames résidentes, le reste des dots des religeuses. Avec la lourde charge que représentait l'externat gratuit, ils se seraient révélés insuffisants si n'avaient existé les libéralités de puissants personnages : celles-ci constituaient les « subventions de l'époque ».

De même que sur les triptyques du Moyen Age célébrant la gloire de saints auréolés d'or, les peintres faisaient figurer sur les volets latéraux, humblement agenouillés, les donateurs, de même il nous a semblé que c'était justice, à propos de quelques fondations, d'évoquer le souvenir des bienfaiteurs sans lesquels elles n'auraient pu voir le jour.

4

LA CONGRÉGATION DE NOTRE-DAME DANS LA TEMPÊTE RÉVOLUTIONNAIRE

SERMENTS EXIGÉS, VŒUX INTERDITS

A la fin de l'Ancien Régime, comment se présente la Congrégation de Notre-Dame? Elle est largement répandue en France au nord de la Loire, avec quatre-vingt-dix couvents groupant plus de quatre mille religieuses, et se trouve implantée en plusieurs pays frontaliers. Elle ne fait guère parler d'elle et sauf exception recrute ses religieuses comme ses pensionnaires dans un milieu essentiellement bourgeois. Elle n'est pas riche – beaucoup de ses maisons ont des dettes; de puissants personnages « comblent les trous » quand ils sont trop importants. Les couvents comptent en moyenne de quinze à quarante religieuses de chœur, qui psalmodient quotidiennement le grand office à l'église comme les chanoines, une dizaine de sœurs converses, quelques servantes, une vingtaine d'élèves pensionnaires payantes, plus une dizaine de dames résidentes dont le loyer constitue une source appréciable de revenus; à l'intérieur de leurs murs les religieuses enseignent gratuitement des externes, toujours par centaines, très souvent quatre cents – aussi ces couvents sont-ils partout reconnus « d'utilité publique » et généralement très appréciés des municipalités. En ce qui concerne leur direction spirituelle, une rivalité d'influence oppose quelquefois l'évêque du lieu et le « père visiteur » (généralement un jésuite ou un père de la Congrégation de Notre-Sauveur dont faisait partie Pierre Fourier), certains évêques se montrant fort jaloux de leur autorité. Le recrutement se fait pour plus de la moitié intra muros : beaucoup de pensionnaires, vers quinze ou seize ans, prennent le voile. On ne connaît pas de cas de parents imposant une vocation, mais de nombreux cas de religieuses entrant « en famille » : mère et filles, ou bien sœurs.

La Congrégation de Notre-Dame n'est pas un ordre puissant, les couvents sont indépendants les uns des autres. De son temps, Fourier les avait incités à s'aider financièrement quand il se présentait un cas d'urgence ; on peut espérer que cette entraide continua après lui, mais sans doute fut-elle moins forte qu'à l'origine.

Les immeubles qu'occupe la Congrégation ne sont pas beaux ; ils se composent souvent d'un agglomérat de maisons achetées les unes après les autres – rien de comparable avec les abbayes dont les vestiges constituent une des richesses architecturales de la France. La clôture y est strictement respectée : il y a des grilles, des voiles sur les grilles, et des tours pour passer les objets : seules quelques servantes « civiles » assurent la liaison avec le monde extérieur. La qualité que Fourier prisait le plus était l'humilité : c'est elle qu'il cite en premier lieu dans *Le Primitif et Légitime Esprit de l'Institut des Filles de la Congrégation de Notre-Dame*. Ses filles dans l'ensemble ont bien suivi la ligne de conduite qu'il leur avait tracée.

Quelques gravures permettent d'imaginer l'allure de ces couvents : dès le premier coup d'œil on est frappé par l'importance du chœur des religieuses, souvent plus grand que la partie de l'église ouverte au public, et par l'immensité des cours et jardins, parfois merveilleusement dessinés. Ces monastères étaient tout à la fois des maisons de prière, conçues pour des cloîtrées nombreuses, astreintes à vivre en autarcie, et des pensionnats à l'usage d'enfants qui avaient besoin « d'espaces verts » pour se détendre. Hélas, la Révolution les saccagea... Démantelés, ils devinrent prison, comme à Laon, gendarmerie, mairie comme à Issy, et perdirent leur belle ordonnance, à moins qu'ils ne disparussent entièrement sous la pioche des démolisseurs. Pas un ne survécut à la tempête.

Les renseignements que nous pouvons glaner dans les annales des différentes maisons nous donnent une idée de l'état d'esprit qui y régnait à cette époque troublée. Rappelons le calendrier de la lutte anti-chrétienne : en 1789, le 4 août, fut votée l'abolition des privilèges, qui privait le clergé des rentrées des dîmes et casuels, lesquelles représentaient à terme la moitié de ses ressources [1]. En octobre parut le décret sur la suppression des vœux religieux. Le 2 novembre la Constituante confisquait les biens d'Église, et le 13 ordonnait les premiers inventaires (disposition à laquelle les couvents mirent trois mois à se soumettre). Ces deux actes anéantissaient le budget social de la nation, car l'Église supportait presque seule la charge de l'hospitalisation et de l'enseignement en France. En février 1790 furent supprimés les ordres monastiques à vœux solennels : les représentants de la république ouvrirent de force les portes des monastères en incitant les cloîtrés à « choisir la liberté », autrement dit à prendre le large.

Cette politique antireligieuse, menée par une minorité, allait à l'encontre des souhaits profonds du pays, tels qu'ils se révélaient dans les cahiers de doléances : seulement 4 % demandaient la suppression du clergé régulier, 10 % de toutes les dîmes, 2 % la vente des biens du clergé, 2 % l'élection des évêques et des curés.

En mars 1790, quand eut lieu la liquidation du couvent de la rue Neuve-Saint-Étienne – où la discipline était assez relâchée –, il abritait vingt religieuses de chœur : dix-sept déclarèrent vouloir rester quoi qu'il advînt, trois autres, dont la supérieure, réservèrent leur réponse; des sept converses, deux également se montrèrent hésitantes. (Dans le courant du mois, deux sœurs partirent.) Il hébergeait de surcroît trois religieuses de la maison de Corbeil et une Annonciade : toutes les quatre voulurent rester.

La déclaration des biens faite par la supérieure Anne Beauvu le 9 mars 1790 est intéressante car elle révèle la modicité du luxe du couvent. Il y avait dans l'église extérieure cinq tableaux (dont un *Massacre des Innocents*, par J.-B. Corneille et une *Descente de croix*, par Vignon) et dans la tribune un orgue; dans la salle du chapitre, une statue de la Vierge, un tableau, quelques reliquaires; dans la bibliothèque, cent quinze volumes; dans l'infirmerie, une baignoire; dans chacune des trente cellules, un lit, deux couvertures, un traversin, un oreiller, une table, une chaise de paille, un chandelier; au parloir, douze chaises en tapisserie; dans une classe du pensionnat, un forte piano, et dans le dortoir, vingt-six lits; dans le parloir pour les leçons des demoiselles, un clavecin; dans le jardin, deux paires d'arrosoirs et soixante cloches (à melons s'entend!) [2].

Après leur expulsion en 1791 les religieuses se réfugièrent à Rungis sous la houlette de mère Saint-Ambroise. Le couvent fut mis en liquidation par la commission des Biens nationaux en 1792. Un mémoire de l'entrepreneur Sollier indique qu'il dressa des échafaudages dans la chapelle pour démolir les monuments dont une partie était en marbre et une partie en pierre [3]. Si les Vandales vivaient au ve siècle, le terme de « vandalisme » date de la Révolution. Comment expliquer, sinon par la haine de l'Église, ces saccages qui ont défiguré le visage de la France – tant d'églises abîmées, de statues décapitées au porche des cathédrales, d'édifices conventuels démolis... ?

Le monastère de Nancy avait eu un rayonnement exceptionnel de par sa stricte discipline et la bonne éducation qu'il prodiguait aux jeunes filles de la ville. Les commissaires n'en tinrent aucun compte et dès 1791 enlevèrent aux religieuses leurs titres de propriété, ne leur laissant point de rente pour subsister. Comme elles refusaient toutes de prêter serment il leur fut interdit d'enseigner; deux maîtresses civiles les remplacèrent et en 1793 elles durent se disperser, rentrer dans leurs familles ou se cacher dans des maisons amies. En 1796 les bâtiments du couvent furent vendus à des particuliers et transformés en locaux d'habitation [4].

A Châlons, des trente-trois professes, dix converses, trois novices, une seule quitta la communauté. Le procès verbal de leurs réponses aux révolutionnaires a été conservé : « Madame Charlotte Le Clerc de Lasserville a déclaré être dans l'intention de vivre et mourir dans la Communauté, avec le désir de laisser perpétuer la Communauté, pour le bien public ; Dame Jeanne Vautrin, être plus contente de son état, que du plus heureux du siècle ; Dame Marie-Jeanne Gogteaulx que, dans un temps où l'on fait partout serment d'être fidèle à la Nation, à la Loi et au Roi, elle trouve bien étrange qu'on permette aux religieuses d'être infidèles à Dieu [5]... »

Statistiquement, dans les quatre-vingts couvents parisiens étudiés, les religieuses optèrent presque à l'unanimité pour la fidélité à leur état [6]. On les obligea ensuite à élire à nouveau, devant un responsable municipal, leur supérieure – vote qui ne fit qu'entériner d'une façon générale celui qu'elles avaient fait auparavant [7]. En survolant toute la période révolutionnaire, on constate que s'il y eut dans le clergé 31 % d'abandons d'hommes, les femmes résistèrent mieux : il n'y eut que 4 % d'abandons de religieuses de chœur, 3 % de converses, et seulement 1 % de mariages de religieuses [8].

Il est vrai que seuls les prêtres eurent à prendre parti sur la constitution civile du clergé, votée par le gouvernement le 12 juillet 1790 : 60 % des curés l'approuvèrent, moins de 50 % des vicaires, presque pas d'évêques. La France religieuse se trouvait coupée en deux... Par une étrange aberration Louis XVI avait signé le décret le 24 août, mais se rétracta lorsque le pape Pie VI prit enfin position neuf mois plus tard, en avril 1791, déclarant schismatiques les prêtres conventionnels ou assermentés, c'est-à-dire ceux qui avaient prêté le serment. Les révolutionnaires ripostèrent : le 26 août 1792 il fut décrété que tous les prêtres réfractaires (ou insermentés) valides et de moins de soixante ans devraient quitter le royaume dans les quinze jours, sous peine d'être déportés. 40 % du clergé émigra, soit trente à quarante mille prêtres ou religieux. Les pays d'accueil furent les pays frontaliers : l'Angleterre, l'Espagne, l'Italie, l'Allemagne, la Suisse. Quant aux prêtres assermentés, un assez grand nombre d'entre eux abandonnèrent le sacerdoce : un an plus tard, dès 1793, 5 % des séculiers et 8 % des réguliers s'étaient mariés [9].

A peu près toutes les religieuses refusèrent de reconnaître les curés jureurs : aux seuls prêtres réfractaires elles ouvraient les portes de leurs chapelles qui devinrent de plus en plus fréquentées par le voisinage, à l'inverse des autres lieux de culte. L'évêque jureur de Paris, Gobel, voulut leur rendre visite : nulle part il ne fut reçu.

Ainsi nargués, les révolutionnaires cherchèrent à se venger. Des émeutes éclatèrent en avril 1791, provoquées à la même heure dans différents quartiers de la capitale : des bandes de mégères assaillirent les couvents et fustigèrent les sœurs (mot aimable pour dire fouettèrent...). Deux ou trois des victimes, âgées, furent si choquées qu'elles en moururent.

En septembre 1792 la Congrégation de Notre-Dame à Reims vécut des heures fort troublées au cours desquelles cinq prêtres et six civils furent tués. Le peuple, exaspéré par le sang-froid de l'aumônier du couvent, l'abbé Paquot, qui disait préférer la mort à la prestation du serment, au lieu de le déporter comme l'exigeait la loi, l'entraîna sur la place de l'hôtel de ville, le perça de coups de pique, et après l'avoir décapité promena en triomphe les morceaux de son corps dans les rues [10]. On imagine l'effroi des religieuses, d'autant que la populace s'était groupée devant leurs murs, ne cessant de grossir tout au long du jour. Un de leurs amis alla quérir l'aide d'un régiment stationné à Reims qui dispersa les manifestants. Le soir venu, elles sortirent par une porte de derrière, toujours sous la protection de l'armée : « Plusieurs de nos Mères, rapportent les *Annales de Reims*, retournèrent dans leur famille, d'autres qui n'avaient plus de parents louèrent des chambres pour s'y retirer, elles y vécurent tristement comme des colombes gémissantes, manquant quelquefois du nécessaire et n'osant faire connaître leurs besoins à personne. »

Le couvent fut mis en vente comme bien national en juin 1793 : « A vendre un superbe autel [...] élevé sur trois marches, dont la première est en marbre rouge, dit marbre de Saint-Rémi, et les deux autres en marbre gris, appelé marbre de Sainte-Anne; dont le retable est en marbre veiné d'Italie, orné de consoles en volute, garnies de têtes d'anges et d'ornements dorés [...]. » Cette chapelle devint écurie, caserne, puis fut démolie, de même qu'une vingtaine d'autres églises qui avaient donné à Reims sa physionomie tant vantée de ville hérissée de clochers dans une couronne de remparts.

Mais dans la clandestinité, la Congrégation ne tarda pas à reprendre vie à partir d'un nouveau rejeton... Une jeune fille, Sophie Garaudé, qui désirait être religieuse, se réunit à deux sœurs de la communauté de l'Enfant-Jésus; elles louèrent une maison et ouvrirent un petit pensionnat. Sophie devait ultérieurement entrer dans la Congrégation et contribuer à la réimplanter à Reims, onze ans plus tard, à une autre adresse.

Si des religieuses de diverses congrégations, en province ou à Paris, furent inquiétées, arrêtées, condamnées, parce qu'elles avaient caché des prêtres réfractaires, elles le furent également parce qu'elles avaient refusé de « prêter serment ». L'expression est vague car, en fait, il y eut différents serments auxquels furent obligés de souscrire soit les prêtres, soit certaines catégories de religieuses. Les législateurs eux-mêmes, tel Roland, mari de Manon Phlipon, avaient du mal à s'y retrouver... Parfois les instances révolutionnaires firent du zèle et exigèrent le serment de personnes qui n'avaient pas à le prêter.

Du premier serment, sur la constitution civile du clergé, réservé aux hommes et le seul interdit ultérieurement par le pape, nous avons déjà parlé.

Quant aux autres serments, si tous les prêtres étaient astreints à les prêter, seules certaines catégories de religieuses l'étaient aussi. Les décrets n'étaient pas nets, et furent interprétés de façons différentes par les juridictions révolutionnaires. En 1792 il y eut le serment de Liberté, Égalité : « Je jure d'être fidèle à la Nation, et de maintenir la Liberté et l'Égalité ou de mourir en les défendant » ; en 1795 celui de soumission aux lois de la République, en 1797 celui de haine à la royauté et à l'anarchie [11]. Il est aisé de comprendre combien l'attitude des religieuses, dont beaucoup avaient été cloîtrées et donc habituées à obéir aveuglément, fut influencée par les conseils de leurs aumôniers, seuls liens qu'elles avaient avec le monde extérieur en de nombreux cas.

Ainsi, pour les religieuses expulsées de leur couvent, aux souffrances physiques – trouver un abri, et de quoi manger – s'ajoutèrent les souffrances morales : que penser des serments successifs que les révolutionnaires exigeaient d'elles ? Pouvaient-elles en bonne conscience les prêter ? Mais si elles refusaient de le faire, les pensions qu'après la spoliation de leurs biens le gouvernement leur avait promises ne leur seraient plus versées... Comment vivraient-elles ? La division s'installa dans les communautés : les opinions divergeaient. Le doute, les cas de conscience, l'incompréhension mutuelle, voilà quel fut leur triste lot...

Les religieuses de la Congrégation de Notre-Dame-de-Dieuze faillirent payer de leur vie le refus de prêter serment. Elles avaient dû quitter leur couvent en octobre 1792, mais le maire les avait relogées dans un local où elles continuèrent à enseigner. Sommées d'assister à la messe des constitutionnels et de prêter serment, elles déclarèrent préférer « perdre leur pension plutôt que leur conscience ». Huit d'entre elles restèrent à Dieuze et, ayant refusé une seconde fois le serment, furent incarcérées dans leur propre couvent à la fin de 1793. Le comité de surveillance les fit comparaître devant la municipalité ; en séance publique on les invita de nouveau à se soumettre, mais en vain. Elles allaient être envoyées au tribunal de Nancy quand le 9 Thermidor leur épargna cette épreuve. (C'était le 27 juillet 1794 [12].)

Les religieuses de Corbeil s'étaient réfugiées à Boissy-sous-Saint-Yon, n'osant prendre aucune élève et ne réclamant pas leur pension. On les somma pourtant de prêter serment. Le 14 mai 1791 elles écrivirent à Avoine, l'évêque jureur du nouveau diocèse de Versailles, pour lui signifier qu'elles ne prêteraient jamais le serment et qu'elles ne reconnaîtraient que les prêtres tenant leurs pouvoirs de Mgr de Juigné, l'archevêque de Paris. Elles furent emprisonnées et condamnées deux fois à mort, par un premier jugement à la guillotine, par un second à la fusillade; le 9 Thermidor les sauva, elles aussi [13]. Le conducteur de la charrette qui devait les emmener au supplice eut même le ... toupet de leur réclamer le prix de la course décommandée : « Mais, dit la sœur, vous n'êtes pas venu nous chercher [14] ! »

A Bernay, les trente-deux religieuses et les six converses refusèrent également de prêter serment. Les archives de la ville rapportent la séance du 5 mai 1792 : « Dans une salle de ladite communauté, M. le Maire a interpellé toutes et chacune en particulier, de déclarer si elles entendaient ou non prêter le serment prescrit par la loi. A quoi madame de l'Enfant-Jésus [Mme de la Grandière], supérieure, a répondu qu'elle et sa communauté se sont consacrées à l'éducation de la jeunesse, qu'elle en a fait le serment, qu'elle n'en prêtera pas d'autre, que celui qui lui est demandé gêne sa conscience. » Les autres firent des réponses semblables. L'année suivante elles durent se disperser : certaines rejoignirent le monastère de Honfleur dont les sœurs, quelque temps plus tard, furent arrêtées et emprisonnées pendant six mois [15].

Deux couvents se singularisèrent en acceptant de prêter serment : Château-Thierry et Vitry. L'abbé de Branges avait relogé les neuf religieuses expulsées de ce dernier couvent dans une unique pièce pendant six mois. Des pétitions des habitants leur demandèrent de rouvrir une école, ce qu'elles firent, mais les Jacobins leur ordonnèrent de n'habiter que trois par trois. Sur les conseils de l'abbé de Branges, elles acceptèrent de prêter le serment égalité du 3 janvier 1794, mais cela ne les empêcha pas de continuer à être persécutées [16].

A Caudebec enfin, sur trente-quatre religieuses, quatre prêtèrent serment en 1793. Les autres furent incarcérées dix-neuf mois dans les classes de leur pensionnat; condamnées à mort le 1er thermidor, leur exécution était prévue pour le 13 : le 9 thermidor les sauva elles encore [17].

La seule religieuse de la Congrégation de Notre-Dame qui fut guillotinée appartint à la congrégation de Verdun, mais on ignore les détails de sa condamnation. Deux textes d'archives, voilà ce qui reste de la plus glorieuse des filles d'Alix Le Clerc : « En 1792, toutes les religieuses de chœur, quarante, et les dix converses sans exception, ont déclaré aux commissaires du gouvernement que leur intention était de rester, à tout prix, dans leur couvent. » Puis, sur une liste de suspects, dressée le 12 prairial an II, on lit : « Les citoyennes ci-devant religieuses de la congrégation de Notre-Dame-de-Verdun sont déclarées douteuses comme civisme, et dénoncées comme fanatiques. » Suivent leurs noms, sauf celui de la supérieure, Jeanne Agnès Robillard, fille d'un professeur de l'école d'artillerie de Metz « déjà morte sur l'échafaud [18] ». A part son nom, on ne sait rien d'elle : c'est d'une certain façon « le soldat inconnu, tombé au champ d'honneur » de la Congrégation de Notre-Dame...

Celle-ci eut la chance de ne pas avoir d'autres victimes : rappelons que les Ursulines virent quarante-cinq des leurs périr en prison ou de mort violente (douze à Valenciennes, seize à Orange, dix à Nantes, une à Amiens, six à Bordeaux). Mais leurs couvents étaient alors au nombre de trois cent soixante-seize, soit quatre fois plus que n'en comptait la congrégation de Notre-Dame.

LA PRISON DES OISEAUX

Peut-être est-ce bientôt mon tour,
Peut-être avant que l'heure, en cercle promenée,
Ait posé sur l'émail brillant
Dans les soixante pas où sa route est bornée
Son pied sonore et vigilant,
Le sommeil du tombeau pressera ma paupière [19].

Nous ne pouvons quitter cette sanglante époque sans dire un mot, au passage, de la prison de la section du Bonnet-Rouge (on sait qu'il s'agit du bonnet phrygien, coiffureemblème des sans-culottes – et de notre Marianne!). Cette prison avait été installée en effet dans les murs de l'ancien hôtel des Oiseaux, boulevard des Invalides, lequel devait se transformer, en des temps plus heureux, en couvent des Oiseaux, d'illustre mémoire...

C'était une prison de luxe, bénéficiant d'un régime particulier. La plupart des détenus appartenaient à la noblesse la plus fortunée et payaient de fortes sommes pour jouir d'un certain confort. Aussi la section, qui en tirait profit, ne laissait-elle pas volontiers partir ses pensionnaires... En six mois, sur cent soixante détenus, trois seulement furent exécutés. Mais les vexations ne manquaient pas : après la mort de Marat, les prisonnières des Oiseaux furent désignées pour faire partie du pompeux cortège qui conduisit au Panthéon la baignoire de porphyre, exhumée d'un musée, où l'on avait placé sa dépouille drapée de linges sanglants. (Elle n'y resta pas longtemps : en 1795, elle fut jetée à l'égout.)

Quand on avait une personne de sa famille dans cette prison, on était relativement rassuré. Aussi la surprise fut-elle grande le soir du 7 thermidor... Le président d'Hornoy, l'un des détenus, a raconté la scène : « La cloche sonne. Ce signal inattendu [...] jette dans nos cœurs un pressentiment effroyable. Je me précipite à la porte, je trouve sous la voûte un grand homme d'une figure atroce, ayant une médaille à sa boutonnière, une liasse de papiers dans ses mains, plusieurs gendarmes autour de lui. J'apprends que c'est un huissier du tribunal révolutionnaire, qu'un chariot à quatre chevaux est là, qu'on va enlever peut-être vingt ou vingt-cinq d'entre nous, qu'il faut que nous nous rendions tous dans la cour [...] L'horrible ministre de la mort appelle successivement : " Darmentières, Chimay, Narbonne-Pelet, Cécile Quevrain, Quérhoënt, Maulévrier, Raymond de Narbonne. " Toutes ces femmes marchent sans donner une marque de faiblesse [...] L'huissier appelle ensuite trois hommes, le duc de Clermont-Tonnerre, le marquis de Crussol d'Amboise, M. de Saint-Simon, évêque d'Agde [...] La malheureuse Mme de Quérhoënt, âgée, valétudinaire, faible, sans cesse tourmentée de ses terreurs que nous trouvions frivoles, nous en avait tourmentés tous [...] Elle marchait avec la même fermeté que ses compagnes, et quand, en passant près de moi, je lui entendis dire : " Eh bien, messieurs, mes craintes étaient-elles si folles? " tous les reproches que je m'étais permis furent des remords déchirants pour moi [...] La plus courageuse, la plus touchante peut-être fut la comtesse Raymond de Narbonne. Jeune encore, aimable, intéressante, on l'arrachait à une fille de dix ans, qui était là. Elle obtient de se lever un moment [...] elle s'avance avec dignité vers la duchesse de Choiseul : " Madame, lui dit-elle en l'embrassant, je vous recommande ma malheureuse fille, daignez lui servir de mère dans les premiers moments " [20]. » Après une nuit à la Conciergerie, les onze prisonniers montèrent sur l'échafaud le matin même de la chute de Robespierre...

La persécution strictement religieuse s'acharna plus sur les hommes que sur les femmes : cependant si relativement peu de religieuses furent condamnées à mort (une trentaine à Paris, cent trente pour la France entière [21]), toutes ressentirent très durement les effets de cette persécution : elles survécurent, mais dans quelles conditions... Chateaubriand a décrit l'ambiance insoutenable de cette époque : « Paris n'avait plus, en 1792, la physionomie de 1789 et 1790; ce n'était plus la Révolution naissante, c'était un peuple marchant ivre à ses destins, au travers des abîmes, par des voies égarées. L'apparence du peuple n'était plus tumultueuse, curieuse, empressée, elle était menaçante. On ne rencontrait dans les rues que des figures effrayées ou farouches, des gens qui glissaient le long des maisons, afin de n'être pas aperçus, ou qui rôdaient cherchant leur proie : des regards se fixaient sur les vôtres pour vous deviner et vous percer [22] ». Les pauvres sœurs en civil se cachaient et mouraient de faim, n'osant bien souvent réclamer leur maigre pension...

L'ÉGLISE DU SILENCE

Grâce à l'enquête ordonnée par Fouché le 11 avril 1801, demandant que l'on recherchât les adresses des maisons où s'étaient regroupées les anciennes religieuses, est parvenu jusqu'à nous l'état nominatif de sept religieuses demeurant dans l'hôtel de Chaulnes, division de l'Observatoire, rue d'Enfer numéro 176, lequel indique leurs nom, prénoms, lieu de naissance, âge, nom de religieuse, occupations. On lit dans la colonne « observations » : « Ces religieuses étaient du couvent de la Congrégation de Notre-Dame, rue Saint-

Étienne-du-Mont, près celle des Fossés-Saint-Victor, chanoinesses de l'ordre de Saint-Augustin, maison consacrée à l'éducation de la jeunesse. Elles vivent maintenant en communauté, maison sus indiquée. » La première citée, Cécile Peltier, mère Saint-Ambroise, âgée de cinquante ans, était probablement la supérieure. L'une d'entre elles provenait de la maison de Valdonne à Charenton. Leur occupation était, pour toutes... ouvrières en linge [23].

Les états relatifs aux autres maisons mentionnent des religieuses qui tricotent, brodent, festonnent, s'occupent de bonbonnerie pour les confiseurs ou font des ménages. Il y en a même qui « débitent des gelées de viande pour les malades ». Certaines cependant touchent de petites pensions.

Ce qui est frappant, c'est de voir la diversité de leurs origines. Elles se rassemblent sans tenir compte des ordres auxquels elles appartiennent.

Beaucoup de religieuses, apparemment, ne sont pas recensées par cette enquête qui ne mentionne que soixante-deux maisons regroupant chacune au plus une dizaine de personnes : or il y avait avant la Révolution plus de deux mille cinq cents religieuses à Paris, et six cents dans la partie extra muros du diocèse. (La capitale comptait environ six cent cinquante mille habitants.)

Un des meilleurs exemples que l'on puisse donner de ce « phénomène de survie » des religieuses est celui de Thérèse Binart – vivace rejet issu de la souche d'où l'ordre devait repartir [24].

Son enfance et sa jeunesse se trouvèrent furieusement ballottées, comme celles de tant d'autres à cette époque. Née en 1775, baptisée dans la paroisse de la Madeleine, tôt orpheline, adoptée par des tapissiers hostiles à la religion, elle manifesta très jeune un penchant pour la dévotion. A quatorze ans elle se sauva chez les Clarisses, d'où sa mère adoptive la retira au bout de trois semaines. Le curé de Saint-Roch la recommanda alors à la princesse de Chimay, laquelle offrit de payer sa dot afin qu'elle pût entrer au monastère de l'Assomption, rue Saint-Honoré, beaucoup plus ouvert et moins dur. Sa mère, cette fois-ci, accepta son entrée. (De ce couvent, il subsiste encore la chapelle, devenue l'église polonaise, dont le joli dôme agrémente la perspective des toits du quartier de la Concorde.) Émouvante coïncidence : cette princesse de Chimay, avant d'être guillotinée, fut détenue dans la prison du Bonnet-Rouge – le ci-devant hôtel des Oiseaux que Thérèse devait rendre célèbre un jour sous le nom de couvent des Oiseaux!

Thérèse ne resta que deux ans à l'Assomption : en 1792, les vingt-six religieuses de chœur et les neuf converses en furent expulsées. Elle se cacha alors dans une petite maison du quartier de Saint-Sulpice avec deux religieuses âgées et infirmes qu'elle soigna et fit vivre par son travail. Elle visitait les malades à l'hôpital et leur amenait des prêtres déguisés : dénoncée, elle fut arrêtée comme suspecte et conduite, avec les deux autres religieuses, à la prison du Pot-de-Fer. Le soir du 2 septembre 1792, toutes trois furent transférées en compagnie d'autres détenus dans la cour de la prison des Carmes, où les premières lueurs de l'aube leur firent découvrir les murs ruisselant de sang : cent quinze prêtres y avaient été massacrés quelques heures avant leur arrivée... Elles n'avaient dû la vie qu'au départ des massacreurs pour la prison de l'Abbaye, jouxtant Saint-Germain-des-Prés, où ils devaient tuer encore sauvagement une trentaine de personnes. (Ce même jour, des bandes de tueurs envahirent les prisons de plusieurs villes de France et firent passer de vie à trépas ceux qui y étaient détenus, sans autre forme de procès : cette tuerie organisée dura cinq à six jours et fit environ, rien qu'à Paris, mille trois cents victimes, et trois fois plus probablement dans le pays [25]. Elle fut organisée principalement contre le clergé réfractaire.) « Quel fut le véritable motif de cette boucherie? interrogea Restif de la Bretonne qui en fut le témoin halluciné. [...] J'ai voulu savoir la vérité, et je l'ai peut-être enfin trouvée. On ne voulait qu'une chose : se débarrasser des prêtres réfractaires [...] Or, on sentit qu'il y avait encore du fanatisme et qu'un acte pareil, dirigé contre les prêtres nommément, et contre eux seuls, révolterait certaines gens [...] Pour étourdir cette exécution illégale, on arrangea l'affaire des prisons [26]. » Après quinze jours d'emprisonnement aux Carmes nos trois religieuses furent libérées et la vie reprit comme avant. Le 17 juillet 1794, Thérèse faisait une course quand elle crut reconnaître, au sein d'une clameur, une psalmodie... Elle courut voir : c'étaient les seize carmélites de Compiègne qu'on emmenait à l'échafaud et qui chantaient complies... Elle s'approcha : l'une d'elles lui donna le livre d'heures qu'elle était en train de lire.

En 1795, après la mort d'une des religieuses et le départ de l'autre, Thérèse se trouvait de nouveau livrée à elle-même, lorsqu'elle entendit parler de la Congrégation de Notre-Dame, laquelle, issue de la rue Neuve-Saint-Étienne, s'était établie à Rungis. Les religieuses, au nombre de neuf, continuaient à suivre la règle et à enseigner les jeunes filles, mais sans porter le costume. La supérieure, la mère Saint-Ambroise, la reçut comme novice en 1796, et elle fit profession, sous le nom de mère Euphrasie, en 1798. Cependant, dès l'année suivante, la communauté, n'ayant plus de quoi vivre, dut se séparer. Certaines religieuses, sous la conduite de mère Saint-Ambroise, vinrent à Paris : elles s'installèrent provisoirement dans l'hôtel de Chaulnes (où elles furent recensées), logement de fortune qu'elles quittèrent en 1808 pour cette Abbaye-aux-Bois que nous avons décrite à l'époque où les Bénédictines y tenaient un pensionnat fameux.

Les autres sœurs – dont notre Thérèse Binart – allèrent à Sceaux : elles eurent moins de chance et durent rapidement, pour des raisons financières, se disperser à nouveau. Thérèse se trouvait encore seule et sans ressources. C'est alors qu'une de ses anciennes élèves de Rungis, Angélique Pouchet, l'invita à venir habiter avec sa mère et elle rue Saint-Jacques. Pour vivre, elles restauraient de la dentelle... Le curé de la paroisse Saint-Benoît indiqua à Thérèse une famille où elle donna des leçons; puis, en 1807, une bienfaitrice lui demanda d'ouvrir des classes gratuites pour les enfants pauvres de la paroisse, auxquelles furent bientôt jointes des classes payantes pour des externes et une douzaine de pensionnaires. Les rentrées financières étaient maigres et mère Euphrasie (notre Thérèse) assistée de ses compagnes, allait laver le linge dans la Seine... En 1809 la maison d'école se changea en couvent : la Congrégation de Notre-Dame, à Paris, renaissait de ses cendres.

Elle s'efforçait courageusement de faire de même dans d'autres villes mais y éprouvait bien des difficultés : finalement la moitié seulement des monastères put se relever après la Révolution, c'est-à-dire environ une cinquantaine au lieu des quatre-vingt-dix qui existaient sous l'Ancien Régime.

5

LE VENT EN POUPE : LA CONGRÉGATION DE NOTRE-DAME À PARIS

OISEAUX DES ÎLES ET OISEAUX DE PARADIS

La place ne tarda pas à manquer au cloître Saint-Benoît, et mère Euphrasie songea à déménager. On lui indiqua l'hôtel de Torpane, situé rue des Bernardins à côté de l'église Saint-Nicolas-du-Chardonnet : très délabré, il se trouvait à louer... A sa période faste, ç'avait été un joyau : Jacque Le Fèvre, abbé de la Chaise-Dieu, membre des conseils secrets de Charles IX, l'avait fait élever en 1566, et avait demandé à Jean Goujon, qui avait décoré le nouveau Louvre, d'en orner la façade. En 1706 il appartenait à l'abbé Bignon, conseiller d'État, membre des trois académies, qui l'entretenait luxueusement ainsi que son jardin « dressé avec art » ; celui-ci le vendit vers 1720 à Chol de Torpane, chancelier de la principauté des Dombes, aux héritiers duquel la Révolution le confisqua. Bien qu'étant un des plus remarquables édifices civils du Paris de la Renaissance, il devait être démoli en 1830; quelques-unes de ses sculptures furent alors transportées dans le jardin de l'école des Beaux-Arts [1].

Mère Euphrasie s'installa en ce bel édifice en 1812 – mais six ans plus tard il se révélait déjà trop petit pour les deux cent trente enfants pauvres qui s'y pressaient, les quarante ou cinquante externes payantes, les soixante élèves pensionnaires et dix dames résidentes.

C'est alors qu'elle entendit parler de l'hôtel des Oiseaux, situé 86, rue de Sèvres, au coin du boulevard des Invalides, qui était trois fois plus grand et possédait une cour intérieure ainsi que deux jardins. Construit en 1775 par Honoré Guibert, sculpteur des bâtiments du roi, il avait appartenu à

M. de Mory, caissier général de la Compagnie des Indes, qui y avait fait construire d'immenses volières pour abriter les oiseaux exotiques ramenés de ses voyages. Son fils, avant d'émigrer, l'avait vendu en 1793 à l'architecte Varin, qui l'avait revendu à un Américain, William Constable. Une autre légende court sur son nom : il proviendrait d'oiseaux peints sur les murs d'une salle par le sculpteur Pigalle, l'un de ses anciens habitants. Après avoir servi de prison pendant la Révolution, l'hôtel devint hôpital militaire, puis collège, puis fut à louer. Son propriétaire était le marquis du Lau d'Allemans [2].

Mère Euphrasie y transporta ses pénates en juillet 1818. Elle laissait derrière elle cinq religieuses dans l'hôtel de Torpane dont le curé de Saint-Nicolas la suppliait de ne pas fermer l'école : dix ans plus tard, en 1828, cette communauté devait fonder le monastère du Roule.

Fatiguée par ce nouveau déménagement, mère Euphrasie sentit renaître en elle l'attirance qu'elle avait éprouvée adolescente pour la vie contemplative et rendit souvent visite à des carmélites. Elle mourut en 1819, encore jeune, à quarante-quatre ans. Une de ses compagnes fut élue pour lui succéder : c'était Alexandrine Lavier, née en 1791 sur la paroisse de la Madeleine; orpheline à onze ans, elle était entrée vers l'âge de seize ans comme pensionnaire au cloître Saint-Benoît, et deux ans plus tard y avait pris le voile – et le nom de mère Sophie [3]. Elle n'avait que vingt-huit ans au moment de son élection. Dans sa nouvelle tâche, elle fut aidée par un jésuite, le père Ronsin (1771-1846), qui devait faire parler de lui à cause de son rôle à la tête de la congrégation des Pères de la Foi, association pieuse qu'on taxa de visées politiques. Bien vite, mère Sophie eut à faire face à une situation totalement inattendue : le couvent des Oiseaux, soudain, passait de l'ombre à la lumière... Les feux de l'actualité étaient braqués sur lui, c'était devenu le « couvent à la mode ». Méritée ou non, cette réputation allait le poursuivre. Comme tout en France finit par des chansons, on fredonnera un jour :

Une jeune fille de bonne famille
Va au couvent des Oiseaux...

Mais n'anticipons pas.

Voici les circonstances de cette métamorphose, aussi étonnante que celle qui transforma la pantoufle de Cendrillon en escarpin de verre. L'abbé de Bombelles, aumônier de la duchesse de Berry, avait jadis demandé à la mère Euphrasie d'accueillir une jeune fille sans fortune qui était l'une de ses protégées. En 1821 la duchesse demanda à la nouvelle supérieure de recevoir encore cinq enfants des meilleures familles, boursières du roi. Et bientôt leur nombre doubla. Louis XVIII lui-même s'intéressait au couvent. L'abbé de Bombelles, très admiratif envers l'œuvre de mère Sophie et de sa communauté, le fit visiter à de puissants personnages. La duchesse de Berry s'y rendit elle-même avec une suite nombreuse et se promena dans toute la maison. Le couvent des Oiseaux était « lancé [4] »...

Une seconde raison contribua encore à sa renommée. Les apparitions ! Une religieuse eut des révélations du Ciel l'incitant à développer la dévotion au Sacré-Cœur, inaugurée cent cinquante ans plus tôt par la bienheureuse Marguerite-Marie Alacoque. Les Annales de la Congrégation rapportent le fait, à la date du 2 novembre 1823 : « Madame la duchesse d'Angoulême (fille de Louis XVI) et Madame la duchesse de Berry avaient entendu parler de notre sœur Marie de Jésus. Cette religieuse, entrée depuis peu dans la communauté, était favorisée de grâces très particulières [5]. » Les princesses annoncèrent leur visite : grand branle-bas... On imagine la fièvre et la joie des élèves, semblables à celles de Saint-Cyr lors des visites royales. La duchesse d'Angoulême réclama de voir la « sainte ». La mère Sophie la lui indiqua discrètement dans la foule assemblée. Mais la sainte, dans son humilité, ne leva pas les yeux...

Ces visites des princesses devaient se renouveler, peut-être pour la fierté des religieuses, en tout cas pour le bonheur des enfants. Un jour les pensionnaires qui n'avaient pu partir en vacances furent conviées à un pique-nique servi par des laquais en livrée dans une vaisselle aux armes de la Dauphine.

L'aumônier de la Dauphine était alors un veuf, l'abbé de Bellard : sa fille unique voulut prendre l'habit dans la Congrégation. Au cours de cette époque bénie qu'on pourrait appeler le « printemps » du couvent des Oiseaux, les fioretti abondent, si l'on en juge par les nombreuses conversions que rapportent les *Annales*. Une des plus remarquables fut celle du duc Ferdinand d'Anhalt et de son épouse, âgée de vingt-cinq ans, sœur de Frédéric-Guillaume III de Prusse, qui abjurèrent le luthérianisme sous l'influence de mère Sophie. La duchesse écrivit plus tard : « Je suis née aux Oiseaux. J'étais un vilain hibou ; Dieu veuille que je devienne un oiseau de Paradis [6]. » Elle devait fonder en Prusse nombre d'œuvres catholiques, au grand dam de son frère.

HEURS ET MALHEURS

Les Oiseaux en 1830 étaient donc connus du Tout-Paris de l'époque. Les jardins s'étaient agrandis... On bâtissait un nouvel édifice le long du boulevard des Invalides, sur les fondations des anciennes et poétiques volières. Mais toute gloire a son revers : à la renommée qu'avait apportée au couvent la protection des princesses succéda la suspicion populaire lors des Trois Glorieuses, journées révolutionnaires tournées contre la monarchie, mais aussi teintées d'anticléricalisme.

Le 26 juillet 1830, les sœurs tourières sorties de grand matin reçurent des bordées d'injures : « Les prêtres et les religieuses, criait-on, encore un jour et nous les écharpillons [7] ! » A cause des travaux en cours, une simple palissade isolait de la rue le couvent qui se trouvait ainsi mal protégé. Le lendemain le tumulte se mit à gronder, des rassemblements d'ouvriers se formèrent. Le 28, en l'espace de quatre heures tombèrent aux mains des assiégeants l'Hôtel de Ville, le Louvre, les Tuileries. Les pensionnaires, terrorisées par le bruit du canon et croyant leur dernière heure arrivée, assiégeaient le confessionnal... (Leur catéchisme n'évoquait-il pas de façon terrifiante les flammes de l'enfer et les souffrances du purgatoire ?) A ce bruit continu se joignit le tocsin lorsque les émeutiers se furent emparés des cloches de Notre-Dame, de Saint-Séverin, de Saint-Sulpice et d'autres églises. Tout près, rue de Babylone, la garde suisse se faisait massacrer... Les religieuses, heureusement, gardaient leur sang-froid : en discutant habilement avec les ouvriers, elles parvinrent à les empêcher de sauter le mur et d'envahir le monastère ; elles reçurent aussi l'aide inattendue d'élèves de Polytechnique [8] qui jouaient un rôle actif dans cette révolution dont ils dirigeaient l'ordre et le désordre : « La seule autorité reconnue [par les insurgés], écrivait Mme de Boigne, était celle des élèves de l'École polytechnique [...] Les défenseurs des barricades les appelaient : Mon petit général [9]... ». Comme parmi les pensionnaires se trouvaient plusieurs de leurs sœurs ou cousines – et sans doute aussi des fiancées ! – ils s'étaient déclarés les protecteurs du couvent : telle est du moins la relation faite par les religieuses de ces événements. Les Oiseaux sous l'aile de Polytechnique, n'est-ce pas une insolite image ?

Lorsque l'émeute éclata, Mme d'Agoult, dame d'honneur de la Dauphine et grande amie de mère Sophie, était en train de faire une retraite aux Oiseaux... Avant de partir en exil, la duchesse d'Angoulême fit don à la sacristie d'un superbe manteau de cour en velours cramoisi, de riches étoffes et d'un ornement de drap d'or dont la broderie représentait – signe prémonitoire – des lis déracinés. Le bilan de cette révolution éclair fut lourd : deux mille morts, plus de cinq mille blessés pour une population parisienne qui n'atteignait pas huit cent mille habitants.

En souvenir de ces jours de deuil – et des princesses en exil qui avaient été si bienfaisantes pour le couvent – la grosse cloche des Oiseaux resta silencieuse trois années.

Par crainte d'une autre révolution, mère Sophie crut sage d'acquérir à Corbeil de nouveaux bâtiments pour y installer le noviciat et héberger quelques élèves que les parents désiraient savoir au calme. Elle-même venait tous les huit ou quinze jours voir « comment les choses se passaient ». En réalité, elles se passaient si bien et si saintement qu'en souvenir de la « Chambre introuvable » de la Restauration on surnomma ce couvent le « noviciat introuvable [10] ». En 1835 les sœurs changèrent de domicile et s'établirent à l'autre bout de la ville en un lieu dit la Quarantaine où elles reçurent de nombreuses élèves dans leurs classes gratuites. « Il résulte des examens qui ont été faits, déclara le maire en 1836, que les enfants reçoivent dans cette école une instruction solide à la hauteur des lumières actuelles. » En 1851, la communauté, par suite de la pénurie de secours spirituel, réintégra la capitale.

L'année 1832 fut marquée par un cataclysme : une épidémie de choléra. Chateaubriand, qui en fut le témoin, en a laissé un tableau saisissant : « Dans la rue du Cherche-Midi, des fourgons du Dépôt d'artillerie faisaient le service des cadavres. Dans la rue de Sèvres complètement dévastée surtout d'un côté, les corbillards allaient et venaient de porte en porte. Ils ne pouvaient suffire aux demandes, on leur criait par les fenêtres : " Corbillard ici ! " Le cocher répondait qu'il était chargé et ne pouvait servir tout le monde [11]. » On compta jusqu'à huit cent soixante décès par jour dans la capitale, où il y eut au total dix-huit mille quatre cents victimes. Quatre religieuses périrent, mais heureusement aucune pensionnaire. Mère Sophie, émue de pitié, prit en charge trente pauvres orphelines dont les parents avaient été la proie du fléau, et les hébergea dans une maison du jardin.

On avait à cette époque, nous l'avons dit, une grande peur de l'enfer. D'où la vogue des confessions – et le zèle des âmes pieuses pour convertir les pécheurs et les sauver ainsi du feu de la géhenne. Une tourière, sœur Bathilde, connue pour ses talents de « convertisseuse », fut même autorisée à aller visiter les prisonniers et les ouvriers. Stimulées par son exemple, des élèves s'adonnèrent corps et âme à l'apostolat en organisant une mission à Corbeil – c'était alors la mode de ces missions qui ont piqueté les prés de France de tant de calvaires-souvenirs. Corbeil était en effet une ville très déchristianisée où sur quatre mille habitants, trente ou quarante seulement assistaient à la messe. Elles se prodiguèrent aussi à l'hôpital, qui avait été autrefois une maison de la Congrégation, et eurent l'honneur d'être félicitées de leur zèle par Pauline Jaricot, fondatrice de l'œuvre de la Propagation de la Foi [12]. Les noms des plus ardentes de ces enfants sont parvenus jusqu'à nous : Angèle de Sainte-Croix, Blanche de Saint-Saens, ainsi que Lise, Joséphine et Virginie Ménard, toutes trois créoles, auxquelles mère Sophie tenait lieu de mère. Lise et Virginie devaient mourir à vingt ans : on mourait jeune alors... Nombre de petites élèves passèrent ainsi de vie à trépas entre les bras des religieuses, bien souvent victimes de tuberculose. Qu'on se rappelle la première page des *Malheurs de Sophie* : elle s'ouvre sur un enterrement de poupée... La mort de leurs compagnes faisait partie de la vie de tous les jours des enfants d'alors.

Avec sa générosité coutumière, mère Sophie accueillait gratuitement les orphelines qui se trouvaient sans ressources – telles les quatre sœurs de Jumilhac, jadis pensionnées par Charles X, réduites à la misère par la révolution de Juillet. (Trois d'entre elles devaient d'ailleurs mourir peu après.) Les événements politiques avaient ruiné plusieurs externats du quartier dont les élèves refluèrent vers les classes gratuites des Oiseaux. Un couvent de la Congrégation subit aussi durement le contrecoup du changement de régime : celui de Versailles avenue de Saint-Cloud (l'actuel lycée Hoche) auquel l'association des chevaliers de Saint-Louis, établie sous la protection de la duchesse d'Angoulême, confiait ses protégées depuis 1816 : la plupart des pensionnaires se retirèrent dans leurs familles; les religieuses luttèrent quelques années sans se décharger des classes d'enfants pauvres, puis, sans ressources, durent se fixer ailleurs. Elles finirent en 1839 par s'installer à Verdun dans une maison construite sur l'emplacement même du couvent qu'elles occupaient avant la Révolution. Il restait à Versailles un autre monastère plus ancien de la Congrégation : celui de Grandchamp [13].

On ne sait pratiquement rien des dames pensionnaires des Oiseaux, mais on peut être certain que mère Sophie s'occupa de leur sort avec sa délicatesse habituelle, si l'on en juge par la demande qu'elle fit à une pensionnaire (la future révérende mère Saint-Charles) d'aller chaque jour consacrer quelques instants à une dame anglaise, aveugle et fort âgée, qui occupait un appartement à côté des salles d'étude, et d'être son « ange conducteur [14] ».

Comme le fondateur de l'Ordre, Pierre Fourier, mère Sophie avait « le génie de la charité ». Elle organisa des veillées pour les pauvres femmes, prémices des clubs du troisième âge : après le départ des externes, on les accueillait dans une classe avec un bon feu et une bonne soupe... et quelques mots de catéchisme. Elle institua aussi les « paniers des pauvres » : chaque jour pendant soixante ans, après le repas de midi, une douzaine de miséreux venaient chercher les provisions de pain, viande, légumes qu'on leur avait préparées – on leur demandait seulement d'apporter, vide, le panier de la veille.

Mère Sophie rappelait sans cesse à son entourage le souhait de Pierre Fourier : « Cor unum, anima una » – qui devint plus tard la devise de l'association des anciennes élèves. « Toutes, bien qu'avec des caractères différents, répétait-elle, ne faisons qu'un cœur et qu'une âme. » Ses religieuses ont recueilli avec un soin filial ses conseils pédagogiques : « En tout, il faut s'appliquer à connaître les gens à qui on a affaire, les enfants comme les grandes personnes : il y a vingt manières de faire le bien. Avant de parler, étudier le caractère, le genre d'esprit, afin d'aller plus sûrement au cœur, y poser les bases des vertus solides. Un défaut est souvent une très bonne " anse " pour prendre une enfant. Il faut user tour à tour avec nos enfants de toutes les cordes : confiance, affection, honneur, crainte, plaisanterie, silence ; mais toujours pour les amener à agir par principe de foi. Oui, avant tout, qu'on les pénètre d'esprit de foi, qu'on les trempe contre les épreuves de la vie. Ne pas être trop sévère pour les plus petites. On doit passer beaucoup à cet âge plein de paresse, de malice, de légèreté [...] Prendre les âmes par la confiance. Que celles qui sont les plus grandes deviennent les filles aînées de la maison. Elles sont en âge de sentir que nous comptons sur elles [...]. Bien accueillir les enfants : un abord gracieux leur fait comprendre qu'on peut être vertueux sans être maussade [...]. Exiger peu, pour obtenir beaucoup [...]. Qui travaille bien joue bien, règle assez générale ; et l'activité, quand elle ne porterait qu'au jeu, surtout dans une enfant, est toujours une note excellente. Mais il ne faut pas s'y tromper : les jeux ne seront animés qu'autant que la maîtresse y prendra part. » En véritable mère de famille, elle s'ingéniait à inventer des récréations extraordinaires. Ainsi, lorsque l'évêque de Bordeaux, Mgr de Cheverus, confia sa nièce à mère Sophie, il put déclarer « qu'il n'avait pas trouvé de maison d'éducation qui réunît à une plus grande simplicité une surveillance aussi intelligente et aussi active, sans sévérité [15] ».

En décembre 1830, la manie de parler politique avait pris des proportions insolites chez les élèves. Elles saluaient chaque jour les maîtresses de récréation par ces mots : « Ma mère, un peu de politique ! » Mère Sophie eut l'idée d'improviser une comédie sur et contre la politique. On rit beaucoup, on comprit... et on n'en parla plus.

Mère Sophie reconnaissait avoir la « passion de l'étude ». Elle voulait que chez elle on ne demeurât en arrière sur aucun point de l'instruction qui convînt à des femmes. C'est ainsi que pour diriger sa centaine de pensionnaires elle n'hésita pas à demander les conseils d'une religieuse du Sacré-Cœur, Mme Prévost.

L'aumônier de la maison, après le père Ronsin, fut le père Varin d'Ainvelle, fondateur, avec Sophie Barat, des Dames du Sacré-Cœur, puis l'abbé Aulanier. Ce dernier était un artiste, un érudit et un grand voyageur. C'était aussi un bibliophile dont Horace Vernet enviait la collection de gravures. Grâce à lui les cours des beaux-arts furent intensifiés pour la joie des grandes élèves. Il contribua aussi au développement du cabinet d'histoire naturelle et de minéralogie, créé par mère Sophie, qui s'accrut très vite par des dons de connaisseurs. Ce cabinet fut doublé d'un jardin botanique dont une religieuse, la mère Saint-Louis-de-Gonzague, s'occupa avec une grande compétence : elle écrivit même un traité de botanique.

Ce dont mère Sophie était la plus fière, c'était de la création de la classe blanche – une classe supérieure, semblable à notre philosophie. Beaucoup d'élèves suppliaient leurs parents de rester une année de plus au couvent pour la suivre. « Après la classe blanche, on était persuadé de plusieurs vérités capitales, entre autres de celle-ci, qu'on ne savait rien, ou bien peu. » On y apprenait à goûter, loin de la frivolité, « l'atmosphère pure des hautes pensées ». « Que je vous bénis, mes bonnes mères, écrivait Angèle de Sainte-Croix, de m'avoir inspiré ce besoin d'instruction devenu pour moi une nécessité; de m'avoir appris à aimer les choses solides, à tel point que tout le reste me laisse un vide affreux. »

La dévotion à la Sainte Vierge était grande aux Oiseaux, suivant les recommandations de Pierre Fourier à ses religieuses : « Elles tâcheront d'instiller doucement dans les esprits de leurs petites écolières [...] toutes ces espèces de dévotion à la mère de Dieu. » La patronne du couvent, c'était la Vierge fidèle – et elle le demeura au fil des générations. Aux Oiseaux fut créée la première congrégation d'Enfants de Marie, vouée à la dévotion envers l'Immaculée Conception (dont une Fille de Saint-Vincent-de-Paul, non loin de là, rue du Bac, devait avoir une apparition quelques années plus tard : Catherine Labouré). La médaille d'Enfant de Marie, « combien de souvenirs s'y attachent : même après de longues années semées d'écueils ou attristées d'épreuves, sa seule vue remet dans l'âme les émotions, la vaillance fière et pure, la joie sans nuages des quinze ans. Témoin une ancienne congréganiste de mère Sophie, qui [...] était devenue une grande dame très riche, très mondaine [...] et qui, cherchant un de ses bijoux égarés, retrouva par hasard sa médaille d'argent d'Enfant de Marie... Les vertus tant aimées naguère, tout lui revint à la pensée et au cœur; avec sa médaille elle avait retrouvé Dieu... et désormais ce fut fini de la bagatelle où se gaspillait sa vie [16] ».

Angèle de Sainte-Croix, après une vie bien courte mais riche en mérites, légua son cœur à la chapelle des Enfants de Marie. C'était Angèle qui avait « lancé » l'idée du « mois du Sacré-Cœur », et à sa suite mère Saint-Jérôme avait rédigé un petit volume sur les exercices spirituels à faire pendant ce mois-là, qui devait être réédité douze fois – un véritable best-seller! Ce culte, dûment approuvé par les autorités ecclésiastiques, se répandit peu à peu dans diverses paroisses, puis dans le monde entier. On fit des neuvaines au Sacré-Cœur et on obtint des miracles qui firent sensation.

Une œuvre à laquelle mère Sophie attacha beaucoup d'importance fut la construction de l'église du couvent (dont hélas il ne reste plus rien) – dédiée justement au Sacré-Cœur –, car c'est une véritable église et non une simple chapelle qu'elle fit ériger : la maladie de la pierre, comme chacun sait, est une maladie ecclésiastique... Jadis, en bâtissant une église et en l'ornant, on cherchait à rendre gloire à Dieu, mais aussi à favoriser la dévotion. « Je veux une église pieuse! » disait mère Sophie, c'est-à-dire qui incite à la prière. De nos jours on fabrique plutôt des lieux de rassemblement, permettant aux acteurs des scènes religieuses d'être vus et entendus de tous, et où la circulation soit facile. Des sortes d'arènes... Mère Sophie, pour sa part, réussit à atteindre le but qu'elle s'était fixé : son église fut pieuse car propice au recueillement. Il suffit de rappeler les émotions religieuses que Louis Veuillot y ressentit, et tant d'autres après lui... L'abbé Aulanier, l'aumônier dont nous avons vanté la culture, avait rencontré Veuillot par hasard chez un imprimeur, et l'avait ensuite amené au monastère des Oiseaux. Le premier article que l'illustre journaliste publia dans *l'Univers* fut une description enthousiaste de l'inauguration de la fameuse église. Une fois veuf, ayant perdu quatre enfants, il confia à mère Sophie les deux qui lui restaient. Ce fut l'admirateur et l'ami le plus fidèle de la maison : « Vous ai-je dit, écrivit-il plus tard à Mme de Pitray, que, de vingt-cinq à trente ans, j'ai, pour ainsi dire, passé ma vie dans la chapelle des Oiseaux? C'est là que j'ai pris terre en revenant de Rome, que j'ai formé mes premières amitiés chrétiennes [...]. J'ai fait en ce lieu toutes les prières qui peuvent entrer dans le cœur [...]. Je connaissais et j'aimais tous les chants, toutes les physionomies, tous les accents de l'endroit; enfin, la chapelle des Oiseaux est le vrai pays de ma jeunesse chrétienne, qui avait tout à fait absorbé et anéanti l'autre [17]. »

Cette Mme de Pitray amena un jour à mère Sophie sa fille Marguerite, l'une des « petites filles modèles » dont s'inspira la comtesse de Ségur pour écrire son livre fameux : « Elle n'a ni beauté ni esprit, lui dit-elle : tâchez au moins de lui donner du cœur ! »

C'est dans cette même chapelle qu'Eugénie de Montijo, la future impératrice des Français, fit sa première communion après un séjour de quelques mois au couvent dont elle garda le meilleur souvenir. La pieuse princesse Clotilde de Savoie, qui épousa le prince Jérôme Napoléon, fils du roi Jérôme de Westphalie et de la princesse Catherine de Wurtemberg, vint souvent y passer de longues heures en prières et voulut y être reçue Enfant de Marie; elle combla le couvent de ses largesses, jusqu'à son exil en 1870. Par contre, le chansonnier Béranger n'y mettait pas les pieds quand il venait rendre visite à sa sœur religieuse, mère Marie des Anges; celle-ci ne cessait de prier pour sa conversion, qu'elle obtint d'ailleurs, semble-t-il [18].

L'église, construite dans le style néogothique en vogue à l'époque, était bordée d'un cloître ogival dont mère Sophie avait confié la réalisation à Lassus, collaborateur de Viollet-le-Duc. Dans le jardin elle fit placer au lieu de la nymphe traditionnelle une statue de Pierre Fourier, due au ciseau du célèbre Etex, qui sculpta aussi deux bas-reliefs de l'arc de Triomphe : on voit qu'aux Oiseaux, entre Viollet-le-Duc et Etex, on était à l'avant-garde du goût du jour !

Mère Sophie veillait à la qualité des prédicateurs du couvent : montèrent dans la chaire de son église – chef-d'œuvre d'ébénisterie – non seulement le père de Ravignan, mais encore les évêques de Besançon, Arras, Poitiers, les archevêques de Lyon et Paris. Quand Mgr Mathieu, un fidèle ami, fut promu cardinal, les élèves s'empressèrent de le féliciter :

C'est la voix de notre prière
Qui dicta le décret papal;
N'en doutez pas, la volière
Monseigneur, vous fit cardinal[19].

En février 1848, pendant les « Journées des barricades », l'une d'elles, ô horreur, fut adossée au mur des Oiseaux... Le soir du 26, un ami de la maison, en tenue de garde national, vint proposer ses services à mère Sophie en lui offrant de passer la nuit chez l'aumônier. Vers onze heures une rumeur se fit entendre... Une troupe d'hommes et de femmes, armés de fusils et de bâtons, s'apprêtait à défoncer la porte du couvent. Mère Sophie l'envoya chercher : « Dès que la porte sera entrouverte, lui dit-elle, présentez-vous dans votre uniforme de garde national; on croira que nous sommes en force et la foule se dissipera. » « On sonne! et le digne garde s'avance, agite le plumet de son shako dans l'entrebâillement de la porte, en criant d'une voix puissante : “ Que demandez-vous? – Tiens! fit quelqu'un, il y a de la troupe! – Je te l'avais bien dit : j'ai vu entrer un bataillon! – Sauve qui peut! ” s'écria un troisième. [...] » Comme le prédisait la supérieure, « la vue du pompon avait suffi [20] ».

Un contemporain porta ce témoignage : « Ceux qui ont approché de plus près la mère Sophie ont [...] remarqué son calme aux heures critiques [...]. Avec l'intuition des esprits supérieurs, elle saisissait d'un seul coup tous les côtés d'une situation, et en cinq minutes y faisait face. Sa phrase était alors concise [...] comme une formule de géométrie. »

Le couvent fut très ému d'apprendre la mort sur les barricades de Mgr Affre qui était l'un de ses fidèles amis : il lui avait confié l'éducation de deux de ses parentes, venait souvent se reposer dans ses murs, et avait donné dans sa chapelle la consécration épiscopale à plusieurs de ses collègues.

S'il arrivait que des maisons de l'ordre se trouvassent en difficulté, mère Sophie n'hésitait pas à se priver de religieuses pour les leur envoyer, mais jamais elle ne voulut faire de fondation. « Je ne veux pas fonder pour fondre », disait-elle. Vers 1850 les Oiseaux comptaient deux cent cinquante pensionnaires et deux cent cinquante externes. La nécessité se fit sentir d'une succursale pour loger les trop nombreuses petites pensionnaires, succursale qui servirait en outre de maison de vacances – et éventuellement de refuge en cas de nouveaux troubles révolutionnaires. Mère Sophie acquit alors à Issy, juste en face du fameux séminaire, une habitation qui avait été celle du financier Beaujon, mort en 1786 ; par la suite elle avait appartenu au duc de l'Infantando, et la fille de Louis XVI y avait joué enfant ; plus tard s'y était installé le maréchal Mortier, duc de Trévise [21]. Ç'avait été le type même des villas princières des environs de Paris, mais de son ancienne splendeur ne subsistaient que quelques belles sculptures et un immense parc clos de murs, agrémenté d'une cascade, d'une grotte... et d'une statue d'ermite. Les soixante-dix petites élèves furent heureuses de s'y ébattre...

L'une des plus saintes religieuses qui vécurent sous la houlette de mère Sophie fut Maria de La Fruglaye, née en 1808 au château de Keranroux près de Morlaix ; elle s'y était conduite en si bonne dame d'œuvres qu'on l'avait surnommée la « sainte de Keranroux ». Mais ce fut surtout un modèle de piété filiale : malgré sa vocation elle voulut rester auprès de son père, veuf et solitaire, jusqu'à sa mort, et ne prit le voile aux Oiseaux qu'à quarante-deux ans. Là encore elle mena une vie si édifiante qu'une de ses compagnes, la mère Saint-Jérôme, consacra deux volumes à la relater [22].

SOUS LE SIGNE DE LA BALANCE : MÈRE SOPHIE

Une photo représente mère Sophie dans un cadre bourgeois qui ne s'accorde guère avec l'idée que nous nous faisons d'elle. Elle est assise dans un fauteuil de style louis-philippard, un pied sur un tabouret de tapisserie, à côté d'une table mi-couverte d'un tissu chamarré. Seul son costume de religieuse peut émouvoir quelques anciennes élèves parce que, malgré l'écart des ans, c'est l'exact modèle de celui qu'enfants elles côtoyaient chaque jour.

Mère Sophie est morte en 1863. Mais la lecture des trois cents et quelques pages qu'en 1899 lui a consacrées un jésuite, le père Delaporte, ne peut dépayser les anciennes de Ponthieu : bien sûr, le monastère de la rue de Sèvres diffère du Cours des Champs-Élysées ; mais on y retrouve les mêmes usages et surtout le même esprit. Les relations que nous avions jadis avec les mères ressemblaient à celles des élèves de mère Sophie : elles étaient empreintes de la même confiance, la même admiration, la même reconnaissance, la même affection... L'esprit de mère Sophie s'est ainsi perpétué jusqu'à nous ; à sa suite les mères essayaient de nous inculquer les qualités qu'elle avait mises à l'honneur : foi chrétienne, esprit de famille, simplicité, vaillance. Sans oublier la bonne humeur qui les accompagne toujours, la paresse et la complication étant le signe d'âmes mélancoliques.

Mère Sophie avait deux familles : ses religieuses et ses enfants. Elle voulait que les premières restassent pauvres. « Jamais, disait-elle, nous n'avons cherché la fortune dans les sujets qui se sont présentés ; aussi sur plus de soixante-dix religieuses que compte la maison, à peine y en a-t-il une douzaine qui aient ce qu'on appelle une dot [23] ». Pendant les vacances elle faisait accomplir à ses filles toutes sortes de travaux manuels – usage qui perdure : elle les transformait en peintres, en tapissiers, en jardinières... « L'ordre, disait-elle encore, est plus utile dans une maison que les grands talents. » Elle était stricte sur la clôture, sachant que les distractions du monde nuisent à la vie de prière, et stricte aussi sur l'obéissance parce qu'elle maintient dans l'humilité. C'était un caractère ferme... Mais si elle exigeait beaucoup elle obtenait beaucoup car elle était bonne.

Sa gestion était sûrement excellente car parmi les couvents qui s'adonnaient à l'enseignement les Oiseaux possédèrent une des fortunes les plus importantes.

Il lui arriva quant à elle d'éprouver de dures souffrances intimes – celles-ci sont presque toujours liées pour les religieuses à la solitude du cœur – mais on ne s'en doutait pas tant elle restait maîtresse d'elle-même. Toutefois sa caractéristique essentielle était sa charité : on n'en finirait de narrer toutes les marques de bonté qu'elle s'ingénia à prodiguer.

Lorsque après la Révolution la Congrégation de Notre-Dame eut repris pied au cloître Saint-Benoît, les religieuses s'efforcèrent de passer inaperçues et recherchèrent l'incognito : dans ce but on avait appris aux élèves à appeler mère Euphrasie « maman » ; mère Sophie continua cette habitude et se conduisit vraiment de façon maternelle avec les enfants. N'imagina-t-elle pas de faire mesurer une petite dont le père voyageait à l'étranger, afin qu'à son retour il sût de combien de centimètres sa fille avait grandi ? Elle excellait à guérir de l'ennui. On lui amena un jour une enfant de treize ans qui voulait partir tant elle s'ennuyait : « Pour dissiper l'ennui d'obéir au son de la cloche, lui dit-elle, vous n'allez plus faire que votre volonté. » Elle revint au bout de huit jours : « Je m'ennuie encore plus ! – Essayez de travailler, de vous soumettre au règlement ; je vous demande quinze jours d'essai : après quoi vous resterez ou vous partirez, selon votre désir. » Et l'enfant, naturellement, resta. « Elle était sans cesse occupée de nous, rapporte une ancienne élève ; souvent elle traversait la cour lentement, la tête baissée, absorbée dans des pensées sérieuses ; une toux, pas bien grave, se faisait-elle entendre (à l'époque la tuberculose faisait des ravages), vite elle se retournait, appelait l'enfant, la questionnait, l'envoyait trouver la mère infirmière qui guérissait rapidement la malade au moyen d'une certaine tisane dont j'ai gardé bon souvenir. La recette, hélas, n'a jamais franchi les bornes de l'infirmerie ! [...]. Lorsque cette chère maman visitait ses petits oiseaux souffreteux, comme elle savait bien consoler [24] ! »

Mère Sophie désirait « aguerrir » les âmes de ses élèves contre les dangers auxquels elles seraient confrontées dans leur existence. Aussi au lieu de les protéger par une clôture indéfinie et très stricte, elle chercha à les replonger dans le monde. Dans ce but elle institua, ce qui était une grande nouveauté, les vacances à date fixe : pendant cinq à six semaines les enfants retrouveraient leur famille et s'initieraient à la vie qui serait la leur plus tard. Les premières années, beaucoup de parents ne réclamèrent point leur progéniture : pour divertir ces pauvres abandonnées elle organisa alors des excursions dans les environs de Paris.

Les lettres de ses anciennes élèves à mère Sophie ont des accents qui nous émeuvent encore. Le passé n'est pas que cendres, il garde parfois des braises brûlantes. « Ma bonne et bien-aimée maman, Auprès du lit de mort de ma fille bien-aimée, vous êtes la première dont se soit souvenue votre enfant désolée [25]... » (La baronne du Chaussoy venait de perdre, à vingt-quatre ans, sa fille unique, elle aussi élevée aux Oiseaux.) Certaines anciennes voulurent même revenir mourir dans ses bras. (Qui, de nos jours, le demanderait, mais surtout, quelle supérieure l'accepterait ?) Angèle de Sainte-Croix – elle avait vingt-huit ans – lui envoya un suprême adieu : « Lorsque vous lirez cette lettre, chère maman, les mains qui l'ont tracée seront immobiles, et ce qui m'étonne encore davantage, le cœur qui vous a tant aimée sera glacé, même pour vous. Oh! maman, où serai-je? Priez, faites prier pour moi, souvent, instamment et longtemps. Si je suis sauvée, je vous le devrai. Je veux vous laisser d'autres moi-même : je vous lègue mes enfants. Je vous donne charge de leurs âmes[26]. » Ces pauvres bambins étaient cinq. La petite fille, âgée de trois ans, fut admise sur-le-champ aux Oiseaux, où elle mourut quatre ans plus tard. Quand les garçons furent en âge d'entrer au collège des Jésuites, une surprise les y attendait : une caisse pleine de petits cadeaux, envoyée par mère Sophie pour adoucir les premières heures de leur nouvelle existence.

Mère Sophie appelait « griffons » les billets qu'elle envoyait à ses anciennes. Elle savait qu'ils étaient fort appréciés. Elle réactualisait ainsi l'*Introduction à la vie dévote* de saint François de Sales : « [...] Voici des conseils que je vous engage fortement à suivre, et vous serez une vraie Enfant de Marie. Prêtez-vous avec zèle à seconder madame votre mère, mais commencez dès le matin par chercher Dieu dans quelques moments de réflexion en solitude [...]. Si vous n'êtes plus à la règle du couvent, cette petite méditation sera une loi intérieure qui dirigera toutes les actions de votre journée; alors elle sera pleine aux yeux de Dieu, votre cœur goûtera une paix parfaite, et vos bons parents trouveront dans votre conduite le tribut de reconnaissance que vous devez à leurs peines, sacrifices et tendres sollicitudes. » « Se renoncer, se mortifier, se posséder, etc., tout cela, dit-on, est bon pour le couvent. Oui, d'accord; mais, soit dit en passant, si dans le monde on veut être heureux, calme et en paix avec soi-même, avec son prochain, et aussi avec Dieu, il faut avaler de ces pilules. »

Enfin recrue de fatigue, et parvenue à un âge qui pour son époque était déjà avancé – elle avait soixante-douze ans – mère Sophie mourut, d'une mort pleine de courage, de foi et d'humilité : elle se comparait à un brave militaire qui a toujours peur de déserter. Pourtant elle avait rendu célèbre le couvent qu'elle avait fondé : sa contemporaine la comtesse de Ségur, qui connaissait les goûts du temps, envoya son héroïne Gisèle, dans *Un amour d'enfant,* au couvent des Oiseaux, où elle trouva « tout charmant ».

Sans doute le regard que nous pouvons porter aujourd'hui sur mère Sophie découvre quelques lacunes dans sa personnalité : nous la trouvons trop rigoriste dans sa conception du jugement dernier – il est vrai qu'elle avait été fort janséniste à ses débuts – mais la peur de l'enfer était alors unanimement répandue : c'était la forme que prenait l'angoisse devant la mort. D'autre part elle nous paraît quelque peu sujette à la papolâtrie : mais c'était aussi une maladie du temps.

Sinon, quel être équilibré ! Elle fait penser à ces Asiatiques au chapeau pointu, qui trottinent à petits pas en portant avec adresse de lourdes charges aux bouts de leur fléau. Son équilibre, peut-être provenait-il des deux plateaux de la balance qui reposait sur ses épaules : d'un côté les pensionnaires aisées, dont certaines étaient apparentées à des familles en vue, et de l'autre les externes, d'un milieu pauvre et ouvrier. On parle de nos jours de la lutte pour la justice... La lutte pour elle c'était l'équilibre à garder entre ces deux plateaux : comment comprendre à la fois les âmes si diverses des unes et des autres, comment leur donner ce qui était le meilleur pour chacune d'elles? Mais était-ce une lutte, vraiment? Probablement pas. La Bible dit : Que fleurisse la justice... La fleur, c'est la grâce, la beauté, la gratuité. La justice vient d'elle-même quand on cherche le bien en tout : elle n'apparaît pas comme une victoire mais comme une récompense.

Mère Sophie eut une piété « large et saine » et pleine d'optimisme. On pourrait lui appliquer la phrase inscrite dans l'Antiquarium de la Redideng à Munich : « Voluntatem spes fecit – L'espérance suscite la volonté. » Elle espérait beaucoup en Dieu – et beaucoup en ses élèves – et cela lui donna la force de soulever des montagnes.

Cette proximité, dans les mêmes murs, des classes payantes et gratuites la préserva de l'utopie politique – d'être ou tout pour l'un ou tout pour l'autre. On nous rétorquera peut-être que nous n'avons pas sur elle de témoignages d'externes : mais comment en aurions-nous? La parole passe, les écrits restent. Or il est bien probable que ses anciennes élèves issues de milieux populaires et peu instruits préféraient lui exprimer leur fidélité et leur reconnaissance par des visites – ou des cadeaux – que par des lettres...

En langage moderne, on pourrait dire que mère Sophie,

par son rayonnement, a été un personnage charismatique. Et ses chers Oiseaux sont passés dans le langage commun d'aujourd'hui! Vers Noël 1987 on interrogeait une championne de ski à la télévision sur la dureté de la vie de compétition au sein de l'équipe de France : « Évidemment, répondit-elle, ce n'est pas la pension des Oiseaux! » Qu'en savait-elle? Pas grand-chose sans doute: c'est devenu un mythe – un charmant mythe. Et, en octobre 1988, une romancière invitée par Bernard Pivot à donner son avis sur des livres plus ou moins moraux disait que l'un, par rapport à l'autre, c'était vraiment le couvent des Oiseaux! Soyons reconnaissants à mère Sophie d'avoir accepté avec sa franche gaieté que l'on appelât son couvent les Oiseaux – et qu'il fût le seul à n'avoir pas de nom pieux!

Sur le point de quitter ce pensionnat fameux, évoquons l'adieu que lui faisaient au jour du départ les Enfants de Marie lorsque, un cierge allumé à la main, devant la balustrade de la table de communion de leur petite chapelle festonnée de lierre, elles prononçaient cette prière en pleurant : « Mère auguste du Sauveur, je viens renouveler l'acte de ma consécration à votre service [...]. Mais hélas, ô divine Marie, il me faut dire adieu à celles qui m'ont appris à vous aimer, à mes compagnes [...] à cette maison où j'ai reçu tant de gages de votre maternelle bonté. Il me faut tout quitter pour me jeter dans le monde où des pièges sont tendus de toutes parts [...]. Ô mère de miséricorde, venez à mon aide, faites-moi traverser sans faillir tous les écueils qui menacent mon innocence [27]. »

L'ABBAYE-AUX-BOIS

Retournons à tire-d'aile rue Neuve-Saint-Étienne, dans ce couvent que nous avons vu confisquer à la Révolution, et où la Congrégation devait à nouveau faire une brève escale – sur laquelle, hélas, nous n'avons guère de détails. Après leur expulsion en 1792 certaines religieuses s'étaient regroupées à Rungis sous la direction de mère Saint-Ambroise; Thérèse Binart – la future mère Euphrasie, fondatrice de la maison des Oiseaux rue de Sèvres – sans point d'ancrage depuis la fermeture de son couvent de l'Assomption, s'était jointe à elles. Le groupe se scinda peu après : Thérèse-Euphrasie suivit à Sceaux la mère Flavie tandis que la mère Saint-Ambroise retournait à Paris, où elle loua rue Neuve-Saint-Étienne une partie de ces mêmes bâtiments dont la Congrégation avait été spoliée à la Révolution. Ce bail dura de 1801 à 1807, et faute de documents il n'y aurait rien à en dire si, une brève année, Lucile de Chateaubriand n'avait promené en ces lieux sa mélancolie.

Il semblerait qu'un triste sort s'acharne sur les sœurs des grands hommes lorsqu'elles sont particulièrement douées elles-mêmes : le bonheur leur échappe... Il suffit de penser à Jacqueline Pascal, à Eugénie de Guérin, à Camille Claudel. Le cas de Lucile de Chateaubriand préfigure celui de Camille : on sait que celle-ci, aussi douée pour la sculpture que son frère Paul pour l'écriture, devenue l'élève, puis la maîtresse de Rodin, devint à la lettre folle de douleur lorsqu'il l'abandonna. Lucile, la sœur de jeux de René, la confidente de Combourg, veuve au bout de sept mois d'un époux point aimé, après avoir veillé comme un ange consolateur sur Mme de Chateaubriand tandis que l'écrivain sillonnait les mers et charmait les cœurs, sentit le sien reverdir lorsqu'à quarante ans elle fit la connaissance de Chênedollé, puis, ayant découvert son mariage antérieur, elle se mit à dépérir... Sa blessure au cœur s'accroissait de plaies d'argent. Une profonde dépression s'empara d'elle. Elle composait des poèmes qu'elle jetait aussitôt et écrivait de grandes lettres à son frère. Il l'aida financièrement, et l'installa en 1804 comme dame pensionnaire au couvent de la Congrégation de Notre-Dame rue Neuve-Saint-Étienne, où elle rencontra Mme de Navarre, mère Saint-Athanase. Pendant les quelques mois qu'elle y passa elle n'y fut point heureuse, sa solitude restait totale. « Lucile avait une petite cellule ayant vue sur le jardin, raconte Chateaubriand. Je remarquais qu'elle suivait des yeux, avec je ne sais quel désir sombre, les religieuses qui se promenaient dans l'enclos, autour des carrés de légumes [28]. » La dernière fois qu'il lui rendit visite, il remarqua qu'elle se penchait dangereusement, en lui disant adieu, sur la rampe de l'escalier... Trois mois plus tard il apprit brusquement sa mort. Il n'eut aucun détail. Il s'interrogea toujours sur cette disparition...

Un beau jour, la rue Neuve-Saint-Étienne fut à vendre. Plutôt que de l'acheter, mère Saint-Ambroise préféra faire l'acquisition, en 1807, de l'Abbaye-aux-Bois, abandonnée par les cisterciennes. Mais elle mourut peu après; lui succéda à la tête de cette maison mère Saint-Athanase: c'était une ancienne bénédictine de l'abbaye de Montmartre, disparue à la Révolution, à laquelle ces lieux rappelaient son origine [29]. (Les religieuses, après la tempête, se regroupèrent en effet comme elles purent, sans tenir compte de l'ordre auquel elles avaient appartenu jusqu'alors : nécessité fait loi.) C'est dans cette même Abbaye-aux-Bois qu'Hélène Massalka, dont on a rapporté les frasques, fut élevée : après un silence de vingt ans, les couloirs allaient résonner à nouveau du pas joyeux des petites pensionnaires. En faisant l'achat de cette propriété qui couvrait près d'un hectare, mère Saint-Athanase ne se doutait pas qu'elle se jetait dans un gouffre de dépenses et de tracas. On aurait dit que la faillite était attachée à l'endroit : depuis l'origine, les religieuses des différents ordres qui s'y étaient succédé (Annonciades, Cisterciennes) y avaient été acculées à tour de rôle... Les pauvres sœurs de la Congrégation de Notre-Dame eurent d'autant plus de mal à faire face à leurs difficultés financières que mère Saint-Ambroise avait ajouté des austérités à la règle primitive et institué l'adoration perpétuelle du Saint-Sacrement : après deux heures de prière la nuit, il est dur d'enseigner! Fourier l'avait compris, et avait été plus prudent dans sa Règle. Afin de se procurer des ressources, les religieuses « tablèrent » sur les dames pensionnaires, et par un étonnant retour des choses elles leur durent une part de leur célébrité. Si au 86, rue de Sèvres, au couvent des Oiseaux, nous ne connaissons presque rien de ces respectables personnes, il en est tout autrement mille mètres plus loin, au numéro 16, à l'Abbaye-aux-Bois.

En 1813, ce couvent se composait de trente-cinq religieuses enseignantes, douze converses, soixante pensionnaires, deux cent cinquante externes et quarante-cinq dames y louant des appartements. Des pensionnaires, très peu ont laissé des traces : on sait que la fille de la duchesse d'Abrantès fut l'une d'elles, et qu'en 1815 Mlle de Lavalette y trouva refuge après la spectaculaire évasion de son père. On sait surtout qu'une éminente religieuse de la Congrégation y fut élevée : Euphrasie Pruneau. Sa mère, veuve, ayant tout juste les moyens de faire instruire ses fils, mit Euphrasie dans un atelier de couture où elle s'ennuya ferme, priant le Ciel de l'en sortir. Un de ses oncles, prêtre de l'Oratoire, ému par sa piété, la fit alors entrer à l'Abbaye-aux-Bois. De pensionnaire elle devint novice, puis religieuse sous le nom de mère Saint-Arsène, enfin supérieure de la maison de Moulins où en 1822 elle fonda un tiers ordre de sœurs vouées à l'instruction des enfants des paroisses rurales et à la visite des malades [30].

Les dames qui prenaient pension à l'Abbaye y cherchaient une retraite décente où leur réputation serait à l'abri des médisances. C'est que cette réputation avait quelquefois besoin d'être blanchie... S'y installa la belle Paméla, l'élève fantasque de Mme de Genlis (qu'on soupçonnait d'être sa mère) ; elle s'y conduisit en personne très pieuse, passant six heures par jour à la chapelle, mais cette assiduité ne dura guère... Après y avoir mis sa fille, la duchesse d'Abrantès, surnommée d'Abracadabrantès à cause de son extravagance, vint y habiter elle-même : elle a longuement raconté que ce monastère dut alors sa gloire à l'illustration des dames qu'il abritait sous son toit, ou tout au moins de l'une d'elles : « L'Abbaye-aux-Bois, écrit-elle, avec toutes ses dépendances, ses beaux jardins, ses vastes cloîtres dans lesquels jouaient des jeunes filles de tous les âges, au regard insoucieux, à la parole folâtre, l'Abbaye-aux-Bois n'était connue que comme une sainte demeure à laquelle une famille pouvait confier son espoir [...]. Aujourd'hui il n'en va pas ainsi : le nom de l'Abbaye-aux-Bois est devenu populaire [...] la femme qui y vient pour la première fois en disant à ses gens : " A l'Abbaye-aux-Bois ", est sûre de ne pas être questionnée par eux pour savoir de quel côté ils doivent tourner [...]. D'où lui est venue en si peu de temps une renommée si positive ? [...]. Voyez-vous deux petites fenêtres en haut, dans les combles, là, au-dessus des larges croisées du grand escalier ? C'est une des petites chambres de la maison. Eh bien ! c'est pourtant dans son enceinte que la renommée de l'Abbaye-aux-Bois a pris naissance ; c'est de là qu'elle est descendue, qu'elle est devenue populaire. Et comment ne l'aurait-elle pas été lorsque toutes les classes de la société savaient que dans cette chambre habitait une femme dont la vie était déshéritée de toutes les joies, et qui néanmoins avait des paroles consolantes pour tous les chagrins, des mots magiques pour adoucir toutes les douleurs, des secours pour toutes les infortunes [31] ? »

Cette femme, c'était Mme Récamier, doublement enchanteresse, par son charme d'abord, et puis par l'aura que créait autour d'elle Chateaubriand : n'était-il pas l'Enchanteur? L'Abbaye-aux-Bois, la Vallée aux Loups : il n'y avait pas de bois à l'abbaye, plus de loups dans la vallée, mais comme ces dénominations champêtres et poétiques convenaient bien aux lieux fréquentés par l'enchanteur et son inspiratrice!

Mme d'Abrantès fut conquise par la bonté de Mme Récamier, émue par les services qu'elle rendait à ses amis. Chateaubriand, lui, fut d'abord conquis par sa beauté. Quand il la vit pour la première fois, il ne savait, dit-il, s'il « voyait un portrait de la candeur ou de la volupté [32] ». Tous appréciaient son urbanité, son art de tenir un salon. Celui de son élégant hôtel de la Chaussée-d'Antin avait été célèbre : les personnages importants du moment s'y retrouvaient, à tel point que Bonaparte s'en était aigri : « Depuis quand le Conseil se tient-il chez Madame Récamier [33] ? »

Quand, âgée de quarante-deux ans et ruinée, elle s'installa par économie à l'Abbaye, dont elle avait goûté le charme en rendant visite à son amie la baronne de Bourgoing, on lui fit miroiter un grand appartement au premier étage dont on pensait qu'il serait vacant prochainement, la marquise de Montmirail qui l'occupait étant aux portes de la mort. En attendant on proposa de lui donner deux pièces sous les combles. Ladite personne ayant ressuscité, elle ne put déménager que dix ans plus tard – mais ce bel appartement n'eut jamais la poésie de l'« asile solitaire » si bien dépeint par Chateaubriand : « Quand, tout essoufflé après avoir grimpé trois étages, j'entrais dans la cellule aux approches du soir, j'étais ravi : la plongée des fenêtres était sur le jardin de l'Abbaye, dans la corbeille verdoyante duquel tournoyaient des religieuses et couraient des pensionnaires. La cime d'un acacia arrivait à la hauteur de l'œil. Des clochers pointus coupaient le ciel et l'on apercevait à l'horizon les collines de Sèvres. Le soleil couchant dorait ce tableau et entrait par les fenêtres ouvertes. Madame Récamier était à son piano; l'angélus tintait : les sons de la cloche qui semblaient pleurer le jour qui se mourait, *il giorno pianger che si muore*, se mêlaient aux derniers accents de l'invocation à la nuit de Roméo et Juliette de Steibelt. Quelques oiseaux se venaient coucher dans les jalousies relevées de la fenêtre; je rejoignais au loin le silence et la solitude, par-dessus le tumulte et le bruit d'une grande cité. Dieu, en me donnant ces heures de paix, me dédommageait de mes heures de trouble ; j'entrevoyais le prochain repos que croit ma foi, que mon espérance appelle. Agité au-dehors par les occupations politiques ou dégoûté par l'ingratitude des Cours, la placidité du cœur m'attendait au fond de cette retraite, comme le frais des bois au sortir d'une plaine brûlante [34]. »

En 1826, le vaste appartement du premier se trouva disponible et Mme Récamier s'y installa. C'est là que furent données, en 1834, les premières lectures des *Mémoires d'outre-tombe*. Dans la pénombre bleue de ce salon aux lourdes tentures défilèrent pendant vingt ans toutes les sommités parisiennes : en dehors de Chateaubriand, le maître incontesté du lieu, on voyait le philosophe Ballanche, le comte de Salvandy, ministre et ambassadeur, l'historien Augustin Thierry, le physicien Ampère, le duc Mathieu de Montmorency, ministre des Affaires étrangères (dont la femme une fois veuve se retira aussi à l'Abbaye), Villemain, ministre de l'Instruction publique, Alexis de Tocqueville, le baron Pasquier, ancien préfet de police de l'Empereur et ministre de Louis XVIII, le critique Sainte-Beuve, Benjamin Constant, ami de Mme de Staël (avec laquelle Mme Récamier était fort liée), Musset, les peintres Delacroix et Gérard, le miniaturiste Isabey, le sculpteur David d'Angers, Montalembert, Mérimée, Balzac, le baron de Barante, Rémusat, Anatole de Montesquiou... bref, tout ce qui comptait dans la capitale – sans oublier Lamartine, qui joliment définissait « l'Abbaye, cette académie dans un monastère... ». Les braves sœurs tourières ne s'ennuyaient pas, d'autant plus qu'en ce lieu privilégié se tenaient encore d'autres salons : ceux de Mmes de Méran et de Séran, qui recevaient surtout des ecclésiastiques, celui de Mme d'Hautpoul (que fréquentait Mme de Genlis), celui enfin de Mme d'Hautefeuille. La mystique Mme Swetchine avait succédé à Mme Récamier sous les combles, sans doute y accueillait-elle aussi quelques dévotes personnes.

Mme de Girardin, journaliste écrivant sous un pseudonyme, a consacré une de ses chroniques, *Lettres parisiennes du vicomte de Launay*, à l'une de ces soirées : « Vendredi soir, nous avons tout quitté pour aller entendre à l'Abbaye-aux-Bois la plus délicieuse musique qu'il soit permis d'entendre... A minuit Rachel est arrivée [...] dire des vers chez Mme Récamier au profit des inondés (il s'agissait des victimes des inondations de Lyon)... Son succès a été complet [35]. »

Les sœurs converses avaient bien du travail avec ces dames pensionnaires et leur entourage...

Quant à la vie des religieuses de chœur, elle tranchait étrangement, par son austérité, sur celle des dames pensionnaires. Nous la connaissons par une sorte de prospectus, non daté, sans doute destiné à recruter d'éventuelles postulantes : « Congrégation de Notre-Dame, premier monastère de l'ordre à Paris, Abbaye-aux-Bois... Cet ordre a pour but l'éducation et l'instruction de la jeunesse. Un pensionnat offre aux jeunes personnes des classes élevées de la société tout ce qui constitue une éducation soignée. Une école primaire est ouverte aux élèves externes de la classe ouvrière qui y reçoivent gratuitement l'instruction et s'y forment au travail de l'aiguille. Aux pieux exercices de l'ordre, tels que la récitation de l'office canonique romain, une heure d'oraison chaque jour, une lecture spirituelle, des examens de conscience, la communion fréquente, des retraites annuelles, le monastère de l'Abbaye-aux-Bois joint encore l'Adoration perpétuelle du Sacré-Cœur de Jésus au Saint-Sacrement (coutume établie depuis 1801). Les seules austérités prescrites, en dehors des règles générales de l'Église, sont l'abstinence pendant l'Avent, et un jeûne le vendredi de chaque semaine, ainsi qu'aux vigiles de quelques fêtes de Notre-Seigneur et de la Sainte Vierge. Le lever est à quatre heures. Les prières du soir, à huit heures. Deux heures de récréation. Cinq ans de noviciat : deux ans avant la profession solennelle, et trois ans après. Clôture régulière. Quatrième vœu, le vœu d'instruction. » (Suivent quelques lignes concernant les « sœurs adjuctrices », autrement dit, les sœurs converses, chargées des tâches ménagères.)

La première supérieure du monastère, mère Saint-Athanase, douée d'une grande prestance et de beaucoup de distinction, n'était pas dénuée de froideur. Les problèmes d'argent la minaient et lui prenaient beaucoup de temps : elle avait le tort, nous dit-on, d'« aimer la truelle ». Il est certain qu'elle n'exerça pas le rayonnement spirituel de mère Sophie : si nombre de personnes ont retrouvé la foi dans l'église des Oiseaux, les contemporains ne mentionnent jamais la chapelle de l'Abbaye, ils ne parlent que de ses salons... Huysmans, cependant, bien des années plus tard, devait goûter sa « tiédeur » et son « intimité » [36]. Les liens entre les deux monastères étaient lâches mais non inexistants : des sœurs de l'Abbaye vinrent chanter aux obsèques de mère Euphrasie, et il fut même question, à une certaine époque, d'une fusion entre les deux communautés – rapprochement que les ecclésiastiques interrogés déconseillèrent [37]. Chaque maison resta donc indépendante : la mode n'était pas encore venue des grands rassemblements.

LE MONASTÈRE DU ROULE

Le troisième monastère de la Congrégation de Notre-Dame fondé à Paris après la Révolution fut celui du Roule.

C'est le couvent sur lequel nous avons le plus de renseignements proprement scolaires. Par contre nous ignorons presque tout des quelques dames qui y louaient des chambres. La plupart de nos connaissances proviennent d'ouvrages consacrés aux supérieures après leur mort. C'était l'usage avant la Révolution d'écrire une notice au décès de chaque religieuse et de l'envoyer aux autres couvents. Par la suite cet usage s'amplifia, et certaines notices se transformèrent en véritables biographies.

Quand mère Euphrasie s'était installée rue de Sèvres en 1818, elle avait laissé derrière elle, rue des Bernardins, cinq religieuses pour s'occuper des deux cents enfants des classes gratuites jusqu'à l'expiration du bail qui avait encore trois ans à courir. L'échéance venue, le curé de Saint-Nicolas-du-Chardonnet les supplia de renouveler leur bail. Elles avaient alors dix pensionnaires, plus de deux cents externes, cinq à six dames locataires. Mère Sophie gouvernait la rue des Bernardins en même temps que les Oiseaux, escomptant toujours la réunion des deux maisons. Mais en 1824 les supérieurs ecclésiastiques demandèrent aux sœurs de bien vouloir rester encore, et cette fois-ci de se choisir une supérieure. En 1829, la communauté déménagea rue de Valois, puis en 1831 rue Neuve-Saint-Paul, enfin en 1833 près de l'Étoile, 73, faubourg du Roule, entre les actuelles avenues Hoche et de Friedland, dans l'hôtel du baron Hyde de Neuville, lequel se révéla un grand bienfaiteur du couvent, fort libéral quant aux échéances...

Ce quartier, à l'époque, était un quartier neuf : faubourg

veut dire périphérie. L'arc de Triomphe venait tout juste d'être terminé, les hôtels des maréchaux n'existaient pas encore : le site était relativement tranquille et champêtre. Comme monuments quelque peu anciens il n'y avait que l'église Saint-Philippe-du-Roule, construite vers 1780 par Chalgrin, et l'hospice fondé par M. de Beaujon pour vingt-quatre enfants pauvres du quartier, dont les jardins s'étendaient jusqu'au parc de Monceau. Beaujon, conseiller d'État, receveur général des finances de Rouen, avait été un homme richissime – il servit de banquier à Louis XV – et un épicurien : la demeure qu'il avait achetée faubourg Saint-Honoré prit le nom d'Élysée après qu'il l'eut habitée, tant la vie qu'il y mena fut idyllique ! C'est pour tranquilliser sa conscience qu'il avait fondé cet hospice : la Révolution s'en empara et le transforma en hôpital. Dans son voisinage immédiat s'implanta la Congrégation de Notre-Dame.

La personnalité qui marqua le plus l'établissement du Roule fut la révérende mère Marie des Anges [38]. Marie-Anne de Bizardon naquit à Longwy en 1819, le jour même de la mort de son père. A douze ans elle perdit sa mère du choléra, à quinze ans la grand-mère qui l'avait élevée. Elle vint alors habiter chez une tante à Paris, et dès seize ans manifesta le désir d'entrer dans la Congrégation de Notre-Dame. En 1837 elle reçut le « bonnet noir » des postulantes : il est rare d'avoir des renseignements sur la vêture des religieuses... Autre détail vestimentaire : nous savons qu'après sa prise d'habit elle portait des alpargates, encore utilisées de nos jours par des carmélites : ce sont des sortes d'espadrilles « faites main », informes et disgracieuses mais permettant de se propulser sans faire de bruit, d'une manière tout angélique ! Quand, plus tard, elle fut élue révérende mère, elle « proposa » à ses sœurs de renoncer à deux usages introduits à une date indéterminée : les « pans avec effilés », c'est-à-dire les franges aux ceintures, et les « bagues-chapelets » en argent que la supérieure mettait au doigt des nouvelles professes en signe de leur alliance mystique avec Jésus-Christ.

Vu la bonne marche du couvent et sa brillante réputation, le nombre des pensionnaires ne cessa d'augmenter : en 1861 elles étaient 108, 130 l'année suivante, puis 165 ; pour avoir de la place, les religieuses durent alors renoncer à accueillir des dames pensionnaires. Les élèves n'avaient qu'un jour de sortie par mois ; début janvier elles avaient cinq ou six jours de congé, et une huitaine à Pâques ; les vacances commençaient début août et la rentrée était fixée aux premiers jours d'octobre. L'année considérée comme la plus importante était celle de la première communion : chaque pensionnaire parrainait alors une externe que lui avait attribuée le tirage au sort, et le grand jour, après la cérémonie à la chapelle, elles jouaient ensemble dans la cour de récréation.

La diversité d'origine géographique des enfants était grande, comme en témoigne la description d'une fête donnée en l'honneur de mère Marie des Anges par les élèves : « Chacune vint tour à tour complimenter la mère supérieure dans sa langue propre et dans son costume local [...] français d'abord puis patois provençal, breton, anglais, allemand, italien, espagnol, portugais, russe, polonais, et d'autres langues encore. Plusieurs députées des autres parties du monde, de l'Afrique surtout, vinrent en dernier lieu [39]. »

La diversité des prédicateurs qui se relayaient à la chapelle n'était pas moindre : vinrent prêcher au Roule plusieurs cardinaux, le fameux Mgr Dupanloup (mère Marie des Anges recommandait à une mère de famille de lire ses cinq tomes sur l'éducation), des évêques de Rome, des missionnaires de tous les points du globe : Mgr Lavigerie, Mgr Vite, de Calédonie, Mgr Valerga, patriarche de Jérusalem, des prêtres de Chine, etc. Ils repartaient chargés de nombreux cadeaux pour leurs missions lointaines. (Notons que Mgr Dupanloup avait des idées politiques diamétralement opposées à celles de Louis Veuillot, le grand ami des Oiseaux, qui le combattit violemment.)

D'illustres personnages laïcs venaient aussi de temps à autre visiter le couvent : la duchesse de Parme, la princesse Borghèse, la princesse Bonaparte et son fils le futur cardinal, le duc de Nemours qui allait embrasser sa fille la princesse Blanche... Un des plus grands bienfaiteurs fut le médecin du shah de Perse, lequel confia sa fille au Roule pendant neuf ans et envoya beaucoup d'argent de son pays. Le ministre de l'Instruction publique Villemain, ancien professeur éminent de littérature à la Sorbonne, y mit aussi ses rejetons – ce qui est une référence ; il devait rédiger une élogieuse notice, non signée, sur mère Euphrasie, à la demande de la comtesse Drohojoxwka qui l'inclut dans son recueil *Les Femmes pieuses de la France*, paru en 1856.

L'établissement employait un nombreux personnel; en 1870 il se montait à soixante-douze personnes : femmes de lessive, repasseuses, jardiniers, etc, sans oublier les deux concierges, celui du 20, rue Beaujon et du 29, avenue Hoche (l'avenue de la Reine-Hortense venait de changer de nom).

On sait que l'importante mortalité infantile constituait un des drames de cette époque : d'après Michelet, la moitié des enfants, au moins, mouraient avant la douzième année [40]; en moyenne, l'issue était fatale dans un cas sur deux pour le croup, un sur cinq pour la typhoïde ou la variole, un sur six pour la scarlatine, un sur quinze pour la rougeole [41]; quant à la tuberculose, c'était un véritable fléau qui fauchait petits et grands. Malgré les soins attentifs des religieuses, plusieurs enfants moururent dans l'enceinte du monastère, dont deux en neuf jours de typhoïde, avec heureusement leurs mères auprès d'elles. Georgette de Maupeou fut emportée à onze ans par une méningite : elle demanda à être enterrée auprès des religieuses dans leur cimetière de Courbevoie. Ce cimetière était dominé par une statue de l'Immaculée-Conception qu'avait offerte Mme de Castries en souvenir de sa fille, ancienne pensionnaire, morte jeune religieuse au Roule.

Vers 1860, à la suite d'une expropriation, les mères durent construire de nouveaux bâtiments dont un cloître et une chapelle. Elles profitèrent de ces travaux pour poser des grilles et fermer le monastère de façon régulière. Des améliorations furent apportées au pensionnat : on installa une « matelasserie » et une « fruiterie », une salle de gymnastique, des petites « cabines de musique » et des salles de travail manuel. Le gendre d'une religieuse veuve, le marquis de Bonneuil, s'occupa de tracer le jardin : il peupla les allées de statues, non de muses, mais de saints; dans la cour d'honneur celle de Pierre Fourier accueillait aimablement les visiteurs.

Puis survint la guerre de 1870 qui bouleversa la vie quiète du monastère. Après la capitulation de Sedan, un mystérieux renseignement communiqué à mère Marie des Anges provoqua sa panique... Il faut dire à sa décharge que les religieuses cloîtrées sont tributaires du petit nombre de nouvelles qui leur parviennent de l'extérieur, dont il leur est bien difficile de vérifier l'authenticité... Le 10 septembre, les élèves étant encore en vacances, elle fit partir le plus de religieuses possible en province et s'embarqua elle-même avec trente-trois autres pour l'Angleterre où des Bénédictines les hébergèrent. « Mon crime est celui d'une mère affolée », dit-elle plus tard.

Quelques sœurs qui avaient pris asile dans leurs familles à Paris ne tardèrent pas à réintégrer leur couvent. Le 18 septembre, la capitale fut déclarée en état de siège : elles accueillirent alors quatre-vingts petites incurables obligées de fuir Neuilly. Elles rouvrirent leurs classes gratuites à quatre-vingt-treize externes, et créèrent une ambulance pour une vingtaine de blessés. La vie était dure : en plus des chevaux elles mangèrent des chats.

Au début de mars 1871 les religieuses se trouvaient à nouveau toutes rassemblées au Roule quand survint la Commune : Paris était fermé, on ne pouvait plus y rentrer. Mille huit cents fédérés campaient rue Beaujon devant les classes gratuites nouvellement aménagées : par chance ils ne demandèrent pas à s'y abriter. Le 12, une sœur se rendit aux Oiseaux : elle n'y trouva plus que deux tourières, et c'était le même désert à l'Abbaye-aux-Bois.

Voici ce qui s'était passé aux Oiseaux : après la déclaration de la guerre à la Prusse le 17 juillet, mère Saint-Charles avait rappelé les religieuses d'Issy, craignant pour elles la proximité du fort; leur couvent devait être en effet copieusement bombardé l'année suivante... Après la chute de Sedan le 2 septembre, elle fit partir en province une partie de la communauté. Pendant les bombardements de janvier 1871 un obus éclata sur la voûte de l'église, et plusieurs autres tombèrent dans le monastère, heureusement sans tuer personne, tout le monde s'étant réfugié dans les caves. La communauté se composait encore de quarante-quatre personnes dont quatorze malades; mère Saint-Charles avait gardé avec elles les vingt orphelines, et offert vingt lits pour les blessés. Puis éclata la guerre civile : quelques heures avant d'être arrêté, Mgr Surat fit parvenir ce conseil : « Que la supérieure s'éloigne avec toutes celles qu'elle pourra emmener. » Dix-huit sœurs restèrent pour soigner les malades, et mère Saint-Charles partit pour Versailles chez les mères de Grandchamp. Le 14 avril des délégués de la Commune, avec le commissaire revolver au poing, vinrent réclamer la supérieure; sur la réponse qu'elle n'était pas là ils perquisitionnèrent dans le monastère toute une journée, explorant les jardins, la basse-cour, les bains (car il y avait des bains!), cherchant même des souterrains imaginaires. Quelques jours plus tard on apprit l'exécution des otages arrêtés au début de l'insurrection, dont Mgr Darboy, archevêque de Paris, Mgr Surat, les R.P. Olivaint et de Bengy, tous grands amis des Oiseaux.

Les nouvelles provenant des autres ordres religieux n'étaient guère rassurantes : la communauté des Dames de Sainte-Clotilde, rue de Reuilly, se trouvait occupée par quarante à cinquante fédérés qui y restèrent six semaines : les religieuses n'osaient plus quitter leur costume la nuit, espérant qu'il les protégerait de cette inquiétante proximité soldatesque... Le couvent des sœurs de Saint-Vincent-de-Paul avait été envahi par une douzaine de gardes nationaux réclamant argent, souper et gîte. Le cloître des carmélites de l'avenue de Messine avait été forcé, les lieux perquisitionnés : on croyait que cette pauvreté abritait des millions...

Le 24 mai, les troupes régulières de Versailles arrivées à l'Étoile protégèrent le quartier du Roule où le calme revint; dans le centre au contraire la violence s'amplifiait : les Tuileries, le Palais-Royal, l'Hôtel de Ville, la bibliothèque du Louvre, le ministère des Finances, le Palais de justice, des théâtres et un grand nombre de maisons particulières flambaient, des barricades s'élevaient dans les rues, les fédérés fusillaient rue Haxo soixante-deux prisonniers, gendarmes ou prêtres. La répression fut aussi terrible que l'émeute. Les troupes régulières de Versailles acculèrent les derniers défenseurs de la Commune dans le cimetière du Père-Lachaise, où elles les exterminèrent le 28 mai devant le mur ultérieurement appelé des Fédérés.

Revenons à notre pensionnat... Fin juin 1871, une vingtaine d'élèves étaient déjà rentrées au couvent du Roule. Bientôt la construction des bâtiments interrompue par la guerre reprit de plus belle. On installa un magnifique cabinet d'histoire naturelle, on compléta le jardin botanique. Quand, quelques années plus tard, avec les nouvelles lois scolaires, le couvent subit sa première inspection, il n'eut rien à craindre quant à l'état des lieux et aux programmes.

Dès 1863 mère Marie des Anges avait créé un poste de directrice des études, ce qui les avait beaucoup améliorées. « Les cadres historiques et littéraires (les cadres étaient des genres de manuels) refaits et complétés furent imprimés à l'usage de nos seules élèves... La méthode d'enseignement resta la même : le cadre appris par cœur, les développements donnés verbalement par le professeur; les notes prises sous sa parole, et rédigées ensuite en forme de résumés; ces résumés servant de thèmes aux compositions écrites, œuvres d'intelligence plus que de mémoire.

« La même méthode, avec quelques variantes, était appliquée aux autres branches de l'enseignement : géographie, notions usuelles de droit et législation, sciences naturelles, beaux-arts.

« Le programme de la classe supérieure (classe blanche) était complété par des notions de philosophie avec un résumé des différentes doctrines et par un cours élémentaire de latin préparé par l'étude des racines latines de la langue française. »

Mère Marie des Anges réunissait elle-même « deux fois la semaine toutes les maîtresses, pour traiter à fond de tout ce qui regardait les élèves et pour lire et commenter les meilleurs livres traitant des meilleurs principes en fait d'éducation et de pédagogie [42] ». Elle voyait aussi les enfants deux fois par semaine : « dans la séance solennelle, dite des bulletins, et dans une petite instruction religieuse pratique et familière qu'elle s'était réservée » – et qui devait être divertissante, si l'on en juge par ses idées pédagogiques : ne disait-elle pas que « des enfants qui s'ennuient, c'est un mal redoutable pour leur âme, comme pour leur instruction »? Quant à la séance des bulletins, elle devait se perpétuer de génération en génération jusqu'à la nôtre.

La Bibliothèque nationale conserve quelques-uns de ces « cadres historiques, propriété de la congrégation de Notre-Dame », dont il a été question. Celui du Moyen Age, imprimé en 1865, est un gros volume de 488 pages sans nom d'auteur, doublé d'un atlas : une encyclopédie, un véritable *Quid*... On y apprend que du ve siècle datent le ferrement des chevaux, les cloches dans les églises, le jeu d'échecs... Ce monument d'érudition concerne tous les peuples civilisés de la Russie à la Chine, de la Perse au Maroc. Il est accompagné d'une vingtaine de tableaux synoptiques, un par siècle, de plusieurs « états de la société civile, de la société religieuse, des Lettres, des Sciences et des Arts », des tableaux des célébrités de tout genre, des découvertes, des monuments, des institutions. Le manuel de cosmographie traite des différents systèmes du monde, des astres, des saisons, des latitudes et longitudes, des différents calendriers... et des « habitants des cinq zones comparés entre eux par rapport à la direction de leurs ombres (à midi) [...] ». Mais à notre époque scientifique, qui se soucie de la portée des ombres?

Quand parut la nouvelle loi scolaire de 1882, mère Marie des Anges, à son corps défendant, dut se soumettre aux nouveaux programmes, qui l'obligèrent surtout à réorganiser les écoles gratuites. Ce niveau posé sur toutes les intelligences, abstraction faite du sexe et des conditions sociales, lui parut une utopie, sinon une mesure subversive. « Je reviens des examens de nos classes externes, écrivait-elle; je suis émerveillée de tout ce que savent ces pauvres enfants. A mon avis, on exagère leur instruction. Pensez qu'elles dessinent, et maintenant il nous faut une maîtresse de solfège pour leur enseigner la musique vocale ! De plus on nous demande des exercices de gymnastique. N'est-ce pas de la folie? On n'aura plus que des filles lettrées, dont on ne saura que faire, et plus de filles de service, pour peu que ce système soit suivi longtemps [43]. » Vision prémonitoire...

« Ce niveau intellectuel, elle le comprenait, dans une sage mesure, continue sa biographe, pour nos jeunes filles du pensionnat, appelées pour la plupart à une communauté intellectuelle, si précieuse dans l'intimité du foyer domestique pour un père, des frères, un mari, des fils. Elle y trouvait de plus un contrepoids sérieux à la frivolité des relations de société souvent si vides... Sous ce rapport, nos plans d'études avaient devancé de bien des années les programmes officiels pour l'instruction secondaire des jeunes filles. » « Marie travaille, écrivait mère Marie des Anges à une mère de famille; je l'en félicite de tout mon cœur, tout en ne lui demandant pas de passer des examens. Espérons qu'elle n'aura jamais besoin de brevet ! Elle aura quelque chose de meilleur : une bonne éducation chrétienne [44]. » La religieuse dut se prêter cependant aux désirs de quelques familles qui exigèrent une préparation directe à des diplômes... Ces jeunes filles reçurent dans la Maison des leçons spéciales d'une maîtresse sûre et compétente et restèrent soumises à toutes les lois disciplinaires. Un jour, un inspecteur peu loquace vint visiter l'externat et le pensionnat. On le conduisit dans les classes. Il regarda attentivement mais en silence les cadres d'histoire et de littérature.

« Notre Mère lui dit : " Au moins, Monsieur, dites-moi si vous êtes satisfait? – Très satisfait, Madame... " Nous sûmes qu'un rapport très flatteur avait été fait par lui sur notre pensionnat et sur notre externat, au point de vue du local, des études, de la bonne tenue. » Deux délégués vinrent aussi inspecter le local du point de vue hygiénique : mais par chance c'étaient des amis...

« Nos chères Maisons de province eurent plus à souffrir que nous des conséquences des lois nouvelles; aussi plusieurs supérieures obtinrent, en raison des révolutions opérées dans l'enseignement, de venir à Paris s'inspirer auprès de nous au sujet des mesures à prendre pour l'exécution des nouveaux programmes et autres questions brûlantes, menaçant dans un avenir plus ou moins rapproché notre existence comme religieuses et surtout comme religieuses enseignantes [45]. »

Le livre du député Émile Keller [46] recensant en 1880 les congrégations du diocèse de Paris afin de montrer les services qu'elles rendaient à la collectivité, mentionne que les religieuses du Roule étaient alors au nombre de soixante-dix, qu'elles avaient soixante-dix pensionnaires et cent quatre-vingts élèves dans leurs classes gratuites – auxquelles elles prodiguaient non seulement l'enseignement mais aussi des secours matériels.

Le couvent du Roule offre à nos yeux une précieuse particularité : son externat est le seul sur lequel nous ayons quelques renseignements, grâce au *Mémorial des élèves de l'école gratuite de la Congrégation de Notre-Dame au double point de vue de la doctrine et de la morale catholique,* publié en 1880. Il débute ainsi : « A nos chères enfants des classes externes. – Chaque fois que l'une d'entre vous quitte nos écoles, chères enfants, nos cœurs s'émeuvent et s'attristent à la pensée que vous sortez de nos mains à un âge où vous commenceriez à mieux comprendre toute l'importance d'une éducation chrétienne. La plupart d'entre vous comptent douze ans à peine... Vous ne saurez peut-être jamais, de notre sainte religion, que ce que vous en aurez appris pendant vos quelques années d'école et de catéchisme. Vous honorerez, vous estimerez, vous aimerez votre condition modeste : pauvre quelquefois, laborieuse toujours, parce que Notre-Seigneur l'a honorée et sanctifiée dans sa personne divine; qu'il l'a choisie, aimée, et l'a faite " sienne " pendant les années de sa vie mortelle. »

Suit une courte notice sur le bienheureux Pierre Fourier, puis un résumé de la foi catholique, enfin un autre des devoirs à remplir. Le tout comporte 295 pages : les religieuses désiraient pourvoir leurs chères petites élèves d'une bouée de sauvetage bien gonflée avant de les lancer sur l'océan tumultueux de la vie – où leur moralité serait si menacée.

Nous avons vu plus haut combien les jeunes « Oiseaux » de la rue de Sèvres aimaient leur couvent; les élèves du Roule furent tout autant attachées au leur. L'une devait écrire, trente ans après l'avoir quitté : « Je me rappelle toujours l'heure terrible de notre séparation; c'est alors que j'appris la souffrance. » La poésie d'une de ses compagnes, datée de 1858, exprime de façon désuète mais touchante ces mêmes sentiments :

Adieu, douce retraite, adieu, charmant séjour;
Ici nos jeunes ans coulèrent sans nuage;
Adieu, car loin de vous je m'en vais sans retour,
Et triste en vous quittant, je pleure et crains l'orage;
[...]
Adieu, mes folles sœurs, compagnes si rieuses,
Qui folâtrez gaîment quand je pleure et je pars.
[...]
Mères ! je vais partir ! Ah ! ne m'oubliez pas[47].

De ce couvent tant aimé il ne reste pierre sur pierre : les religieuses en furent expulsées en 1906, au moment des persécutions contre l'enseignement libre, et il fut démoli en 1908 quand on perça l'avenue Bertie-Albrecht, qui passe sur son emplacement.

JEUNES FILLES ROMANTIQUES : GEORGE ET ERNESTINE

Aucune femme écrivain n'a rapporté ses souvenirs de couventine à l'Abbaye-aux-Bois du temps de la Congrégation de Notre-Dame, aux Oiseaux ou au Roule. Mais on peut penser que la vie qu'on y menait n'était guère différente de celle qu'à la même époque connut George Sand (1804-1876) au couvent des Dames anglaises – mis à part son côté typiquement britannique – et dont elle a fait un compte rendu pittoresque et charmant. Peut-être même y prit-elle le goût d'écrire : n'y était-elle pas surnommée par ses compagnes « Miss Agenda » – comme Mme de Genlis par ses élèves « Miss Livre » ?

Il y avait deux classes, la grande et la petite. Cette dernière, où entra George Sand, comptait trente pensionnaires de six à treize ou quatorze ans. « La claustration, l'air de Paris [...] me rendirent bientôt malade et languissante. En dépit de tout cela, je passai là trois ans sans regretter le passé... Nous étions cloîtrées dans toute l'acception du mot. Nous ne sortions que deux fois par mois et nous ne découchions qu'au jour de l'an. On avait des vacances, mais je n'en eus point, ma grand-mère (qui éleva George Sand) disant qu'elle aimait mieux ne pas interrompre mes études [...] si bien que je passai deux fois l'année entière derrière les grilles [...]. Toutes les croisées du couvent qui donnaient sur la rue étaient non seulement grillagées, mais garnies d'un châssis de toile. C'était bien réellement la prison, mais la prison avec un grand jardin et une nombreuse société. J'avoue que je ne m'aperçus pas un instant des rigueurs de la captivité [...]. La première année, je fus plus que jamais l'enfant terrible que j'avais commencé d'être [...]. La seconde année je passais presque subitement à une dévotion ardente et agitée. La troisième année je me maintins dans un état de dévotion calme, ferme et enjouée [48]. »

Le couvent « était un assemblage de constructions, de cours et de jardins qui en faisaient une sorte de village, plutôt qu'une maison particulière [...]. Mais cet ensemble hétérogène avait son caractère à lui, quelque chose de mystérieux et d'embarrassant comme un labyrinthe, un certain charme de poésie, comme les recluses savent en mettre dans les choses les plus vulgaires ». Le regard de Sand a bien noté la caractéristique architecturale de tous ces couvents, qui était d'être un amalgame sans style de bâtiments divers, semblables à ceux que nous connûmes à Ponthieu et Verneuil. Rien à voir avec la symétrie classique du Prytanée de La Flèche, ou l'asymétrie élégante des collèges d'Oxford ! « Le jardin était vaste et planté de marronniers superbes [...] il était bordé de petites maisons toutes louées à des dames pieuses retirées du monde [49]. » Il y avait un jardin potager encore plus grand, où mûrissaient melons et raisin, un poulailler, et un laboratoire où l'on distillait de l'eau de menthe. Dans ce monde clos vivaient de cent vingt à cent trente personnes.

« Les cellules de nonnes étaient d'une propreté charmante et remplies de tous ces brimborions qu'une dévotion mignarde découpe, encadre, enlumine et enrubanne patiemment. » Le chant du coq à l'aube, le son argentin de la cloche, les niches dans les murailles abritant des Vierges, la lampe tremblotante la nuit dans le cloître, le bruit solennel des lourdes portes se fermant le soir, « tout avait un certain charme de poésie mystique auquel tôt ou tard je devais être fort sensible [50] ».

« C'était un tort de la part de nos religieuses de s'occuper si peu de nous directement. Nous les aimions; elles avaient toutes de la distinction, du charme et de la solennité, quelque chose de doux et de grave, ne fût-ce que l'extérieur ou le costume, qui nous calmait comme par enchantement. » (Malheureusement, les religieuses prétendaient ne pas avoir le temps de s'occuper exclusivement des élèves.) « Et elles ne l'avaient pas en effet, à cause des longues heures qu'elles donnaient aux offices et aux prières. Voilà le mauvais côté des couvents de filles. On y emploie ce qu'on appelle des " maîtresses séculières " [...] qui abrutissent ou exaspèrent les enfants. Nos religieuses eussent mieux mérité de Dieu, des parents et de nous, si elles eussent sacrifié à notre bonheur, et, pour parler leur style, à notre salut, une partie du temps qu'elles consacraient avec égoïsme à travailler au leur [51]. » « Nous eussions été infiniment meilleures et plus heureuses, continue George Sand, si les religieuses seules se fussent chargées de notre éducation. » Mais les religieuses eussent-elles été les mêmes si elles n'avaient tant prié?

« Nous étions assez convenablement nourries mais nous souffrions du froid de la manière la plus cruelle. » Le lever était à 6 heures. « On se lavait dans l'eau dont il fallait briser la glace et qui ne lavait pas. On avait des engelures, les pieds enflés saignaient dans les souliers trop étroits. On allait à la messe à la lueur des cierges, on grelottait sur son banc, ou on dormait à genoux dans l'attitude du recueillement. A sept heures, on déjeunait d'un morceau de pain et d'une tasse de thé. On voyait enfin, en entrant en classe, un peu de clarté dans le ciel et un peu de feu dans le poêle [52]. » D'ailleurs « ces études [...] étaient à peu près nulles [53] ».

Et pourtant, « comment ne chérirais-je pas le souvenir de ces années les plus tranquilles, les plus heureuses de ma vie? J'y ai souffert de moi-même au physique et au moral, mais, en aucun temps et en aucun lieu, je n'ai moins souffert de la part des autres [54] ».

Si l'on compare ce témoignage de George Sand à celui de Manon Phlipon, née vingt ans plus tôt, cité plus haut, on s'aperçoit que la tourmente de la Révolution n'avait pas modifié grand'chose à la vie dans les couvents : l'existence n'y était pas très différente avant et après... Ces deux femmes supérieurement douées, et d'une indépendance d'esprit telle qu'elle fit scandale, se sont félicitées d'avoir été élevées par des religieuses et n'ont jamais souffert de la clôture !

Combien leurs souvenirs donnent un son différent des réflexions dénigrantes d'Isabelle Bricart sur l'éducation des jeunes filles au XIXe siècle énoncées dans son livre : *Saintes ou Pouliches* – bien que ce titre soit justement inspiré des lignes de George Sand dans *Lélia* : « Nous les élevons comme des saintes, puis nous les livrons comme des pouliches. »

Il semble intéressant de compléter le témoignage de George Sand par un autre, celui d'une jeune pensionnaire des Oiseaux née vingt ans après elle : Ernestine de Barante (1826-1847). Elle était la fille du baron Prosper de Barante qui fut ambassadeur et historien. Après avoir suivi son père dans ses différents postes, elle fut envoyée aux Oiseaux pour préparer sa première communion qu'elle fit toute seule à quatorze ans, (et non, comme c'était l'habitude, avec quelques compagnes : peut-être était-ce dû à son âge un peu tardif, ou au calendrier impératif de ses voyages). De cet événement elle a laissé une relation écrite au jour le jour, pieusement conservée par sa famille parce qu'elle mourut jeune [55]. A notre époque où un professeur au Collège de France, Jean Delumeau, a consacré un séminaire d'une année au sujet : « La première communion, quatre siècles d'histoire » – d'où est issu un ouvrage collectif – ce texte présente un intérêt certain : « Après le souper, la mère Saint-Jérôme à qui j'étais confiée pour ma première communion vint me chercher et me conduisit à la salle de communauté. Maman Sophie m'embrassa tendrement et me mit sur la tête un voile de crêpe noir, en signe de retraite et de recueillement; je fis alors le tour de la salle pour embrasser toutes les religieuses [il y en avait près d'une centaine...]; elles me disaient adieu comme si j'allais partir pour un long voyage. Ah! en effet, il était bien long le voyage que mon âme avait à parcourir!... Je devais bien réellement dire adieu à ce monde, à ses affaires, à ses intérêts, à son bruit, à son tumulte, pour me retirer comme les apôtres, à l'écart sur la montagne, auprès de Notre-Seigneur [...]. La mère Saint-Jérôme quitta son dortoir pour venir occuper une petite chambre avec moi [...]. Un petit autel y avait été préparé [...]. J'ai fait aussitôt une méditation, elle devait durer une demi-heure, elle me sembla longue.

« Vendredi : on m'a donné à lire le manuel du Scapulaire [...] J'ai récité le chapelet avec la mère Saint-Jérôme, puis elle m'a menée faire une visite au Saint-Sacrement [...]. » (En ce temps-là c'était l'usage de « faire des visites » aux uns et aux autres.)

« Dimanche soir : quelque temps après le salut, la mère Saint-Jérôme m'a ramenée à la chapelle; il faisait complètement nuit, nous n'avions que la lune pour nous guider, je frissonnais en pensant à mon indignité, j'osais à peine m'approcher du confessionnal. Le père m'a encouragée; ah! il me semblait que les paroles qu'il m'adressait venaient de Dieu [...]. Il m'a quittée, et je suis restée quelques instants toute seule avec mon Dieu; précieux instants que je ne retrouverai plus que dans le ciel... Bientôt on vint me rechercher, on m'ôta le grand voile noir, symbole de deuil et de douleur, que je portais depuis ma retraite, pour m'en mettre un blanc, symbole d'innocence et de joie [...]. C'était l'heure du souper, deux religieuses m'amenèrent au milieu du réfectoire; et là, à genoux, j'ai demandé pardon à ces demoiselles du mauvais exemple que j'ai pu leur donner [...]. Il y avait trois jours que l'on ne m'avait vue, je fais demain ma première communion, aussi ces demoiselles s'imaginaient que je devais être sainte et bien bonne, et [...] elles me tiraient par mon voile ou par ma robe en disant tout bas : " Priez pour nous " [...]. Je suis remontée dans ma chère cellule. En voyant sous ma table mon voile, ma robe blanche et ma couronne du lendemain, j'ai souri de plaisir.

" C'est l'emblème de votre âme, m'a dit la mère Saint-Jérôme, elle est maintenant pure et blanche et ornée aux yeux de Dieu. " Nous avons lu tout haut la relation d'une première communion parmi de jeunes détenues.

« Lundi. Ma mère demandait à me voir avant la messe, mais je ne voulais m'occuper que de Dieu [...] La messe fut dite par l'abbé de Dreux-Brézé [...] Quand on me fit quitter l'église, je trouvai bien pénible [...] de redescendre sur cette terre [...] On me conduisit au parloir pour embrasser toute ma famille [...] Après avoir déjeuné dans le cabinet de maman Sophie, j'allai à l'infirmerie faire ma petite visite aux malades [...] et de là à la classe, où était réuni tout le pensionnat. On se jeta sur moi avec effusion. J'étais bien sensible à toutes ces marques d'intérêt, d'affection, mais elles m'étourdissaient un peu [...] et je fus bien contente que la mère Saint-Jérôme me ramenât dans ma chère cellule [...] A trois heures je retournai à la chapelle pour entendre les vêpres... Après le sermon, j'ai lu à haute voix, à genoux, devant les saints évangiles, un cierge à la main, la rénovation des vœux du baptême et la consécration à la Sainte Vierge.

« [...] Ce soir, la mère Saint-Jérôme vient de me mener voir toutes les bonnes sœurs converses, au tour, à la cuisine, à la buanderie [...] " Nous avons bien pensé à vous, m'ont-elles dit; toutes nos prières, toutes nos actions étaient offertes à votre intention. " »

Le surlendemain de sa première communion, Ernestine fut confirmée dans la chapelle de l'archevêché par Mgr Affre. Puis aussitôt elle repartit pour la Russie.

Elle en revint en 1844, trois ans et demi plus tard. Ce fut une brillante élève; une composition française qu'elle rédigea, intitulée : « Description de la bibliothèque », nous renseigne de façon précieuse sur les lectures du couvent :

« La nouvelle bibliothèque se compose de deux salles entièrement boisées [...] Sous les fenêtres règne un charmant parterre...

« La première pièce est un arsenal de sainteté. Elle ne contient que des ouvrages de religion et de spiritualité : la sainte Bible... l'*Imitation*... l'Aigle de Meaux... Fénelon... Louis de Grenade... Bourdaloue... Liguori... Judde... et différents auteurs. Dans les buffets du bas [...] quelques ouvrages d'érudition profane, parmi lesquels [...] le savant Moreri, le dictionnaire de Trévoux [...] l'érudit Montfaucon [...] En longeant les fenêtres, un rayon tout entier occupé par le père Nouet...

« Dans la seconde pièce se trouvent les auteurs profanes : Aristote, Pline, Buffon, Bonnet, et les naturalistes distingués [...] Les littérateurs les suivent [...] La Bruyère : voilà un de mes intimes. Un ami de cœur, Télémaque [...] Je tombai sur ce passage : " L'ennui, qui dévore les autres hommes au milieu des délices, est inconnu à ceux qui savent s'occuper par quelque lecture. "

« L'armoire consacrée à la poésie m'offrit plus de gens de connaissance. Homère [...] Virgile, Le Tasse, Milton [...] Les tragiques grecs et latins m'étaient encore inconnus; je les passai pour sauter sur un magnifique Corneille qui me rappelait l'enthousiasme avec lequel j'avais savouré [...] la lecture du *Cid*, de *Cinna*, des *Horace* et de *Polyeucte*. Racine m'avait été lu avec plus de précaution par un régent prudent [...] Passons au satirique Boileau, qui si souvent me fit sourire; à notre incomparable familier si bête en société, [...] Molière à qui je dois de si délicieuses heures.

« La série des voyages disait peu de chose à un individu de mon espèce qui aime mieux se transporter en réalité aux lointaines plages que de les entendre décrire [...] La géographie possédait là de nombreux et magnifiques ouvrages [...]. La seule collection des ouvrages sur l'Histoire de France remplissait trois armoires.

« Gracieusement assise sur mes talons, je considérai à l'aise les chefs-d'œuvre de gravure française, italienne et flamande, etc., renfermés dans ces gros in-folio que contiennent les buffets du rez-de-chaussée. Grâces à vous, Piranesi, Vasi, Denom, Saint-Nom, sans bouger de place me voici en Italie, à Rome, en Égypte... Avec Laborde, je voyage dans mon pays.

« N'omettons pas un point intéressant pour les pensionnaires. Comme à la bibliothèque royale, ici chaque jeune auteur à bec et à plumes, chaque oisillon peut venir déposer ses œuvres qui seront transmises à la postérité.

« Pourquoi la bibliothèque? Pourquoi tant d'ouvrages précieux pour des religieuses? – Pour les enfants que leur a données la religion : c'est pour elles que les religieuses s'instruisent, qu'elles travaillent, qu'elles lisent. Il n'est pas plus convenable, ce me semble, aux religieuses qui se chargent de notre éducation d'être ignorantes que d'avoir la tête fêlée ! Moi aussi, un jour, je veux qu'on trouve dans ma maison un petit raccourci de ce trésor si bien choisi des remèdes de l'âme ! »

Ernestine ne put réaliser son rêve : trois ans plus tard la charmante et pieuse jeune fille mourait. Sa mère l'annonça aux Oiseaux : « Chère Sœur, un jour que ma chère enfant avait été se promener à une lieue de la maison, elle avait trouvé tout un village qui faisait le mois de Marie dans une grange. Touchée à cette vue, elle me demanda d'employer l'argent que sa grand-mère lui avait donné pour son voile de mariée à construire une chapelle pour ce pieux village... Au commencement des travaux elle nous a été enlevée. » Quelle poésie dans cette jeune existence ballottée entre la Russie, le couvent, la campagne, la prière et l'étude..., et qui finit par l'échange d'un voile arachnéen contre les pierres d'une église !

Il semble que dans les lignes jaillies de la plume d'épistolières du siècle dernier l'esprit hume quelque essence rare, quelque parfum subtil, semblable à l'arôme qu'exhale un flacon dont la liqueur s'est enfuie. La vive sensibilité, la culture et la piété de ces jeunes filles romantiques avaient bien du charme ! Ce charme, les lois scolaires que nous allons étudier maintenant, en changeant la condition féminine, en l'améliorant sans doute à certains égards, l'ont, en contrepartie, hélas, fait quelque peu s'évanouir...

6

DES LOIS ET DES MŒURS

RÈGLEMENTS SCOLAIRES ET RÉSISTANCE FAMILIALE

En quoi consistaient ces nouveaux règlements scolaires qui inquiétaient la supérieure du Roule, mère Marie des Anges, et qui, à long terme, devaient faire évoluer la vie des femmes? Afin de les comprendre il faut revenir en arrière et raconter schématiquement l'histoire des lois sur l'enseignement, dont les premières datent de la Révolution. Celle-ci ouvrit la bataille de l'« école libre », bataille qui n'a jamais cessé depuis lors.

Jusqu'alors l'enseignement – de même que le soin des malades – avait été entièrement à la charge de l'Église, on ne le répétera jamais assez: sous l'Ancien Régime c'était l'Église qui remplissait les rôles que jouent de nos jours la « Sécurité sociale » et l'« Éducation nationale ». D'où le nom d'hôtels-Dieu donné aux hôpitaux de l'époque, où toutes les infirmières étaient des religieuses. Quant à l'enseignement, elle le prodiguait de façons très diverses : tantôt il était largement répandu, tantôt restreint; tantôt de bonne qualité, tantôt médiocre; tantôt gratuit, tantôt payant... Sa complexité était extrême : il y avait les écoles de charité, capitulaires, épiscopales, congréganistes, conventuelles... Leurs ressources provenaient de fondations, ou de fabriques, ou de droits d'écolage... Mais il faut reconnaître que l'Église s'est toujours fait un devoir – un devoir strict – de répandre l'instruction, considérant que l'intelligence était un don de Dieu, un « talent que l'homme devait faire fructifier », alors que des laïcs, parfois, désiraient la freiner. Richelieu, agissant en homme d'État, demandait dans son testament politique qu'on la restreignît. Quant à Colbert, il fit faire plusieurs enquêtes dans le but de réduire les collèges. Même pendant le siècle des Lumières d'éminents esprits avouèrent leur crainte de voir l'instruction détourner les gens de prendre la charrue ou manier l'outil, tel Voltaire qui écrivait : « Je vous remercie de proscrire l'étude chez les laboureurs. Moi, qui cultive la terre, je vous présente requête pour avoir des manœuvres et non des clercs tonsurés [1]. » Rousseau affirmait : « Le pauvre n'a pas besoin d'éducation [2]. » D'un avis diamétralement opposé, l'Église s'est toujours faite l'apôtre de l'enseignement pour tous. Les cahiers de doléances, d'ailleurs, ne se plaignaient nullement de l'instruction qu'elle prodiguait : ils réclamaient seulement son extension [3].

Le rôle principal de la Révolution vis-à-vis de la question scolaire a été d'émettre à son sujet des idées claires qui sont toujours d'actualité : tout en proclamant, dans la Constitution de l'an III, la liberté de l'enseignement, elle a déclaré ensuite que c'était à l'État, non à l'Église, qu'incombait la charge de l'enseignement, et que celui-ci devait être accessible à tous, obligatoire et gratuit. Seulement voilà : elle a été incapable d'appliquer ces idées, elle a préjugé de ses forces, la pratique n'a pu suivre la théorie. Et depuis, c'est toujours la même situation qui se renouvelle : l'État préférerait qu'il n'existe plus d'enseignement privé, mais, dans la pratique, il est acculé à l'accepter, faute de moyens matériels – financiers ou humains – de se passer de ses services, et surtout à cause de l'opposition des parents qui désirent « avoir le choix »; tout ce qui est unique est contraire à la liberté.

La Révolution, en jetant à la porte de leurs écoles du jour au lendemain les maîtres et maîtresses d'école catholiques, n'a pu trouver suffisamment de personnes qualifiées pour les remplacer, et l'enseignement s'est dégradé à toute allure. La « France profonde » regrettait le système scolaire précédent, et les parents renâclaient à envoyer leurs enfants à l'école laïque.

Dans les nouvelles lois, l'éducation des filles fut délaissée au profit de celle des garçons : cependant, sous la Constituante, en 1791, un projet de loi rédigé par Talleyrand prévoyait d'incorporer l'éducation des filles au système général d'instruction publique :

« Art. 1. – Les filles ne pourront être admises dans les écoles primaires que jusqu'à l'âge de huit ans.

« Art. 2. – Après cet âge, l'Assemblée nationale invite les pères et mères à ne confier qu'à eux-mêmes l'éducation de leurs fillcs, et leur rappelle que c'est leur premier devoir.

« Art. 3. – Il sera pourvu, dans chaque département, au moyen de former des établissements destinés à procurer aux filles qui sortiront des écoles primaires, ou de la première éducation paternelle, la facilité d'apprendre des métiers convenables à leur sexe.

« Art. 4. – Il sera pourvu aussi, par les départements, à l'établissement d'un nombre suffisant de maisons d'éducation pour les filles qui ne pourront être élevées dans la maison paternelle.

« Art. 5. – Ces maisons seront dirigées par des institutrices nommées par les Directoires des départements...

« Art. 6. – Toutes les instructions données aux élèves dans les maisons d'éducation publique [...] tendront à préparer les filles aux vertus de la vie domestique [4]. »

Le premier véritable féministe fut Condorcet, ci-devant marquis et mathématicien fameux. En exposant devant la Législative son projet d'instruction publique, il défendit l'égalité des sexes : peut-être était-il quelque peu partial, n'ayant qu'une fille, qu'il chérissait... Mais il ne put faire appliquer ses idées : ayant refusé de voter la mort de Louis XVI, et pris le parti des Girondins, il fut pourchassé et dut se cacher sept mois, pendant lesquels il écrivit sa célèbre *Esquisse d'un tableau historique des progrès de l'esprit humain*, et aussi une *Lettre à ma fille quand elle aura quinze ans*. Découvert, il fut emprisonné ; on n'eut pas le temps de le guillotiner, car le lendemain on le retrouva mort dans sa cellule.

L'*Avis d'un proscrit à sa fille* nous touche au cœur : « Mon enfant, si mes caresses, si mes soins ont pu, dans ton enfance, te consoler quelquefois, si ton cœur en a gardé le souvenir, puissent ces conseils, dictés par ma tendresse, être reçus de toi avec une douce confiance, et contribuer à ton bonheur ! [...]. Prends l'habitude du travail [...] pour que ce travail puisse pourvoir à tes besoins, et que tu puisses être réduite à la pauvreté sans l'être à la dépendance [...]. [Les moyens du bonheur], l'exercice des arts, le travail de l'esprit, peuvent seuls te les donner. Songe de bonne heure à en acquérir l'habitude.

Le bonheur est un bien que nous vend la nature
Il n'est point ici-bas de moissons sans culture.

« ... Prends de bonne heure l'habitude de la bienfaisance, mais d'une bienfaisance éclairée par la raison, dirigée par la justice [...]. Que ton humanité s'étende même sur les animaux [...]. Je ne te donnerai point l'inutile précepte d'éviter les passions [...]. On peut n'être pas maître de ne pas écouter son cœur, mais on l'est toujours de ne pas l'exciter; et c'est le seul conseil utile et praticable que la raison puisse donner à la sensibilité [...]. Mon enfant, un des plus sûrs moyens de bonheur est d'avoir su conserver l'estime de soi-même [...].

Hélas! tous les humains ont besoin de clémence!

« Si tu veux que la société répande sur ton âme plus de plaisirs ou de consolations que de chagrins ou d'amertumes, sois indulgente [...]. J'entends cette indulgence fondée sur [...] cette disposition heureuse qui porte à plaindre les hommes plutôt qu'à les condamner [...]. N'attends, n'exige jamais des autres qu'un peu au-dessous de ce que tu ferais pour eux [...]. » Cette lettre posthume, malheureusement, resta inachevée...

Pendant la Convention, un autre homme, mais combien moins sympathique, Le Pelletier de Saint-Fargeau, fit un rapport éducatif où il était question des filles; les lois de Brumaire an III et an IV s'en préoccupèrent également. Toutefois l'enseignement primaire était seul concerné.

Tout ceci resta spéculatif. Comme les écoles tenues par des religieuses avaient été fermées, les moyens d'instruction manquaient partout. On ne trouvait pas de maîtresses; par exemple, pour l'arrondissement de Châlons il ne s'en présenta que cinq; pour celui de Lunéville, une seule; pour celui de Nogent-sur-Seine, aucune... Constatant l'échec de la loi du 27 brumaire an III le ministre Daunou avoua le 27 vendémiaire an IV : « En 1789, l'éducation était vicieuse sans doute, mais elle était organisée [5]. » Sous prétexte de l'améliorer les assemblées révolutionnaires l'ont totalement désorganisée et conduite à la décadence. Le fameux abbé Grégoire, après un voyage dans huit départements du nord-est de la France, envoya un rapport au Directoire : « Il y a neuf ou dix ans que dans ces départements chaque commune avait un maître et souvent aussi une maîtresse d'école. La méthode d'enseignement était bonne [...]. Tout cela n'est plus. La persécution a tout détruit. L'ignorance menace d'envahir la campagne [6] [...]. » Au cours de l'an III, l'instituteur de Rurange (district de Thionville) écrivait au comité d'Instruction publique de la Convention : « La loi du 27 brumaire dernier a reçu son exécution dans le district, depuis le 26 pluviôse trente-quatre instituteurs et six institutrices exercent leurs fonctions [...]. Nous occupons les presbytères où nous pouvons à notre aise donner l'éducation [...] mais nous avons la douleur de ne voir presque plus d'élèves fréquenter nos écoles républicaines; on fait de nous ce qu'on faisait des ci-devant prêtres constitutionnels, on distingue le maître d'école qui enseigne la sainte religion catholique [...] d'avec celui qui apprend aux élèves à connaître ses droits et ses devoirs naturels [...]. Ils ne veulent pas, ces imbéciles égarés, que leurs enfants prennent d'autres livres pour s'instruire que leurs mômeries trompeuses et mensongères, [...] ils vous menacent qu'à la paix [...] ils nommeront des " gens honnêtes " pour instruire leurs enfants [7]. » L'instituteur de Diarville, en Meurthe-et-Moselle, se plaignait de ce que trois élèves seulement de son village fréquentassent l'école. Pour la France entière, toutes les enquêtes montrent que les effectifs comptabilisés en 1792 et 1796 se réduisent au tiers et au quart de ce qu'ils étaient avant 1789. Lors de l'an IX, vingt-deux départements réclament le rétablissement des communautés enseignantes [8], ce qui incite le ministre Portalis, résumant les idées des conseils généraux, à déclarer le 15 germinal an X : « Il est temps que les théories se taisent devant les faits. Point d'instruction sans éducation et point d'éducation sans morale et sans religion. L'instruction est nulle depuis dix ans [9]. »

Fortes d'un accord tacite, les écoles privées se développèrent alors à toute allure, et encore plus celles de filles que de garçons. D'anciennes religieuses, en civil, se livrèrent à nouveau à l'enseignement. C'est ainsi que la congrégation de Notre-Dame retrouva un nouvel essor, en particulier à Paris grâce à mère Euphrasie.

Renan, dans ses *Souvenirs d'enfance et de jeunesse*, a donné son témoignage sur cette permanence de la « France profonde », rebelle au changement, qui sut traverser sans grande évolution la turbulence révolutionnaire : « En réalité, la Révolution avait été non avenue pour le monde où je vivais. Les idées religieuses du peuple n'avaient pas été atteintes; les congrégations se reformaient; les religieuses des anciens ordres, devenues maîtresses d'école, donnaient aux femmes la même éducation qu'autrefois [10]. »

Les Ursulines, et un grand nombre d'autres congrégations, se multiplièrent – mais de façon anarchique ou illégale, suivant le terme qu'on préfère. En effet, les lois de 1790 et 1792 avaient aboli les vœux monastiques et interdit les congrégations; (celles-ci d'ailleurs, sous l'Ancien Régime, n'existaient qu'avec l'autorisation expresse du roi); or ces lois n'avaient pas été abrogées, même si elles n'étaient plus appliquées. En outre un décret de messidor an XII avait déclaré dissoutes les congrégations, et le pieux Charles X en 1828 avait signé une ordonnance stipulant que nul ne pourrait enseigner à moins d'avoir affirmé n'appartenir à aucune congrégation religieuse non légalement établie en France... En ce qui concerne le droit d'association, aucune politique, on le voit, ne pouvait être plus incohérente, interdisant sans sévir... Cette incohérence devait continuer sous les différents régimes qui se succédèrent jusqu'à la Troisième République – erreur dont cette dernière ne manqua pas de tirer profit [11].

Bref, sans tenir compte de lois apparemment tombées en désuétude, et s'appuyant sur un accord tacite des autorités, les congrégations pullulèrent. La plupart demandèrent l'autorisation, mais elle leur fut inégalement accordée [12]. Certaines enseignantes, comme les Dames du Sacré-Cœur, ne la demandèrent pas, préférant ne pas attirer l'attention sur elles. Napoléon, pragmatique, laissa faire, considérant que la religion était utile par les contraintes morales qu'elle imposait. Il concentra ses réformes scolaires sur l'enseignement secondaire masculin plutôt que sur l'école primaire, car il avait besoin d'ingénieurs, d'officiers et d'administrateurs. Il créa le baccalauréat et rendit l'Université puissante. L'enseignement des filles ne l'intéressait pas, seulement leur éducation : il leur demandait uniquement d'être plus tard de bonnes mères de famille et d'avoir beaucoup d'enfants. Cependant, par reconnaissance pour ses valeureux soldats, il fonda six maisons à l'image de Saint-Cyr, destinées à recevoir les filles, sœurs ou cousines germaines des militaires décorés de la Légion d'honneur, tués ou blessés au combat, dont il confia la direction à Mme Campan, elle-même ancienne élève de Saint-Cyr.

LES MAISONS D'ÉDUCATION DE LA LÉGION D'HONNEUR

On pourrait penser que les maisons d'éducation de la Légion d'honneur, dont la première, celle d'Écouen, fut fondée en 1806 pour secourir les orphelines des Légionnaires tombés à Austerlitz (quant aux orphelins, il existait déjà des collèges pour les accueillir), on pourrait penser que ces maisons différeraient profondément des couvents. Or point du tout : on ne lit pas sans sourire le règlement que Napoléon dicta à leur intention ; amoureux de femmes frivoles comme Joséphine de Beauharnais, il veut que des élèves pensionnées par l'État on fasse des femmes pieuses, point coquettes, parangons de toutes les vertus familiales... « Qu'apprendra-t-on aux demoiselles qui seront élevées à Écouen ? Il faut commencer par la religion dans toute sa sévérité, lit-on avec étonnement... La religion est une importante affaire dans une institution publique de demoiselles. Elle est, quoi qu'on en puisse dire, le plus sûr garant pour les mères et pour les maris. Élevez-nous des croyantes et non pas des raisonneuses [...]. Il faut ensuite apprendre aux élèves à chiffrer, à écrire, et les principes de leur langue, afin qu'elles sachent l'orthographe. Il faut leur apprendre un peu de géographie et d'histoire, mais bien se garder de leur montrer ni le latin, ni aucune langue étrangère. On peut enseigner aux plus âgées un peu de botanique et leur faire un léger cours de physique et d'histoire naturelle [...]. Il faut les occuper toutes, pendant les trois quarts de la journée, à des ouvrages manuels : elles doivent savoir faire des bas, des chemises, des broderies, enfin toute espèce d'ouvrage de femme [...]. Je ne sais s'il y a impossibilité de leur montrer un peu de médecine et de pharmacie [...]. Il serait bon aussi qu'elles sussent un peu de cette partie de la cuisine qu'on appelle l'office [...]. Je veux faire de ces jeunes filles des femmes utiles, certain que j'en ferai par là des femmes agréables. »

L'Empereur chargea de l'exécution de ce plan Mme Campan, ancienne femme de chambre, autrement dit dame de compagnie de Marie-Antoinette, laquelle, pour gagner sa vie après la Révolution, avait monté un pensionnat pour jeunes filles à Saint-Germain, vite célèbre, où fut élevée la fille de Joséphine, Hortense de Beauharnais, qui lui était restée très attachée. Mme Campan était une femme du monde accomplie tout autant qu'un professeur méthodique : elle allait, nous dit-on, jusqu'à enseigner l'art de la conversation : « Elle prétendait qu'il fallait régler la conversation d'un dîner sur le nombre des convives. Si l'on est douze à table, il faut parler voyages, littérature ; si l'on est huit, il faut parler beaux-arts, sciences, inventions nouvelles ; si l'on est six, on peut parler politique et philosophie ; si l'on est quatre, on ose parler de choses sentimentales, des rêves du cœur, d'aventures romanesques. – Et si l'on est deux ? – Chacun parle de soi [13]... »

L'année qui suivit la fondation d'Écouen, Napoléon établit dans l'ancienne abbaye bénédictine de Saint-Denis un pensionnat du même genre, également pour trois cents enfants, puis en 1811 il confia aux religieuses de la congrégation de la Mère de Dieu trois maisons pour accueillir chacune une centaine d'orphelines : la rue Barbette à Paris, les Loges à Saint-Germain, et les Barbeaux près de la forêt de Fontainebleau. Louis XVIII eut l'intelligence de continuer après lui sa protection sur ces établissements ; cependant les Barbeaux disparurent, et momentanément Écouen. Les règles d'admission s'élargirent.

Mme Campan envoyait chaque mois un bulletin détaillé aux parents, qui ne voyaient presque jamais leur progéniture. A l'origine, selon le vœu de Napoléon, les pensionnaires restaient pendant toute leur éducation dans l'établissement, c'est-à-dire jusqu'à dix-huit ans, et n'y pouvaient recevoir que de rares visites. En dehors des notes traditionnelles sur la conduite ou les études, d'autres se rapportaient à la peinture et à la musique. Mme Campan accordait une grande place à l'émulation : c'est elle qui la première institua les distributions de prix, dont les usages des pensionnats anglais lui avaient fourni l'idée.

Quant aux maîtresses d'Écouen et de Saint-Denis, il fallait qu'elles soient veuves ou célibataires, et jamais un homme ne devait entrer dans les maisons de la Légion d'honneur ; elles-mêmes, véritables recluses, n'en pouvaient point sortir sans une autorisation expresse du Grand Chancelier de l'ordre.

Cette plume qui traça
Des lois à l'Europe entière
Dans un règlement traça
Nos devoirs, notre prière.

chantaient les élèves d'Écouen accueillant Napoléon dans leurs murs en 1809. Il est étonnant de voir à quel point l'Empereur, qui aimait tant innover, se montra, en ce qui concerne l'éducation féminine, conservateur. Peut-être fut-ce parce que, n'ayant point lui-même de fille, il reporta sur ses petites protégées ses affections paternelles – or quel père n'est jaloux de la vertu de sa fille?

LE SACRÉ-CŒUR

Les congrégations enseignantes qui se fondèrent à cette époque eurent la prétention, pour leur part, d'innover... Leur nombre fut considérable – et cette vogue, commencée sous l'Empire, ne cessa de croître jusque vers 1880. On plaisantait : « Parmi les choses qu'en dépit de son omniscience le Bon Dieu ignore il y a [...] le nombre des congrégations féminines [14]. » Les Dominicaines se répartissaient ainsi en trente-six branches! On a calculé que par rapport à la population féminine globale, il y avait 0,8 congréganiste pour 1 000 en 1808, 2 en 1830, 5,5 en 1861, 8 en 1880. (Il est vrai qu'en 1808 il y avait cinq fois moins de femmes consacrées qu'en 1790 [15]).

Parmi ces fondations récentes il faut compter les Fidèles compagnes du Cœur-de-Jésus. Les Fidèles compagnes, comme on les appelait, auraient désiré s'associer aux Jésuites pour donner aux filles le même genre d'éducation qu'ils donnaient aux garçons; mais les bons pères leur firent savoir qu'ils n'avaient nul besoin de compagnes...

Chose étonnante, alors que des ordres vénérables remplissaient apparemment fort bien leur vocation enseignante, certaines âmes pieuses voulurent faire « encore mieux » ou tout au moins différemment, espérant correspondre davantage aux besoins de leur temps. Vus avec le recul d'un siècle et demi, leurs efforts de modernisation ne semblent guère probants : on a l'impression que d'un couvent à l'autre c'était, apparemment, du pareil au même!

Des fondateurs que leurs caractères opposaient mais qui avaient en commun le même projet éducatif :

Alix Le Clerc : sereine ? Non, car tourmentée d'âme et de corps, et minée par la tuberculose. Dialoguant avec Dieu ? Oui, car c'était une nature loyale, ardente et mystique.

Pierre Fourier : austère ? Point du tout. Un bon administrateur, un excellent juriste, un correspondant infatigable au style printanier et fleuri, mais surtout un saint tonique et optimiste.

Église de l'Abbaye-aux-Bois, érigée en 1802 et démolie en 1906. Derrière les grilles de la clôture prient les religieuses, derrière une autre grille leurs petites élèves à l'abri des séductions du monde.

Dans cette cour de l'Abbaye, havre de sérénité, se côtoient religieuses, élèves et dames pensionnaires, en une harmonieuse coexistence. (Des bâtiments de l'Abbaye-aux-Bois, qui couvrait 89 ares, subsistent quelques vestiges 11, rue de la Chaise.)

Tableau peint en 1826 par Dejuinne.
« Quand j'entrais dans la cellule aux approches du soir, j'étais ravi : la plongée des fenêtres était sur le jardin de l'Abbaye, dans la corbeille verdoyante duquel tournoyaient des religieuses et couraient des élèves. La cime d'un acacia arrivait à la hauteur de l'œil. Des clochers pointus coupaient le ciel... Mme Récamier était à son piano. » (Chateaubriand.)

Le couvent des Oiseaux vers 1890, à l'angle nord-ouest du boulevard des Invalides et de la rue de Sèvres, il couvrait 1,88 hectare et comportait 731 fenêtres : un monde dans la ville, égayé par des chants d'oiseaux... (A l'horizon la tour Eiffel, un des clochers de Saint-François-Xavier, le dôme des Invalides.)

Scène de la vie quotidienne au couvent des Oiseaux : une religieuse en tablier blanc attend des élèves sur le seuil du réfectoire ; mais que porte l'autre dans son panier ?

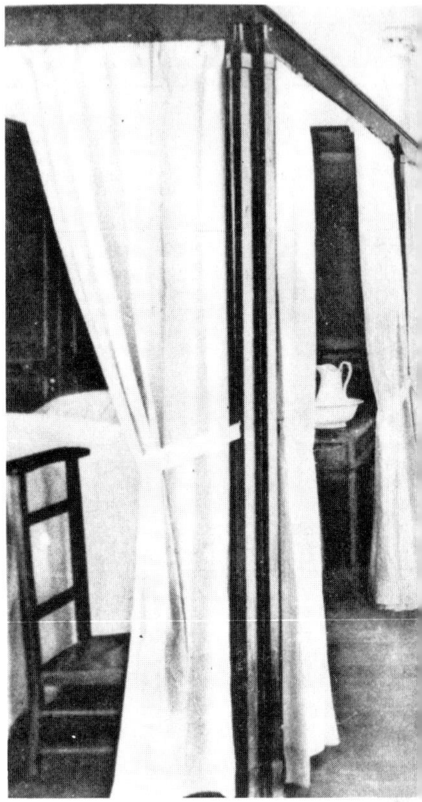

Le dortoir du couvent de Jupille en Belgique : des pots à eau pour la santé du corps (où l'eau gelait encore en 1950 !), et des prie-Dieu pour la santé de l'âme.

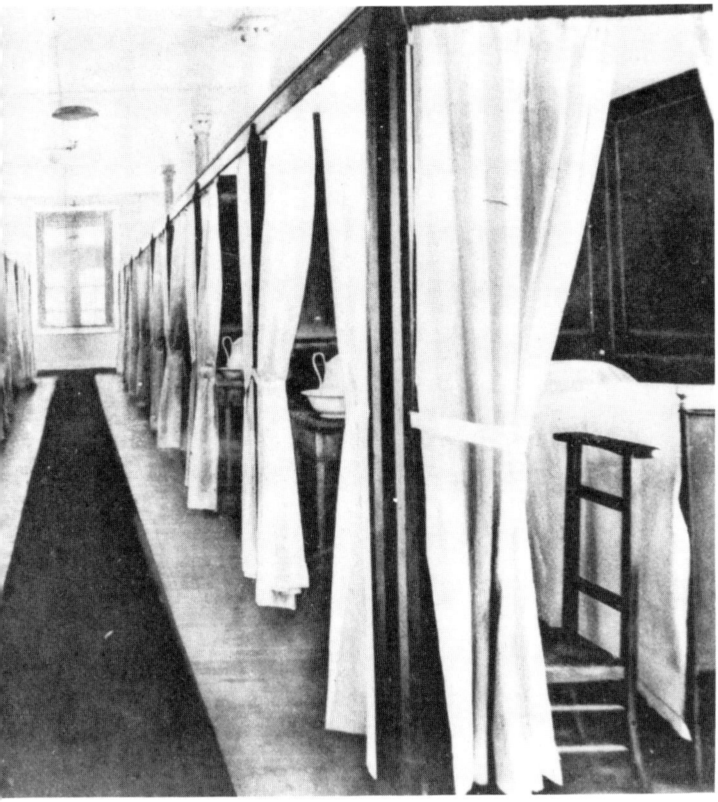

Le couvent de Jupille fut construit près de Liège vers 1860, à partir d'une tour légendaire dite Charlemagne. Les petites jouaient au cerceau ; les grandes aux grâces et au croquet. Il brûla le 1er mai 1990.

Cinq de ces élèves portent le ruban d'Enfant de Marie — signe de sagesse autant que de piété ; la couleur du ruban indique le grade dans la Congrégation (1925).

A Verneuil-sur-Seine, le château du comte de Tocqueville, où séjournèrent souvent son fils Alexis et parfois ses neveux avec leur oncle Chateaubriand, fut dénaturé quand il changea de mains, en particulier quand il devint en 1929 un pensionnat des Oiseaux.

Le Cours des Champs-Élysées — alias couvent des Oiseaux — s'installa 60 et 62, rue de Ponthieu, en 1923, dans les hôtels Felcourt et Lesparre. La façade sur le jardin de l'hôtel du duc de Lesparre est caractéristique du style haussmannien, relativement sévère, qui donna vers 1860 sa physionomie au quartier du Roule.

La révérende mère Saint-Ambroise avec Marie-Jeanne Nguyen Huu Hao, la future impératrice d'Annam Nam Phuong : soutien et confiance.

En 1939 l'impératrice, accompagnée de son fils et de sa fille, revint en pèlerinage à Ponthieu où elle avait été élève et où on lui fit un triomphe : mais sa destinée glorieuse allait bientôt basculer et devenir cruelle.

Un ordre ancien, mais des religieuses modernes... Les Oiseaux « se posèrent » en Indochine en 1935.

L'uniforme des religieuses et des élèves s'adapta aux mœurs : les petites filles furent converties en champignons !

En 1950 à Westgate, le décorum était... britannique ; les élèves changeaient de tenue quatre fois par jour : elles revêtaient pour la messe matinale et la soirée une robe aux rubans de la couleur de la classe avec col blanc et cravate, pour les études une robe plus stricte avec un tablier, et une tenue de sport pour les jeux de plein air.

L'ont-elles dévalé, ou au contraire ont-elles su « bien le descendre », comme on l'enseignait naguère... en divers lieux ?

PENSIONNAT DE JUPILLE

Le 22-12-1950

Melle Antoinette de Villenfagne

	MAX : 10	OBSERVATIONS
SENS DU DEVOIR	9	
ESPRIT DE FAMILLE	9	
APPLICATION	10	
TENUE ET COURTOISIE	9	
ORDRE	10	

Signature des Parents

Bonne J. de Villenfagne

50 - 45 blanc (très bien); 45 - 40 rose (presque très bien); 40 - 35 bleu (bien); 35 - 30 vert (assez bien); 30 - 25 jaune (médiocre); moins de 25 gris (mal).

Priorité donnée à l'éducation sur l'instruction : on est noté sur la maîtrise de soi et le respect des autres.

« Qu'en toutes choses vous missiez ordre que vos élèves vivent joyeuses et bien contentes », écrivait Pierre Fourier aux religieuses de la Congrégation de Notre-Dame. Il fut entendu... comme le prouvent ces élèves de première en 1959.

Sortie du lycée Notre-Dame-des-Oiseaux en février 1991, dernière année avant la mixité.
Adieu, jupes marine et cols claudine,
Bonjour, pantalons et blousons,
Salut, gracieux minois... comme autrefois... plus graves toutefois...
(J. da Cunha.)

(Les photos non créditées proviennent de collections particulières.)

Les plus prestigieuses de ces nouvelles congrégations enseignantes furent, dans l'ordre de leur apparition à Paris, les Dames du Sacré-Cœur (1820), les Dames de Sainte-Clotilde (1821), les Religieuses de l'Assomption (1839). Les premières connurent la plus grande renommée et la plus forte expansion. Leur fondatrice fut Sophie Barat, née en 1779 dans une famille de vignerons et tonneliers bourguignons. Son frère abbé veilla sur son instruction qui fut excellente. Il avait un ami jésuite, le père Varin, lequel cherchait à fonder une société féminine du Sacré-Cœur, parallèle à celle qui venait d'être créée pour les hommes. L'abbé Barat lui parla de sa sœur et de ses désirs de se faire religieuse. Bientôt vit le jour grâce à eux un nouvel institut, mi-contemplatif mi-actif, ayant pour but la propagation du culte du Sacré-Cœur par le moyen de l'instruction des jeunes filles de la noblesse, classe quelque peu tombée en dégénérescence depuis la Révolution; ce n'est que dans un deuxième temps qu'une école gratuite fut jumelée au pensionnat. Alors que l'objectif premier des congrégations de l'Ancien Régime avait été l'instruction des classes pauvres, celle des classes dominantes était maintenant considérée en priorité – on n'envisageait toujours pas en effet de mêler les enfants de différents milieux sociaux sur les mêmes bancs.

Sophie Barat commença en 1800 par installer sa communauté à Amiens, puis en 1820 à Paris, rue de l'Arbalète, où elle s'agrandit vite. La place manqua bientôt pour les 58 religieuses et les 60 pensionnaires : elle acquit alors, grâce à un don du roi obtenu par l'entremise d'une de ses compagnes, veuve du comte de Marbeuf, l'hôtel de Biron – l'actuel musée Rodin. Mais les religieuses n'habitèrent pas ce splendide hôtel, réservé aux élèves : elles se contentèrent d'en occuper les communs et d'autres bâtiments qu'elles firent construire dans les jardins, devenus de nos jours le lycée Victor-Duruy. Les duchesses de Berry et d'Angoulême venaient souvent rendre visite au Sacré-Cœur – de la même façon, nous l'avons vu, qu'elles se rendaient aux Oiseaux; l'aumônier se trouvait être, à cette époque, le même dans les deux couvents : le père Varin.

Pour que les constitutions du nouvel ordre eussent davantage de chances d'être acceptées de Rome, on restreignit les libertés prévues initialement : on établit une demi-clôture, et on choisit un costume plus ecclésiastique : pas question de bandeaux de cheveux dépassant du voile ! Dès 1830, cent cinquante pensionnaires se pressaient dans les salons aux lambris dorés de l'hôtel... Quand mère Sophie Barat mourut en 1865 (elle devait être canonisée en 1925), les Dames du Sacré-Cœur avaient des fondations un peu partout : à Orléans, Moulins, Saint-Brieuc, en Suisse, en Allemagne, à Milan, et dans les deux Amériques. Mais c'est à Rome qu'elles jouissaient de la plus belle installation : l'église et le couvent de la Trinité-des-Monts, cadeau de Charles X en 1828. Ces lieux abandonnés depuis longtemps se trouvaient dans un état déplorable : elles les restaurèrent.

La Trinité-des-Monts devint même une maison de retraite très mondaine. La duchesse Colonna ayant perdu son mari à vingt ans fut aussitôt conduite par sa belle-mère au couvent des Oiseaux, où le père de Ravignan s'efforça de la réconforter par de pieuses pensées. En 1856 elle partit pour Rome et prit une chambre au Sacré-Cœur où elle se fit de nombreuses amies. Bien que prêtes à toutes les pénitences ces dames ne renonçaient pas à leurs effets de toilette, à la fureur de l'économe : « Elles ravagent mon jardin avec leurs crinolines ! Ce n'est pas de l'espèce qui se convertit ! » Sa plus grande consolation fut la sculpture : après la messe de 6 heures elle passait la journée dans un atelier, ne regagnant son couvent que pour le salut du soir [16].

Notons que la familiarité entre maîtresses et élèves était moins grande dans le nouveau couvent qu'au sein de la Congrégation : une élève des Oiseaux disait « Maman » à mère Sophie, mais au Sacré-Cœur on disait « Madame » aux religieuses. Aux Oiseaux régnait davantage de simplicité car on cultivait surtout l'esprit de famille. Au Sacré-Cœur on ne cherchait pas à former des « femmes savantes » ou des femmes heureuses et épanouies, mais des « femmes fortes », très disciplinées, très maîtresses d'elles-mêmes, très bien élevées, ayant le sens du devoir, et pieuses de surcroît. Tant pis si elles avaient toutes l'air issues du même moule et rédigeaient leurs lettres avec la même « écriture penchée du Sacré-Cœur », quelle que fût leur personnalité ! C'était une éducation austère, dénuée de fantaisie, où tout était pris au pied de la lettre et où régnait une certaine suspicion ; les religieuses s'entouraient de mystère et ne craignaient rien tant que l'ingérence des familles. Sans aucun doute, cet ordre exerça une influence considérable et connut un très grand prestige : à cette époque, avoir été élevée au Sacré-Cœur constituait le meilleur des labels.

Sur la vie d'une pensionnaire au Sacré-Cœur nous avons le témoignage de Daniel Stern, pseudonyme de Marie de Flavigny, comtesse d'Agoult – la célèbre maîtresse de Liszt. Pas plus que les autres femmes de lettres précédemment citées elle ne resta insensible aux charmes de la vie de couventine qu'elle quitta à regret, même si son appréciation fut défavorable à l'égard du confort et des études. Il est vrai qu'elle y jouit d'un régime de faveur, dû à la notoriété de sa famille : « J'entrai sans répugnance au couvent du Sacré-Cœur [...] Mes parents avaient demandé pour moi des privilèges ; on les avait accordés sans trop de peine. Les congrégations dirigées par les jésuites savent faire ployer la règle dans toute occasion importante : j'en étais une [...]

« J'eus ainsi une chambre pour moi seule, au lieu du lit au dortoir ; un piano pour moi seule dans cette chambre, avec le privilège [...] d'y recevoir, sous la surveillance d'une religieuse, un vieux maître en perruque, un professeur du conservatoire [...] Il fut entendu aussi que je sortirais [...] toutes les fois qu'on me demanderait [...]

« Entre sa cour d'honneur et ses jardins célébrés jadis comme une des merveilles de Paris [le] Sacré-Cœur [...] gard[ait] dans son aspect beaucoup plus de l'orgueil de sa condition d'autrefois que de l'humilité de son état nouveau... Les religieuses non plus, sous leur voile noir, avec leur croix d'argent sur la poitrine et leur long rosaire au côté, ne se piquaient pas d'oublier leur origine... Elles ne prenaient leurs élèves, à de rares exceptions près, que dans les familles nobles de la cour et de la province [...]. Dans l'éducation qu'elles donnaient, le ton général... était au plus haut point aristocratique [...]

« J'éprouvais un certain malaise à la vue de cet essaim bourdonnant de jeunes filles, mal attifées dans leur uniforme de mérinos amarante singulièrement bigarré, selon les classes, de rubans jaunes, verts, bleus ou blancs, les cheveux mal peignés retenus dans de vilains filets noirs, mal chaussées, mal tenues enfin des pieds à la tête [...]

« Sans aucun examen préalable, la maîtresse générale, madame Eugénie de Gramont [...] me remit de sa main [...] la ceinture en ruban noir qui distinguait la classe supérieure. Cette classe [...] se composait de cinq grandes jeunes filles de quinze à dix-huit ans [...]. Deux seulement écrivaient correctement l'orthographe [...]. Je le dirai, non par rancune, car je n'ai emporté de mon séjour au couvent que les meilleurs souvenirs, mais par devoir d'avertissement : on ne saurait rien se figurer de plus insuffisant, de plus négligé, que la nourriture et les autres soins du corps dans les pensionnats tenus par des nonnes...

« Bientôt [...] malgré l'indifférence religieuse où j'avais été élevée dans la maison maternelle, je me laissai aller au charme mélancolique de la vie des cloîtres. Ce charme agit sur les jeunes âmes d'autant plus qu'elles ont en elles plus de facultés poétiques et une plus fervente ardeur d'aimer. Il m'enveloppa si bien qu'il faillit me retenir [17]. »

Marie de Flavigny ne demeura au Sacré-Cœur qu'un an, mais c'est en pleurs qu'elle quitta son couvent...

Quel visiteur de nos jours, admirant les statues de Rodin, se remémore les chastes robes des religieuses et les tenues sévères de leurs petites élèves? Un des derniers promeneurs qui les ait évoquées fut sans doute l'abbé Mugnier : « Tout ce cadre regrette-t-il les dames et leurs pensionnaires héraldiques? Que de conversions ont dû fleurir en ces lieux!... Rien de mélancolique comme ces maisons où la jeunesse a passé et ne reviendra plus [18]. »

Le Sacré-Cœur, le plus célèbre pensionnat parisien du XIXe siècle, n'a plus sa place de nos jours dans la capitale, mais seulement aux environs, et son luxe a bien décru.

Sur la vie quotidienne dans d'autres maisons de cet ordre, des amies m'ont fait leurs confidences : de leur temps on appelait la supérieure « ma digne mère »; les religieuses gardaient leur nom civil précédé de Madame; lorsqu'on les rencontrait dans les couloirs on leur faisait une révérence. Jusqu'à la guerre on se baignait, par pudeur, en chemise! Il y avait dans une salle plusieurs cabines de bains fermées par des rideaux, et une religieuse se promenait dans la salle en récitant son chapelet. On n'avait droit qu'à un bain par mois; la mère d'une élève ayant demandé pour elle un bain par semaine, on crut qu'elle avait une maladie de peau... Pour punition on vous donnait parfois... une demi-heure de prière à la chapelle!

LA TOUR

Les mots « Congrégation de Sainte-Clotilde » ne disent pas grand-chose aux mères de famille d'aujourd'hui, mais si l'on prononce « La Tour » beaucoup comprennent : elles connaissent en effet le pensionnat établi à Paris dans la rue du même nom. Les fondateurs en furent Mme Desfontaines et le père Rauzan : ils voulurent en 1821 créer un ordre enseignant révolutionnaire, très différent du Sacré-Cœur fondé vingt ans auparavant et qui restait d'inspiration monastique. Il n'y aurait ni clôture ni habit particulier ; les maîtresses vivraient en communauté avec leurs élèves, auxquelles elles donneraient une formation intellectuelle poussée. Elles ne chercheraient pas leur sanctification dans des pratiques religieuses mais dans ce devoir d'état de maîtresses. « Elles ne réciteront aucun office ; leur office sera de veiller jour et nuit sur les jeunes personnes... Elles coucheront dans les dortoirs des élèves, prendront avec elles leurs repas et jusqu'à leurs récréations... » Monseigneur de Quelen donna à ce nouvel ordre le nom de sainte Clotilde pour marquer ses attaches avec la tradition monarchique – c'était l'époque où l'on construisait l'église du même nom – et pour signifier qu'il le mettait sous la protection du roi et de la duchesse d'Angoulême. Sur une centaine de pensionnaires en effet, la moitié étaient boursières royales. L'uniforme de fête comportait une robe de soie « bleu de roi », sinon il était violet, en souvenir de la mort de Marie-Antoinette.

A l'origine, il y avait une grande analogie entre l'esprit de ce nouvel ordre et celui de la Légion d'honneur. Mais, une fois de plus, l'intention des fondateurs fut déviée : en 1877, la congrégation des Réguliers imposa aux Dames de Sainte-Clotilde le vœu de pauvreté et la récitation du petit office de la Sainte Vierge.

La première maison fut fondée près de la barrière du Trône, dans un ancien rendez-vous de chasse des ducs de Guise ; l'ordre se développa ensuite à Paris, en province et à l'étranger, mais n'atteignit jamais un développement considérable. L'enseignement qu'il donnait, pourtant, fut toujours de qualité, et sa réputation actuelle est grande.

L'ASSOMPTION

L'Assomption, de nos jours, c'est « Lubeck ». Cet ordre, qui date de 1839, se voulait lui aussi moderne, et refusait la clôture. Eugénie Milleret, issue d'une famille de banquiers peu pratiquants, connaissait par expérience l'irréligion des classes riches et influentes et voulait y remédier. « Dans ce qu'on pourrait appeler en quelque sorte l'aristocratie libérale, écrivait-elle, mille préjugés s'opposent encore à l'éducation des couvents... [Les gens de cette classe] veulent une instruction sans bornes, des manières qui soient les leurs; et l'ancienneté des institutions, qui est un objet de confiance pour les personnes pieuses, est pour eux un sujet d'éloignement. Des grilles les feront fuir [19]. » C'est en écoutant un sermon de Lacordaire à Notre-Dame qu'elle eut l'idée de fonder une nouvelle maison d'éducation, à laquelle Montalembert devait porter par la suite un vif intérêt. Sa singularité consistait en ce que l'instruction y était donnée par les religieuses elles-mêmes, astreintes donc à faire de fortes études, et non par des professeurs venus de l'extérieur, comme c'était souvent le cas au Sacré-Cœur. « On nous dit savantes, avoue mère Eugénie : rien n'est plus propre à nous amener les enfants que nous désirons. » Autre singularité de ce couvent : il ne comportait pas d'école gratuite pour les enfants pauvres, les écoles de ce type étant alors source de déboires pour les autres congrégations à cause des inspections sévères qu'elles subissaient de l'État.

Devant le succès remporté et l'afflux des élèves, l'ordre essaima vite en province et à l'étranger, et prit un caractère fortement missionnaire. Et cependant... L'atmosphère qu'on respirait avant le Concile dans la maison de retraite pour dames âgées que ces religieuses tenaient à Auteuil à côté de leur noviciat – l'ancien château de la Thuilerie, jadis propriété de la famille de Brienne –, l'atmosphère confinée de cette maison évoquait bien celle d'un couvent, de même que l'habit des sœurs était bien celui de moniales : de longues robes violettes, couleur de pénitence, un voile blanc, emblème de leur consécration à la Vierge, une croix de laine blanche sur la poitrine et une guimpe de toile formaient le plus beau des costumes religieux. Pour aller à la chapelle elles se couvraient d'une cape neigeuse – un vrai manteau de cour... Somme toute, ce qui, avant le Concile, différenciait ces ordres fondés au XIXe siècle et qui se voulaient originaux, plus que leurs programmes, c'étaient leurs tenues vestimentaires !

On doit reconnaître qu'ils surent évoluer. De nos jours, l'éducation donnée par l'Assomption continue à jouir d'une très bonne cote.

LES LOIS SCOLAIRES : L'EMBELLIE

Le foisonnement de nouvelles congrégations, de 1808 à 1880, fut la conséquence de lois qui leur étaient favorables : l'Empire, nous l'avons vu, s'il s'intéressa à l'enseignement supérieur, ne se préoccupa guère de l'enseignement primaire. Une demande générale d'instruction, pourtant, se faisait sentir. Forts des promesses de liberté inscrites dans la Charte et poussés par l'enthousiasme de la jeunesse, Lacordaire et Montalembert, âgés de vingt-huit et vingt et un ans, ouvrirent en mai 1831, malgré l'interdiction de la loi, une école où ils accueillirent quatorze enfants : Montalembert donna une leçon de grammaire, Lacordaire, d'instruction religieuse. Dès le lendemain, le commissaire de police les en expulsait. S'ensuivit un procès en chambre correctionnelle, au cours duquel on demanda à Montalembert de décliner ses titres : « Maître d'école et pair de France », répondit-il. Lui et son compagnon furent condamnés au minimum : cent francs.

Mais l'idée lancée faisait son chemin. Deux ans plus tard était votée la loi Guizot. Guizot, bien que protestant, se montrait bienveillant envers l'Église catholique : la loi obligeait les communes à se pourvoir d'une école primaire (gratuite pour les nécessiteux, c'est-à-dire un enfant sur trois), et les autorisait à lever un impôt spécial à cette intention. Elle ne rendait pas cependant cet enseignement obligatoire. Le curé, comme le maire, ferait partie du conseil de surveillance de l'école, l'instruction primaire comprenant nécessairement l'instruction religieuse. Mais voilà... Des filles il n'était pas question. Leur instruction aurait trop grevé, prétendait-on, le budget de l'État. De peur que la loi ne fût pas votée, on préféra ne pas parler d'elles. Plus tard la *Revue de l'Enseignement des Femmes* remarqua qu'on avait alloué des crédits beaucoup plus importants à l'amélioration de la race chevaline ! Le résultat fut qu'en 1847 il y avait 2 400 000 garçons scolarisés pour seulement 1 400 000 filles.

C'est alors qu'en 1850 intervint la loi Falloux : ce fervent catholique, connu pour son habileté, s'intéressa enfin à l'enseignement féminin en astreignant les communes de plus de huit cents habitants à ouvrir une école de filles. La loi qu'il fit voter favorisa beaucoup le développement des écoles congréganistes ; elle accordait en effet aux congrégations le pouvoir de tenir des écoles primaires rétribuées par l'État, et admettait pour leurs maîtresses la dispense du brevet de capacité par l'équivalence de la lettre d'obédience : les religieuses enseignantes n'auraient pas besoin de passer un examen, il leur suffirait de fournir une lettre de leur supérieure attestant leur compétence ; ainsi se trouvait légalisé un usage qui perdurait depuis une trentaine d'années. Enfin, à côté de l'enseignement laïque, furent créés des établissements d'enseignement secondaire dont le clergé assumait la direction.

Cette loi fameuse divisa les catholiques en deux camps : les libéraux (dont Montalembert et Mgr Dupanloup) qui « s'efforçaient de mesurer la dose exacte de christianisme que la société moderne pouvait supporter », et les doctrinaires avec Louis Veuillot et Dom Guéranger, le fondateur de Solesmes, lesquels se souciaient surtout de maintenir les droits de l'Église dans la société. L'Église pour l'heure triomphait...

En 1865 l'Église et l'État se partageaient presque à égalité l'enseignement secondaire (54 000 élèves dans les établissements religieux, 64 000 dans les autres) et l'enseignement primaire : les écoles primaires tenues par des religieux ou des religieuses avaient triplé en vingt ans et se trouvaient fréquentées par environ deux millions d'élèves. L'État commença à s'inquiéter du pouvoir grandissant de l'Église... Après les troubles économiques dus à la révolution de 1830, beaucoup de petits pensionnats laïques avaient fermé leurs portes, ce qui avait augmenté la clientèle des maisons congréganistes. Certains esprits sectaires en furent exaspérés, se disant acculés au « couvent obligatoire ». Les cours secondaires privés s'étaient multipliés aussi : l'annuaire-almanach Didot-Bottin de 1859 comporte 335 adresses d'institutions de demoiselles ; quelques-unes devaient avoir longue vie, tel le célèbre cours Désir où Simone de Beauvoir fut élève.

Il est intéressant de chercher quelles étaient sur ces questions de l'enseignement les idées d'un grand esprit contemporain, Augustin Cournot. Cournot (1801-1878) termina sa carrière universitaire comme recteur de l'université de Dijon. Il n'eut qu'un fils et professa un parfait mépris pour l'instruction des filles ; quant à celle des garçons, il pensait qu'elle ne suffisait pas et qu'il fallait la doubler par l'éducation : à elle seule l'instruction serait plutôt pernicieuse, donnant accès, par la lecture, à toute propagande mauvaise susceptible de détruire la hiérarchie sociale qui seule garantit le bonheur. Faut-il dire, écrivait-il, « que toute instruction élève, que toute instruction moralise et qu'il n'y a qu'à répandre l'instruction, qu'à multiplier les écoles pour faire avancer de tout point l'éducation d'un peuple ? Hélas, non ! » Il jugeait l'Église plus apte que l'État à former les caractères et approuvait la tolérance dont celui-ci avait fait preuve jusqu'alors à l'égard des congrégations. Ses vues étaient pessimistes – mais il parlait d'expérience, ayant passé toute sa vie dans l'enseignement [20].

Renan, quant à lui, bien que rejeté par l'Église, se déclara satisfait de ses années d'étude dans une maison religieuse : « Je reçus mon éducation dans un petit collège d'excellents prêtres... Sans rien de ce qu'on appelle maintenant pédagogie, ils pratiquaient la première règle de l'éducation qui est de ne pas trop faciliter des exercices dont le but est la difficulté vaincue. Ils cherchaient par-dessus tout à former d'honnêtes gens [21]. »

LES LOIS SCOLAIRES : LES DÉBUTS DE L'ORAGE

Victor Duruy voulut promouvoir l'instruction féminine. Par la loi du 19 mars 1867 il obligea les communes de moins de cinq cents habitants (et non plus de huit cents) à avoir une école de filles, et surtout il créa des cours pour les jeunes filles à la Sorbonne et dans une quarantaine de facultés de province : ceux-ci ne remportèrent qu'un succès relatif mais frayèrent la route à l'avenir. A Paris, Mgr Dupanloup eut le tort de les combattre violemment : il craignait qu'ils ne rendissent les jeunes filles athées.

L'antagonisme forcené qui opposa les partisans de l'école laïque à ceux de l'école confessionnelle s'explique en partie par le contexte de l'époque, dominée par le problème des relations avec Rome : les États pontificaux furent envahis, malgré la défense héroïque des zouaves, et le pape Pie IX devint le prisonnier du Vatican. Mais tandis qu'il perdait son royaume temporel, son « aura » spirituelle grandissait : il proclama le dogme de l'infaillibilité papale, au grand dam d'une partie de l'opinion et même du clergé. Dans la France encore chrétienne, les esprits s'affrontaient continûment sur ces questions d'actualité brûlante...

Depuis le Concordat de 1801 l'Église n'avait cessé de reprendre du terrain, mais à partir de Victor Duruy le mouvement s'inversa : les ministres qui firent voter des lois sur l'enseignement et leurs conseillers étaient tous des francs-maçons farouchement anticléricaux. « Mon but, déclara Ferry, est d'organiser l'humanité sans Dieu et sans roi. » En voulant instituer une « école unique » il ne désirait pas, quoi qu'il dît, sa neutralité : en fait, il espérait par la disparition de la religion rétablir la cohésion de l'esprit national ; s'il n'y en avait plus, croyait-il, « tout le monde penserait pareil ». Paul Bert, Victor Duruy, Jean Macé, et « les trois Jules » : Simon, Grévy, Ferry, étaient tous des « frères » : cela explique l'intolérance que le parti catholique manifesta à l'égard des lois qu'ils promulguaient.

Les catholiques remportèrent cependant une dernière victoire en 1875 : la majorité conservatrice, grâce à l'habileté de Mgr Dupanloup, fit passer la loi du 12 juillet 1875 instaurant la liberté de l'enseignement supérieur. Les instituts catholiques de Paris, Angers, Lyon, Toulouse, Bordeaux furent alors créés. Des jurys mixtes y faisaient passer les examens – mais cinq ans plus tard une nouvelle loi les abolit.

En 1880, la courbe qui témoignait de l'expansion des congrégations religieuses commença à descendre... La guerre de 1870, la répression de la Commune, la proclamation de l'infaillibilité du pape, son ingérence dans les affaires françaises – il nomma les évêques jusqu'alors choisis par le gouvernement – retournèrent les tendances politiques. Jean Macé, après avoir créé la première bibliothèque populaire, fonda la Ligue de l'enseignement, soutenue par la franc-maçonnerie. Jules Ferry, dans l'article 7 du projet de loi du

15 mars 1880, (lequel retirait aux universités libres la collation des grades officiels) se mit à attaquer les congrégations non autorisées. Les lois votées contre elles pendant la Révolution avaient eu ceci de particulier qu'elles n'avaient pas été appliquées et point abolies : Ferry décida de les faire appliquer.

Les congrégations commençaient à foisonner depuis les lois Falloux qui leur étaient favorables. En 1808, il y avait environ 13 000 religieuses, en 1878, 127 000 : leur nombre en soixante-dix ans avait décuplé. Entre ces deux dates 400 congrégations féminines nouvelles avaient vu le jour. Alors qu'à la Révolution on comptait une vocation féminine pour deux masculines, on en comptait maintenant trois : la féminisation de la religion s'amorçait. Les apparitions mariales de cette époque furent d'ailleurs réservées à des jeunes filles. Par contrecoup, la sensibilité religieuse s'affadit et les hommes commencèrent à déserter les églises.

Le fameux article 7 était ainsi rédigé : « Nul n'est admis à participer à l'enseignement public ou libre, ni à diriger un établissement d'enseignement de quelque ordre que ce soit, s'il appartient à une congrégation religieuse non autorisée. » Sur 157 000 religieux des deux sexes, 135 000 étaient autorisés [22]. Les autres n'avaient pu obtenir l'autorisation ou osé la demander. En réalité Ferry voulait surtout attaquer les Jésuites : il considérait que leur présence était un péril pour l'État – de la même façon que les catholiques jugeaient que la franc-maçonnerie en constituait un. Finalement l'article 7 ne fut pas voté par le Sénat. Dépité, Ferry le fit passer quelques mois plus tard par décrets : le premier ordonnait aux Jésuites de dissoudre leurs établissements sous trois mois ; le second soumettait les autres congrégations à une autorisation législative. Ayant refusé d'obéir, les Jésuites furent expulsés, suivis par d'autres ordres : 261 couvents d'hommes furent fermés, 5 643 religieux expulsés [23]. (Trois pères jésuites trouvèrent refuge aux Oiseaux : on leur laissa la jouissance du jardin botanique, où ils pouvaient circuler sans être vus des religieuses ni des élèves, et recevoir des visites.) Heureusement, Ferry s'en tint là et n'expulsa pas de communautés féminines.

Les lois qui divisèrent le plus l'opinion furent les lois scolaires promulguées à l'égard des jeunes filles. Jules Ferry n'avait-il pas déclaré en 1870 : « Celui qui tient la femme tient tout [...] C'est pour cela que l'Église veut retenir la femme [...] et c'est aussi pour cela qu'il faut que la démocratie la lui enlève [24]... » La jeune fille, innocente victime qu'on s'arrache... Les lois de Camille Sée de décembre 1880 et juillet 1881 instituèrent l'enseignement secondaire des filles à la place des cours facultatifs créés par Duruy, ainsi que l'école normale supérieure de Sèvres. La loi sur le brevet de capacité de juin 1881 rendit caduque la disposition de la loi Falloux suivant laquelle la lettre d'obédience exemptait du brevet de capacité les maîtresses congréganistes appartenant à des congrégations autorisées. Pourtant, l'enseignement congréganiste « avait la cote » : il regroupait 1 331 000 petites filles dans les écoles libres, contre 1 059 000 dans les écoles laïques. En fait, 90 % des religieuses obtinrent le brevet de capacité.

Les lois qui firent la célébrité de Jules Ferry furent celles du 16 juin 1881 et du 28 mars 1882 sur l'obligation, la gratuité et la laïcité de l'enseignement primaire public. En réalité on peut dire de ces lois qu'elles ne faisaient qu'entériner un état de fait : l'école primaire, concernant les enfants de 6 à 13 ans, existait avant Ferry, elle existait de fait avant la Révolution, organisée par l'Église, et constituait un des deux principaux services que celle-ci rendait à la société avec l'assistance aux malades et aux nécessiteux; elle avait été légalement fondée par Guizot en 1833, mais il est incontestable que Ferry l'a développée. Le député Émile Keller demanda que l'on répartît proportionnellement les subventions de chaque commune entre les écoles publiques et libres : déjà Dupanloup avait suggéré, dix ans plus tôt, que l'on distribuât des « bons d'école » aux parents leur permettant d'envoyer leurs enfants dans telle ou telle école congréganiste ou d'État. Mais ils ne furent pas écoutés et ne reçurent même pas l'appui de Rome. Le pape Léon XIII se conduisit en opportuniste : il accepta sans faire trop d'obstruction les lois instituant la laïcité de l'enseignement moyennant le maintien du Concordat de 1801.

De ces lois dont le vote secoua les Français au siècle dernier, et qui furent suivies par le scandale de la déposition des crucifix dans les écoles en 1882, et par la querelle des manuels d'instruction morale et civique en 1883, que connaissent les Français d'aujourd'hui? Sans doute guère plus que des noms de lycées : en effet la plupart des lycées de France s'appellent Jules Ferry, Paul Bert, Jean Macé, Camille Sée, Victor Duruy, appellations que l'on retrouve jusque dans nos anciennes colonies !

FIGURES DE RELIGIEUSES

Dans cette lutte qui opposa les deux écoles, l'école libre et l'école laïque, quels furent les ténors catholiques ? En dehors de quelques grandes voix comme Montalembert et Dupanloup – dont plusieurs cours privés portent encore le nom – il y eut une martyre : mère Marie du Sacré-Cœur, méconnue des siens et qu'on réduisit au silence. Dans des livres d'histoire récents son identité même est méconnue : on dit qu'elle appartint à la Congrégation de Notre-Dame alors qu'elle fit partie des Sœurs de Notre-Dame fondées dans le Midi par Jeanne de Lestonnac. A chaque époque les catholiques persécutent ainsi quelques-uns des leurs, souvent les plus clairvoyants, et les brisent. Mère Marie du Sacré-Cœur aurait voulu faire pour l'école libre ce que Camille Sée avait fait pour l'école laïque : remonter le niveau des professeurs en créant une école normale catholique.

Mme Laroche – c'était son nom d'état civil – naquit en 1856 dans une famille de petite bourgeoisie du Puy-de-Dôme. Elle prit le voile à Issoire, où elle enseigna une vingtaine d'années. Le faible niveau intellectuel des petites congrégations enseignantes la frappa, et elle se mit à craindre pour elles l'avenir : quel serait leur sort le jour où l'État les obligerait à faire preuve des qualifications nécessaires pour enseigner ? Elle pensa qu'il serait bon de parer à cette éventualité en créant une école normale où les religieuses des différents ordres perfectionneraient leur instruction et se prépareraient à obtenir des diplômes. Au début son projet reçut l'approbation de dix-sept évêques et quatorze supérieures de communautés féminines, ainsi que d'éminents prêtres et laïcs. Malheureusement les idées politiques de certains de ses « supporters » déplurent aux autres... On lui conseilla maladroitement de faire connaître sa pensée par des publications : au cours d'un trimestre – délai « sabbatique » accordé par sa supérieure – elle écrivit six cents pages qui donnèrent naissance par la suite à deux ouvrages : *Les Religieuses enseignantes et les nécessités de l'apostolat* (1896), et *La Formation catholique de la femme contemporaine* (1898). Elle y ouvrait grand les fenêtres sans se soucier des courants d'air... A son avis il était indispensable de moderniser rapidement la condition des religieuses enseignantes car, de par leur clôture et leur mise à l'écart d'un monde en plein bouleversement, elles n'étaient plus aptes à préparer les jeunes filles à leur vie future : « Chaque maison, écrivait-elle à un correspondant, croit faire merveille et ne se doute nullement que, vieille horloge arrêtée il y a cent ans, autour d'elle le monde a marché. La plupart des religieuses sont aussi étrangères aux mœurs et aux besoins de leur pays qu'elles le seraient aux mœurs et aux besoins de l'Empire chinois. De là, la faiblesse de notre éducation, surtout au point de vue moral et chrétien. Nous ne savons pas préparer nos enfants à la vie qui les attend. Au premier choc, tous les sentiments religieux sont emportés... La jeune fille a vite fait litière de toutes " les sornettes de couvent. " » Mère Marie du Sacré-Cœur désirait également réformer la vie au sein des couvents et la rendre moins pénible : « Si on osait donner aux Supérieures un conseil, on leur dirait : N'épargnez rien pour soutenir la santé de vos sujets !... Le corps n'est-il pas le serviteur de l'âme ? Donnons donc à l'âme un bon serviteur, elle en sera obéie, mieux servie, et nos œuvres n'en iront pas plus mal [25]. »

Hélas ! ses écrits, par les remous qu'ils soulevèrent, déplurent à Rome. On lui permit de garder son costume religieux et de continuer à enseigner, mais elle dut quitter sa congrégation. Elle vint à Paris, et pour trouver des moyens de subsistance fonda un pensionnat, l'institution Sainte-Paule. Un jour, traversant la place Saint-Sulpice, elle fut renversée par une voiture et mourut quelques jours plus tard. C'était en 1901. Sur les cent mille religieuses qui enseignaient alors en France, elle fut la seule, sinon à pressentir le danger de l'athéisme menaçant, du moins à élever la voix pour proposer des réformes.

Quelques années plus tard, son idée fut reprise, et menée à bien, par une laïque, Mme Daniélou. Mais la persécution religieuse avait déjà sévi.

Mère Marie du Sacré-Cœur avait clairement notifié que les grandes congrégations restaient en dehors de son champ d'observation car elles s'adressaient à une clientèle particulière : on n'y préparait pas les jeunes filles à avoir une profession, mais seulement à devenir des « femmes du monde » chrétiennes. Les Oiseaux ne se trouvaient donc pas concernés par ses critiques. Coïncidence... Un poème mystique écrit par une religieuse d'une grande envergure de ce couvent – mère Gertrude – exprime des sentiments analogues à ceux qui guidèrent la réformatrice persécutée :

J'ai donné ma foi sans contrainte.
Je sers et je sers librement.
Je n'ay lassitude ni crainte.
Point n'ay regret de mon serment.
Bien haut m'élève mon servage,
Je sers mais ne m'abaisse pas;
Et libre de tout esclavage.
Je brave souffrance et trépas.

Mère Gertrude (Agathe de Moncuit de Boiscuillé) naquit en Bretagne en 1865, l'aînée de neuf enfants : deux de ses sœurs devaient prendre le voile aux Oiseaux, une autre chez les Filles de la Charité. Les vocations multiples dans une même famille étaient fréquentes alors... Qu'on se rappelle l'exemple de Thérèse de Lisieux et de ses quatre sœurs, qui toutes prirent le voile! A l'âge de 14 ans elle entra comme pensionnaire aux Oiseaux, puis y devint religieuse : ses souvenirs constituent le meilleur reportage que nous ayons sur la vie de cette maison : « Si la longue façade donnant sur la rue de Sèvres, avec ses fenêtres toujours closes, présentait un aspect austère, tout s'éclairait [...] aussitôt le portail dépassé. On se trouvait dans une cour ensoleillée terminée par une terrasse dominant les jardins. Un grand escalier de pierre à balustres descendait de cette terrasse vers les marronniers du " rond " où jouaient les élèves. A droite c'était la chapelle gothique et son charmant cloître du XIIIe siècle entouré de massifs, plus loin le petit oratoire des Enfants de Marie caché sous la glycine, les serres, le jardin botanique; partout des arbres ou des fleurs. » Quelques années plus tôt le jardinier avait été un expert provenant du jardin des Plantes. Ses talents avaient trouvé à s'employer : il y avait en effet une orangerie abritant diverses sortes d'arbustes portant des agrumes, une collection de camélias et des mimosas; une serre tempérée, pour les géraniums; une serre chaude avec des spécimens de nombreuses espèces exotiques : palmier, bananier, cocotier, caféier, cannellier, piment, poivrier, dragonnier, vanillier, asclépiade, orchidées, calladier, figuier élastique, canne à sucre, des dizaines de cactus, et enfin un ébénier, arbuste qui n'avait en France qu'un unique frère, au jardin des Plantes justement [26]!

Si on aimait tant les plantes et les fleurs aux Oiseaux c'est qu'on cherchait à y cultiver la joie selon le désir de Pierre Fourier. Écoutons mère Gertrude : « Quand la religieuse devra remplir son rôle d'éducatrice [...] elle cherchera tout particulièrement à développer dans son entourage cette atmosphère de joie surnaturelle si bien faite pour attirer et pour retenir, qui a toujours été dans la formation des âmes la méthode traditionnelle des religieuses de Notre-Dame. » « Entretenir la joie dans la communauté, c'est y maintenir la ferveur [...] sans joie, peu de générosité [...] Afin de l'entretenir chez les autres, la garder en soi; pour cela prendre, des personnes et des choses, le bon côté [...] Le bon côté, c'est le côté divin. Faire l'aumône du bonheur, c'est faire celle de la sainteté; un cœur dilaté sent mieux le Bon Dieu. »

Mère Gertrude appréciait la beauté et goûtait l'élégance : « Une chrétienne, disait-elle à ses élèves, doit toujours avoir le sentiment de sa dignité, et se montrer même d'autant plus élégante qu'elle répudie les entraînements fâcheux de la mode actuelle. Il faut savoir prouver qu'on peut être moderne et femme de goût sans rien renier de ses principes. » Les grenouilles de bénitier étaient sa hantise.

Elle avait un sens très vif des responsabilités sociales, n'admettant pas qu'on s'y dérobât par paresse ou lâcheté. « Étudiez votre histoire de France, voyez comment se sont imposés les chefs. C'est par la valeur, par les services rendus. Le peuple se groupe d'instinct autour de ceux qu'il estime pouvoir l'aider, le défendre, le conduire... C'est seulement par l'effort que nous pouvons donner notre pleine mesure, et par les services rendus légitimer une supériorité qui, sans cela, apparaîtra toujours un hasard ou une injustice. » Elle aurait dû ajouter : « N'oubliez pas cependant que l'ingratitude existe! », comme elle-même devait en faire l'expérience lors de l'exil des congrégations...

Une autre grande figure des Oiseaux fut celle de la contemporaine de mère Gertrude, la révérende mère Saint-

Henri. Thérèse de Boislaville naquit en 1868 et mourut en 1949. Avec elle nous entrons dans l'Histoire récente. Et pourtant, comme les usages qu'elle connut nous paraissent lointains... Un des intérêts de sa notice nécrologique est de nous introduire dans la vie quotidienne des Oiseaux d'alors. D'elle, il nous suffira de rappeler le refrain que ses élèves chantèrent un jour derrière le mur de la communauté, refrain qui fit rire les mères sous cape et la combla de confusion :

Mère Saint-Henri, bonjour,
Mes délices, mes délices,
Mère Saint-Henri, bonjour,
Mes délices, mes amours.

On mesure par là sa popularité, et l'ambiance joyeuse et détendue qui régnait dans la maison.

Quand elle entra comme pensionnaire aux Oiseaux, l'uniforme était fort différent de celui que nous-mêmes avons porté : il se composait d'une longue robe noire, froncée à la taille, au corsage moulé, avec des manches larges serrées dans des poignets de velours, et un col blanc empesé. Plusieurs rubans l'égayaient : l'un, aux couleurs de la classe, servait de ceinture ; un autre portait les médailles récompensant les places de première, un troisième était celui des Enfants de Marie. Quant aux cheveux, ils étaient retenus par une résille. *La Gazette du temps*, dans une rubrique intitulée « Le couvent des Oiseaux », se moque quelque peu du luxe vestimentaire des jeunes demoiselles : « Une jeune frondeuse tomba récemment sous le coup d'une punition inexorable qui consistait à porter pendant une journée sa robe d'uniforme à l'envers. Or le lendemain elle brillait parmi ses compagnes dans une élégante robe de soie noire. “ Qu'est-ce que cela, mademoiselle de Galliffet ? – Ma mère, je subis ma punition. Mes robes sont toutes doublées de soie. ” » Pour la sortie du premier mercredi du mois, et en été pour les pique-niques à Issy, les élèves revêtaient un grand camail tombant jusqu'à la cheville ; elles se coiffaient en hiver d'une toque, en été d'un chapeau de paille d'Italie couronné d'un ruban de velours noir et d'une guirlande de roses pompon.

Suivons-les au réfectoire... « Murs blancs de stuc, hautes fenêtres, porte à deux battants ouvrant sur la terrasse, dallage de mosaïque noir et blanc, trois lustres noir et or suspendus au plafond lui donnent un aspect solennel, voire un peu froid, ainsi que les longues tables de marbre blanc où grandes et petites sont mêlées, pour que les aînées veillent, en grandes sœurs, à l'appétit et à la tenue des plus jeunes [...]. A l'extrémité du réfectoire une estrade est dressée [...] c'est la place des " cordons d'honneur ", élèves qui par leur conduite ont mérité de porter ce beau ruban de moire [...]. Mère Euphrasie, toute petite, Chilienne d'origine, passe au bout de chaque table et sert les élèves avec une longue cuillère d'où file, copieux, le macaroni [...] Sœur Désirée, sœur Suzanne [...] distribuent des bouteilles roses : c'est " l'abondance " (eau mêlée de vin). Mère Thérèse scande de l'index sa phrase célèbre : " On n'entre pas au Ciel sans mortification "... Elle est célèbre par ses bons mots : à la leçon de chant [...] si parfois les voix hésitent [...] " Comment, mes enfants, depuis cinquante ans qu'on vous le rabâche, vous ne le savez pas encore ! " »

Allons dans les classes. « Ce sont les anciens salons de l'hôtel : très belles pièces lambrissées, parquetées, élevées de plafond, avec de larges fenêtres à espagnolettes [...] Elles sont éclairées par des lampes à huile en cuivre suspendues au plafond : la mèche se remonte par une crémaillère et se coupe avec des mouchettes. Leur entretien n'est pas une sinécure : le matin on les voit amassées à la " lampisterie " pour être nettoyées et remplies d'huile; le soir, sœur Dorothée préside à l'allumage...

« Au jardin, l'espace consacré aux élèves s'appelle le rond, de par sa forme circulaire; il est limité par des barrières blanches, et séparé par de hauts marronniers en trois allées pour les trois divisions du pensionnat [...] Les jeux [sont] de toutes sortes : barres, ballons, volants, grâces, croquet [...]. Dans la maison, quand il pleut, les pensionnaires improvisent des charades [...]. Une salle spéciale est réservée aux exercices de gymnastique : la callisthénie. » Une autre pièce est consacrée aux travaux d'aiguille : on y apprend à faire de la tapisserie, de la broderie, à confectionner des habits pour les pauvres, car une fois par mois les grandes vont en groupes visiter les familles nécessiteuses du quartier.

Tous les quinze jours ont lieu les « Numéros ». « Les élèves sont réunies à la grande salle, assises les unes à côté des autres sur des bancs de chêne, dans un silence religieux; les maîtresses prennent place sur les chaises disposées en demi-couronne autour d'une petite estrade. La supérieure entre; toutes se lèvent et attendent qu'elle prenne la parole. Cette réunion est à peu près la seule occasion pour les pensionnaires de la voir [...] Elle dit un mot d'accueil, puis une mère, assise sur une haute chaise devant une table non moins haute, proclame les notes de chaque élève : Étude, Classe, Récréation, Ordre, Maintien, Politesse, Règlement, et aussi compositions et diligence (ensemble des notes de la semaine). Pour finir la révérende mère félicite, exhorte ou réprimande, puis donne des nouvelles [...] Les Blanches lui répondent, elles ont préparé leurs phrases à l'avance. »

Il y a « parloir » le dimanche ou le mercredi après-midi : les familles attendent dans une belle pièce aux boiseries de chêne donnant sur la cour d'honneur; des chaises de paille y sont alignées face à face, des deux côtés d'une allée centrale, comme dans un train. Quand une élève paraît, elle fait une profonde révérence à six temps. Le temps passe vite... Les pensionnaires guettent l'avance des aiguilles sur l'étonnante horloge dont les apôtres sortent à chaque heure en procession majestueuse. Les vacances, elles, sont courtes : deux jours au 1er janvier, huit à Pâques, et les grandes vacances ne commencent que le 31 juillet.

Mais qu'apprenait-on pendant cette année scolaire si longue? Une poésie d'une ancienne Enfant de Marie le fait entrevoir [27] :

Mon cahier de notes

Un jour dans mes papiers regardant par hasard
J'ai trouvé, tout au fond d'un antique placard,
Un modeste cahier, veuf de sa couverture,
Criblé de maint pâté, mainte caricature.
[...] c'était le bon temps de la vie
Ce temps où nos soucis n'allaient jamais plus loin
Que pensum, retenue, évités à grand soin...
Dans ce vade-mecum, sa Grandeur la Grammaire
Trônait en premier lieu; le style épistolaire
Rivalisait d'ardeur avec le résumé;
Tandis qu'un long problème à peine terminé
Faisait cour empressée à Dame Arithmétique.
Ici, dans un recoin, un essai poétique

Qui volontiers eût fait concurrence à Boileau,
De la chronologie côtoyait le tableau.
Là, c'était un pantin à l'allure grotesque
Tracé par un crayon amateur de burlesque;
Et plus loin un croquis, ébauché d'un seul trait,
Parfois d'une voisine assez frappant portrait...
[...] Je sentis que mon âme
S'en allait un instant revivre à Notre-Dame
Pour contempler ces murs et ces ombreux jardins
De mes premiers bonheurs silencieux témoins...
Je retins un soupir. Il me semblait entendre
Plaintive mélodie à la fois triste et tendre
Dans mon cœur, une voix qui tout bas murmurait:
Au « souvenir » souvent vient s'unir le « regret ».

En 1892, pour répondre à la demande des parents, eut lieu aux Oiseaux une innovation promise à un bel avenir: l'ouverture d'un demi-pensionnat. Toutefois, celui-ci restait indépendant du pensionnat: les élèves de part et d'autre ne se rencontraient jamais.

L'année 1897 vit se succéder fêtes et célébrations multiples à l'occasion de la canonisation de saint Pierre Fourier. Une joyeuse délégation de mères et d'élèves se rendit à Rome. A cette époque la clôture était rarement franchie: quelle aubaine que les dispenses accordées en cet honneur! Une autre délégation se rendit à Mattaincourt, au berceau de l'Ordre; elle s'arrêta en cours de route pour vénérer diverses reliques du saint: à Châlons-sur-Marne, son bréviaire; à Molsheim, son couvert et l'écuelle d'étain de mère Alix; à Gray, la tour où il mourut, et son cœur qui y est demeuré.

En 1903 une grande campagne de vaccination antivariolique fut entreprise à Paris: tous les habitants devaient être vaccinés. On introduisit dans la grande salle du couvent une génisse que l'on cacha derrière un paravent en espérant qu'elle y resterait tranquille: le docteur, mi-médecin, mi-vétérinaire, prenait la vaccine à même l'animal et l'inoculait ensuite aux bras des patientes. Les ampoules de sérum n'étaient pas encore répandues: c'était l'époque héroïque de l'art médical!

L'ORAGE : L'EXPULSION DES RELIGIEUSES

Une épidémie d'un autre genre sévit alors, celle-là dans les esprits : cinq ans après l'apothéose de l'ordre de Notre-Dame à Rome se déchaîna la persécution anticléricale... Les congrégations non autorisées reçurent un délai de trois mois pour solliciter l'autorisation légale – qui leur fut en bloc refusée. Plus de quatre mille écoles tenues par des sœurs furent fermées malgré l'opposition des populations; plusieurs fois la force armée dut intervenir. Puis en 1903 eut lieu la liquidation des biens des congrégations dissoutes.

Sur cette persécution religieuse – persécution n'est pas un mot trop fort –, nos connaissances, à l'heure actuelle, restent réduites. Nous savons bien les lois qui en ont été la cause, non, dans le détail, la façon dont elles ont été appliquées. Les congrégations religieuses, surtout féminines, aiment le secret...

Deux cent soixante et un couvents d'hommes avaient été fermés en 1881, et leurs occupants obligés de s'expatrier : mais dès les années suivantes ils revinrent clandestinement, à commencer par les Jésuites. Vers 1889, ils avaient dans l'ensemble repris leurs activités – si bien que la population des institutions scolaires libres dépassait celle de l'État. Chaque fois qu'une école publique se laïcisait, c'est-à-dire chaque fois que les prêtres ou les sœurs qui jusque-là en avaient la charge étaient « mis à la porte » ou à la retraite et remplacés par des maîtres laïcs, une école congréganiste voisine recevait un contingent de ses élèves, car les parents faisaient davantage confiance aux institutions chrétiennes [28].

L'affaire Dreyfus ne fit que mettre le feu aux poudres, de nombreux catholiques ayant pris parti contre l'accusé. En juillet 1901 Waldeck-Rousseau, président du Conseil, fit voter la loi sur les associations : les congrégations qui ne posséderaient pas l'autorisation et qui, dans un délai de trois mois, n'auraient pas fait diligence pour l'obtenir, ou qui, l'ayant demandée, ne l'auraient pas reçue, verraient la liquidation de leurs biens; ceux-ci deviendraient, comme en 1793 pendant la Révolution, biens nationaux, et seraient mis aux enchères afin de renflouer les caisses de l'État.

Les Jésuites et les Assomptionnistes jugeant inutile, et ce à juste titre, de demander une autorisation refusée d'avance, s'exilèrent ainsi que les Bénédictins, les Carmes, les Chartreux, et divers ordres contemplatifs féminins : cent cinquante carmels, des clarisses, des bénédictines, et d'autres encore. Ces communautés auraient peut-être pu faire une coalition pour s'opposer aux mesures discriminatoires dont elles étaient victimes, et rester en France à leurs risques et périls, mais Rome les en dissuada, à tort peut-être ; elles se soumirent.

Combes succéda à Waldeck-Rousseau : on l'appelait le petit père Combes parce qu'il était court et replet, mais aussi parce que jadis il s'était préparé à la prêtrise et avait écrit des thèses sur saint Thomas d'Aquin et saint Bernard, avant de devenir violemment anticlérical – rejoignant la nombreuse cohorte de ceux qui brûlent ce qu'ils ont adoré. Il appliqua de façon sectaire la loi de son prédécesseur ; par la circulaire du 10 juillet 1902 il ordonna la fermeture de 2 500 écoles libres qui n'avaient pas demandé l'autorisation parce que leur maison mère était autorisée et que de ce fait elles ne pensaient pas tomber sous le coup de la loi : 150 000 enfants se trouvèrent ainsi jetés à la rue... Il refusa de donner l'autorisation aux congrégations masculines, sauf à six, dont les Pères blancs et les Missions africaines. Furent ainsi dissoutes 25 congrégations enseignantes regroupant de nombreuses maisons.

Combes alla plus loin encore... En décembre 1903 il déposa un projet de loi sur l'enseignement congréganiste. La loi votée le 5 juillet 1904 ordonna la dissolution des congrégations, la fermeture de leurs établissements, la confiscation de leurs biens, leur laissant dix ans pour disparaître. En quelques années 15 000 écoles furent fermées. Ses successeurs en effet continuèrent dans sa foulée.

On nomma trois liquidateurs pour le département de la Seine : Ménage, Lecouturier, Duez, très malhonnêtes tous les trois. Leur gestion devait d'ailleurs être soumise en 1910 à une commission d'enquête [29].

Puis – couronnement de ces lois anticléricales – fut votée en décembre 1905 la loi Briand sur la séparation de l'Église et de l'État, qui coûta à l'Église six cents millions de francs. Mais cela est une autre histoire.

A notre connaissance aucun ouvrage d'ensemble n'a été consacré aux épreuves des congrégations, à la façon dont elles ont « subi » les lois qui les privaient de leurs activités et les spoliaient. Ce que nous savons des réactions des religieuses des Oiseaux présente donc un vif intérêt : c'est une référence qui permet d'imaginer les attitudes adoptées par les autres couvents. Ce monastère abritait alors 120 religieuses, 150 pensionnaires, 140 élèves dans les classes gratuites et 20 enfants à l'orphelinat. Suivant les directives des pères jésuites, leurs conseillers habituels, réfugiés en Angleterre, les mères se mirent à la recherche d'une position de repli dans ce pays. Au bout de quelques mois elles trouvèrent à louer dans le Kent, à Westgate, une petite propriété : Tower House. Toute l'année 1904 se passa à y transporter le mobilier le plus précieux de la rue de Sèvres : les belles stalles en bois sculpté de la chapelle, les bronzes de l'autel, les torchères, les banquettes laquées rouge et or des élèves, les statues du Sacré-Cœur et de la Vierge fidèle...

Le 6 juillet 1904 fut votée la loi de dissolution des congrégations, et le lendemain parut à l'officiel une liste des soixante premières maisons fermées; l'Abbaye-aux-Bois, les Oiseaux, le Roule se trouvaient sur une seconde liste, plus considérable, qui sortit le 9. Les jours suivants furent imprimés les noms de centaines de congrégations condamnées, de telle sorte que le 12 juillet 2 250 communautés religieuses françaises se trouvaient frappées de dispersion ou d'exil... Autrement dit, de 100 000 à 200 000 personnes étaient chassées de leurs couvents... Quel exode!

La fête de Saint-Pierre-Fourier le 7 juillet se passa rue de Sèvres dans la désolation : il n'y avait pas comme les autres années une foire et un manège de chevaux de bois pour distraire les enfants, mais seulement un bazar où l'on vendait des souvenirs de la maison. Après la séance de la distribution des prix le 29 juillet, les élèves partirent... Lorsqu'il s'agit d'enlever les tables de marbre du réfectoire, celles-ci étaient si lourdes que les chevaux n'arrivaient pas à tirer la charrette. Des amis prirent en dépôt les objets de valeur, d'autres furent vendus aux anciennes, le reste fut envoyé à l'hôtel des ventes. On donna la literie à de pauvres femmes du voisinage.

Le 4 août se présenta le liquidateur, M. Ménage. « Nous ne cédons qu'à la force », dit mère Saint-Henri. L'inventaire eut lieu la semaine suivante. On convint que le mobilier personnel des religieuses n'y entrerait pas, non plus que les objets appartenant aux enfants et les objets du culte. Furent notés consciencieusement le nombre de bancs, tables, chaises... S'appuyant sur un des articles de la loi, les religieuses demandèrent à conserver les locaux affectés aux malades ainsi que la chapelle. On inscrivit cette réclamation. M. Ménage arriva ensuite en personne pour réclamer les comptes. On refusa d'abord de les donner : « La communauté n'étant pas autorisée n'a pas de comptes à rendre. » Puis on finit par céder à ses instances : il constata qu'il y avait en caisse trois francs soixante-dix centimes. Il partit enfin, et ne donna pas de ses nouvelles jusqu'à la fin des vacances.

Chaque religieuse prépara son ballot : la salle de la communauté se trouvait aussi encombrée que le hall d'une gare. Après la retraite annuelle, la supérieure donna le 15 septembre 1904 à ses cent vingt sœurs leurs feuilles de route : les malades seraient reçues à Orbec, quelques sœurs partiraient pour Rome, la majorité s'embarquerait par petits groupes pour l'Angleterre. Elles laisseraient derrière elles à Paris un détachement ayant pour mission d'attendre l'expulsion officielle par la police.

Aux termes de la loi, la maison devait être fermée le 11 octobre. Dans la matinée du 5, le commissaire de police se présenta. Voici le compte rendu des *Annales* :

« Il demande le nombre de religieuses présentes :

« – Quarante.

« – Vous êtes en contravention avec la loi.

« – Les élèves du pensionnat ne sont pas rentrées, l'orphelinat reste désert. Nous habitons notre propriété, ce dont nous avons bien le droit.

« Évitant la discussion sur ce point, il demande à la supérieure de donner son nom :

« – Jeanne Van Waterschoodt, en religion mère Marie-Félicité.

« – Ne pourriez-vous pas me procurer la liste des personnes actuellement ici ?

« – Je ne vois pas, lui est-il répondu, à quoi cette liste pourrait servir puisque nous n'existons plus. Il se retira alors non sans témoigner son mécontentement. »

Personne ne se présenta le 6 octobre : la supérieure avait préparé une protestation qui devait sommeiller encore trois ans. De temps à autre M. Ménage envoyait des émissaires pour savoir si les religieuses étaient toujours là... Guerre usante pour les nerfs... Un article du journal *La Lanterne* se terminait ainsi : « Les affreuses béguines ne pensent qu'à remplir leurs coffres... Partez, vilains oiseaux, et n'y revenez plus. »

Peu à peu, le nombre des gardiennes du « 86 » diminua. Les alertes continuèrent... Le 16 mars 1905 la supérieure dut comparaître devant les juges pour se voir ordonner par urgence l'expulsion. Elle répondit que le pensionnat ayant été transféré en Angleterre, la communauté pouvait rester dans une maison qui lui appartenait.

Ces alertes ne faisaient que refléter l'agitation parlementaire, laquelle devait aboutir le 9 décembre 1905 à la séparation de l'Église et de l'État, qui se résume ainsi :

- la République assure la liberté de conscience,
- la République garantit le libre exercice des cultes,
- elle ne reconnaît ni ne subventionne aucun culte,
- les établissements publics du culte sont supprimés.

Le pape condamna la loi par l'encyclique « Vehementer nos » du 11 février qui refusait la séparation, critiquait le mode de constitution des associations cultuelles et rejetait la compétence de la juridiction laïque en matière de biens ecclésiastiques. Le gouvernement passa outre. Les ordres de Pie X étaient de s'opposer aux inventaires; pour y obéir, les catholiques défendirent leurs églises contre les agents de l'administration des domaines escortés par la police, la gendarmerie, voire l'armée. Ce furent alors des bagarres plus ou moins graves : Vendée, Bretagne, Auvergne se rebellèrent. Des officiers brisèrent leur épée plutôt que d'obéir. A Paris, Saint-Pierre-du-Gros-Caillou, Saint-François-Xavier, Saint-Étienne-du-Mont furent le lieu de manifestations mouvementées. Clemenceau, récent ministre de l'Intérieur, ordonna alors de surseoir à l'opération des inventaires : « Quelques chandeliers, déclara-t-il, ne valent pas une révolution ! »

Le bataillon des gardiennes du 86, rue de Sèvres était sur le qui-vive, s'attendant de jour en jour à une expulsion définitive. Enfin le 24 juillet 1907 au soir parvint un pli ordonnant d'évacuer les lieux le lendemain. L'une des neuf religieuses qui restaient a décrit ces derniers moments : « A 4 heures et demie, après une nuit plus ou moins reposante, retentit le signal du lever. Chacune précipite dans la cour matelas et couvertures; les chambres demeurent absolument vides; à 5 heures et demie le père Doizé célèbre le Saint Sacrifice dans la chapelle dénudée. La sacristine emballe calice, patène, missel, canon, et recouvre l'autel d'un drap blanc. Tout est fini, et l'office de l'Église, ininterrompu dans cette maison depuis plus de trois quarts de siècle, n'y retentira plus!... Une douzaine d'anciennes arrivent... A 9 heures moins vingt retentit le coup du timbre comme un glas mort; c'est le signal convenu. Un huissier se présente : " Madame la supérieure, je viens voir quand vous voulez partir. " Toutes : " Nous ne voulons pas partir. " L'une des religieuses lit alors la protestation de la supérieure : " Je déclare en mon nom et au nom de toutes mes sœurs ne céder qu'à la force matérielle et ne quitter cette maison qui est ma propriété et mon domicile que par la violence. " Mme de Brissac, au nom des anciennes élèves, proteste elle aussi. L'huissier déclare : c'est une manifestation, et s'en va chercher des témoins. Il revient une heure plus tard avec le commissaire de Notre-Dame-des-Champs, celui de la rue de Sèvres s'étant récusé [...]. Le commissaire remet aux mères la copie du procès-verbal en leur réclamant les clefs : " Elles sont sur chacune des portes. – Merci, mesdames! Sortez, mesdames! " Elles sortent alors. Dans la rue, un ouvrier en blouse pointe le doigt vers l'huissier : " Vous êtes excommunié! Ça veut dire que vous êtes maudits, vous et vos enfants! et vos deux compagnons aussi! " » Neuf fiacres les emportent alors gare du Nord, où des anciennes les attendent sur le quai, leur faisant comme une haie d'honneur, avant qu'elles quittent la France ingrate pour l'Angleterre hospitalière. La « Belle Époque », on le voit, n'était pas belle pour tous... Les grands journaux parisiens relatèrent l'expulsion, ainsi ces lignes de *L'Illustration* : « Il y a quelques jours les dernières religieuses qui gardaient encore le couvent des Oiseaux ont été expulsées. En attendant que des acquéreurs se présentent (il y a pour trois millions de terrain) la vaste maison est tant bien que mal divisée en appartements à louer. Toutes les fenêtres de la longue façade qui donne sur la rue de Sèvres sont hermétiquement closes, et le parc, en bordure du boulevard des Invalides, est souverainement silencieux [...]. Tout est désert, on remarque encore cependant la pauvreté des pièces consacrées aux religieuses et le confort des appartements des élèves. »

Le couvent fut vendu le 26 mars 1908, et acheté par Michel Cahen, qui le démolit pour spéculer sur les terrains. Seules désormais les classes gratuites continuèrent à fonctionner, tenues par d'anciennes élèves qui avaient à cœur de poursuivre l'œuvre des mères.

La plupart des religieuses partirent pour Westgate, bientôt rejointes par nombre de leurs anciennes élèves. Ce monastère acquit vite une grande réputation : un jour arriva où il devint aussi important et presque aussi prestigieux que les Oiseaux de la rue de Sèvres. Les religieuses des autres maisons de la Congrégation émigrèrent également.

En 1897, face au péril menaçant, une grande retraite avait été organisée aux Oiseaux afin que les supérieures des différents monastères, alors indépendants les uns des autres, fissent connaissance et pussent s'entraider le moment venu. C'est ainsi qu'en 1904 les sœurs de Caudebec s'en allèrent dans un couvent du Luxembourg, leurs supérieures ayant sympathisé. Partirent pour la Belgique, à Arlon, tout près du Luxembourg, les sœurs d'Épinal; à Bruxelles, les sœurs du Roule; près de Namur, quelques-unes de Saint-Pierre-Église; à Burlot, celles de Reims. Se réfugièrent en Hollande, à Vught, les religieuses de Nancy, à Ubergen, celles de Gray. L'Angleterre, en plus des Oiseaux à Westgate-on-Sea, accueillit les sœurs d'Orbec dans l'East Sussex, à Saint-Leonard's-on-Sea. Les sœurs de Mattaincourt émigrèrent en Hongrie, à Budapest – sans doute appelées par quelque ancienne. Évidemment les sœurs de Strasbourg et Molsheim ne furent pas inquiétées puisque depuis 1870 l'Alsace était, hélas, devenue une province allemande.

La petite communauté de Saint-Pierre-Église se dispersa : certaines religieuses retournèrent dans leur famille, d'autres essayèrent de fonder une école en Belgique, mais n'étant autorisées à enseigner que des Françaises elles eurent peu d'élèves. Quelques-unes revinrent à Paris en 1908, et ouvrirent une petite école dans un appartement loué à la paroisse Saint-Antoine des Quinze-Vingts, avant de faire construire l'institut Saint-Pierre rue de Prague. Les religieuses de cet institut devaient en 1927 fonder la maison de Brunoy.

L'Abbaye-aux-Bois, sous régime spécial, resta à la Congrégation, mais seulement pour le reste de vie des sœurs âgées;

les jeunes religieuses durent partir. Peu à peu, les trois quarts des bâtiments furent expropriés et détruits, sans respect pour les souvenirs qu'ils recelaient, afin de permettre la construction d'immeubles de rapport que longe aujourd'hui la rue Récamier. L'abbé Mugnier s'y rendit en pèlerinage littéraire en 1906 pendant les travaux de déblaiement, désirant revoir l'appartement de Mme Récamier immortalisé par Chateaubriand : une fois de plus le livre devait survivre à la pierre... Les années passant, les circonstances changeant, d'autres sœurs de la Congrégation arrivèrent : ce lieu fut transformé en « foyer international d'étudiantes », avant d'être une « maison d'accueil » – ou de retraite – pour les religieuses.

Il faut dire aussi un mot du Villino : après la fameuse réunion inter-couvents de 1897 les mères s'étaient mises en quête d'une maison de procure à Rome : elles louèrent d'abord, en 1901, un minuscule villino appartenant à la marquise Carcano, puis, en 1906, en achetèrent un autre beaucoup plus spacieux, entouré de beaux jardins, 13 via di Villa Patrizi, qui faisait partie des vastes domaines de la princesse Borghèse. Plusieurs sœurs des Oiseaux y trouvèrent refuge en 1907.

A quelque chose malheur est bon, dit le proverbe. Si le grain ne meurt..., dit l'Évangile. Finalement cette expulsion favorisa le rayonnement international de la Congrégation : les maisons qu'elle occupa à l'étranger furent autant de fondations qui subsistèrent après qu'elle se fut réimplantée en France.

L'éventail des destinations des autres congrégations enseignantes fut parfois encore plus varié, si l'on en juge par l'exemple du Sacré-Cœur : aux 37 maisons fermées en France correspondirent 34 fondations nouvelles à l'étranger, en Europe mais aussi en Égypte, au Brésil, en Océanie.

Le destin le plus tragique fut celui des petites congrégations provinciales ayant peu de moyens et peu de relations. Un paragraphe d'une lettre familière, datée du 21 juillet 1904 et expédiée du Puy-de-Dôme, est terrible dans sa banalité : « Marie, la femme de chambre, nous a prévenus qu'elle allait nous quitter [...]. Nous sommes certains de trouver vite à la remplacer, ne serait-ce qu'en puisant dans les couvents renvoyés. Il y a deux cents religieuses du Bon-Pasteur sur le pavé depuis cinq jours. Triste temps ! » René Bazin, qui avait une petite-fille aux Oiseaux, a conté dans un roman, *L'Isolée*, la dramatique histoire d'une modeste religieuse ainsi jetée à la rue.

D'une façon générale les religieuses ne tiennent guère de comptes et ne gardent guère d'archives... C'est ainsi qu'on ne sait pas comment, financièrement, les Oiseaux de Westgate purent se développer jusqu'à devenir un merveilleux couvent de très haute réputation. Il y eut sûrement, comme toujours dans l'histoire de la Congrégation, de grands bienfaiteurs, mais ils restèrent anonymes; les familles des anciennes élèves de la rue de Sèvres furent probablement aussi très généreuses. L'époque le permettait : un certain nombre de gens avaient de grosses fortunes, comme en témoigne la maladie de la pierre qui sévit alors, et le style « troubadour » qui dénatura tant de châteaux qu'on se mit à restaurer.

Les anciennes élèves de Westgate en ont toutes gardé un souvenir enchanteur : le cadre était superbe, la chapelle était la réplique de celle de la rue de Sèvres, de telle sorte qu'on ne s'y sentait pas dépaysé, les sports étaient très bien organisés, et la clientèle... de choix. On ne l'avait pas cherché, mais cela se trouvait ainsi : les élèves, tant françaises qu'anglaises, appartenaient aux meilleures familles. On était en Angleterre, et les collèges anglais sont toujours assez luxueux. Il existait dans ce pays une tradition amusante qu'on adopta : le jour des Saints-Innocents on effectuait un renversement des rôles : une jeune novice s'asseyait à la place de la supérieure, et tout le couvent lui obéissait durant une journée! Elle donnait les ordres les plus farfelus, auxquels les mères se conformaient. C'était accorder aux élèves une bonne occasion de se défouler, ce qui était sain à la fois pour leur santé et l'équilibre de la maison. Dans ce seul couvent il y eut jusqu'à cinquante novices – aussi constitua-t-il ultérieurement une mine inépuisable de professeurs pour la France. En 1912, l'on organisa une grande fête pour l'entrée de la centième pensionnaire.

Dès le mois d'octobre 1907 deux religieuses de Westgate étaient revenues clandestinement à Paris se mettre à la recherche d'un pied-à-terre, si possible pourvu d'un jardinet. Elles en trouvèrent un 118, rue du Cherche-Midi, dans une maison habitée par un prêtre et les parents d'une Auxiliatrice du Purgatoire. Dès le 7 novembre, mère Saint-Henri s'y installait. Le 2 décembre la messe y était célébrée par le père d'Alès qui allait prendre en charge pendant dix ans la nouvelle petite communauté. Les anciennes affluèrent vite... Mlle de Givenchy, sœur de mère Saint-Paul, devint locataire en titre pour « couvrir » la présence des religieuses. La vie régulière reprit, partagée entre la prière et l'apostolat des anciennes. La maison jouait le rôle d'un relais entre Paris et Westgate, où nombre de familles envoyaient leurs enfants.

Une extrême prudence s'imposait. En ce début d'installation les mères n'avaient pas quitté le costume religieux, sauf pour les sorties. Mais quand elles se promenaient dans le petit jardin, les fenêtres voisines se peuplaient de curieux... Elles durent alors revêtir un habit civil.

Après un bail de trois ans le propriétaire reprit la maison pour un de ses enfants. Les religieuses déménagèrent 84, rue Bertrand où elles organisèrent des catéchismes de première communion privée et un ouvroir. Puis vint la Grande Guerre... Les esprits avaient d'autres préoccupations que la lutte antireligieuse. Les mères jugèrent le moment opportun pour reprendre leur activité d'enseignantes. Une ancienne les mit en rapport avec sa cousine, directrice de cours, qui voulait assurer la continuation de son œuvre en s'associant à une congrégation : après les expulsions de 1904 Mlle de Mas avait ouvert un cours rue du Mail qui avait été transféré depuis peu avenue des Champs-Élysées. Les mères se mirent alors en campagne et découvrirent tout près, 12, rue Lincoln, un hôtel assez vaste au fond d'un jardin où elles s'installèrent.

Elles s'habillaient en civil mais leur tenue ne trompait personne car elles avaient tout à fait l'air de religieuses : elles étaient vêtues de sombre et portaient une mantille sur la tête, facile à retirer en cas de visite inopinée d'un inspecteur. Dans le quartier on les surnommait les « Dames en noir ». Lorsqu'elles sortaient le dimanche, mal fagotées car elles n'étaient guère riches, les sergents de ville s'esclaffaient : « Voilà les bêtes à Bon Dieu qui vont à la messe ! » Peu à peu elles reprirent le costume en commençant par les maîtresses chargées des petites classes. Quant à l'uniforme des élèves, il était marine avec un col blanc ; plus tard le col devint bleu ciel.

Au bout de quelques années le cours de la rue Lincoln se

révéla trop petit à son tour. En 1923, un groupe de parents d'élèves, érigé en société, se porta acquéreur de deux hôtels situés 60 et 62, rue de Ponthieu, entre cour et jardin. Vers la même époque fut décidée la fondation d'une école gratuite à Ménilmontant.

De ces religieuses des temps héroïques du cours Lincoln, plusieurs vinrent rue de Ponthieu : mère Saint-Ambroise, mère Sainte-Marie, mère Saint-Jean, mère Saint-Étienne, sœur Maria, sœur Lucie... La première était supérieure, les deux suivantes, qui étaient sœurs par le sang, s'occupaient de la première communion privée ou des petites classes, la quatrième, de l'exactitude (c'est-à-dire qu'elle surveillait les entrées), l'avant-dernière, de la cuisine, et la dernière était tourière... Toutes avaient fait leur noviciat à Westgate. A mesure que Ponthieu se développait, d'autres religieuses débarquaient d'Angleterre.

Le « Cours des Champs-Élysées » était la dénomination officielle de la nouvelle installation du couvent des Oiseaux à Paris. C'était alors la mode des « Cours ». Elle avait été introduite d'Angleterre en France à la fin du XVIIIe siècle par l'abbé Gaultier mais ne se répandit vraiment que sous Louis-Philippe : il y en avait alors plus de trois cents à Paris... A l'époque qui nous intéresse, le plus connu était certainement le cours Hattemer, mixte, fondé en 1885 par une ancienne préceptrice qui s'établit rue Clapeyron avant de déménager, devant un succès sans cesse croissant, dans un grand immeuble de la rue de Londres, lequel eut ensuite deux annexes. Le niveau du cours Hattemer avait une réputation d'excellence – et de difficulté – justement méritée. On disait que c'était le meilleur...

J'entre maintenant dans le vif du sujet... Au Cours des Champs-Élysées, 62, rue de Ponthieu, je fis en effet toutes mes classes...

7

LA VIE QUOTIDIENNE
AU COUVENT DES OISEAUX
1933-1945

LA STATUE DE DIANE (ONZIÈME)

Et plus tard un Ange entr'ouvrant les portes
Viendra ranimer, fidèle et joyeux,
Les miroirs ternis et les flammes mortes.

BAUDELAIRE

Après avoir poussé la lourde porte vernie du 62, rue de Ponthieu, on passait devant la loge qu'habitait le concierge Casimir, très populaire dans son tablier bleu de jardinier, qui appelait les élèves les « petites demoiselles ». Lui faisaient vis-à-vis le parloir des pensionnaires et l'antre de sœur Lucie, une vieille petite sœur desséchée dont le visage était encerclé de tuyautés noirs : c'était l'uniforme de sœur tourière qu'elle était seule à porter; elle avait des lunettes d'acier et un caractère du même métal – au physique et au moral elle ressemblait à Mme Fichini. Franchi une seconde porte, on se trouvait dans une cour pavée face à un joli hôtel aux hautes fenêtres. Sur la droite un passage couvert menait à une autre cour dont la loge était occupée par les bureaux du secrétariat : c'était la cour d'honneur d'un second hôtel particulier, domaine réservé des externes et des demi-pensionnaires dont on apercevait fugitivement l'uniforme au passage.

Sitôt grimpé les degrés du perron, on pénétrait dans un vaste vestibule dallé de noir et blanc d'où s'élevait un superbe escalier évoquant des fastes évanouis, dont la volute abritait une statue de Diane chasseresse. On se serait plutôt attendu, dans une institution de ce genre, à quelque Sacré-

Cœur de plâtre : heureuse surprise, on avait en face de soi, sculptée dans le marbre, une œuvre d'art... Elle suscitait la ferveur : on raconte que lors de l'exode de 1940 une vieille religieuse issue d'un couvent de province et réfugiée dans ce hall contemplait la statue les mains jointes en murmurant : « Je prie saint Michel pour la France » : elle avait confondu l'archange terrassant le dragon avec la déesse et son limier. De ce vestibule mythologique on pénétrait dans la salle jaune – le grand salon de l'ancien hôtel, décoré de boiseries dorées à l'or fin, avec trois portes-fenêtres donnant sur un jardin ombragé de marronniers, lequel jouxtait d'autres jardins appartenant à l'ambassade d'Italie et à la famille Bartillat. D'un côté une porte à deux battants ouvrait sur la salle à manger déchue au rang de réfectoire, de l'autre deux portes semblables entourant une glace sans tain – afin qu'on ne puisse s'y mirer – la séparaient de la salle rouge, dénomination qui provenait sans doute de la couleur des damas jadis tendus sur les murs.

Les cours avaient lieu dans la salle jaune. Une grande table ovale recouverte de feutre grenat en occupait le centre. Adossé à un tableau noir, le professeur présidait à une extrémité, les élèves – une vingtaine, garçons et filles – prenaient place tout autour. Le long du mur s'asseyaient les mères avec leurs tricots, lesquelles aux instants fatidiques fusillaient leur rejeton du regard; parmi elles il y avait parfois un triste veuf, tout de noir habillé, ainsi que les institutrices qui avaient amené les enfants, garçons et filles, car le cours, à l'inverse de l'externat, était mixte. (L'externat d'ailleurs ne comptait que peu d'élèves dans les petites classes : sept ou huit en douzième, une dizaine en onzième.) Les professeurs, tous du sexe féminin et célibataires, provenaient pour la plupart de l'institut de Mlle de Mas. L'une d'elles, de noir vêtue, coiffée d'un chignon de neige, avec un col montant bordé de dentelle et un sautoir d'argent, avait l'air d'une véritable duègne – hormis la bonté du regard. Rappelons, chose stupéfiante, qu'avant la Révolution le célibat était de règle pour les universitaires, que Napoléon rétablit plus ou moins cet usage, et qu'il avait encore cours en Angleterre au XIXe siècle – souvenir sans doute d'époques où l'enseignement était tout entier aux mains de l'Église, et où l'on croyait que le dévouement d'un pédagogue et son talent étaient plus assurés s'il ne se trouvait pas lui-même loti d'enfants...

L'émulation faisait partie des méthodes d'éducation chères à Mlle de Mas et à ses acolytes, si bien que les assistants, adultes ou enfants, avaient le cœur battant pendant toute la durée du cours : suivant que l'on avait réussi les interrogations orales (lecture, calcul mental) ou écrites (dictées, exercices), on avait droit à un certain nombre de jetons d'os blanc que l'on alignait devant sa place. A la fin du cours le professeur mettait les élèves en rang par ordre de mérite, gratifiait le premier d'une croix, puis sans discrimination donnait à chacun un sucre d'orge. Le lauréat arborait ensuite cette croix – une étoile au bout d'un ruban bleu ciel – sur le revers de son manteau. On cherchait aux Oiseaux à ce que l'apprentissage ne fût pas trop pénible : on insistait plus sur les récompenses que sur les punitions, sur les encouragements que les réprimandes, afin que chacun brille de quelque manière...

On apprenait à lire dans les deux volumes du syllabaire Langlois aux couvertures quadrillées de brique et d'oseille : la multiplication des écritures augmentait la difficulté de la lecture, les lettres étant reproduites en caractères d'imprimerie, en italique et en belle ronde... La composition la plus pénible était celle d'écriture avec le problème des pleins et des déliés : quels pâtés indésirables tombaient de la plume Sergent-Major trempée dans l'encre violette, qu'on épongeait avec l'un des buvards-réclames dont chacune faisait collection ! Et comme il était difficile de copier les majuscules, presque aussi tarabiscotées que sur les livres d'heures médiévaux ! Mme de Genlis, la préceptrice de Louis-Philippe, l'avait bien noté : « J'ai remarqué que la plus fatigante de toutes les leçons pour les enfants est celle d'écriture, parce qu'en effet rien n'est plus ennuyeux que de remplir une grande page. »

Une institutrice, dans la plupart des familles, faisait préparer le cours à la maison : ce travail solitaire ne plaisait guère alors que le début de vie communautaire que l'on connaissait au cours passionnait tout le monde.

Le cours de onzième avait lieu le jeudi de 10 h 30 à 11 h 30, celui de dixième de 14 h 00 à 15 h 30 les mercredi et samedi, ceux de neuvième et huitième les mardi et vendredi aux mêmes heures. Les professeurs s'appelaient Mlle Arlette, Mlle Blanchard (la seule qui ne fût pas sévère), Mlle Martin (il y avait trois sœurs Martin professeurs : Martine, Camille et Amandine). Alors qu'à notre époque on prétend qu'il faut séparer les sœurs, pour ne pas entraver leur épanouissement, on jugeait de façon inverse jadis : c'est ainsi qu'au cours il y avait deux Mlle Goujon, l'une au secrétariat, l'autre surveillante, et que la révérende mère avait aussi sa sœur, Mlle July, au secrétariat. Quant aux élèves, on essayait de mettre les sœurs d'âges rapprochés dans la même classe, quitte à retarder l'aînée ou avancer la cadette.

Trois textes du *Livre de lecture* sont restés gravés dans ma mémoire : l'un concernait un petit garçon transformé en idole à l'occasion d'une fête païenne : on l'avait entièrement recouvert de papier d'étain et il en était mort, sa peau n'ayant pu respirer; un autre texte narrait l'histoire du Grand Ferré, trépassé pour avoir bu de l'eau fraîche à une source alors qu'il était en sueur après un combat victorieux – moralité : il ne faut jamais boire d'eau glacée quand on a chaud; le troisième racontait un goûter de poupées : la petite fille mettait tous ses soins à s'occuper davantage de la poupée la plus mal habillée pour qu'elle ne souffre pas de sa toilette – image en miniature de la parfaite maîtresse de maison!

Une distribution des prix terminait l'année : les élèves et leurs familles étaient rassemblées dans le jardin, tandis que la révérende mère entourée des professeurs prenait place sur le perron au milieu de plantes vertes. Chacune avait droit à un palmarès et à un livre : avec les prix de camaraderie, de sourire et de gentillesse, il y avait de quoi contenter tout le monde!

Une ancienne *Revue* restitue de la façon la plus juste et la plus poétique l'ambiance qui régnait alors au Cours des Champs-Élysées – alias couvent des Oiseaux :

Domus mea

Je n'aime pas les maisons neuves
Leur visage est indifférent...
En elles, rien qui vous émeuve
Comme en ce vieil hôtel d'antan!...

Montez les six marches de pierre
Et saluez Diane en passant,

Vous ne vous en douteriez guère
Mais vous voici en plein couvent!

Ne cherchez donc pas de marquises
Descendant le grand escalier
Ou quelques infantes exquises
En larges robes à paniers...

Car les princes et les princesses
Qui jadis hantaient ces hauts lieux
Se sont mués en chanoinesses
Au pas souple et silencieux.

Et dans les longs corridors sombres
Où bâillaient laquais à bas blancs
Vous ne croiserez en grand nombre
Que joyeuses bandes d'enfants.

« Quoi! nous direz-vous, c'est un crime
Que pareille transformation!
Vous remplacez l'ancien régime
Par un régime de pension!

Plus de tableaux aux noms illustres,
Des cartes aux lambris dorés,
Des abat-jour verts dans les lustres,
Les glaces et miroirs voilés!

« Et que vont devenir les grâces
En ce cours maussade et pédant?... »
– Non, ne vous voilez pas la face,
Écoutez, Madame, un instant...

Que regrettez-vous? Le beau style?
On l'apprend ici tous les jours
Et quant aux manières civiles,
Sachez qu'on les enseigne au Cours...

Enfin, si vous aviez, Madame,
Un œil un peu plus pénétrant,
Nous pourrions vous montrer des âmes
Plus blanches que neiges d'antan.

Donnez donc un pleur aux duchesses,
Gémissez sur les temps actuels
Et laissez-nous, car le temps presse.
– Ici on fait de l'éternel...

« CHER PETIT ENFANT JÉSUS... » (DIXIÈME ET NEUVIÈME)

Là où nous apprîmes à lire nous apprîmes aussi à aimer Dieu... L'année 1935 comporte pour moi une date très importante : celle de ma première communion privée, qui marqua véritablement le début de ma « piété » (terme désuet qui n'a pas d'équivalent moderne.) Bien sûr, ma mère m'avait appris à faire le signe de croix – de la main droite et non de la main gauche ! – et à réciter quelques prières. Augustin Cournot, que j'aime citer, remarquait qu'« on devrait dire " religion maternelle " comme on dit " langue maternelle " : c'est la mère qui en infuse à l'enfant les rudiments [1] ». La mienne m'avait ensuite confiée, ainsi que mes frères, à une pieuse institutrice ; je revois la prière du soir que celle-ci nous faisait réciter à genoux : « Mettons-nous en présence de Dieu et adorons-le... » et, en mai, le joli mois de Marie qu'elle nous faisait fêter : on installait un petit autel sur la cheminée avec une statue de la Sainte Vierge, des napperons de dentelle, des bougeoirs et des vases miniatures, et l'on chantait avec entrain : « *C'est le mois de Marie – C'est le mois le plus beau – A la Vierge chérie – Disons un chant nouveau.* » Nous aimions les cérémonies du culte, et mes frères, de temps en temps, comme Thérèse de Lisieux « jouaient à la messe ».

Mais c'est la douceur de mère Sainte-Marie, la religieuse des Oiseaux entièrement vouée à la préparation des petits communiants, qui nous fit « goûter les choses du ciel », car elle avait un vrai talent pour cette mission : quatorze de ses anciens catéchisés devinrent prêtres, l'un d'eux avoua que sa vocation datait de cette époque.

On oublie souvent qu'il existe une histoire de la dévotion à l'Eucharistie : au IIIe siècle les enfants, même bébés, recevaient le baptême, la confirmation et la communion en même temps que les adultes. Au IXe siècle apparut la raréfaction de la communion fréquente et l'abandon du calice, puis l'interdiction de la communion des petits enfants. « Peu à peu l'Eucharistie abandonna son statut antique de nourriture spirituelle des âmes pour devenir le Christ lui-même en personne et en permanence dans l'hostie [2]. » Cette foi coïncida avec le développement du culte de la Croix (auparavant, on insistait surtout sur la Résurrection) et du culte de l'humanité du Christ : à la Vierge de Majesté, hiératique, des églises romanes, succéda la Vierge déhanchée des cathédrales gothiques, souriant à son enfant. L'usage s'établit de faire communier les enfants vers l'âge de douze ans après qu'ils se furent confessés. Ce n'est qu'en 1910 que Pie X autorisa les petits enfants à communier dès l'âge de raison, sept ans ou même moins.

Nous fîmes notre première communion à sept ans ; la retraite qui précéda le grand jour eut lieu dans la chapelle des Enfants de Marie, décorée de boiseries gothiques et d'un beau chemin de croix en émail bleu provenant de la rue de Sèvres. A chacune de nos places – nous étions huit –, une surprise nous attendait : une sorte d'iconostase miniature – une chapelle en papier craft d'une trentaine de centimètres avec deux volets sur lesquels étaient inscrits ces mots : « Prie, communie, sacrifie-toi, sois apôtre » (et nous n'avions que sept ans!) ; à l'intérieur étaient collées une vingtaine d'images pieuses, enjolivées de guirlandes à la gouache : nous étions subjugués... Au centre de la chapelle la mère avait placé une statuette de l'Enfant Jésus en plâtre ; elle nous donna aussi un « carnet de sacrifices » où nous devions marquer autant de croix que nous en avions faits : cette comptabilité devait rester secrète entre Jésus et nous, mais nous stimulait beaucoup. Elle nous lut la vie d'enfants morts depuis peu qui étaient déjà considérés comme des saints : Guy de Fontgalland et Anne de Guigné. J'ai compris, en mon âge mûr, que l'amour désolé des parents transfigure bien souvent la vie de leurs petits disparus... Pour faire des sacrifices, Anne mettait des cailloux dans ses chaussures : je l'imitai !

Nous jouions dans la cour de récréation, mais sans faire trop de bruit : la mère nous apprit le « recueillement ». Notre cœur, disait-elle, était une maison qu'il fallait balayer et orner pour la visite de Jésus. Pour la balayer, il y avait la confession... Pour nous préparer nous inscrivions la liste de nos péchés sur un petit papier que nous lisions le moment venu. Le père de Grandmaison, très bon, sortait ensuite du confessionnal et donnait à sa petite pénitente... un chocolat! Mais l'émotion quelquefois avait été trop forte, et mère Sainte-Marie gardait dans un placard de la sacristie quelques petites culottes de rechange... N'importe : ces moments m'ont laissé le souvenir d'une impression de légèreté extraordinaire. Je me sentais devenue une bulle, prête à s'envoler... On nous inculquait alors une grande idée de l'immensité de Dieu, qui nous impressionnait beaucoup. Cependant on ne nous parlait pas, comme aux générations précédentes, du « tribunal de la pénitence » – expression doublement traumatisante. De nos jours on dit le « sacrement de la réconciliation » : c'est plus tranquillisant mais moins empreint de mystère. A notre âge, ce qui nous préoccupait, c'était que notre confesseur ne dévoilât pas les fautes que nous avions avouées et qui nous paraissaient considérables : pour nous rassurer mère Sainte-Marie nous racontait l'histoire de saint Jean Népomucène, un prêtre qui avait préféré subir le martyre plutôt que trahir le secret de la confession.

La cérémonie de la première communion avait lieu dans la chapelle située dans le second hôtel. C'était, au premier étage, un ancien salon luxueusement orné de boiseries dorées dont le plafond était à l'origine décoré de « putti » : mais une religieuse artiste avait métamorphosé ces amours en angelots en les ceignant de voiles arachnéens... Dans une châsse sous l'autel dormait le corps en cire, habillé de soie, d'un petit martyr avec ses reliques. De chaque côté de l'autel deux tableaux évoquaient la vie de mère Alix : on la voyait en train d'enseigner des petites Lorraines en coiffe, ou de faire la classe sous l'œil attentif de saint Pierre Fourier. Nous étions émues de reconnaître le même costume que le sien sur les religieuses qui nous entouraient... Lorsque les mères se rendaient à la chapelle, elles épinglaient par-dessus leur voile un autre voile plus fin, comme si elles voulaient se faire belles pour aller voir Celui qu'elles aimaient; pendant la messe elles s'agenouillaient sur des prie-Dieu de paille alignés le long des murs, encadrant les enfants qui prenaient place sur les bancs de chêne bien cirés, ou bien elles se regroupaient autour de l'harmonium. Quand on priait, la tête dans les mains et les yeux fermés, et qu'elles se déplaçaient en silence, on reconnaissait leur sillage à des cliquetis de chapelets et des bruissements d'étoffe...

Le dimanche 24 mars 1935 donc, nous fîmes notre première communion dans la grande chapelle du cours. A cette occasion on nous fit mettre une robe blanche (toutes les petites filles d'alors en possédaient une dans leur garde-robe : la mienne était en satin brodée de nids d'abeille), des chaussettes blanches, les souliers vernis des jours de gala, et on auréola notre tête d'un léger voile de tulle. Le grand problème était de rester à jeun : j'avais très peur de commettre un oubli, et d'avaler une gorgée d'eau en me lavant les dents ! La règle alors était très stricte : je n'aurais pu communier. Pendant le trajet en auto pour nous rendre rue de Ponthieu mon père nous fit garder le silence : il avait peur que nous nous « dissipassions ». Le père de Grandmaison, déjà cité, dit la messe : c'était le frère de celui qui avait inventé la célèbre prière : « Sainte Marie, donnez-moi un cœur d'enfant, pur et transparent comme une source, un cœur magnifique à se donner, prompt à la compassion... » Il avait mis au point trois sermons de première communion qu'il récitait tour à tour dans les différents couvents où il officiait, parmi lesquels le Cénacle : c'était somme toute un spécialiste de ladite cérémonie ! Nous entendîmes l'histoire d'un petit martyr, saint Tharcisius. Mais il y avait aussi l'histoire de Précieuse dont une *Revue du Cours* garde la trace : c'était une petite fille qui s'était rendue si agréable avec son entourage qu'on lui avait donné ce surnom. Quelques-uns d'entre nous récitèrent les « Actes avant la communion », puis vint l'instant plein d'émotion de la première communion : chacun alla à l'autel entre ses parents ; l'usage était alors de s'agenouiller à la banquette appelée Sainte Table, et de placer sous son menton un petit plateau d'or qu'on faisait circuler pendant que le prêtre déposait sur votre langue une fine hostie qu'on devait avaler sans la mâcher. Après l'action de grâces faite en silence, on récita les « Actes après la communion ». C'était très intimidant de parler seule et tout haut...

Maintenant que c'est la mode de s'intéresser à la vie quotidienne, tout devient prétexte à faire une exposition. Les Dominicains en ont organisé une ces dernières années sur les images pieuses. Les « Souvenirs de première communion » permettent déjà de mesurer l'évolution des formes de la dévotion : ils sont de plus en plus concrets et de moins en moins symboliques. Quel monde il y a entre les photos de montagnes ou de torrents tant prisées de nos jours, illustrant des passages de psaumes, et les calices tenus par des anges, entourés de délicates dentelles de papier, des années 1880! Pour ma part j'eus droit à « Une communion chez Marie à Éphèse » : la Vierge présente un enfant à saint Jean (identifié grâce à son auréole) qui lui donne une hostie. Le tout est agrémenté de draperies et de dorures.

Lorsque j'étais enfant le mot communion avait une consonance mystique et voulait dire union avec Dieu; maintenant il voudrait plutôt dire repas pris en union avec nos frères les hommes.

Toutefois on doit reconnaître que certains cantiques d'alors paraissent aujourd'hui bien mièvres, tel celui-ci dont l'air résonne encore dans ma mémoire :

Cher Petit Enfant Jésus,
Douceur de ma vie,
Donne-moi de tes élus
Les vertus.

Il est frappant de noter le nombre de cantiques anciens où l'on trouve le mot « je » ou « mon », tel le chant : « Jésus, doux et humble de cœur, rendez mon cœur semblable au vôtre », alors que de nos jours on ne rencontre que le mot « nous », et que bien souvent Dieu n'est pas mentionné, comme dans le chant : « *Laisserons-nous à notre table – Un peu de place à l'étranger?* »

Les premiers communiants recevaient souvent comme cadeau de leurs parents le livre de messe pour enfants de Dom Lefebvre. Chaque page portait le texte d'une prière et une image en rose qui représentait le prêtre en train d'officier : on le voyait montant à l'autel, versant le vin dans le calice, se lavant les doigts, et ainsi de suite. On nous disait qu'il fallait être très attentif à ses gestes et bien « suivre » la messe – et ne pas faire comme certaines grandes personnes qu'on avait mal instruites et qui récitaient leur chapelet!

Les générations précédentes marquaient parfois le souvenir de cette cérémonie de façon plus grandiose : il existe dans le jardin d'une propriété du Midi une colonne de pierre sur laquelle sont gravés les noms de deux frères et d'une sœur avec la seule date de leur première communion : 1872...

Nous avons vu qu'en 1840 de nombreuses solennités accompagnèrent la première communion d'Ernestine de Barante âgée de quatorze ans : en 1935 celles qui entouraient les premières communions privées des enfants de sept ans s'étaient bien simplifiées. En 1990 elles n'existent presque plus, et dans les paroisses les enfants communient pour la première fois sans aucune fête particulière au cours de la messe dominicale. Cette évolution du rite est intéressante en ce qu'elle reflète une évolution des croyances.

LA CARAVANE DES ROIS MAGES (HUITIÈME)

Notre classe de huitième fut dominée par les festivités qui accompagnèrent le jubilé de la révérende mère Saint-Ambroise : saint Pierre Fourier avait voulu que les mères gâtent quelquefois leurs petites élèves – et les mères de notre temps s'y employèrent tellement bien que celles-ci en gardèrent un souvenir ému. A l'occasion de ce jubilé les grandes, accompagnées de petites qui tenaient le rôle du « naïf », jouèrent une pièce de Ghéon intitulée *Les Rois Mages* dans la salle jaune transformée en théâtre avec une vraie estrade et de faux chameaux se promenant sur la scène.

Les plus jeunes élèves étaient enthousiasmées par la caravane des Rois Mages. Elles le furent aussi par une surprise qu'on leur distribua : une jolie petite boîte bleue enrubannée, datée et contenant... des truffes au chocolat !

La révérende mère reçut une belle statue de Serraz représentant la Vierge fidèle, les deux bras étendus, qui fut placée au-dessus du tabernacle, et un buste pour son bureau : une autre Vierge serrant contre elle son enfant.

Si la pièce choisie concernait les Rois Mages – les Rois étrangers conviés, eux aussi, à adorer l'Enfant Jésus – c'était intentionnellement : allusion non voilée à la mission que la Congrégation Notre-Dame venait de fonder en Indochine. En effet en 1934, pour répondre aux appels du pape à propager l'Évangile, la révérende mère générale, mère Marie du Rosaire, accompagnée des révérendes mères Saint-Thomas-d'Aquin et Saint-Ambroise, s'était embarquée sur l'*André-Lebon* à destination de ce pays : les sœurs de Saint-Paul-de-Chartres s'y dévouaient déjà dans les classes primaires, et les dominicains avaient commencé à s'occuper de l'instruction des garçons, mais pour les filles des milieux dirigeants il n'existait aucun établissement. La traversée durait vingt-quatre jours.

Pourquoi l'Indochine ? Les ambassades des pays étrangers à Paris étaient souvent chargées de trouver des institutions susceptibles d'accueillir des jeunes filles de leurs élites ; c'est ainsi que la révérende mère Saint-Ambroise fut contactée par le gouvernement d'Annam pour élever une fillette de la haute société et de religion catholique. Sa sœur, plus jeune de dix ans, devait épouser par la suite le futur empereur Bao Daï : à cette occasion on lui donna comme dame de compagnie une Française, à laquelle succéda une sœur de la révérende mère Saint-Ambroise. Cette princesse favorisa beaucoup l'implantation de la congrégation Notre-Dame à Dalat et à Hanoi, et encore plus sa sœur aînée qui avait épousé un Français polytechnicien de l'aristocratie, et dont les filles furent élevées à Ponthieu ; leur joli minois, leurs cheveux aile de corbeau et leur gentillesse ne contribuèrent pas peu à augmenter l'intérêt de tout le couvent pour les missions d'Indochine. Celles-ci furent florissantes et exercèrent un immense rayonnement. En 1937 elles comprenaient : le monastère du Lang-Bian à Dalat, – leur plus beau fleuron – pensionnat franco-annamite construit dans la montagne au milieu des pins, qui instruisait cent cinquante enfants dans des classes allant de la douzième à la seconde ; le monastère de Notre-Dame-du-Rosaire à Hanoi, installé dans l'ancienne maison Lacordaire des Dominicains, qui comportait un « foyer » pour une trentaine d'étudiantes annamites, un pensionnat secondaire franco-annamite, une maison de formation pour les Amantes de la Croix, ordre local fondé au XVIIe siècle ; enfin des œuvres populaires : l'école Sainte-Thérèse-de-l'Enfant-Jésus, à Dalat, avec cent trente enfants païens, et le dispensaire de Truong Xuan, qui accueillait environ deux cents malades à chaque séance. La Congrégation s'occupait également de plusieurs « chrétientés » – communautés chrétiennes groupées autour de leurs chapelles et leurs écoles. Lorsqu'en 1953 – l'année d'avant Diên Biên Phu – je rentrai d'un séjour de neuf mois au Laos, je pus visiter à Saigon la nouvelle maison que la Congrégation venait de fonder : il était amusant de voir le costume noir de mère Alix, à cause de la chaleur, devenu blanc de neige!

En 1989 a été publié *La Métisse blanche*, dont un chapitre est intitulé « Le couvent des Oiseaux ». L'auteur, Kim Lefèvre, a vécu de 1954 à 1958 dans le pensionnat de Dalat, comme élève, grâce à la générosité de la mère d'une pensionnaire puis comme professeur. Cet établissement comptait alors trois cents élèves s'échelonnant de la sixième à la terminale, en grande majorité vietnamiennes, les Françaises ayant réintégré la métropole à la suite des événements de la guerre avec le Vietminh. Kim y découvrit la joie d'être instruite avec soin, respectée, libre de ses actes – et aimée, à tel point que pendant les vacances elle avait « la nostalgie du couvent des Oiseaux. Là-haut, tout était beau ». Elle aimait les religieuses, « gaies et actives », auprès desquelles on trouvait « sympathie et compréhension », surtout l'une d'elles : « Plutôt que d'aller à confesse nous préférions lui livrer nos secrets dans le silence bienveillant de son bureau. » Son témoignage prouve que les mères réussirent à implanter au-delà des mers un autre « couvent des Oiseaux » qui avait les mêmes caractéristiques que celui de France et dont la renommée ne fut pas usurpée.

LA ROBE D'ORGANDI (SEPTIÈME)

A Ponthieu le « cours » n'existait que pour les petites classes, aussi la septième marqua-t-elle un grand changement dans ma vie : au lieu de passer aux Oiseaux quelques heures par semaine, j'y restais les journées entières! Naturellement, ce changement de vie commença par un changement d'habit : à la fin des grandes vacances ma mère m'emmena chez un tailleur commander ma première robe d'uniforme : en serge marine avec quatre plis creux, des manches longues aux poignets serrés et un col claudine bleu ciel. Les élèves étaient priées d'avoir aussi un manteau en ratine marine et un chapeau breton – rond comme celui des Bretons! – avec une bride sous le cou. Aux Oiseaux on leur remettait un tablier à rayures marine et blanches, sans manches, en forme de chasuble à enfiler par la tête et nouer sur les côtés, et une mantille en plumetis noir, dénommée voilette, dont il fallait se couvrir la tête pour aller à la chapelle. Les plus pieuses se reconnaissaient à ce signe : elles portaient toujours en écharpe une voilette autour du cou, comme de perpétuelles enrhumées, afin de pouvoir se rendre à la chapelle sans passer par le vestiaire. Notons qu'à l'époque les élèves de l'école communale, que ce fût celle des garçons ou celle des filles, car elles étaient toujours séparées, portaient eux aussi une sorte d'uniforme : un tablier de lustrine noire à manches longues avec un liséré rouge.

La salle de classe des septièmes se trouvait située dans le second hôtel. Pour y aller on traversait les deux cours puis on pénétrait dans un hall, endroit frontière où commençait le règlement : on prenait dans un fichier une carte à son nom qu'on faisait pointer par une religieuse : étoile bleue, on était à l'heure, étoile rouge en retard. On retirait ensuite son manteau dans le vestiaire et on enfilait son tablier. Clochette... C'était l'heure : en silence nous nous mettions toutes en rang et gravissions l'escalier recouvert de linoléum rosâtre. Sur le premier palier donnaient à droite la porte de la chapelle avec son bénitier en forme de coquille où nous trempions les doigts avant d'y entrer, en face celle de la sacristie qui renfermait un meuble important : le confessionnal, à gauche celle de la communauté, endroit formellement interdit et empreint de mystère, dont on avait tout juste le droit de faire tinter la cloche quand on était porteur d'une commission ; une pancarte avec le mot : clôture, y était accrochée à une ficelle. Au second étage nous pénétrions dans notre classe, pourvue au fond d'une estrade où était installée la chaire du professeur, grand cube de bois de couleur miel ; derrière elle le mur était recouvert de l'inévitable tableau noir et de cartes variées : celles des départements, du système légal des poids et mesures, avec une série de pots représentant les litres, décalitres, et autres multiples, ou de poids en fonte pareils à ceux utilisés dans les cuisines, et aussi une carte de Terre sainte ; dominant le tout, un crucifix ; dans toute la salle, des pupitres bien alignés. Au cours d'une visite récente au musée Saint-Denis à Reims, j'ai eu un coup au cœur ! En effet, à côté d'un bureau daté « 1880 » peint en noir, un pupitre identique à celui où nous nous assîmes pendant toutes nos classes était exposé à la curiosité populaire ! Un double pupitre de bois clair, bien verni, avec un abattant incliné qui, en se soulevant, découvrait livres et cahiers, un encrier de porcelaine incrusté dedans, et un banc y attenant avec une barre où poser les pieds.

La religieuse chargée des septièmes était la mère Saint-Louis-de-Gonzague, surnommée « la mère aux mains calleuses ». Elle nous transformait en moutons – du moins elle mettait près de la crèche à Noël des moutons censés nous représenter qui avançaient plus ou moins suivant notre degré de sagesse. Malgré ses doigts, c'était aussi la mère de la couture : une heure par semaine, et ceci jusqu'à la troisième, on nous apprit en effet à coudre ou broder : point de croix, de tige, de chaînette, de nœuds; on brodait parfois avec adresse : l'une de nous a gardé le jeu de nappe et serviettes qu'elle fit alors et qui provoque toujours l'admiration de ses invités... On maniait l'aiguille en silence, pendant qu'une élève lisait une histoire.

Les horaires de classe étaient les suivants : 8 h 25-12 h 30, 14 h-17 h 25, sauf les deux jours de messes hebdomadaires où nous devions arriver à 8 h 10. Nous n'avions congé que le jeudi après-midi. La septième est la seule classe où je fus demi-pensionnaire : le réfectoire avec ses longues tables parallèles était installé dans un ancien salon donnant sur le jardin, et les plats qu'on y servait étaient insipides comme dans tous les collèges. La viande, la même tous les jours, était débitée en tranches fines comme du papier à cigarette, grises et tièdes, avec un jus lavasse. On ne voyait jamais de légumes verts ou de salade. Par contre, de merveilleux gâteaux glacés de sucre blanc apparaissaient sur les tables les jours de fête de la Sainte Vierge. « Bonne cuisine, bonne discipline » est un adage monastique : pourtant, si la cuisine était mauvaise, la bonne humeur, elle, ne s'en ressentait pas. Nous arrivions en silence au réfectoire et repartions de même mais pendant le repas nous bavardions avec entrain. Ensuite, sous bonne escorte, on nous emmenait jouer au rond-point des Champs-Elysées, à côté des manèges de chevaux de bois sur lesquels il nous arrivait de monter le dimanche : avec une pique il fallait alors décrocher des anneaux au passage.

Les élèves qui habitaient à proximité du Cours repartaient dans les « groupes » : on les mettait en rangs, sous la garde d'une demoiselle, et on les rapprochait de leur domicile.

Pour moi j'habitais trop loin : mon institutrice me conduisait le matin et elle ou ma mère venait me rechercher. Il fallait donner à la religieuse qui se trouvait de faction dans le hall une carte de visite : elle la transmettait à une autre mère qui appelait l'élève. Quelquefois le jeudi ma mère oubliait l'heure : je l'attendais au bas de l'escalier de Diane, seulette et désolée. J'assistais alors à la récréation des mères qui se promenaient dans la cour sur deux rangs se faisant vis-à-vis : tandis qu'un rang avançait, l'autre reculait : c'était très bien chronométré et cela ressemblait au flux et au reflux de la mer. Cet étrange ballet constituait, à longueur d'année, le seul exercice physique de plein air permis à ces pauvres cloîtrées...

Pendant les récréations nous sautions à la corde ou jouions à chat perché; à 4 heures on nous donnait un petit pain sec avec une barre de chocolat; pour boire nous utilisions un gobelet d'étain enchaîné à une fontaine de fonte – le même qu'au parc Monceau : l'hygiène est chose récente.

Une *Revue* de 1933 signale que le Cours comptait à cette date cinq cents élèves.

La septième était l'année de la communion solennelle. Pour les préparer à cette grande cérémonie les mères jugeaient de bonne diplomatie vis-à-vis du clergé de conduire leurs élèves au catéchisme à Saint-Philippe-du-Roule. Cela nous permit de comparer l'instruction religieuse paroissiale à celle du Cours : aux Oiseaux, les mères nous faisaient du « sur mesure », elles savaient employer les termes qui pouvaient toucher notre cœur; le brave chanoine, la poitrine décorée d'un cordon bleu, par comparaison manquait de finesse. Sa piété ne nous tentait guère. Le mot-à-mot du catéchisme – difficile exercice de mémoire – nous rebutait. C'est Luther paraît-il qui a eu l'idée de le faire enseigner sous forme de dialogue, par des questions et des réponses à savoir par cœur. L'avantage est qu'il en reste toujours quelque chose...

Ayant eu entre les mains les beaux tomes reliés rouge et or contenant les notes prises par une jeune fille au « catéchisme de persévérance » de la Madeleine entre 1874 et 1879 – longue persévérance! –, j'ai pu constater combien dans son esprit et sa formulation il ressemblait à celui que nous apprîmes, alors qu'un monde sépare ce dernier de celui qui a cours actuellement...

Nous fîmes notre communion solennelle le 11 mai 1938 et fûmes confirmées le lendemain par l'évêque – ce qui nous impressionna davantage, la première cérémonie faisant l'effet d'une répétition sans beaucoup de sens, vu que nous avions communié moult fois depuis notre première communion privée. S'y ajoutait bien entendu le renouvellement des promesses du baptême, mais c'était une chose confuse bien que non dénuée de poésie : il était assez plaisant parce que mystérieux de renoncer « à Satan, à ses pompes et à ses œuvres ». (Nous ignorions que ces paroles étaient antiques, datant de la cérémonie du baptême sous saint Augustin.) On emprunta pour moi la robe d'une cousine, jolie mais simple, en organdi, avec une aumônière pour recevoir un mouchoir et l'argent de la quête; on pendit à mon cou une croix de nacre, et on entortilla à mon poignet un chapelet encore de nacre; les garçons portaient un costume Eton un genre de smoking pour enfants inspiré de l'uniforme du célèbre collège – avec un brassard de satin blanc effrangé au bras gauche. Beaucoup de cérémonies annexes accompagnèrent ces festivités : vêpres et salut, pèlerinages à Notre-Dame-des-Victoires et à Montmartre. Il y eut aussi un goûter de famille au cours duquel je reçus des cadeaux, pieux pour la plupart : mes parents me donnèrent ma première montre. Je reçus de ma grand-mère un crucifix d'ivoire – elle donnait le même à chacun de ses petits-enfants – et de mes oncles et tantes de nombreuses représentations de la Vierge et des saints. Je crus, en recevant un beau paroissien relié avec mes initiales, qu'il me servirait toute la vie : je ne présageais pas les bouleversements liturgiques du Concile. Puis l'on rangea la belle robe blanche... Je repensai à elle quand je revêtis ma robe de mariée : je savais que la vie est chose sérieuse, et que la prochaine serait un linceul.

Hélas, les mères n'ont pas gardé la liste des livres qu'elles nous faisaient étudier : leurs archives sont muettes sur ce point. Du programme scolaire de cette classe de septième ne me reste qu'une épave échappée au désastre du panier à papiers : une « rédaction » sur ce sujet : « Faites le portrait d'une petite nouvelle le jour de la rentrée des classes. » Des « leçons de choses » ne subsiste dans ma mémoire... que la fabrication du charbon de bois au sein des forêts! Souvenir utile, pour interpréter au cours d'un voyage la signification d'étranges cheminées dans une vallée perdue du Portugal...

La remise des notes avait lieu tous les quinze jours – proche réplique de celle de la rue de Sèvres décrite précédemment... Elle fut la même pendant toute la durée de nos études. Ce jour-là nous mettions au réveil des chaussettes blanches et apportions en classe des gants blancs que nous enfilions au moment de descendre à la salle jaune par l'escalier de Diane. La séance rassemblait toute la division. Après la lecture des notes, la révérende mère nous demandait : « Êtes-vous contentes, mes enfants? – Oh! oui! » répondions-nous. Puis elle prononçait quelques mots pour nous exhorter au travail et à la générosité car c'était son idée fixe, ayant elle-même une âme essentiellement généreuse. Nous repartions en défilant devant elle : chacune plongeait dans une révérence en prenant le bulletin qu'elle tendait. Dans ce bulletin étaient inscrites les notes scolaires ainsi que celles concernant le comportement : conduite, politesse, travail, exactitude, ordre et tenue. On devait le rapporter ensuite signé par les parents. Si on avait obtenu une place de première on allait au bureau dit des « fournitures » (lointaine réminiscence des « fournisseurs des armées ») chercher une minuscule croix dorée à suspendre à l'un des trois crochets de la barrette émaillée à la couleur de la classe – croix en forme de Légion d'honneur pour la diligence, de couronne de laurier pour les compositions, de croix de Lorraine pour l'instruction religieuse.

Le cérémonial de la diligence n'était pas particulier aux Oiseaux : chez les Dames de Nazareth on mettait aussi des gants blancs le jour des notes, et au Sacré-Cœur on faisait même des révérences « à huit temps »! Il en était ainsi dans beaucoup d'autres institutions. De nos jours le costume n'exprime plus rien; dans notre enfance il était doté d'un grand coefficient de signification : il indiquait la province, le métier, l'ordre religieux, la classe sociale, la situation familiale... et le jour de la semaine : on « s'endimanchait le jour du Seigneur; comme on se sentait embarrassées dans son manteau tout neuf ce jour-là! Il y avait la coiffe de dentelle des Bretonnes, le serre-malice des Auvergnates, la blouse à petits carreaux des bouchers et la blouse noire des marchands de bestiaux, la bure des Franciscains et la robe blanche des Dominicains, les canotiers des uns et les feutres des autres, les colliers de perles et les verroteries, le cœur breton porté au petit doigt qui dans un sens voulait dire « cœur à prendre » et de l'autre « cœur pris »... Quand on rencontrait une personne pour la première fois, on savait en gros, d'après sa tenue, à qui on avait affaire. Cela épargnait les impairs dans la conversation mais figeait aussi les comportements.

Les gants blancs de la diligence avaient pour but, quant à eux, de nous inculquer le respect de la hiérarchie : on ne s'adressait pas à la révérende mère comme à une autre religieuse parce qu'elle était la « supérieure ». C'était un vieux reste de l'étiquette de l'Ancien Régime. Dans les essais consacrés à l'éducation beaucoup de pages jadis concernaient la politesse, notion aujourd'hui disparue. Erasme le premier a écrit un traité de civilité à l'usage d'un enfant, en 1530, et saint Jean Baptiste de la Salle, le fondateur des écoles chrétiennes créées pour les classes populaires, un siècle et demi plus tard en a rédigé un autre. Vers 1900 Mme Boutet de Monvel a encore composé un *Traité de civilité puérile et honnête* illustré de façon aussi désuète que charmante.

La dernière manifestation de l'élégance vestimentaire en tant que reflet de l'élégance intérieure, ce sont les saint-cyriens qui l'ont donnée en 1914, lorsqu'ils ont voulu mourir « en casoar et gants blancs ».

Mais revenons à notre couvent, à ses modestes horizons...

Une mère, que j'aimais beaucoup d'ailleurs, à l'instar de la plupart des élèves, me croisa un jour dans l'escalier et m'adressa des paroles qui me glacèrent d'effroi : « Le Bon Dieu vous a beaucoup donné... il vous demandera beaucoup. » Je ne les ai point oubliées : il m'a fallu du temps pour me débarrasser de ce genre de comptabilité et de la crainte qu'elle suscite.

La solidarité avec les éprouvés de la vie, nous la vivions quotidiennement : l'une de nous à la suite d'une grave atteinte de poliomyélite avait une jambe appareillée et ne pouvait se déplacer qu'avec deux cannes. Or le Cours était tout en escaliers, on n'arrêtait pas de les monter et les descendre, soit en rangs silencieux, soit individuellement à toutes jambes. Elle ne souffrait pas de son handicap : deux de ses compagnes la portaient d'étage en étage, et elle était tout sourire... Afin de grandir bien droite une autre était pourvue d'une sorte de tuteur : une baguette d'acier recouverte de cuir placée dans le dos et dépassant du col, à laquelle le cou était attaché par un genre de collier de chien : malgré cet instrument de torture elle était la plus expansive de la classe; elle devint une femme très sportive. Naturellement beaucoup portaient des appareils pour redresser leurs dents. Drame ! Un jour l'une de nous l'avala : on dut l'opérer; nous fîmes une neuvaine pour qu'elle n'en pérît pas – et grâce à Dieu nous fûmes exaucées.

« PUER, ABIGE MUSCAS – ENFANT, CHASSE LES MOUCHES » (SIXIÈME)

L'année suivante, nous gravîmes quelques marches et entrâmes en sixième – un demi-étage plus haut. Nous eûmes alors la tristesse de voir notre ancienne classe scindée en deux : il y avait en effet deux sections de sixième, chacune de dix-huit élèves. Jusqu'alors un seul professeur s'occupait de nous : maintenant nous en avions trois, car on abordait les choses sérieuses : le latin et l'anglais.

Les « compositions françaises » se différenciaient des « rédactions » de l'année précédente en ce qu'elles comportaient un « plan » suivi d'un « développement ». Voici les sujets proposés ; le retour des vendangeurs. Un petit sapin de Noël raconte lui-même son histoire. Racontez le départ d'un navire ou d'un avion. Les cloches de votre église annoncent une cérémonie, faites-les parler. Quant aux études de textes, elles concernaient des passages de *L'Odyssée* (Ulysse et le Cyclope) ou *du Médecin malgré lui.*

Un des jours marquants de cette année de sixième fut la procession de la Fête-Dieu à Verneuil, pensionnat des Oiseaux situé près de Poissy, qui jouissait « sur la place » d'une aussi bonne réputation que Ponthieu. Voici son histoire. En 1904 les religieuses de l'Abbaye-aux-Bois furent obligées, pour ne pas être expulsées de leur monastère, d'abandonner l'éducation des enfants... Quelques-unes d'entre elles prirent alors l'habit séculier et fondèrent un cours rue du Regard, qui déménagea ensuite rue Barbet-de-Jouy à côté de l'Archevêché, puis rue de Varennes, dans l'ancien hôtel La Rochefoucauld-Doudeauville. Cette belle demeure du XVIIIe siècle était précédée d'une cour d'honneur jadis occupée par les écuries de la duchesse de Berry, où chaque coursier avait son auge décorée d'un écusson de marbre rose...

L'entretien trop onéreux de ce cours Saint-Germain fit bientôt envisager la création d'un pensionnat à la campagne, d'autant plus qu'une série de circonstances avaient amené ces religieuses à fusionner avec celles des Oiseaux. Après plusieurs recherches leur choix se fixa sur le château de Verneuil dont une partie des bâtiments datait des XVIe et XVIIIe siècles, et qui était situé dans un cadre magnifique de prairies et de petits bois.

Le comte de Tocqueville, maire de Verneuil de 1804 à 1814, y avait mené une vie brillante avec ses trois fils et ses trois neveux, lesquels étaient également ceux de Chateaubriand. Son fils Alexis s'est remémoré les séjours du grand écrivain : « Assis dans un coin pendant qu'on jouait et qu'on causait, on le voyait pensif et silencieux, étranger à tout ce qui l'entourait... Il composait ainsi des tirades entières de sa tragédie *Moïse* qu'il transcrivait ensuite. »

Dans les *Mémoires d'outre-tombe* Chateaubriand a, lui aussi, évoqué ce lieu : « Monsieur de Tocqueville, beau-frère de mon frère et tuteur de mes deux neveux orphelins, habitait Verneuil. Là, je voyais croître mes neveux avec leurs trois cousins de Tocqueville, entre lesquels s'élevait Alexis [auteur de *La Démocratie en Amérique*]. Il était plus heureux à Verneuil que je ne l'avais été à Combourg... Alexis de Tocqueville a parcouru l'Amérique civilisée, dont j'ai visité les forêts. Verneuil a changé de maître; il est devenu la possession de Madame de Saint-Fargeau, célèbre par son père et par la Révolution qui l'adopta pour fille [3]. »

Le fils aîné du comte de Talleyrand hérita par sa femme du domaine, qui échut ensuite à sa fille la princesse de Ligne, puis à la fille de celle-ci, Mélanie, veuve du comte de Beaufort. Elle commença le lotissement en 1925, et transforma le château en maison de cure. La Congrégation de Notre-Dame l'acheta en 1929 et y entreprit des travaux importants, tels l'aménagement du pensionnat et la construction d'une chapelle aussi grande qu'une église, illuminée de gais vitraux et jouxtée d'un cloître : les mères se crurent enfin dans un monastère!

Il était de tradition chaque année que les élèves de Ponthieu aillent s'ébattre à Verneuil pour la Fête-Dieu. Le dépaysement était total : là-bas il y avait de la verdure... Les pensionnaires n'y portaient pas un col bleu mais un col blanc, et étaient ceinturées dans tous les sens de larges rubans aux couleurs de leur classe, comme c'était l'usage du temps de Mme de Maintenon. Tout le monde revêtait les voiles des jours de fête – de longs voiles de tulle blanc retenus sur la tête par un élastique. Dans le parc des reposoirs avaient été préparés de-ci, de-là : c'étaient des autels couverts de fleurs qui servaient de haltes durant la procession, et où le prêtre déposait pendant quelques minutes le Saint-Sacrement – hostie blanche dans le soleil de l'ostensoir... On nous avait donné des corbeilles remplies de pétales de fleurs, et nous les jetions sur son passage. Cet usage avait encore cours dans les villages d'Alsace en 1988 – mais les corbeilles étaient... en plastique! Nos cœurs vibraient de joie, la campagne embaumait, le cantique se réalisait vraiment : « Le Ciel a visité la terre... » Ensuite on pique-niquait : on mangeait des cerises, et aussi, comme à toutes les fêtes des Oiseaux, on buvait de la cerisette.

Au cours d'un certain été il y eut à Verneuil une fête exceptionnelle de gymnastique. A cette occasion chaque élève de Ponthieu fut priée d'acheter au Bon Marché une robe de piqué blanc avec un jabot bleu marine, afin de faire des « démonstrations de figures » sur les pelouses... Quelle fantaisie luxueuse, à nos yeux actuels, que cette robe éphémère, à porter une seule journée!

En lisant le journal de l'abbé Mugnier, on pense à ces Fête-Dieu embaumées : « Tant qu'on apprendra la religion aux enfants... sous la forme rudimentaire et sèche du catéchisme, elle ne pénétrera pas dans les âmes et dans les vies [...] Je vous le dis par expérience, il faut d'abord mettre la religion dans l'imagination de l'enfant [...] Il faut substituer l'Évangile au catéchisme [...] Les livres saints et en particulier les Psaumes, les Prophètes, l'Évangile et la liturgie sont poésie ou rien. J'entends par poésie ce qui est beau, ce qui émeut, ce qui donne un frisson, ce qui charme, ce qui berce, ce qui donne de l'espoir, ce qui nous arrache un instant à nous-même et aux choses triviales de notre existence [4]. »

Au Cours, tout au long de l'année scolaire, une phrase revenait périodiquement sur le tableau noir : « N'oubliez pas la petite fille de Ménilmontant! » Nous savions qu'il existait quelque part dans la banlieue de Paris une autre école où d'autres mères enseignaient des petites filles pauvres, et qu'il fallait les aider financièrement. Tâche bien désagréable! Chaque mois nous devions demander une certaine somme à nos parents pour cette énigmatique petite fille de Ménilmontant, et parfois ils s'en agaçaient, parce que leurs autres enfants venaient aussi quémander pour les œuvres de leur collège... Nous ignorions que c'était une tradition dans l'ordre depuis sa fondation qu'une école payante soutienne toujours une école gratuite. Ponthieu, quant à lui, était « cher », nous l'entendions vaguement dire – beaucoup plus cher que le cours Daniélou dont on commençait à entendre parler et qui devait ultérieurement s'appeler Sainte-Marie.

La grande fête de l'année était la vente de charité. Elle se préparait par la vente de billets de tombola – encore un pensum! – et par l'apport d'objets, ce qui était nettement plus distrayant. A cette occasion nous avions une journée de vacances supplémentaire, car il fallait libérer le rez-de-chaussée du 62 pour y installer les comptoirs. L'agitation était extrême et l'amusement considérable. Le profit allait à Ménilmontant et aux Missions d'Indochine.

Pendant les vacances de Pâques 1938 on avait commencé à constater du trouble chez les grandes personnes. Depuis on sentait gronder l'orage. Nous ignorions que l'année suivante beaucoup d'entre nous n'iraient plus à Ponthieu... Avec notre sixième les années insouciantes de notre enfance finissaient, et une page de notre instruction religieuse était tournée, mais non la moindre. Il est intéressant de noter l'appréciation – étonnante quand on connaît sa vie – de Marguerite Yourcenar sur le catéchisme de la petite enfance : « Mon éducation religieuse s'est arrêtée très tôt mais je me félicite de l'avoir eue, parce que c'est une voie d'accès vers l'invisible [...] Les gens qui n'ont pas eu d'éducation religieuse [...] sont restés fermés aux vérités mythiques ou au sacré quotidien. » Ce sentiment de l'« immense invisible », Marguerite Yourcenar l'a plusieurs fois évoqué dans son œuvre : « Parlant de Dieu, je fais dire à Zénon : " Plaise à celui qui est peut-être de dilater le cœur de l'homme à la mesure de toute la vie ", et c'est pour moi une phrase si essentielle que je l'ai fait graver d'avance sur ma tombe. » « A propos de mes amis, vivants ou morts, je me répète souvent l'admirable phrase qu'on m'a dit être de saint Martin, « le philosophe inconnu » du XVIIIe siècle [...] : " Il y a des êtres à travers qui Dieu m'a aimé [5]. ". » C'est bien l'impression qu'ont fait ressentir à nombre d'entre nous les mères des Oiseaux – et aucun témoignage ne peut les réjouir davantage!

UN HIVER EN EURE-ET-LOIR (CINQUIÈME)

Le souvenir de notre classe de cinquième reste embué de brouillard... L'omniprésence de la guerre l'a plus ou moins effacé de nos mémoires : nous souffrions de voir nos pères mobilisés. Beaucoup de parents, voulant préserver leur progéniture d'un éventuel bombardement de la capitale, se réfugièrent alors en province : quelques-uns mirent leurs enfants dans des pensions voisines, les autres les inscrivirent à des cours par correspondance. Rue de Ponthieu les classes continuèrent comme à l'accoutumée mais avec peu d'élèves. Chaque quinzaine les Oiseaux envoyaient un programme de leçons à apprendre et de devoirs à faire qu'on réexpédiait corrigés.

COLS BLEUS ET COLS BLANCS (QUATRIÈME)

Puis ce fut le retour dans Paris occupé par les Allemands et la rentrée en quatrième en octobre 1940. Quatre élèves sur vingt-six portaient une robe noire éclairée d'un col blanc : leur père avait été tué à la guerre. De temps à autre elles manquaient la classe pour assister à des messes ou des commémorations dont au retour elles ne soufflaient mot, gardant leur chagrin pour elles. On nous traitait déjà un peu comme des grandes : beaucoup d'entre nous venaient au cours à bicyclette, les rues étant totalement désertes. Mais la permission parentale pour certaines ne dura pas ; à cause du nombre grandissant d'autos allemandes, ce transport devenait périlleux. Quelques élèves avaient leurs cheveux emprisonnés dans des « résilles » ; la plus coquette en changeait chaque jour de même que de ruban, assortis l'un à l'autre. La plus jeune arborait encore des bottines. Les brouillonnes avaient perpétuellement leur col (parfois en celluloïd), de travers, et leurs doigts tachés d'encre. La guerre avançant, les privations s'aggravant, nous nous mîmes à porter des chaussures avec des semelles de bois articulées. Quelques-unes, économes, enfilaient des manchettes de lustrine noire pour protéger leurs manches de l'usure.

Le matin, la classe commençait par dix minutes de « méditation »; la mère lisait un texte qu'elle commentait brièvement, puis en silence nous priions. Notre professeur de français, Mlle Camille Martin, personne pleine de zèle, avait sa fierté : nous enseigner la littérature française avec un an d'avance sur le programme! Au livre de leçons de choses des classes précédentes avait succédé un livre d'Hygiène, curieusement nommé car il n'y était donné aucun conseil médical : on y parlait seulement du fonctionnement du corps. Nous étions à l'âge où l'on fait tout avec passion : la gymnastique nous déchaînait, et pourtant... Notre tenue consistait en une culottte de jersey marine – une sorte de « bloomer » – dans laquelle nous enfouissions notre jupe, ce qui nous donnait de gracieuses allures de bibendum. La salle de gymnastique? Quand il ne pleuvait pas c'était une cour de récréation. Pour les exercices au sol nous déroulions sur les pavés noirs un petit tapis de paille de riz, au vu et au su des éventuels curieux des immeubles voisins. Les jours de pluie nous nous exercions aux barres parallèles dans le vestiaire, ou grimpions à la corde sous le préau. En plus du professeur de gymnastique, mère du Cœur-de-Marie nous surveillait de son œil vigilant : c'était une personne grande et fine; on lui avait donné ce rôle, paraît-il, parce qu'elle avait une petite santé et qu'on pensait que cela lui ferait du bien de prendre l'air. Je me demande si elle ne le prenait pas un peu trop... Aux récréations, nous faisions de folles parties de balle au prisonnier. Quelquefois nous jouions dans une étroite cour en contrebas qu'on appelait la « fosse aux lions » à cause de nos rugissements.

Notre professeur de géométrie, d'origine russe, était remarquable, mais avait la particularité de piquer des fards... surtout quand elle avait envie de rire. Le professeur d'anglais, une vraie Britannique, était la seule personne désabusée rencontrée aux Oiseaux. Elle était mince et sèche, et corrigeait des devoirs en même temps qu'elle faisait son cours – ce que nous ne jugions pas honnête. Deux élèves excellaient en anglais et avaient un accent qui couvrait les autres de confusion : l'une avait été élevée par une nurse, l'autre avait passé un an dans un couvent outre-Manche. Mère Marie-Tharcisius était le professeur de grec, mais nous n'étions que quatre à profiter de ses cours, de petits cours délicieux qu'elle nous donnait sous les combles, au hasard de mansardes vides. Un des premiers textes qu'elle nous apprit fut le « Je vous salue Marie » en grec : je le sais toujours. L'habitude aux Oiseaux était en effet de réciter avant chaque classe cette prière... d'ordinaire en français. Quand le professeur entrait, nous nous levions, et en avant l'*Ave Maria* ! Nos aïeux étaient tout aussi dévôts : sur les cahiers d'un arrière-grand-père on peut lire, en tête de chaque devoir : « Mon Dieu, je vous offre mon travail », et sur ceux de mon grand-père : J.M.J. : Jésus, Marie, Joseph. De génération en génération les marques de dévotion obligatoires s'amenuisent...

On nous proposa d'entrer dans un premier mouvement de jeunes : la Croisade eucharistique; on commençait par être croisé, ce dont on avisait les autres en portant au-dessus de sa barrette de la couleur de la classe un insigne représentant une hostie et un ciboire, puis on devenait apôtre, et l'on arborait un autre insigne. L'Église cherchait à développer la communion fréquente : en effet, à la messe du dimanche peu de personnes alors se rendaient « à la Sainte Table »; quelquefois même le prêtre distribuait la communion avant la messe. J'ai gardé le carnet où sont consignées mes notes de retraite de la 4e à la philo. Les premières étaient dictées et commençaient par une citation du maréchal Pétain : « La France ne se relèvera que si la jeunesse se relève » : c'est la seule allusion politique notée au cours de ces cinq années. Les sept instructions d'usage traitaient toujours de la vie intérieure : en classe de quatrième c'étaient : qu'est-ce que la vie? la foi? le péché? le sacrement de pénitence? le sacrifice? l'apostolat? la messe? Les efforts qu'on recommandait à notre zèle portaient sur le silence et le travail – notre bavardage étant la bête noire de nos professeurs! Quand nous parlions dans les rangs il se trouvait toujours une mère pour clamer : « Attention, une telle, je vous marque! » Et elle sortait de sa poche un calepin de moleskine noire fermé par un élastique où elle inscrivait le nom de l'élève prise en flagrant délit. La note de conduite s'en trouvait baissée d'autant...

La grande réjouissance de cette année de quatrième fut une pièce intitulée *Sainte Geneviève veillant sur Paris* qui fut représentée devant tout le Cours : on voyait sainte Geneviève enfant gardant ses moutons – c'était moi – puis sainte Geneviève adulte protégeant la cité contre les Huns, rôle joué par une « grande », sœur du futur cinéaste Louis Malle.

Comme je ne m'en sortis pas mal on prit l'habitude de me faire prononcer plus qu'à mon tour des adresses à la révérende mère dans les grandes occasions. Le fin du fin consistait à savoir élégamment plonger dans une profonde révérence chaque fois qu'on prononçait les mots : « Ma révérende mère ». Ces cérémonies étaient réglées comme du papier à musique. Les mères connaissaient de façon innée la « science du comportement » avant que Konrad Lorenz ne l'ait formulée : cet observateur aigu des mœurs humaines – après l'avoir été des oies cendrées ! – pensait en effet que la beauté de l'environnement culturel est nécessaire à la santé morale de l'être humain [6].

LE CLUB DES INSURGÉES (TROISIÈME)

Quand nous partions en classe, il faisait noir encore : à cause de la défense passive, les fenêtres étaient obstruées de rideaux ou de papier noir qui ne laissaient pas filtrer la lumière électrique, et les ampoules des réverbères peintes en bleu foncé éclairaient à peine. Des formes sombres se hâtaient sur les trottoirs, tandis que les chaussées presque totalement désertes, faute de voitures, coulaient comme de grands fleuves tranquilles. Dans un cahier dénommé « Journal », tenu pendant quelques jours seulement, j'ai raconté ma rentrée en classe de troisième :

« Je suis partie ce matin en avance, mon cartable débordant de livres attaché sur ma bicyclette. Il avait plu, et de grandes ombres d'arbres se miraient dans les flaques d'eau. Les feuilles des platanes, jaunes et molles, étaient collées au sol comme de petites mains étendues. Aux Oiseaux, grande effervescence. La révérende mère, accueillante, était dans la cour d'honneur et nous allions la saluer au passage. Nous nous retrouvions entre élèves, toutes grandies et changées... quoique toujours les mêmes. Nous riions toutes aux éclats, en nous taquinant mutuellement. Et puis la cloche sonna. On remarquait les nouvelles, nombreuses et sages. Nous leur dîmes un mot, elles nous en répondirent un autre. Une mère passa, sévère et rieuse à la fois en proclamant : " Silence ! " Nous montâmes en classe. Mlle Beaurepaire nous dit bonjour et nous assigna nos places. La salle était grande, claire, avec de hautes fenêtres ouvertes sur les marronniers humides. Les pupitres, magnifiques de brillant, sentaient le vernis et collaient le dessous des cahiers. Tout était neuf et frais, tout portait au travail. Nous descendîmes une heure plus tard à la salle jaune pour entendre les mots d'encouragement au travail de la révérende mère et recevoir nos barrettes. »

Quelques semaines plus tard le journal reprend : « A la récréation nous sommes descendues au jardin. Les marronniers frissonnaient et le vent faisait s'envoler en tourbillons les feuilles mortes qui jonchaient le gravier. Il faisait froid. Nous commençâmes une grande partie de balle au prisonnier. C'était merveilleux de jouer dans l'air glacé de toutes ses forces et se sentir tour à tour vainqueur et vaincu. Nos respirations montaient comme de petites fumées légères. Puis mère Saint-Ghislain apparut à la rampe de pierre moussue du perron. Aussitôt nous courûmes faire la queue pour avoir nos gâteaux vitaminés. J'avais dans mes mains six petits gâteaux dorés, épais et croustillants, bourratifs à souhait. Avec cette précieuse provision je m'en fus dans un coin du jardin en compagnie de X... pour grignoter. Nous vîmes un gros tas de feuilles qu'on avait fait brûler, où grésillaient encore quelques braises. Nous mîmes, ô idée ingénieuse, nos gâteaux à griller... en grillant aussi nos doigts. C'était merveilleux d'être là, assises sur le banc de pierre tandis que les autres criaient et jouaient, que le froid vif vous pinçait le nez, que les feuilles une à une tombaient, tombaient... Il nous semblait que nous étions là pour un temps indéfini, quoique nous attendions le rappel de la cloche. Puis elle sonna et nous quittâmes le grand jardin devenu silencieux où habitait l'automne. »

Les vers fameux où La Fontaine confessait ses goûts pourraient caractériser aussi notre adolescence :

J'aime le jeu, l'amour, les livres, la musique,
La ville et la campagne; enfin tout. Il n'est rien

Qui ne me soit souverain bien
Jusqu'au sombre plaisir d'un cœur mélancolique.

L'État ne se préoccupait pas seulement de notre santé de jeunes sous-alimentés en nous donnant des gâteaux vitaminés : de temps à autre nous avions droit à une pastille rose : un bonbon vitaminé, ou à des tablettes de chocolat qui sentaient l'huile de foie de morue. A cet âge dit ingrat, l'on cultive les « grandes amitiés » : celle qui me liait alors à X..., après un demi-siècle, dure toujours... A la fin de l'année scolaire, mon professeur de français-latin voulut avoir une conversation avec ma mère : elle lui conseilla de me faire poursuivre mes études au-delà du bachot, chose qui ne se faisait guère; ma mère ne fut qu'à demi convaincue. En général, les Oiseaux et les parents étaient deux mondes qui communiquaient peu l'un avec l'autre. Les parents allaient rarement voir les professeurs, aucune « réunion de parents d'élèves » n'était organisée. L'avantage pour les élèves était qu'elles ne se sentaient ni espionnées ni trahies. On pouvait avoir deux personnalités différentes, l'une à la maison, l'autre en classe, comme dans mon cas. Les jugements des parents et des professeurs n'interféraient point. La conséquence de ce modus vivendi était qu'on éprouvait au Cours une grande impression de « liberté »; on vous y faisait confiance, comme au sein d'une famille. En interrogeant des anciennes, j'ai été frappée de découvrir que ce qu'elles avaient le plus goûté aux Oiseaux, c'était la liberté dont elles avaient joui – pourtant, ajoutaient-elles, il y avait une certaine discipline et tout se déroulait dans l'ordre. Mais la discipline n'était pas absolue : il existait toujours des arrangements avec le ciel – particulièrement en ce qui concernait l'exactitude et le silence. Les mots d'excuse des parents étaient toujours acceptés, les permissions accordées, les renvois n'existaient pratiquement pas. On n'aurait jamais renvoyé une élève parce qu'on aurait découvert son appartenance au scoutisme – alors qu'on l'interdisait –, comme cela eut lieu, par exemple, au cours Daniélou pourtant remarquable. Il y avait d'ailleurs une compagnie de guides au Cours : la 22e. Les mères ne s'en occupaient pas, mais elles leur avaient prêté un local : un grenier merveilleux où l'on accédait par une échelle. Transformer les enfants qui leur étaient confiés en êtres responsables et non en automates, tel était leur objectif.

Aux Oiseaux on éprouvait une impression d'équilibre, de stabilité et de joie – mais cette joie ne variait pas comme dans une famille au gré des humeurs. Là il n'y avait pas de colères, pas de scènes, pas de problèmes – ou bien ils avaient lieu en coulisse, et rien n'en transpirait. Chacun à sa place, et chaque chose à sa place, et une place pour chacun ou chaque chose; un rouage bien huilé qui fonctionnait bien. A condition de respecter en gros les règles du jeu, on était libre, on pouvait faire bien des choses à sa guise : venir avant l'heure, afin d'assister à la messe des mères, ou rester après les classes pour rencontrer telle ou telle d'entre elles, ou bavarder entre élèves... Par contre, on éprouvait une impression de tristesse et de vide si on revenait le dimanche. Ce jour-là, les mères étaient inaccessibles, on aurait dit qu'elles avaient disparu. Apparemment la vie des rares pensionnaires – elles n'étaient qu'une quinzaine – ne devait pas être très drôle : Ponthieu avait été conçu pour être un externat et non un pensionnat. Cependant il faut reconnaître que dans l'ensemble elles en gardent un excellent souvenir tant elles ont été choyées.

Du point de vue architectural la classe de troisième présentait une particularité : une cloison coulissante! Au nombre de trente-quatre nous étions divisées en deux sections selon les langues que nous étudiions : pour les cours communs on ouvrait la cloison; pour les autres, on la refermait. En français nous étudiâmes, entre autres textes, *La Chanson de Roland* et *Le Cid*, et nous pâlîmes en dissertant sur la fameuse phrase de Guillaume d'Orange : « Il n'est pas nécessaire d'espérer pour entreprendre, ni de réussir pour persévérer. » Il faut signaler que tout au long de notre scolarité les livres que nous utilisâmes avaient été spécialement conçus pour l'enseignement catholique et édités en général chez J. de Gigord : ce n'étaient pas les mêmes que ceux qui servaient dans les lycées.

Nous étions parfois insupportables. Certaines d'entre nous fondèrent le « club des Insurgées » dont le sigle était : « 1/G », et dont un des buts avoués était de convaincre la jeune mère responsable de la classe (laquelle d'ailleurs ne faisait aucun cours hors celui d'instruction religieuse) de quitter le voile qui ne lui seyait pas et reprendre sa liberté... Elles la jugeaient quelque peu persécutée à cause de son laxisme, de sa jeunesse et de son inexpérience, par les autres membres de la communauté. C'est vrai qu'elle avait souvent les yeux rouges... Le club des Insurgées réussit : elle s'aperçut un beau jour qu'elle n'avait pas plus la vocation de religieuse que celle d'enseignante, quitta le voile (elle n'avait fait que des vœux temporaires), se maria et eut de nombreux enfants.

Nous étions aussi à l'âge des grands idéaux, qui n'admet pas les compromis. Un jour, après avoir mûrement réfléchi, je pris une grande décision : celle d'être une sainte. Très émue, je demandai rendez-vous à la maîtresse de division afin de lui demander les moyens de parvenir à mon but. Ma déception fut grande : ma question ne l'intéressa guère, et elle y répondit de manière embarrassée; je pensais qu'elle allait me dire, par exemple : le moyen le plus sûr, c'est de soigner les lépreux. J'étais prête à tout. Rien de tel... Elle se dérobait. Je sortis désabusée, et dès lors abandonnai mon projet. Je lui en voulus longtemps...

En fin d'année scolaire, subitement on nous annonça qu'on allait nous présenter au BEPC, nommé aussi prébac. Nous ne savions pas ce que c'était, et ce fut la douche froide... Trois seulement d'entre nous le réussirent, dont une élève qui ne brillait pas d'ordinaire par ses résultats. Nous découvrions le hasard des examens. Mais c'était sans importance : nous montâmes toutes en seconde.

« PLUS EST EN NOUS » (SECONDE)

> « [...] *Cet âge qui n'appartient encore qu'au plus jeune printemps* [...], *que nos poètes gaulois appelaient l'Avrillée.* »
>
> CHATEAUBRIAND.

Nous changeâmes alors de division, d'hôtel et d'escalier; nous faisions désormais partie des grandes et tenions nos pénates en haut de l'escalier de Diane – que d'ailleurs nous n'empruntions pas, sauf pour les grandes occasions. Nous en gravissions un autre, de service, sur un palier duquel se trouvait notre vestiaire. Nous fûmes aussi à cette date « orientées », bien que le mot ne fût pas encore employé. On dirigea en effet une partie d'entre nous – les premières complémentaires – vers les « humanités féminines », section qui ne préparait pas au bachot, mais faisait acquérir des connaissances considérées comme typiquement féminines – un peu une école ménagère de haut niveau. Pour toutes, la surprise de cette année ce fut... mère Marie-Tharcisius, le professeur de français avec laquelle nous nous entendîmes tellement bien qu'en fin d'année nous descendîmes en corps constitué chez la révérende mère la supplier de nous la donner comme professeur de philo... et deux ans plus tard nous eûmes la mère demandée! Elle nous initia à la poésie en nous expliquant les Mystères du Moyen Age et aussi les sonnets de Ronsard. « En ce temps, je ronsardisais », aurions-nous pu dire en reprenant l'expression de Malherbe. La citation de Musset qu'elle nous dicta est d'une justesse parfaite : « Dans tout vers remarquable d'un vrai poète il y a deux ou trois fois plus que ce qui est dit : c'est au lecteur à suppléer le reste, selon ses idées, sa force, ses goûts. »

Elle nous expliqua la Querelle des Anciens et des Modernes : nous ne nous doutions pas qu'elle est perpétuelle. Nous étudiâmes aussi Corneille et Racine; au château de Maintenon on peut remarquer dans une vitrine deux cahiers reliés d'une demoiselle, élève à Saint-Cyr : l'un traite de l'amitié, l'autre de la passion – la passion, à distinguer de l'intelligence qui règne dans la tête, alors que la passion se manifeste dans tout le corps : rougeur des joues, tremblement des mains... Au XVIIe siècle on parlait de la chair et de la passion, aujourd'hui du sexe et des nerfs : on recommandait d'être maître de ses passions jadis, de ses nerfs maintenant. Ce glissement de vocabulaire recouvre sûrement un changement de sens. Il me semble que nos ancêtres accordaient plus de place à la volonté. Avec les progrès de la médecine, nous nous préoccupons davantage aujourd'hui de l'équilibre corporel.

Ainsi nous fûmes élevées, comme les demoiselles de Saint-Cyr, au Grand Siècle, car c'est surtout ce siècle-là qu'on nous donna à étudier. A la vente de charité on nous fit jouer *Les Précieuses ridicules* (les entrées étaient payantes). Le Grand Siècle possède une exceptionnelle valeur éducative à cause de l'importance qui y est donnée à la raison, au devoir : il met en évidence la lutte du cœur et de la raison, ou des passions et du devoir; de plus il est très religieux, le doute ne s'étant pas encore emparé des esprits. Or, le but des mères était de faire de nous des jeunes filles équilibrées, maîtresses d'elles-mêmes, pieuses de surcroît. L'étude du XVIIIe siècle, par contre, risque d'être plus ou moins néfaste pour les jeunes personnes à cause de la remise en cause de toute croyance par les auteurs du programme : Rousseau, Voltaire, les encyclopédistes. Et celle du XIXe par l'importance qui y est donnée à la rêverie et à la passion amoureuse chez les poètes – Musset et Baudelaire en particulier :

Et s'il vous faut garder parmi vos solitudes
Le calme qui préside aux sévères études,
Ne risquez pas vos yeux sur les tendres éclairs
De l'orage éternel enfermé dans ces vers.

M. DESBORDES-VALMORE)

tels étaient les conseils d'une prudente mère de famille !

Nous étions heureuses aux Oiseaux, parce que nous étions dans un monde protégé, et que nous nous sentions sous l'aile de Dieu, tel le petit Samuel dans *Athalie*. Il y a deux théories en éducation : celle de la culture en plein vent et celle de la culture avec tuteur – la nôtre; jadis, chez les Latins, le père d'Horace employait une autre image : il comparait l'éducation qu'il donnait à son fils à l'apprentissage de la natation : « Ensuite, lui disait-il, tu nageras sans liège » – autrement dit sans bouée...

Dans notre couvent le religieux primait. En classe de seconde on nous proposa de nous affilier à la JEC (Jeunesse étudiante chrétienne) dont l'étrange cantique résonnait comme un chant de combat :

Nous sommes la jeunesse ardente,
Phalange sans regret ni peur,
Et dans nos poitrines vibrantes
Bat le cœur du Christ rédempteur...
Nous referons chrétiens nos frères,
Par Jésus-Christ nous le jurons,
Nous leur porterons la lumière
Et la flamme dont nous brûlons...

On nous proposa aussi d'entrer dans la congrégation des Enfants de Marie, qui nous plut davantage. L'admission n'y était pas facile : c'était, je pense, une méthode pour nous apprendre à nous surpasser. Il y avait deux grades : il fallait avoir reçu le cordon bleu et blanc d'aspirante Enfant de Marie avant d'arriver au jour béni de la consécration à la Sainte Vierge. La cérémonie avait lieu avec beaucoup de décorum au cours d'une messe : revêtues du grand voile blanc des jours de fête, un cierge à la main, nous prononcions notre consécration agenouillées au banc de communion juste après le « Notre Père » : entre autres promesses nous faisions celle de « ne pas laisser ceux qui dépendraient de nous blesser en rien l'honneur dû » à la Vierge Marie... (Nous ignorions que ce texte avait été composé près de quatre siècles auparavant [7] !) Puis le prêtre nous donnait le ruban blanc et la médaille de l'Immaculée-Conception que nous devions garder toujours pendue à notre cou : elle faisait partie, dès lors, de notre uniforme. Qu'est-ce que cette consécration changeait dans notre vie ? Beaucoup de choses je crois, mais invisibles. De temps en temps on voyait écrit au tableau noir : « Réunion des Enfants de Marie » ; nous nous retrouvions alors dans la petite chapelle du rez-de-chaussée pour écouter une instruction et dire quelques prières.

Qu'on me permette une anecdote... Une de mes tantes avait passé aux Oiseaux les trois dernières années de sa scolarité – qui furent, dit-elle, les plus heureuses de sa vie : ses compagnes et elles travaillaient peu, mais s'amusaient beaucoup. Un jour lui prit la fantaisie de couper le courant électrique et de plonger tout le Cours dans le noir. On lui infligea une punition publique afin de faire un exemple : on l'obligea, devant les élèves réunies à la chapelle, à rendre sa médaille d'Enfant de Marie sur un plateau – tel un militaire qu'on dégrade ! Mais elle n'en fut point trop traumatisée...

La grande dévotion qui remuait toute la maisonnée était la neuvaine de l'Immaculée-Conception, le 8 décembre, fête chérie de saint Pierre Fourier. Très populaire de son temps elle reste sans doute incompréhensible pour beaucoup d'esprits de nos jours. En fait elle se réfère au péché originel commis par Adam qui souillerait chacun de ses descendants. Aux yeux des chrétiens dévots envers Marie Mère de Dieu, il paraissait normal qu'elle en fût exceptionnellement préservée – antique croyance qui fut proclamée dogme en 1854. Nous faisions cette neuvaine avec un zèle extraordinaire, récitant chaque jour la prière – « Ô Marie, vous êtes toute belle – et la tache originelle n'est point en vous... » et accomplissant toutes sortes d'efforts de travail et de conduite ; le jour venu, il y avait une messe superbe au cours de laquelle on chantait :

Tota pulchra es,
Pulchra es Maria...
(Tu es toute belle, ô Marie...)

On chantait aussi ce qu'on pourrait appeler le chant de la maison – le cantique préféré de toutes les élèves :

Vierge fidèle
Ton nom rappelle
Tout un passé d'amour... d'amour.
Que d'âge en âge
Ta douce image
Nous protège toujours, toujours.

Quand nous sommes dans l'allégresse
Tu souris à notre bonheur.
Aux jours de peine et de tristesse
Tu partages notre douleur.

O Vierge si pure et si belle,
Sans tache aux yeux du divin Roi,
Garde nos cœurs toujours fidèles,
Fidèles à Jésus comme toi.

L'une des religieuses avait une voix magnifique qui entraînait la chorale, et nous nous sentions transportées au ciel... Plus tard nous apprîmes en philosophie que Dieu était le Vrai, le Bon et le Beau. (On oublie un peu trop souvent de nos jours, semble-t-il, qu'il est le Beau...)

Les jours de grande fête la messe avait lieu dans la salle jaune, plus grande que la chapelle, et les ors des boiseries brillaient avec éclat à la lumière des cierges... En décembre, il y avait un salut de fin d'année délicieusement parfumé d'encens comme tous les saluts. On demandait pardon à Dieu pour les fautes de l'an passé et on prenait des résolutions pour celui à venir. Quand on entrait à la chapelle et que le Saint-Sacrement était exposé dans le soleil de l'ostensoir, au lieu de faire une simple génuflexion l'usage était de mettre les deux genoux en terre en inclinant la tête. La dévotion à l'Eucharistie était alors vivement encouragée : stimulées par l'étrange promesse que sainte Marguerite-Marie Alacoque aurait reçue du Sacré-Cœur, nous nous efforcions de communier neuf premiers vendredis de mois d'affilée (sans en manquer un seul) afin de mériter d'entrer au ciel sans passer par le purgatoire ou d'avoir une bonne mort. Si les clauses exactes de cette promesse se sont estompées dans nos esprits, c'est que, malgré tout, nous interprétions ces choses de façon symbolique.

Les préoccupations sociales agitaient probablement moins les esprits qu'elles ne le font aujourd'hui – c'était la guerre qui était la préoccupation majeure – mais elles existaient cependant. Mère Marie-Tharcisius nous ayant attendries un jour avec une histoire d'aveugles, nous eûmes l'idée de nous proposer à tour de rôle pour promener les enfants de pauvres aveugles du quartier – ce que nous fîmes régulièrement jusqu'à la fin de nos classes ou même après. D'autres se mirent à faire de l'« aide aux mères », aérant au parc Monceau une nombreuse progéniture dont les parents étaient les neveux du père Brottier, qui devait être béatifié vers 1985, et dont on put voir alors l'effigie sur le dos des Sénégalaises, des cotonnades ayant été imprimées en son honneur! D'autres enfin se dévouèrent à la pouponnière de la rue de Monceau, ou firent des paquets pour les prisonniers rue d'Artois. Les mères, par tous les moyens, essayaient de nous sensibiliser aux problèmes d'autrui, de nous ouvrir les yeux et le cœur.

Au printemps eut lieu le bombardement de Boulogne-Billancourt : il y eut quelques alertes nocturnes au cours desquelles on descendit dans les caves des immeubles – qui à l'époque étaient d'anciennes caves à charbon : c'était noir, sale, froid, impressionnant, et le lendemain en classe on avait bien sommeil... Aux Oiseaux aussi on entendait les sirènes : celle de la pré-alerte, puis de l'alerte; certaines classes se réfugiaient dans les caves d'immeubles voisins; quant à nous, nous nous abritions dans le grand vestiaire du rez-de-chaussée, sans doute parce qu'il ne supportait pas d'étage et était voûté. Le professeur y continuait son cours... Mais bien vite il fut établi qu'on resterait en classe.

Avant les Chinois de Mao, les mères avaient inventé le défoulement sur les murs : en haut de l'escalier de Diane, au-dessus de la « table verte », meuble historique provenant de la rue Lincoln, dont une *Revue du Cours* avait publié les Mémoires – elle avait tant entendu de confidences d'élèves ! – s'étalait un grand tableau mural où chaque classe pouvait s'exprimer – bien que le mot ne fût pas encore à la mode – à l'aide de photos et de maximes. C'était tour à tour instructif, édifiant ou drôlatique : un jour nous nous plûmes à y coller des photos prises de nous à l'âge de trois ans : il fallait nous reconnaître mutuellement... En troisième, nous avions fait une comparaison entre les grognards de Napoléon et nous-mêmes, frondeuses mais courageuses.

La journée la plus marquante de cette classe de seconde fut sans doute celle qu'en fin d'année nous passâmes à Verneuil avec mère Marie-Tharcisius, et au cours de laquelle nous récitâmes un chœur parlé dont elle avait choisi le texte, tout à fait dans l'esprit du père Teilhard de Chardin, qui était un peu son testament :

Plus est en nous !

Ce ne sont pas des mots de défaite mais des mots de relèvement
Ils ne bercent pas ces mots-là, ils fustigent
Ils ne chantent pas, ils éclatent...
Ce sont des mots de courage et d'espérance.
L'hiver les arbres sont nus et desséchés
« Plus est en nous » disent les arbres
Parce qu'ils savent que la sève est en eux...
« Plus est en nous » dit le sable
Parce qu'il sait que l'or est en lui...
Nous ne sommes pas les pauvres gens que nous sommes
« Plus est en nous »...

Chaque été on nous distribuait un cahier de devoirs de vacances, facultatif, établi à l'usage des écoles catholiques, qui s'appelait le « téléphérique » : l'image en était dessinée sur la couverture, pour nous inciter à la montée et à l'effort ! Le décourageant était que ce cahier n'était jamais corrigé... Nous nous instruisions davantage par les orgies de lectures que nous faisions alors, perchées sur un arbre, ou sous les toiles d'araignée d'un grenier battu par la pluie, à moins que ce ne fût au cours de très grasses matinées, ou de veillées perçant les nuits... On peut voir à Montmartre une boutique dont l'enseigne porte : « Au voyage immobile » : existe-t-il meilleure définition de la lecture ? Vu les difficultés de transport – pas d'essence, donc pas d'auto –, nous passions tout l'été au même endroit. Nous lisions Fenimore Cooper (douze volumes), Walter Scott, Lamartine, quelques Balzac, Jules Verne ; ces livres étaient parfois de beaux livres reliés, tirés un à un avec respect de la bibliothèque, mais aussi des livres brochés plus récents et de lecture plus facile : Alexandre Dumas, que nous dévorions, *Le Mouron rouge*, Charles Morgan, Pearl Buck, André Maurois ; de multiples biographies de saints, comme celle du père de Foucauld, ou de héros comme celle de Lyautey ; enfin des livres « fleur bleue », tels *Les Quatre Filles du docteur March, Mon oncle et mon curé, Ces dames aux chapeaux verts*, et toute la série des Berthe Bernage : *Brigitte jeune fille, Brigitte maman...* Les jésuites de Franklin recommandaient à leurs élèves la lecture de *Notre-Dame de Paris* de Victor Hugo, bien qu'à l'index, alors qu'aux Oiseaux on nous avait soigneusement mises en garde contre les ouvrages interdits par Rome.

LA LIBÉRATION (PREMIÈRE)

Notre année de première se déroula sous le double signe de la guerre et de la maladie : la rentrée n'eut lieu que le 18 octobre, et la sortie se fit en juin, de telle sorte que le bachot fut mutilé de son oral. Pour la mère qui assumait les cours de français et de latin, ce fut... sa « dernière classe » à Ponthieu. Son attention était concentrée sur ses seules élèves ; elle ne regardait même pas les autres rencontrées au hasard des couloirs. Mais son dévouement envers nous fut extraordinaire : pendant les devoirs de latin elle passait derrière chacune pour voir ce qui clochait et la remettre dans la bonne direction. Aucune autre mère n'avait jamais fait cela... Ce qu'elle voulait, c'était nous aider individuellement. Parfois, le matin, on nous annonçait que nous avions une étude inopinée : elle était souffrante et ne pouvait faire son cours. Puis on la voyait réapparaître quelques jours plus tard comme si de rien n'était. Cependant ses discours étaient assez tragiques : elle nous prédisait des événements terribles et la mort violente de plusieurs d'entre nous dans les mois à venir, éventualité à laquelle elle nous conseillait de nous préparer et qui heureusement ne se réalisa pas! Elle ne nous intriguait pas moins lorsqu'elle nous annonçait qu'à son avis sept d'entre nous avaient la vocation religieuse. (Elle se trompait : une seule fit une tentative conventuelle de quelques mois, puis s'aperçut qu'elle s'était fourvoyée.) Tout en l'estimant beaucoup je ne me sentais pas en accord avec sa sensibilité pessimiste. Je m'interrogeais alors sur le mal... Un jour, j'allai voir mère Marie-Tharcisius, qui tenait un véritable confessionnal jamais désempli concurrençant celui de l'aumônier : nous nous confessions à lui tous les quinze jours, mais notre véritable directeur de conscience, c'était elle. Elle recevait dans son petit bureau, où l'on s'asseyait sur une chaise de paille très basse pour respecter les distances hiérarchiques. La conversation s'engageait souvent ainsi : « Comment va votre âme? » Apparemment, les autres religieuses ne prenaient pas ombrage de son succès. La liberté de choisir à qui se confier était un des « droits de l'homme » reconnus aux Oiseaux. Pour m'expliquer le problème du mal, mère Marie-Tharcisius employa l'exemple du couteau : il sert à tuer, mais aussi à couper du pain... Le mal n'est pas dans les choses, mais dans l'usage qu'on en fait : je partis rassérénée. Sa réponse me rappela l'histoire d'Ésope que mon père aimait raconter : interrogé tour à tour sur la meilleure puis la pire des choses : la langue, répondit-il dans les deux cas; elle peut être l'une ou l'autre, suivant les paroles qu'elle prononce : la vérité ou le mensonge.

Il y avait alors une quinzaine de mères aux Oiseaux, plus la sœur tourière et deux ou trois sœurs dites du voile blanc, presque invisibles, préposées aux cuisines. Les tâches ménagères étaient dévolues à des jeunes filles étrangères – des Suissesses – que l'on voyait balayer les couloirs et les classes : on nous recommandait toujours d'être très polies avec elles qui n'avaient pas notre chance. Le prestige ne va pas sans mystère... Un mystère entourait la vie des mères : on ne savait que rarement leur nom, rien de leur vie passée, de leurs maladies, et quand elles mouraient on ne savait jamais de quoi. C'étaient des êtres « d'une autre essence »... Elles habitaient des locaux dont nous ignorions tout : plus tard elles me confièrent qu'elles étaient très petitement logées. La salle de la communauté – une salle vide, avec des chaises tout autour – jouxtait la sacristie; leur réfectoire était au sous-sol, et elles dormaient, quelquefois deux par chambre, dans de petites pièces disponibles, par-ci, par-là, au-dessus de la loge, du secrétariat, du préau, à moins que ce ne fût dans des lits de fortune dépliés dans les classes, ou à côté du piano dans la salle de musique : élèves, nous ne nous doutions pas d'un tel dénuement – une cellule monastique paraît presque luxueuse à côté de ces installations volantes! Un aumônier leur disait la messe tous les jours à 6 h 30. Elles se réunissaient à heures fixes à la chapelle pour réciter l'office en latin d'une voix monocorde, sauf si leurs occupations les en empêchaient; dans ce cas elles lisaient leur bréviaire quand elles pouvaient, par exemple en surveillant les études : c'était un gros livre à tranche rouge, recouvert d'une housse de lainage noir fermée par une pression. Elles portaient à leur ceinture un gros chapelet avec une médaille de cuivre de la Vierge fidèle, et dans leur poche un fin rosaire qu'elles égrenaient quand l'attente était longue : l'un était pour la décoration, l'autre pour l'usage. Elles ne sortaient jamais dans la rue, si ce n'est pour accompagner leurs élèves au catéchisme à Saint-Philippe, ou à des pèlerinages. C'étaient des religieuses « semi-cloîtrées » – mais quelle dure clôture tout de même, quand on pense à l'exiguïté des cours et du jardin! L'été, elles partaient heureusement se reposer à Verneuil ou dans une autre de leurs « maisons ». Elles n'allaient jamais dans leurs familles : quelle émotion pour nous, à la vente de charité, de voir la mère selon la chair de mère Marie-Tharcisius, que nous reconnaissions à sa ressemblance avec elle, dans une embrasure de porte, contemplant sa fille de loin pendant qu'elle-même s'entretenait avec des parents d'élèves : il nous semblait qu'elle la dévorait des yeux...

Pour contribuer à la bonne marche de la maison on distribuait chaque trimestre aux élèves des « charges » : la plus appréciée consistait à sonner la cloche annonçant la fin d'une classe, car cela permettait de sortir dans le couloir quelques minutes plus tôt... Nous grandissions : certaines d'entre nous commençaient à parler de leurs « cousins ». Gérard de Nerval a peint, en touches légères, ces premiers émois :

L'hiver a ses plaisirs; et souvent, le dimanche,
Quand un peu de soleil jaunit la terre blanche,
Avec une cousine on sort se promener...
Et l'on revient, parlant du beau jour qu'on regrette,
Qui s'est passé si vite... et de flamme discrète :
Et l'on sent en rentrant, avec grand appétit,
Du bas de l'escalier – le dindon qui rôtit.

Hélas, à cette époque, il n'y avait pas de dindon! – Mais il y avait des Allemands! Une élève pensionnaire, dont la beauté plus tard devait faire parler d'elle, brossait ses longs cheveux à la fenêtre, en face du Claridge. L'un des habitants de l'hôtel, en uniforme vert de gris, téléphona : cela fit un beau tapage! Nous commencions à être pudibondes, et gardons un mauvais souvenir de visites médicales au cours desquelles nous faisions la queue, tout juste vêtues d'une combinaison et grelottantes, devant la porte du docteur qui faisait penser à Pasteur avec sa barbiche, ses lunettes d'acier et son maintien sévère. C'étaient d'ailleurs des visites de pure forme : il regardait tout juste si vous n'étiez pas bancale et si vous voyiez clair. Vu la rigueur des temps, d'ailleurs, les soins ne pouvaient être que réduits.

Le froid – et la faim – sévissaient. L'une de nous eut tellement d'engelures qu'une autre, apitoyée, lui fit don d'une bonne paire de chaussettes tricotées en coton perlé. La même obtint des mères l'autorisation d'aller en classe avec un pantalon de ski, à condition de porter par-dessus sa robe d'uniforme. Nous enfilions d'épais sous-vêtements, et mettions des chandails sur nos robes. Mais le problème principal était évidemment le ravitaillement. On voyait dans la cour, à côté du garage des bicyclettes, des tonneaux de choucroute envoyés par le couvent de Mattaincourt en Lorraine, que Casimir le concierge arrosait au jet... Avec notre carte d'alimentation de J3, nous avions droit à 350 grammes de pain par jour : à la maison nos mères respectives mettaient notre portion de pain quotidien dans un sac accroché à notre chaise dans la salle à manger. En classe nous échangions des recettes de gâteaux à la carotte, ou aux haricots de Soissons : ces derniers, réduits en purée et aromatisés au chocolat, constituaient de délicieux gâteaux de marrons.

Pour en revenir à Casimir, sa paresse était aussi populaire que sa bonne humeur : on s'amusait à le voir de son balai faire tomber les feuilles des rares arbres du jardin pour ne pas être obligé de les balayer tous les jours : avec lui l'automne s'avérait précoce...

Les transports étaient difficiles, car seul le métro fonctionnait. Au cours d'une épreuve de gymnastique du bachot l'une de nous se tordit le genou : Casimir la ramena chez elle dans la petite charrette qui lui servait à transporter les provisions et qu'il traînait derrière sa bicyclette. Certaines avaient un long trajet à faire pour se rendre en classe, car elles habitaient du côté de Sèvres-Babylone; quand elles passaient devant un hôtel occupé par les Allemands comme l'hôtel Cayré ceux-ci, sous le prétexte que des cyclistes pourraient leur lancer des grenades, les obligeaient à descendre de bicyclette; quelques mètres plus loin elles remontaient en selle, furieuses de cette brimade.

Le grand événement de notre première fut évidemment le bachot, examen que les jeunes filles se mettaient depuis peu d'années à présenter. Il existe une longue tradition de méfiance à l'égard de l'instruction féminine : au siècle précédent Mme de Girardin n'écrivait-elle pas qu'en France toutes les femmes avaient de l'esprit sauf les bas-bleus? La première bachelière vit son inscription refusée à Paris et dut le passer à Lyon en 1881 : elle avait trente-sept ans, et il fallut attendre 1904 pour voir le premier lycée de filles : le collège Sévigné, préparer au bachot. Mes grands-parents n'avaient pas voulu que mes tantes s'y présentassent; il en avait été de même pour ma mère : cela ne se faisait pas, c'était réservé aux garçons. Cependant quelques têtes dures osèrent enfreindre l'usage établi, telle la mère d'une de mes tantes, qui paria un beau jour qu'elle le passerait. Elle était mariée, il n'était pas question, sous peine d'être déshonorée, qu'elle reçût un professeur homme chez elle en tête à tête, encore moins qu'elle se rendît chez lui : elle trouva un moyen terme : la gare Saint-Lazare! C'est là qu'en pleine foule, au vu et su de tous, son professeur lui donna des répétitions, et comme elle était intelligente, elle passa son examen haut la main... sans avoir bravé les convenances! Plus tard, aux Oiseaux, on pouvait encore aller en classe « à la carte » : l'une de mes tantes ne rentrait qu'en novembre, à cause de la saison de la chasse, et comme elle n'aimait pas les mathématiques, elle suivait à la place des cours de littérature étrangère...

En 1932 d'après les résultats rapportés dans la *Revue du Cours*, les succès au bachot se présentaient comme suit. A : 6 reçues; B : 5; philo : 5. On n'indique pas le nombre des candidates, mais elles devaient être rares... Ce dont on peut être sûr, c'est que leur niveau en français était bien supérieur à celui des candidates actuelles, si l'on en juge par les morceaux choisis de leur « griffe » que cite la *Revue*.

En 1944 les options proposées étaient en nombre réduit et encore moins nombreuses à Ponthieu que dans les lycées : A, c'est-à-dire français, latin, grec, anglais (option que nous étions cinq à prendre) ; B : français, latin, anglais, espagnol – section choisie par la majorité, avec la variante allemand au lieu d'anglais; M : français, math, allemand, anglais, choisie par deux élèves seulement. Quelques élèves auraient préféré présenter math au lieu d'anglais, mais c'était impossible à cause des horaires du professeur de math.

Le bachot cette année-là se passa de façon spéciale : nous fûmes convoquées pour l'écrit, « munies d'encre et de porte-plume » indiquait la collante, les 31 mai et 1er juin à 6 heures et demie du matin et, qui plus est, dans des lycées loin de chez nous : Pasteur, Janson-de-Sailly, Molière, Jean-Baptiste Say, suivant l'option que nous présentions : or nous devions nous y rendre à pied ou à bicyclette. La raison de cet horaire matinal était que les avions alliés, après avoir pilonné la Normandie, venaient tourner au-dessus de Paris, et que la DCA allemande les tirait alors : d'où de nombreuses alertes en fin de matinée. De fait, à peine étions-nous rentrées chez nous vers midi que nous entendîmes les sirènes mugir... A cause du débarquement en Normandie l'examen cette année-là se cantonna aux épreuves écrites – et les reçus furent innombrables!

Les unes et les autres s'égaillèrent ensuite... Certaines de mes amies de classe partirent à la campagne avec leur famille. D'autres, faute de moyens de transport – et de points de chute – n'eurent pas cette chance et passèrent tristement l'été dans la capitale, ce qui leur valut en contrepartie de participer aux émotions, puis à la liesse de la Libération de Paris.

L'année scolaire 1943-1944 fut troublée par de nombreuses alertes bien que, chose étonnante, peu s'en souviennent : une de mes amies les a soigneusement consignées sur son carnet de textes entre les leçons et les devoirs : il y eut 2 alertes en janvier, 8 en février, 18 en mars, 11 en avril, 22 en mai. (On en comptait parfois jusqu'à cinq dans la même journée.) Une des plus impressionnantes fut celle du 1er avril 1944 : « Alerte, écrit-elle, de 0 à 2 heures avec DCA à tout casser et bombardement épouvantable. Immenses projecteurs dans le ciel. Parachutes lumineux envoyés par les Anglais pour éclairer. On parle d'au moins cinq cents avions anglais sur le nord de Paris. La maison tremblait formidablement, on était obligé de crier pour se faire entendre. Le lendemain matin, en allant en classe, on voyait des milliers d'éclats d'obus sur les Champs-Élysées. »

La guerre se rapproche... Les bombardements augmentent d'intensité, les privations s'accroissent : plus d'électricité, plus de métro... Puis commence la libération de Paris avec ses fusillades et ses combats de rues. Le père d'une cheftaine est tué, la sœur d'une camarade de classe, blessée à la tête, est dans le coma. Enfin, jour de gloire, le général de Gaulle descend triomphalement les Champs-Élysées...

Ainsi prirent fin les événements mouvementés auxquels assistèrent plusieurs de mes compagnes des Oiseaux : je les retrouvai un mois et demi plus tard, sagement assises sur les bancs de la philo... Quelques mères connurent elles aussi des émotions fortes : elles avaient été se reposer à Verneuil, or cet endroit fut particulièrement bombardé à cause de la proximité de la gare de Triel, et des obus tombèrent dans le parc.

L'HORIZON (PHILOSOPHIE)

« ... un navire dans ses yeux se rend maître du vent. »

ÉLUARD .

Les cours reprirent, nous étions plus mûres et encore plus unies les unes aux autres. Nous commencions à sentir souffler le vent du large... La *Revue du Cours* exprime bien l'ambiance de cette « dernière classe » et la vigilance des mères – ainsi ces réflexions d'une religieuse devant la rêverie d'une de ses élèves :

Soir de rentrée

Je vous ai vue, ce soir
douce et grave
parce que vous étiez seule à votre fenêtre,
sans vous douter du regard discret et aimant
qui vous enveloppait.

Vous, si gaie et rieuse,
qui prenez même parfois des airs un peu frondeurs,
vous qui riez de tout, petite fille moderne,
et voudriez toujours devant les autres
traiter la vie en camarade [...]
parce que la camaraderie est à l'ordre du jour,
comme vous êtes paisible et sage...
ce soir.

Ne me dites pas votre secret
car les pensées les plus intimes de votre cœur d'adolescente
sont à vous [...] bien à vous [...]
et à Celui qui sonde les cœurs (...]
La vie est devant vous, et vous êtes à son seuil,
vous, dont le cœur bat si doucement ce soir [...]
Et parce que [...] je vous comprends et je vous aime,
j'ai fermé mes yeux, ne voulant plus vous voir.
Vous deviez être seule, seule avec votre Créateur,
pour lui murmurer les pardons qui réparent
et humble [...] prendre les engagements d'honneur
qui font les forts...

Les mères étaient si discrètes, si respectueuses de notre liberté, que nous allions volontiers nous confier à elles; jamais elles ne nous posaient de questions sur nos familles... Mais seules les maîtresses de division ou de classe jouaient auprès de nous le rôle de directeurs de conscience; celles à qui étaient confiées des fonctions de surveillance (gymnastique, études, couture, exactitude) n'osaient intervenir dans notre existence et ne nous sermonnaient point; la « mère de l'exactitude » se contentait de dire : « Attention! Vous arriverez en retard au Paradis et saint Pierre vous fermera la porte! » Le sourire et la gentillesse constituaient leur silencieuse prédication.

En dehors de leur zèle d'institutrices, ce qui caractérisait les mères c'était une bonne humeur courageuse, un esprit droit et lucide, et un grand détachement; elles s'efforçaient de ne pas s'attacher à nous et de toujours garder « la virginité du cœur » : c'est ainsi qu'elles ne nous écrivaient jamais les premières et ne nous téléphonaient jamais.

Avec le recul du temps je suis frappée par leur disponibilité – et ma propre fidélité – en constatant que je continuai à aller voir régulièrement mère Marie-Tharcisius pendant les quatre années qui suivirent ma sortie du Cours – c'est-à-dire jusqu'à mon mariage. Cette fidélité ne me fut pas propre : beaucoup de jeunes anciennes continuèrent à aller rendre visite aux mères.

On pourrait s'étonner qu'avant de parler de scolarité, et de passer en revue nos professeurs, j'explique que les mères nous tenaient lieu de psychologues, d'orientateurs, et même de psychanalystes! Mais c'est parce que la formation morale que nous reçûmes au Cours fut pour la majorité d'entre nous plus importante que tout le reste. Il en était autrement au cours Daniélou : une ancienne élève de cette maison me confiait que ce qui lui était resté de l'éducation reçue était une méthode intellectuelle, et pas du tout une spiritualité.

La hiérarchie de valeurs prônée aux Oiseaux était différente de celle communément admise dans le monde, et l'objectif que se fixaient les mères, bien défini, comme le prouve un discours de la révérende mère générale daté de 1933 mais toujours d'actualité :

« Je vais vous dire ce que j'ai demandé pour vous au Bon Dieu : c'est que vous fassiez bien profondément ce pour quoi vous êtes ici.

« Vous êtes ici pour apprendre à penser.

« Pour apprendre à agir.

« Pour apprendre à prier.

« 1) A penser : vos maîtresses s'y emploient; il est si important de penser juste. Dans le monde on pense que la vie est faite pour jouir et qu'il faut en tirer tout le plaisir possible; on pense que la souffrance est la seule chose dont on doive se garder. C'est tout le contraire qui est vrai : la vie est vraiment belle quand on en a extrait, non le plus de jouissances possibles, mais le plus de " bien moral possible "; et au fond peu importe la souffrance, du moment que [...] nous faisons le bien dont nous serons récompensés dans l'autre vie.

2) A agir : mais il ne suffit pas de bien penser ; l'amour se prouve par les œuvres [...]. Vous ferez ce bien moral, dont vous avez vu la valeur et la nécessité, et vous le ferez d'autant plus que votre situation sociale vous donne une influence immense...

3) Enfin la troisième chose que j'ai demandée pour vous c'est que vous appreniez à bien prier [...]. C'est cela [...] qui sera le meilleur de ce que les mères pourront vous donner, parce que c'est là que vous viendrez puiser le courage, la consolation, la force de faire toujours votre devoir, maintenant et plus tard quand la vie vous aura meurtries, et que Dieu sera pour vous le seul conseil et le grand Consolateur. »

Ces religieuses si gaies éprouvaient donc le besoin d'être consolées ? C'est ce que révèle la lecture de leurs biographies, à commencer par celle de mère Alix, pour continuer par celles de mère Euphrasie, mère Sophie, mère Gertrude, mère Saint-Henri. Quand elles étaient jeunes, elles étaient la plupart du temps heureuses : en effet, si elles n'avaient point éprouvé de « joies mystiques », jamais elles ne seraient entrées au couvent... Mais ces joies, selon un phénomène bien connu, se dissipent avec les années, ou deviennent plus rares, et la nuit, appelée aussi mystique, tombe. C'est le « ciel d'airain » dont parle le psalmiste. Élèves, nous ne nous doutions pas des difficultés de l'existence des mères, des épreuves qu'elles traversaient peut-être, de leur éventuel *taedium vitae* (ce dégoût de la vie auquel font souvent allusion les vies de saints). On est frappé de la différence de ton qui existe entre l'allure joyeuse des textes qu'elles rédigeaient à l'intention de leurs élèves, dans la *Revue du Cours* par exemple, et l'accent plus sombre des lettres et papiers intimes où elles se confiaient elles-mêmes, et que nous connaissons par leurs notices nécrologiques. On a l'impression qu'elles se disaient : la joie est nécessaire à l'éducation, il faut que l'enfance soit une période privilégiée de bonheur, c'est indispensable à la bonne venue de ces petites plantes que sont les enfants ; mais elles savaient fort bien que leurs anciennes élèves auraient à affronter la souffrance, comme elles avaient à le faire elles-mêmes dans leurs vies d'adultes. Elles essayaient de nous rendre confiantes dans l'avenir – confiantes, car ayant confiance en Dieu – optimistes et enthousiastes, pensant que si on ne l'est pas dans sa jeunesse, quand le sera-t-on? Beaucoup d'entre elles heureusement étaient jeunes et n'avaient pas à se forcer pour nous communiquer leur joie de vivre...

Mère Marie-Tharcisius, une des plus jeunes, était rayonnante – elle était d'ailleurs, à notre avis, le « dauphin » de la révérende mère. Son activité était prodigieuse : elle assumait la classe de philosophie, mais était également maîtresse de division des grandes, et profitait de l'après-midi de congé du jeudi pour prendre le train en direction de Louveciennes afin d'enseigner la théologie aux postulantes et aux novices, nombreuses alors.

Aux yeux des élèves qui parfois l'accompagnaient, avides de voir de la verdure, Louveciennes prenait figure de paradis : c'était un joli château blanc au sein d'un magnifique parc très vallonné, qui avait appartenu jadis à Mme du Barry, la maîtresse de Louis XV. Sa propriétaire l'avait obligeamment prêté à la Congrégation afin d'abriter le généralat et le noviciat, jusqu'alors rue Erlanger : en 1943 en effet le terrible bombardement de Billancourt avait incité les supérieures à vouloir faire replier cette communauté à la campagne. En 1946 le généralat devait se réinstaller à Paris, 128, rue Blomet.

C'est dans le salon carré de Louveciennes transformé en chapelle que se déroulaient les prises d'habit, là que les jeunes filles montaient à l'autel couronnées de roses à l'image de mère Alix. Récemment je me suis rendue en pèlerinage en ces lieux et j'ai eu du mal à les reconnaître : une partie du parc est devenue un jardin communal avec des tennis ; quant au château, après être passé de main en main, il appartient pour l'heure à des Japonais.

A Ponthieu le premier cours de philosophie que nous donna mère Marie-Tharcisius nous mit tout de suite en appétit : elle nous fit recopier un passage d'une lettre de Katherine Mansfield : « Le credo intérieur qui me fait vivre, c'est que, si épouvantablement laide que soit la vie, et si vils, cruels, méprisables que soient souvent les êtres, il y a pourtant quelque chose derrière tout cela, et si j'étais seulement assez noble pour le comprendre cela rendrait tout, tout, merveilleux d'une manière indescriptible. On n'en a que des lueurs, des pressentiments, des signes. » Quelle différence avec le programme que trente ans plus tard on faisait étudier dans certains collèges religieux, où l'on enseignait essentiellement Nietzsche, Marx, Hegel – surnommés les « maîtres du soupçon »... Mère Marie-Tharcisius ne nous parla pas d'eux, non plus que de Sartre : ils n'étaient pas encore à la mode; ce dernier, né en 1905, commençait tout juste à devenir célèbre.

Nous n'étudiâmes pas davantage, il faut l'avouer, le père Teilhard de Chardin, alors interdit de publication par Rome – non plus que Lamarck et Darwin, ses prédécesseurs, dont l'évolutionnisme sentait le soufre. L'auteur à la mode, que mère Marie-Tharcisius citait à tout propos, c'était Bergson. Elle eut une initiative heureuse : elle fit corriger nos examens trimestriels par un professeur de lycée, M. Sandoz. Il nous intimidait beaucoup lorsqu'il venait nous rendre nos copies : nous vivions en cercle fermé, et n'avions pas l'habitude de voir des étrangers parmi nous, encore moins des hommes. Mais nous appréciâmes cette nouveauté parce qu'elle nous permettait de nous juger « autrement » : savoir nos éventuels mérites reconnus à l'extérieur nous procurait une impression de sécurité.

Une de nos découvertes de cette année-là fut d'apprendre que les philosophes s'interrogeaient – à juste titre – sur l'origine du langage : comment est-il né, comment s'est-il formé ? Le programme nous passionna mais nous restions sur notre faim car il comportait à peine de métaphysique : on se contentait en fin d'année de survoler les doctrines des grands philosophes. Pour deux cahiers de psychologie, un de morale, un de logique, seul un quart de cahier traitait de celle qu'on appelait jadis la « reine des sciences ». Comme matières d'oral nous présentâmes les *Pensées* de Marc-Aurèle et l'*Introduction à la méthode expérimentale*, de Claude Bernard, ouvrage qui me parut bien terre à terre. Mon avis a bien changé depuis : l'expérience est, me semble-t-il, le meilleur et le plus sûr chemin vers la réflexion métaphysique... A ce titre les ouvrages éthiques des grands patrons de la médecine présentent un intérêt tout particulier à côté duquel celui des traités de philosophie pure pâlit singulièrement.

L'année qui suivit notre départ des Oiseaux, je voulus préparer en Sorbonne une licence qui comblerait ce « trou métaphysique », et scruter ce que l'on appelait « les preuves de l'existence de Dieu » : dans mon innocence il me semblait que, bien armée de ce côté-là, je pourrais répondre à n'importe quel athée... Il me tardait de contempler ce que Jorge Luis Borges a si bien décrit dans son poème « Baruch Spinoza » :

Le courant, brume d'or, teint les vitres, mais l'ombre
Va gagnant le bureau. L'assidu manuscrit
Attend, avec déjà sa charge d'infini;
Quelqu'un est là, construisant Dieu dans la pénombre...

Le certificat de philosophie générale auquel je m'inscrivis me déçut lui aussi. Après un oral pas trop mal réussi, l'examinateur me demanda : « Mademoiselle, où donc avez-vous fait vos études ? – Au couvent des Oiseaux ! » répondit-je d'un air ingénu. L'assistance applaudit en riant... J'aurais pu mentionner le Cours des Champs-Élysées, mais dans cette enceinte vaguement anticléricale, j'étais trop heureuse de rendre hommage à mon cher couvent. La Sorbonne a bien changé de mentalité depuis lors...

En philosophie notre professeur de sciences naturelles, mère Marie de l'Eucharistie, était une personne imposante, très myope, très méthodique, exigeante, mais non dénuée d'humour. L'une de nous, par l'intermédiaire de son frère étudiant en médecine, parvint à se procurer un encéphale humain qu'elle apporta en classe : la mère le disséqua sur son bureau en nous expliquant les différentes membranes qui le recouvraient. Puis elle le mit dans un bocal de formol. Le lendemain matin on put lire au tableau noir cette inscription : « Prière d'apporter un franc afin de faire dire une messe pour le repos de l'âme de l'encéphale. » Un cœur tendre se cachait parmi nous...

Le programme d'histoire était considérable, et notre professeur, mère Sainte-Monique, excellent. Pour nous calmer quand il y avait de l'agitation dans l'air, elle nous promettait périodiquement de nous lire la mort du Prince impérial chez les Zoulous. C'était une personne placide, très consciencieuse et qui avait de la suite dans les idées. Bien des années plus tard, quand les mères eurent quitté l'habit, elle fut presque la seule à continuer à le porter. Elle était très patriote : elle nous autorisa à tricoter pendant son cours, afin de finir les gants qu'on devait envoyer aux soldats du front pour Noël...

Le cours de physique nous ouvrit les yeux : jusqu'alors nous n'avions jamais remarqué que l'eau tournoyait toujours dans le même sens au fond du lavabo... Ce cours cependant restait purement théorique : on ne nous faisait jamais faire de manipulations, il n'existait d'ailleurs à Ponthieu aucune salle de travaux pratiques. Les professeurs de langues étaient les mêmes d'année en année : celui d'espagnol était si merveilleux que plusieurs élèves, après leur sortie des Oiseaux, continuèrent à prendre des cours avec lui. La répétitrice attitrée d'anglais était Mlle Morriss qui avait enseigné de longues années à Ponthieu : une fois à la retraite et marchant difficilement, elle s'était mise à donner des leçons autour d'une tasse de thé dans le petit appartement qu'elle occupait dans la même rue. Elle racontait qu'avant-guerre, lorsqu'elle retournait dans son pays natal pour les vacances, on lui demandait régulièrement : « Combien avez-vous consommé de Premiers ministres en France depuis l'été dernier? » Le professeur de cosmographie était une timide nouvelle que nous chahutâmes joyeusement – mais ce fut le seul de toute notre carrière. Signalons qu'il n'existait pas de classe de math élém aux Oiseaux : quelques élèves auraient préféré préparer ce bachot-là, mais leurs parents, par souci de simplification, et sans doute aussi parce qu'ils attachaient plus d'importance à l'éducation qu'à l'instruction, firent taire leur rêve et les laissèrent au Cours. Le professeur d'instruction religieuse en classe de philo était un prêtre, l'abbé Descamps. Il avait l'âme d'un métaphysicien et le physique austère d'un solitaire de Port-Royal. Plus tard, il devait occuper des postes importants dans l'enseignement catholique, mais, chose étonnante, aucune de nous ne se souvient de ses cours...

Pendant que notre jugement se formait, notre féminité s'éveillait sous l'œil attentif des mères. Le dimanche soir, lorsqu'elles étaient rassemblées à la chapelle pour réciter l'office, elles devinaient nos ombres virevoltant au bras de cavaliers derrière les fenêtres de Baraduc – le cours de danse à la mode situé de l'autre côté de la rue – et leur prière s'élevait vers le ciel avec un regain de ferveur. La révérende mère, qui avait les vues larges, nous observait tandis que nous nous ébattions sous ses fenêtres pendant les récréations, et regrettait que nos mères selon la nature ne s'occupassent pas davantage d'améliorer notre physique et corriger notre silhouette : c'est la confidence qu'elle fit un jour à la mienne. « Jamais elles ne trouveront un mari ! » La même inquiétude avait tourmenté Mme de Maintenon à Saint-Cyr... La coquetterie n'était pas notre souci majeur, mais les temps ne s'y prêtaient guère. L'une de nous, cependant, arbora un jour des bas couleur chair, en nylon transparent – matière alors inconnue –, qui firent sensation. (Jusqu'alors on ne connaissait que les bas de soie, fragiles et coûteux, que l'on remmaillait lorsqu'ils avaient filé.) Mais la plupart ne portaient pas encore de bas et aucune de nous ne se fardait – du moins en classe ! Furtivement, le dimanche, peut-être en était-il autrement.

Mais nous n'allions pas tarder à nous intéresser à notre toilette, et nombre d'entre nous, dès leur sortie de classe, se mettraient à suivre des « cours de coupe ». Les tissus manquaient? On décrocherait les vieux rideaux pour faire des robes de bal...

Cette année de philo, où nous n'étions encore que de gauches jeunes filles dans leurs chrysalides, fut, plus fébrilement que les autres, marquée par la guerre, car la victoire se faisait proche. Des autorités militaires demandèrent à la révérende mère d'envoyer un petit contingent d'élèves distribuer des colis de Noël sur le front. Les heureuses élues partirent, deux dans une Jeep, trois dans une autre, sous la garde d'un sergent-chef, et couchèrent deux nuits dans les Vosges enneigées, tout près des lignes ennemies car les Allemands avaient recommencé l'offensive. La largeur de vues de la révérende mère était telle qu'elle avait pris sur elle d'envoyer là-bas une pensionnaire orpheline – sans demander l'accord de sa famille ! De cette folle équipée toutes, naturellement, gardèrent un souvenir inoubliable, et leurs récits meublèrent nombre de récréations. Nous avions des filleuls de guerre, et leur tricotions gants et chaussettes. L'une de nous, en février, eut la douleur de perdre son frère dans la division Leclerc... Pendant quelques nuits on nous proposa d'aller faire de l'« accueil aux prisonniers » gare d'Orsay; cela voulait dire : toute une nuit sans dormir, et la classe ensuite d'affilée ! Mais quelle joie de voir les figures à la fois hâves et rayonnantes de ces pauvres soldats ! Entre les trains s'écoulaient de longues heures creuses : nous les passâmes à parler des preuves de l'existence de Dieu avec des lycéens. C'était la première fois que nous nous heurtions à l'athéisme...

Plusieurs, aux Oiseaux, avaient un déporté dans leur famille, et les mères nous disaient leurs noms afin que nous priions avec ferveur pour leur retour. C'étaient des résistants, car on ne vit jamais une étoile jaune au Cours. Je me rappelle cependant avoir été marraine – ou bon ange – je ne sais plus à quelle occasion, d'une petite Rothschild. Un jour, le maître d'hôtel de ses parents vint la chercher à la sortie des classes pour l'emmener se cacher : on venait d'arrêter sa mère, qui devait mourir à Ravensbrück... Les religieuses étaient très discrètes, je l'ai déjà dit : je ne sais si elles ont eu l'occasion de cacher des petites filles juives parmi nous. Mais, connaissant la révérende mère, son courage et sa générosité, je suis sûre qu'elle n'aurait pas hésité à le faire si l'occasion s'était présentée. D'une manière générale les mères ne nous parlaient pas de la guerre, du débarquement, du front; c'est entre nous que nous échangions des tuyaux. Sans doute voulaient-elles préserver la sérénité nécessaire à la bonne marche de nos études, et éviter tout conflit éventuel d'opinions entre nous. Ce n'est pas aux Oiseaux que l'on aurait fait de la politique... On ne nous parla ni de Pétain ni de De Gaulle – ou à peine. On dirait maintenant que nous étions dans une « bulle ». Personnellement je sais gré aux religieuses de nous avoir gardé une jeunesse heureuse et équilibrée.

Il y eut cependant un jour où toute leur maîtrise d'elles-mêmes les abandonna : le 8 mai 1945 ! Ce jour-là nous avions été à pied en pèlerinage à Notre-Dame-des-Victoires, puis avions pris notre petit déjeuner au réfectoire : le règlement de l'Église obligeait alors à être à jeun pour communier, et les jours de messe nous devions apporter chacune notre Thermos et nos tartines, le Cours se contentant de fournir l'eau chaude pour la poudre de cacao ou le thé. Nous avions cours avec mère Marie de l'Eucharistie quand une mère, qui allait de classe en classe tel un bolide, entra nous prévenir que la victoire serait annoncée officiellement à 15 heures ! Hurlements de joie ! Mère Marie de l'Eucharistie, très consciencieuse de nature, voulut reprendre son cours, mais la joie était trop forte. « Et puis tant pis, dit-elle, aujourd'hui on ne travaillera pas ! » Et on nous renvoya dans nos foyers...

Du point de vue spirituel, le temps le plus fort de cette année fut sans doute la retraite que nous fîmes en juin à Verneuil. Nous étions émues : bientôt nous quitterions la « robe prétexte », notre uniforme – oisillons devenus oiseaux nous serions jetées hors du nid, ce couvent si cher. Pourtant nous étions en paix, car Dieu était avec nous. Je me rappelle le petit carré de ciel bleu que je voyais de mon lit, dans la cellule que j'occupais : il me semblait tout rempli de sa présence.

Il y eut un dernier cours de psychologie pendant lequel mère Marie Tharcisius, assise sur une chaise tandis que nous étions dans l'herbe à ses pieds, nous parla de la main et du regard. Puis vint la cérémonie des adieux : nous jouâmes devant elle un « chœur parlé », c'est-à-dire une récitation à plusieurs voix, genre qu'elle affectionnait, dont nous avions rédigé le texte pour lui exprimer notre reconnaissance en nous inspirant d'une phrase de *La Colline inspirée* de Maurice Barrès : « L'horizon qui cerne cette plaine est celui qui cerne toute vie. Il donne une place d'honneur à notre soif d'infini, en même temps qu'il nous rappelle nos limites. »

Champs, prairies, villages, bois, collines
mon œil d'un seul regard vous embrasse
Que la terre est grande
et que je suis petite...
Mais là-bas, très loin, la terre rencontre le ciel, là-bas, là-bas...
La terre est donc finie?
Et j'ai soif d'infini...
Ma vie à moi est limitée ainsi.
Travail, ménage, études,
pinceaux, cahiers et livres,
ma vie à moi est limitée...
Et j'ai soif d'infini.

Mais n'est-ce pas l'infini que nous allons trouver?
La vie s'ouvre à nous demain.
Quand nous fermons les yeux, nous la voyons immense, [ensoleillée,
avec beaucoup de bonheur que l'on ne devine pas très bien,
quelque chose comme une surprise qui nous apporterait toute

[la joie du monde.
Mais ce rêve-là, ne fuira-t-il pas aussi entre nos mains,
[comme de l'eau qui coule?
Et en garderons-nous autre chose qu'une désillusion?
En vérité, mariage, cloître, famille, solitude, la terre finit.
L'horizon qui cerne cette plaine est celui qui cerne toute vie...

L'horizon?
Mais c'est le point où la terre rencontre le ciel,
Quand la terre est finie, c'est le ciel qui commence,
Où la terre finit, le ciel ne finit pas.
Mon âme... il faut briser les cercles.
J'écoute un chant d'espoir... une allégresse
ardente et pure, monte en moi,
une allégresse qui devient une force.
Le ciel... le ciel, là-bas, regardez, regardez...
Le voilà, l'horizon qui cerne notre vie...
Le Ciel et ses appels, le Ciel et ses promesses,
le Ciel... notre destin.
Notre horizon, à nous, s'ouvre sur l'infini.

A nos oreilles d'aujourd'hui ces mots résonnent étrangement – mais à l'époque où ils furent dits ils sonnaient bien!

Nous procédâmes ensuite au baptême de notre promotion : nous la nommâmes « La Flamme », car la flamme est à la fois symbole de fidélité (la flamme du souvenir...) et d'amour ardent (on avoue sa flamme...). Nous prîmes comme devise : « Être des enfants de joie et de charité », et élûmes notre chef de promotion.

Ensuite il fallut redescendre sur terre et le 24 juin passer les épreuves écrites du bachot. Les sujets proposés étaient : en philosophie, « Le plaisir et la joie »; « Qu'est-ce que le courage? »; « Quel est son rôle dans la vie morale? »; « Comment concevez-vous les rapports de la science et de la philosophie? » En sciences physiques : « Force contre-électromotrice d'un récepteur »; « Benzène »; « Lois de Raoult »; (avec chaque fois une application). En sciences naturelles : « La lymphe »; « La cellule végétale »; « Décrire la structure d'une tige d'arbre âgée de trois ans ». Nous eûmes les résultats le vendredi 13 juillet : il n'y avait que 17 admissibles sur 40. A l'oral (obligatoire) les interrogations portaient sur les matières d'écrit, plus : algèbre et cosmographie, histoire et géographie, anglais. (La session de rattrapage devait avoir lieu en septembre : seulement trois ou quatre y furent recalées.) Les mères ne nous préparaient pas à l'oral mais, comme toujours, nous ouvraient largement leurs portes, et nous allions nous rafraîchir en travaillant dans le jardin. Puis vinrent les derniers adieux... De génération en génération, l'émotion éprouvée alors reste la même : les vers d'une de nos anciennes traduisent bien nos pensées du moment, même si la forme en est désuète :

Depuis qu'en juillet la chaleur suffocante
Dispersa les oiseaux et les chassa du nid,
Hélas! combien de fois en paroles ardentes
N'évoquèrent-elles pas le paradis béni?

Que de lieues nous séparent et que l'exil est dur!
En des pays divers nous vivons solitaires,
Et sans jouir du soleil, ni même du ciel pur,
Car nous cherchons partout des compagnes très chères.

Mais au-delà des lieux notre âme reste unie,
Pour qui croit à l'esprit il n'est pas de distance,
Et nous pensons sans cesse à la Philosophie.

Pour nous consoler de l'immense souffrance
Que nous causa l'été qui nous dissémina
Nous disons : « Cor unum et anima una ».

8

ET PUIS APRÈS?
1945-1990

VOCATIONS FÉMININES

Oui, l'enfant veut toujours aller perçant l'espace,
Tourner autour du monde et voir ce qui s'y passe,
Oui, son âme est l'oiseau qui n'a point de séjour,
Et qui vole partout où Dieu répand le jour.

M. DESBORDES-VALMORE.

Après le couvent, que sommes-nous devenues? Beaucoup de mes camarades de classe m'ont fait part de leurs souvenirs. Nous commençâmes par nous lancer dans les études. Le droit l'emporta : quatre passèrent leur licence, dont deux devinrent ensuite avocates; puis les choix se partagèrent entre l'Institut d'art (trois), l'école du Louvre, les licences de lettres (trois), et de philosophie (une), les diplômes de Croix-Rouge, d'assistante sociale, de monitrice d'enseignement ménager, de jardinière d'enfants; le secrétariat, et naturellement les langues : trois s'envolèrent passer un an à Cambridge. Plusieurs suivirent les cours de la rue Monsieur, endroit à la mode où l'on donnait de remarquables leçons de culture générale. Trait révélateur de la mentalité de l'époque : l'une de nous ayant reçu la formation de la « femme secrétaire », son père s'opposa à ce qu'elle prît une situation rémunérée : il voulait bien qu'elle fût secrétaire, mais bénévole, car on ne devait pas priver de travail ceux qui en avaient besoin pour vivre... La majorité légale était alors à vingt et un ans et, majeure ou pas, on n'aurait jamais osé enfreindre les desiderata de ses parents. Nous fûmes, en somme, une génération charnière : la première à passer des examens, la dernière à ne pas travailler... à quelques exceptions près.

La mode était alors moins d'inciter les filles à faire des études qu'à s'adonner au bénévolat. Plusieurs continuèrent quelques années à promener les enfants des familles nombreuses et nécessiteuses du quartier. Je tâtai des « Équipes sociales » fondées par Robert Garric dans le but de mettre la culture à la portée des ouvriers par des cours du soir. Je suivis une formation appropriée mais, quand il s'agit d'aller sur le terrain, ma famille s'y opposa : c'était en bordure de la « zone » – les favellas parisiennes de l'époque –, région peu sûre pour une jeune fille. Je me rabattis sur le catéchisme de la Croix-Saint-Simon.

Et qu'advint-il de la vie privée des jeunes anciennes? Sur quarante-deux aucune n'entra au couvent. Cinq ou six restèrent célibataires, la plupart fondèrent un foyer, une seule divorça. Dans l'ensemble elles se marièrent jeunes – près de la moitié avant vingt-trois ans – et eurent un enfant l'année suivante; elles furent mères de familles nombreuses : 3,9 enfants en moyenne. Lors d'ultérieures réunions de promotion elles purent constater en échangeant leurs impressions que ce ne furent pas les plus idéalistes qui eurent le moins de problèmes familiaux, ni les meilleures élèves qui réussirent le mieux une vie professionnelle, mais que ce furent les élèves de la section « bachot » (et non celles des humanités féminines) qui firent les mariages apparemment les plus heureux (sans doute parce qu'elles avaient appris davantage à se plier à une discipline). Beaucoup eurent des difficultés avec leur progéniture... sans commune mesure avec celles qu'elles avaient pu causer à leurs propres parents et qui étaient restées minimes dans l'ensemble. L'une eut un fils jésuite, une autre une fille petite sœur de Bethléem, ordre contemplatif récemment fondé. Presque toutes restèrent fidèles aux Oiseaux, c'est-à-dire heureuses de revoir les mères et se retrouver entre elles, et s'efforçant, vaille que vaille, de suivre les conseils qu'on leur avait donnés. Continuèrent-elles à « pratiquer » leur religion? Dans la très grande majorité, certainement.

Plusieurs mirent leurs filles dans l'institution où elles avaient été élevées – mais aucune de ces jeunes n'y resta attachée autant qu'elles-mêmes. Quand, au gré des hasards de la vie, j'ai fait la connaissance d'anciennes élèves, j'ai toujours constaté qu'elles gardaient, quel que fût leur âge, un très bon souvenir de leur passage aux Oiseaux, alors que pour celles qui avaient été élevées dans d'autres établissements les avis étaient plus mitigés. Chaque fois que des « oiselles » se retrouvent, le contact s'établit immédiatement, et le passé est évoqué avec joie. A Ponthieu on se sentait « en famille » : il y avait une grande stabilité des religieuses et des professeurs, de classe en classe on retrouvait les mêmes visages – qui vous disaient, le cas échéant, qu'ils avaient bien connu votre mère, vos tantes, vos sœurs ou vos cousines... La continuité des générations se succédant était fréquente, et les liens d'amitié qu'on nouait s'en trouvaient resserrés d'autant; le dévouement sans bornes des religieuses y puisait aussi un vif encouragement. Ce n'est pas pour rien que la patronne de la maison était invoquée sous le nom de la « Vierge fidèle »...

Ce témoignage présente, à son modeste niveau, un certain intérêt sociologique : il est représentatif d'une époque, d'un milieu, d'une Église révolus où l'on trouve encore presqu'une « étiquette » et des mœurs d'Ancien Régime. Le Concile, Mai 68, la télévision ont bouleversé ces façons de voir et de sentir. L'éducation que nous reçûmes semble tout à fait périmée. N'en peut-on cependant garder quelques idées directrices? Les convictions de ma génération diffèrent de celles des générations actuelles essentiellement sur trois points : la vocation de la femme, la foi, le culte. Au moment d'aborder le premier, rappelons-nous le conseil de Diderot : « Quand on écrit des femmes, il faut tremper sa plume dans l'arc-en-ciel, et jeter sur sa ligne la poussière des ailes du papillon... »

Tout changement dans les mentalités a d'abord la plupart du temps ses racines dans l'économie – c'est-à-dire qu'il résulte d'une évolution de circonstances matérielles. Il en existe un exemple amusant : un manuel pour l'école supérieure agricole et ménagère de Savennières en Anjou, qui fut tiré à 49 000 exemplaires et réédité pour la quatrième fois en 1946, c'est-à-dire l'année qui suivit notre sortie des Oiseaux : il fait mesurer le chemin parcouru depuis cette date, à la fois dans le domaine agricole et dans celui des préoccupations féminines. Par son titre d'abord : *Pour préparer le bonheur de votre foyer*. Par son programme ensuite : en 795 pages il traite de tout ce qui touche à la maison (avec en exergue cette phrase : « Ce sont les femmes qui font et défont les maisons »), et à la ferme, passant en revue les animaux domestiques sans jamais parler de leur reproduction – époque pudique! Époque écologique, aussi, où les vaches laitières n'étaient point inséminées, où les poussins étaient encore couvés par leur mère et où la volaille caquetait dans les cours. Nombreuses, d'après ce livre, étaient les maisons qui n'avaient point d'eau courante, pas même « l'eau sur l'évier »! C'était il y a cinquante ans... De nos jours il faudrait se rendre dans la maison de paysans brésiliens pour rencontrer un dénuement semblable. Et quel était donc le but proposé dans la vie à ces jeunes filles? Le bonheur... c'est-à-dire le bonheur des autres. Les moyens? Le sourire, plus une maison propre et rangée, une cuisine saine, des bébés roses et frais, une ferme bien tenue et des comptes à jour.

Quittons ce milieu rural, réservoir de tous les bons principes, pour un milieu citadin plus raffiné, avec une poésie qui ressemble à un tableau intimiste, évoquant l'image que l'on se faisait de la jeune fille idéale au siècle dernier :

Et, tandis qu'elle fait soupirer le clavier,
Le père pour la voir laisse plume et papier,
Et la mère, au milieu d'une fleur ébauchée,
Quitte l'aiguille et reste immobile et penchée,
Et s'entre-regardant, émus, émerveillés,
Ils contemplent tous deux avec des yeux mouillés
La perle de l'écrin, l'orgueil de la famille,
La vie et la gaieté de la maison – leur fille.

ANDRÉ THEURIET.

Piano et broderie, arts délaissés de nos jours... La notion même de « jeune fille accomplie » n'a plus cours. Cependant, ce que nous désirions avant toute chose, mes camarades et moi, c'était, à l'instar des jeunes filles d'antan, faire un mariage d'amour et avoir des enfants. Nous étions persuadées que « toute l'ambition d'une femme, c'est d'être aimée ». Notre but n'était nullement de faire une carrière – d'ailleurs le mot carriériste n'existait pas, ce qui prouve que la chose était peu fréquente. Si nous poursuivions des études c'était essentiellement pour nous meubler l'esprit, nous cultiver – et pouvoir gagner notre vie si besoin était; dans cette dernière perspective, savoir taper à la machine semblait à nos parents de la première utilité, bien plus que n'importe quel diplôme. Pour ma part je n'obtins l'autorisation de présenter des examens de philosophie en Sorbonne qu'à deux conditions : préparer une licence du même genre à l'Institut catholique afin de ne pas courir le risque de perdre la foi, et apprendre parallèlement la sténographie. Les cours de scolastique sur les différents chœurs des Anges que je prenais en note avec les signes cabalistiques de la méthode Grandjean, seule civile au milieu d'une nuée de séminaristes en soutane et de deux ou trois religieuses en habit, m'ont laissé un cauchemardesque souvenir... Somme toute, dans l'opinion générale d'alors, les « femmes savantes » n'avaient guère plus la cote que du temps de Molière car on considérait qu'une activité intellectuelle un peu intense faisait disparaître charme et féminité. On aurait volontiers dit avec le poète :

Le voilà donc fini, Madame, ce volume !
Résultat doublement fâcheux de tant de soins :
C'est un livre de plus, une femme de moins;
Vrai, ce n'est qu'au chapeau que sied bien une plume !

ALPHONSE KARR.

Aux élèves de la génération précédente mère Saint Thomas d'Aquin avait donné comme directives : « Accomplissez les tâches les plus humbles avec une âme de reine ! » On ne nous conseillait plus de nous conduire en reines mais de déceler la grandeur et la poésie des occupations domestiques, selon le précepte de Rembrandt : « Demeure dans ta maison, ta vie entière ne suffira pas à découvrir les merveilles qui s'y trouvent. » Les arts ménagers étaient alors considérés presque comme des arts mineurs : nous suivions avec ardeur des cours de coupe et des cours de cuisine afin de devenir de parfaites maîtresses de maison, et aurions volontiers adopté la devise de Cologne : « Bien manger et bien boire maintiennent corps et âmes », tant nous voulions répandre la joie et le bien-être autour de nous. L'esprit du temps accordait d'ailleurs à ces tâches ménagères une grande valeur morale : « La vie humble aux travaux ennuyeux et faciles – Est une œuvre de choix qui veut beaucoup d'amour. » Cette phrase, tout le monde la savait par cœur, c'était devenu un véritable leitmotiv...

En servant autrui, on servait Dieu – on imitait la Vierge Marie, notre modèle. Je doute que les générations actuelles puissent goûter le « mystère de l'Annonciation » comme nous le faisions alors : s'y trouvait accompli à nos yeux l'idéal de la vie d'une femme, l'intrusion du divin dans le quotidien, du merveilleux dans l'ordinaire... Le summun de la sainteté ne consistait pas, selon ce qu'on nous avait enseigné, à faire des choses excellentes, mais, à l'instar de la Vierge, à accepter : *Fiat*... Comme Thérèse de Lisieux, il fallait rester petites, toutes petites... Il fallait rester pures, aussi, comme la Vierge : cela allait de soi. Une très vieille sagesse nous disait que le premier pas qui fait s'écarter de ce chemin-là éloigne presque à coup sûr de Dieu, et que de ce fait c'est le péché le plus dangereux, donc celui qu'il faut avant tout éviter de commettre. Le danger de la frivolité et de ce qu'on appelait de notre temps le flirt, une vieille *Revue* de 1890 l'évoque avec finesse :

Ils m'ont dit tous : Au bal elle était la plus belle!
Mais la place était vide hier, à la chapelle...
Ô pauvre enfant, crois-moi, va, l'on n'est pas heureux
Lorsqu'on foule à ses pieds marbres, tapis soyeux...
Quand on a diamants, bijoux d'or, cachemires,
Esprit, grâce, fraîcheur, affections, sourires,
Sympathiques regards autant qu'on en rêva,
Et qu'au fond de son cœur on sent Dieu qui s'en va!

Nous ne connûmes pas un luxe pareil, et bien souvent, vu le manque de transports qui continua après la guerre, nous revînmes du bal à pied comme Cendrillon, parfois nos chaussures à la main pour avoir trop dansé. Cependant les réceptions étaient nombreuses et belles, avec de vrais orchestres et des robes longues aussi larges que des toupies... Car savoir « recevoir » faisait aussi partie du rôle de la femme.

Autre souvenir : le jour béni du mariage, il était d'usage après la messe d'apporter des fleurs à la chapelle des Oiseaux en signe de reconnaissance, et confier son bonheur tout neuf à la Vierge fidèle. Je ne sais si cette escapade couventine plaisait au jeune époux, mais elle ravissait les élèves qui avaient la chance d'entrevoir entre deux murs gris la blancheur d'un tulle...

La femme était reine dans son foyer, beaucoup plus qu'aujourd'hui où chacun contribue à la bonne marche de la maison, ce qui est moins gratifiant pour elle. Marguerite Yourcenar, au moment de son élection à l'Académie française, eut ce mot charmant : « Autrefois la femme était sur un piédestal. Maintenant elle s'assied dans un fauteuil : elle n'y gagne pas forcément. » C'est la même idée qu'émettait la romantique Mme de Staël : « La gloire ne saurait être pour une femme que le deuil éclatant du bonheur. » Ces femmes écrivains parlaient en connaissance de cause, et pourtant toutes disaient la même chose... Colette comme les précédentes : « Je voudrais vous ramener au logis, je voudrais surtout que ce logis méritât plus d'amour que vous ne lui en donnez... Livres, images, meubles font partie, eux aussi, de votre ligne de défense contre les maux de l'esprit et du corps. » « A quelles femmes, à quelles jeunes filles trouvons-nous un charme qui parle de secret, de passé agréable, de modestie... Ces femmes-là sont des survivances obstinées d'un type féminin quasi millénaire sur lequel l'orgueil, la fièvre urbaine, la soif de parvenir et le problème de vivre s'acharnent sans arriver à le faire disparaître... Gardiennes des foyers jamais désertés! Je finis ces lignes en vous saluant, vous pour qui le départ matinal, le retour vespéral du compagnon constituent le flux, le reflux de chaque jour, le rythme vital [1]. » Les auteurs de ces lignes appartiennent à des temps révolus... Je souhaite qu'aujourd'hui d'autres écrivains renouvellent ce discours et remettent à l'honneur l'amour du foyer et l'amour maternel, si malmenés par la vogue du travail à l'extérieur. Le problème est complexe car la condition féminine a bien changé : grâce aux appareils électriques les tâches ménagères sont infiniment moins accaparantes, à cause de l'augmentation du chômage et du divorce (consécutifs justement à la vogue du travail féminin) l'avenir est moins sûr, par suite du développement généralisé des études l'épanouissement personnel est plus difficile à réaliser entre les quatre murs d'un petit appartement.

Pascal a mis en évidence qu'existent en l'homme la raison et le cœur, irréductibles l'un à l'autre. On ne peut cultiver, épanouir toutes ses possibilités, tous ses talents, du fait qu'on est limité dans le temps. Le polytechnicien Borotra a développé ses dons de joueur de tennis, mais non ceux de scientifique. On ne peut tout faire, il faut choisir. Il me semble que pour l'équilibre de l'humanité la répartition ancienne des tâches était meilleure : les hommes développaient surtout leur raison, les femmes, leur sensibilité, or c'est le sentiment qui donne un sens à la vie et procure le bonheur. A notre époque influencée par la propagande féministe, tout le monde développe son intelligence, mais rares sont les personnes qui cultivent leur cœur : d'où tant de déséquilibres.

Les mères, elles, ne nous disaient pas de « réussir » notre vie, de chercher à accomplir les tâches les plus prestigieuses, mais de penser aux autres et de faire humblement de notre mieux. Les vers d'un poète anglais – apparemment féru de sport – résument bien leur discours :

Mais quand viendra l'unique Grand Arbitre Marqueur
Pour noter les points contre toi
Il n'inscrira pas ta victoire ou ta défaite
Mais comment tu as joué la partie [2].

L'éducation qu'elles nous donnaient avait cependant un défaut : elle n'aiguisait pas notre sens critique. Dans la vie il y a toujours le « pour » et le « contre » : aux Oiseaux on était toujours « pour » ceci ou cela. On développait en nous la confiance, l'optimisme, on nous faisait admirer des héros ou des saints, applaudir des actions d'éclat. (Ce n'était pas encore la mode d'éveiller chez les jeunes, comme de nos jours, le sens de l'émerveillement devant la nature, sens précieux qui permet de goûter de petits bonheurs jusque dans la tristesse : nous étions élevées en citadines sur le pavé parisien, et les paysages étant intacts et les mers limpides, les trompettes de l'écologie n'avaient point résonné.)

On ne nous montrait guère le « contre », la face noire ou sordide de l'existence – la méchanceté. Dans nos murs, « tout le monde il était bon, il était gentil ». Dehors le mal était facile à reconnaître, il se résumait en l'ennemi, l'Allemand : quand « ils » seraient partis, tout irait bien. Avec ces théories simplistes on pourrait supposer que lorsque nous serions lâchées dans la vie, le choc risquerait d'être un peu rude... Peut-être, mais comme nous étions caparaçonnées de bons principes et portions dans le cœur une flamme ardente, nous partions bien armées! On n'avait pas fait de nous des jeunes filles « à l'eau de rose », même si l'éducation ci-dessus décrite, avec ses révérences et ses mantilles, peut paraître, aux yeux de la jeunesse actuelle, presque aussi démodée que si elle était sortie d'un livre de la comtesse de Ségur. C'est cette apparence désuète que Jacques Helian voulut dénoncer d'un ton persifleur dans une chanson qui remporta un franc succès en 1947, deux ans après notre sortie du Cours :

Les jeun's filles de bonn' famille
Vont au couvent des Oiseaux,
Ell's tricotent des résilles
Et font d' la peinture à l'eau.
Ell's gambad'nt sous les charmilles,
Jouent au volant, au cerceau,
Ell's se nourriss'nt de lentilles
Et récitent le Credo.
Pour la gloir' de leur famille,
On leur apprend à taper sur un piano...
Gentiment ell's s'égosillent
A rossignoler des trilles.
Le soir, ell's se déshabillent
Derrière un petit rideau
En cachette ell's se maquillent
En rêvant d'un Roméo!
Les jeun's filles de bonn' famille
Quitt'nt le couvent des Oiseaux...
Puis s'en vont, toutes gentilles,
Faire un mariag' comm' il faut.
Plus de credo, plus d' lentilles,
Viv' le caviar et l' perdreau!
Le champagn' les émoustille
Ell's apprennent le tango.
Ell's fréquentent de joyeux drilles,
Et pendant que leur mari est au bureau,
Comm' des foll's elles gambillent
De Montmartre à la Bastille.
Mais quand ell's auront un' fille,
Ell's l'appel'ront Isabeau,
L'habill'ront jusqu'aux chevilles,
Et l'enverront aux Oiseaux.

Ces vers devaient voler de bouche en bouche, au grand dam des religieuses, et doter leur maison d'une réputation d'élitisme dont elles se seraient bien passées, d'autant plus qu'elle ne collait pas avec l'« esprit d'ouverture » qu'elles recherchaient. Certaines remarquèrent avec humeur que lorsque à la radio ou à la télévision on évoquait une institution religieuse pour jeunes filles, c'était toujours les Oiseaux qu'on citait, jamais Lubeck, La Tour ou Sainte-Marie! Un jour qu'à la Bibliothèque nationale j'indiquais à la personne chargée des inscriptions le sujet de mon travail, quelle ne fut pas ma surprise de la voir sourire : « Les Oiseaux, cela existe donc? Je croyais que c'était un mythe! »

Pour les anciennes de ma promotion cette populaire chanson est... posthume, mais elle nous amuse par son humour, bien que nous récusions Montmartre, la Bastille et les tromperies conjugales, lesquels évoquent plutôt l'atmosphère du livre *Saintes ou Pouliches*. Élevées pour une bonne part en temps de guerre, nous connûmes une éducation relativement austère : nos divertissements consistaient surtout dans la variété des fêtes religieuses. Il nous en est resté pour le moins une teinture de piété dont aucune de nous je crois ne s'est débarrassée...

LES SAINTS VONT EN ENFER : ANNONCE D'UNE ÉVOLUTION

La paix revenue, dans l'euphorie des Trente Glorieuses Ponthieu connut un développement exponentiel : les oisillons se multiplièrent tant et si bien que leur nid devint vite trop exigu. On étudia des agrandissements éventuels, dont une chapelle en sous-sol, mais le plus économique parut de se replier ailleurs, d'autant que l'air moral du quartier devenait insalubre avec la prolifération des boîtes de nuit, et que la cherté des loyers faisait émigrer les familles hors du centre de Paris. Finalement une fusion fut décidée en 1960 avec le cours Maintenon sis 12, rue Michel-Ange. On déménagea non sans nostalgie... La dernière à partir fut Diane : le haut de sa statue émergeait du camion qui n'avait pas de toit, et son doigt pointait vers le ciel...

Le cadre de la rue Michel-Ange, non dénué de charme avec son bouquet d'arbres et les petits pavillons aux jolis jardinets qui le jouxtent, est sans aucun doute moins noble que celui de la rue de Ponthieu mais beaucoup plus fonctionnel : il peut accueillir deux à trois fois plus d'élèves (mille deux cents au lieu de quatre à cinq cents) et est susceptible de recevoir de nouvelles constructions comme celle qui fut réalisée au moment de la fusion : un immeuble tout moderne sinon très beau en bordure de rue. Les conséquences de cette nombreuse population ? Incontestablement un certain anonymat, et des liens plus distendus entre élèves, professeurs et religieuses ; il n'est plus possible de connaître comme à Ponthieu tous les visages. Pour des motifs économiques c'est le sort dorénavant de tous les établissements d'enseignement secondaire. Mais le changement qui frappe le plus une ancienne débarquant à Michel-Ange est d'un autre ordre : c'est la rareté des mères... conséquence d'un bouleversement de la Congrégation dont il faut dire un mot.

Les révolutions éclatent avec brutalité, mais sont toujours préparées souterrainement... Déjà pendant la guerre l'Église avait été travaillée par de nouveaux projets d'évangélisation après le constat du livre du père Godin *La France, pays de mission ?*. L'année 1951 vit la parution d'un roman symptomatique : *Les saints vont en enfer,* inspiré de l'histoire des prêtres ouvriers. Leur expérience d'alors fut courte : 1941-1954, car elle fut arrêtée par Rome, mais elle se propagea comme un feu. Avec le recul du temps il apparaît qu'elle annonça de façon symbolique (à moins qu'elle n'influençât de façon déterminante) l'évolution ultérieure de l'Église, caractérisée essentiellement par la réduction des différences entre consacrés et laïcs : entre autres signes, de nombreux religieux et religieuses abandonnèrent la vie communautaire pour vivre en petites fraternités et partager l'existence quotidienne des hommes. Ce fut le cas, entre autres, de plusieurs sœurs de la Congrégation de Notre-Dame.

Jusqu'alors celle-ci était un ordre mi-monastique mi-actif : les religieuses s'y trouvaient à moitié cloîtrées, ne sortant que lorsque c'était nécessaire pour accomplir leur vocation d'enseignantes : sous aucun prétexte elles n'avaient le droit d'aller dans leurs familles. Elles portaient approximativement le même costume que celui de mère Alix vers 1600, et récitaient le grand office tous les jours ensemble à la chapelle, à moins que leurs obligations de maîtresses les contraignissent à le dire en particulier. Leur tâche d'apostolat spécifique était en effet l'enseignement, pour lequel elles s'engageaient par un quatrième vœu.

Une des décisions prises par Vatican II (1962-1965) fut de faire relever les ordres religieux de deux catégories distinctes : ceux de vie monastique, ceux de vie apostolique. On ne pouvait plus mélanger les genres... La Congrégation de Notre-Dame, dans son chapitre général de 1969, choisit d'être entièrement apostolique et d'élargir son champ d'action : elle ne s'occuperait plus seulement d'éducation des filles comme elle l'avait fait depuis trois siècles et demi, mais prendrait aussi la fameuse « option préférentielle pour les pauvres ». Les religieuses seraient « unies dans l'essentiel, libres dans les options », ce qui leur ouvrirait un large éventail d'activités. Pour justifier cette décision elles se référaient au conseil que leur avait donné leur fondateur, saint Pierre Fourier, de « faire le plus de bien qu'il leur serait possible ». A son époque, l'urgence était selon lui l'éducation des petites filles; mais qu'en était-il maintenant? Apparemment, pour la majorité d'entre elles, peut-être remuées par les troubles de 1968, elle s'avérait autre. (N'étant pas chanoinesse, je n'ai pas à porter un jugement sur leur nouvelle orientation, mais il me paraît loyal d'avouer qu'en mon for intérieur je la regrette amèrement et pour un peu la considérerais comme une désertion : en effet les problèmes qui se posent à la jeunesse n'ont jamais été si graves que de nos jours – tout un chacun y perdant son latin, ministres compris! La manifestation de 1984 à Versailles en faveur de l'École libre a été à la mesure de l'inquiétude des parents...)

La prise de position de la Congrégation de Notre-Dame s'explique en partie par le changement du statut d'enseignantes des mères et des professeurs à la suite des contrats signés par l'Enseignement libre avec l'État, contrat simple puis contrat d'association : les professeurs reçoivent désormais directement leur salaire de l'État mais doivent faire preuve des diplômes nécessaires, ce qui entraîne une valorisation de l'enseignement. (Quelle dure contrainte pour les religieuses chevronnées, pleines d'expérience mais parfois sans diplôme, d'avoir à quitter les chaires de leurs classes pour préparer des examens en Sorbonne au sein de la jeunesse estudiantine!) Les avantages de cette nouvelle situation sont la diminution du prix de la scolarité et par voie de conséquence l'ouverture des écoles à des élèves de revenus modestes, ce qui entraîne un grand brassage d'enfants issus de milieux différents; les écoles gratuites comme celle de Ménilmontant ne se trouvent plus à la charge des écoles payantes mais se suffisent maintenant à elles-mêmes. Il existe comme toujours un revers de la médaille : les religieuses exercent une moins grande influence sur les élèves, ne pouvant gérer les horaires et les temps libres à leur idée comme par le passé : or c'était surtout hors des heures de classe que leur influence avait la latitude de s'exercer.

Après que Vatican II eut demandé aux diverses congrégations de se renouveler par un retour à leurs origines et la rédaction de nouvelles Constitutions, de grands bouleversements se firent dans la Congrégation de Notre-Dame. Subitement l'ordre abandonna costume, clôture et spécificité dans l'apostolat! De quoi semer la panique dans les cœurs les mieux accrochés... Cela n'alla pas sans remous parmi les religieuses, d'après ce qui filtra à l'extérieur. Quelques-unes partirent (comme ce fut le cas, hélas, un peu partout). Notre chère mère Marie-Tharcisius, qui avait des goûts de « moniale », souffrit beaucoup de ces changements mais elle les supporta avec un grand courage : après avoir passé les examens nécessaires elle devint psychologue à Fresnes auprès des détenus de la maison d'arrêt, tout en continuant, par une admirable acrobatie, à faire fidèlement partie de sa communauté...

Est-ce une des conséquences de ces transformations ou de l'évolution générale des mœurs? Les vocations tarirent, à tel point qu'on peut s'interroger aujourd'hui, tout au moins dans notre vieille Europe, sur l'avenir de la Congrégation de Notre-Dame qui a su traverser près de quatre siècles d'Histoire et s'y trouve implantée dans neuf pays. Pourtant elle est parvenue en 1963 à réaliser son unité par la fusion, dans l'Union Notre-Dame, de ses deux branches jusqu'alors indépendantes, l'Union de Jupille (qui comprenait les maisons de Belgique, de Hollande, de Dijon, de l'Abbaye-aux-Bois à Paris et du Brésil) et l'Union romaine avec les maisons de France, d'Angleterre et de Rome. La Congrégation possède actuellement une trentaine d'implantations en France dont des écoles à Moulins, Saint-Étienne, Voiron, Épinal, Nancy, Strasbourg, Lisieux, Orbec, Saint-Pierre-Église, Reims, Meudon, Brunoy, Verneuil-sur-Seine; et à Paris rue Michel-Ange, rue de Prague et à Ménilmontant. Dans le reste de l'Europe, la Congrégation a cinq maisons en Belgique, dont deux écoles, aux Pays-Bas deux, six en Angleterre dont une école, une au Luxembourg, quatre en Allemagne, une en Autriche, une en Tchécoslovaquie, et deux en Italie dont une école. Les autres instituts sont la plupart du temps des foyers d'étudiantes ou des laboratoires de langues. Partout malheureusement des maisons très anciennement occupées par la Congrégation ont été vendues, comme à Luxembourg celle qu'elle habitait depuis 1608, et qu'elle a échangée contre un ensemble plus fonctionnel, en Hollande les deux grands pensionnats de Regina Coeli et de Notre-Dame-des-Anges, en Grande-Bretagne le célèbre et tant aimé Westgate, racheté par les Bénédictins voisins de Ramsgate.

En 1969, au moment de sa grande évolution, la Congrégation comptait en France 515 sœurs réparties en 35 communautés et fraternités; en 1973 12 fraternités nouvelles s'étaient fondées au détriment du nombre de sœurs vivant en communautés dans les écoles, situation d'autant plus regrettable pour lesdites écoles qu'avec la pyramide des âges le nombre des religieuses s'amenuise avec les années – de même que le nombre des prêtres.

Actuellement, en 1991, les religieuses ne sont plus en France que 360, mais se trouvent implantées en une cinquantaine de lieux. Elles sont engagées dans des tâches apostoliques diverses : scolaires, pastorales, sociales, qui se rapportent toujours à l'éducation des personnes (et non plus seulement de la jeunesse). Les structures de vie fraternelle peuvent avoir des formes diverses : dans le cas de groupes de 5 à 15 sœurs (il n'en existe que deux de ce type) la « responsable » vit dans la communauté; dans le cas de petites fraternités de 3 à 5 sœurs, une sœur est responsable de plusieurs groupes d'une même région; il peut même arriver qu'une sœur ait un habitat personnel en fonction de sa mission apostolique particulière, elle est alors rattachée à la « responsable régionale ».

Ainsi beaucoup de sœurs se trouvent éparpillées en fraternités dans de petits appartements, souvent dans des H.L.M. de banlieue, consacrant leurs efforts à la « promotion humaine » : soignantes, directrices de maison de personnes âgées, « aumônières » dans les écoles d'État ou les facultés, éducatrices dans les prisons, s'occupant de catéchèse. Celles qui sont professeurs sont salariées par l'État, celles qui sont chargées de pastorale le sont par le diocèse : de ce salaire elles versent une partie à leur communauté et disposent de l'autre pour leurs besoins personnels – évolution du vœu de pauvreté... Elles se retrouvent périodiquement entre elles et gardent des liens très forts avec leur communauté d'origine. Elles récitent, de même que les prêtres, les « prières du temps présent » qui ont remplacé l'office de jadis. Beaucoup de sœurs se sont envolées pour le tiers monde accomplir les mêmes tâches ou d'autres plus spécifiques : au Tchad, au Zaïre où elles ont 7 maisons, à Hong Kong, au Mexique où elles s'efforcent de « transformer les structures », au Brésil où, très nombreuses – 126 sœurs plus 10 novices et postulantes –, elles ont 7 maisons et se vouent à des activités sociales dans des « communautés de base », au Vietnam enfin, à Saigon, où elles se sont remises à donner des cours dans les anciennes écoles dont elles furent expropriées, près desquelles elles habitent, et où elles s'occupent aussi de programmes de télévision : parmi elles les vocations fleurissent – elles ont accompli tant de bien jadis ! Dans tous ces pays de nombreuses vocations locales font renaître l'espoir d'un avenir meilleur pour la Congrégation...

Quant à Michel-Ange, le petit nombre de religieuses – cinq ou six seulement en activité – qui y sont demeurées, bien qu'elles aient perdu le prestige que leur donnait leur antique habit, on pourrait dire l'« aura », ressemblent à celles d'autrefois : chaleureuses, dévouées, gaies, libres d'allure, fidèles de cœur. Mais trop rares... Plusieurs établissements de la Congrégation en France sont déjà dirigés par un ou une laïc, Verneuil par exemple. L'homogénéité sociale des élèves y est beaucoup moins grande qu'autrefois mais l'ambiance n'en souffre guère ; les amitiés qu'on y tisse sont peut-être seulement moins durables car qui se ressemble s'assemble, c'est une loi générale. De toute façon, il est bien connu que, pour les Anciennes, le bon temps, c'est toujours le leur !

MICHEL-ANGE : COUP D'ŒIL SUR LA JEUNESSE

Le changement de mentalité de la jeunesse qui fréquente les Oiseaux est encore plus saisissant que celui de nombreuses religieuses. N'ayant ni sœur, ni fille, ni petite-fille, je ne suis guère au courant de la forme d'éducation qui a suivi la mienne, mais assez pour constater qu'elle ne lui ressemble nullement. Un professeur d'université faisait état récemment de cette brutale coupure : « L'éducation reçue par les hommes de ma génération n'a pas été si différente de la leur (c'est-à-dire celle de Montaigne, Fénelon et Rousseau) ! Nous avons appris le même catéchisme que le leur, le même code de politesse, les mêmes lettres classiques. S'il nous était donné de redevenir des écoliers, nous nous sentirions peut-être moins dépaysés dans les écoles de l'ancienne France que dans celles où étudient aujourd'hui nos enfants [3]. » Si les bouleversements apportés par le Concile dans l'Église furent en grande partie la cause de l'évolution de la Congrégation de Notre-Dame, c'est Mai 68 qui a transformé le mode de vie des élèves et leur personnalité. Pourtant Mai 68 se passa de façon exceptionnellement calme aux Oiseaux, où les cours continuèrent presque comme à l'accoutumée.

Un livre avait été annonciateur des troubles à venir... *Bonjour tristesse*, paru en 1951, était l'œuvre d'une jeune fille de dix-huit ans qui avait passé quelques mois à Ponthieu quatre ans plus tôt avant d'en être renvoyée « pour manque de spiritualité » : « Je suis aux Oiseaux et j'y pépie gaiement », écrivait alors Françoise Sagan. Dans ce mince volume à l'histoire embrouillée mais au style limpide apparaissent les signes de la déchéance dans laquelle devait sombrer la jeunesse dorée : les liaisons de passage, l'alcool, la vitesse, l'argent facile, peu de soucis, peu de travail, et pour finir le drame... qui clôt souvent la spirale du désespoir. Livre léger, reflétant une manière légère de voir la vie – mais la vie se venge : elle veut être prise au sérieux.

A l'inverse des époques précédentes où régnait l'incognito, de jeunes anciennes font maintenant parler d'elles dans les médias : un article de l'hebdomadaire *Match* de mai 1990 est consacré à Anémone, « élevée au couvent des Oiseaux », un autre à Philippine de Rothschild, elle aussi ancienne élève des Oiseaux : il y est dit que c'est peut-être d'avoir joué Assuérus dans *Esther* qui lui donna le goût de monter sur les planches. (Signalons que dans le monde politique, Anne-Aymone Giscard d'Estaing fit aussi ses études à Ponthieu dont elle reste une fidèle ancienne, assidue aux réunions, et que Delors mit quelque temps sa fille rue de Prague.) L'élève modèle à laquelle les religieuses se réfèrent le plus volontiers est Claire Constant, auteur d'un livre admirable qui fut réédité : *L'Infirmière de la dernière chance.*

Si l'on effectue une petite enquête « sur le terrain » on s'aperçoit qu'on peut établir un parallèle entre le changement de comportement des religieuses et celui des élèves : le mot clef est celui de liberté (synonyme d'indépendance)... avec ce que cela comporte de risques à courir. Les premières ont beaucoup assoupli leur vœu d'obéissance : il faut reconnaître que bien des usages de jadis ressemblaient à d'inutiles brimades, tel le fait d'être tenue de montrer son courrier, ou de demander la permission d'aller chercher un mouchoir, et qu'il n'est pas fâcheux qu'ils aient été abolis. En ce qui concerne les élèves le retournement est le même : aussi la pédagogie actuelle vise-t-elle essentiellement à leur apprendre à faire un bon usage de leur liberté. En effet par la force des choses elles se trouvent beaucoup plus libres que ne l'étaient leurs parents : quand elles rentrent chez elles, bien souvent il n'y a personne pour les surveiller, leur mère travaillant au-dehors. Ayant pris des habitudes d'indépendance à la maison elles supportent mal en classe une discipline trop stricte, et se rebiffent volontiers devant des ordres donnés de façon autoritaire. Du point de vue moral, autrefois les éducateurs inculquaient des principes à la jeunesse, maintenant ils la sensibilisent à des valeurs; mais les principes ne se discutent pas, tandis que les valeurs prêtent toujours à discussion. Les principes sont stricts et les valeurs flexibles. Faudrait-il alors, des principes, dire qu'ils paralysent et glacent comme des « banquises » ? Non point, mais que ce sont plutôt des « balises » qui jalonnent le chemin. Aujourd'hui les jeunes aiment penser et juger par eux-mêmes, d'où leur goût des voyages et de l'aventure qui leur permettent de faire leurs propres expériences et se rendre compte *de visu.* En morale, en religion, les leçons théoriques les laissent froids et indifférents, seuls les témoignages les intéressent et les touchent... quelquefois. En somme, on pourrait dire qu'aux Oiseaux les générations précédentes étaient élevées en privilégiées, telles de petites plantes pourvues de tuteurs dans une serre chaude; celles d'aujourd'hui ne sont pas tout à fait cultivées en plein vent ainsi que dans un lycée laïque mais à l'abri d'une haie, une haie brise-vent...

Le niveau scolaire de Michel-Ange est reconnu bon : la réussite au baccalauréat en 1988 se monte à 92,8 % pour la section A, 89,6 % en B, 87 % en C, 93,7 % en D. Cependant les anciennes élèves se plaignent parfois qu'on leur ait fabriqué une tête bien pleine plutôt que bien faite, et qu'on les ait peu préparées à aborder les études supérieures. En ce qui concerne l'instruction religieuse, l'avis est unanime : dans toutes les institutions libres les religieuses et les catéchistes « flottent », elles manquent de « colonne vertébrale », on dirait qu'elles ne savent plus trop que penser, quoi enseigner et comment intéresser leur auditoire. Elles chargent souvent les grandes élèves de la catéchèse des plus petites afin de les stimuler. Aux Oiseaux les élèves de philo apprécient beaucoup le cours de métaphysique qui leur est donné en plus du programme, et les conversations très directes qu'à cette occasion elles peuvent avoir avec la religieuse qui le fait. Quant à la morale et aux problèmes que soulève la liberté des mœurs, elles considèrent qu'on leur fixe des interdits mais qu'on a du mal à les leur justifier : le péché mortel si dissuasif jadis est une expression périmée qui ne porte plus, de même que le péché originel : c'étaient des simplifications, des schémas directeurs, aussi expressifs que des panneaux de signalisation – mais qui ne représentent plus rien actuellement. Cependant les sœurs, heureusement aidées de civils, essaient de faire un gros effort d'éducation de ce côté-là.

Les élèves sont moins « pieuses », pour ressusciter un mot passé de mode : au monde encore chrétien de l'avant-guerre a succédé un monde déchristianisé. Les dévotions particulières n'ont plus cours. Pourtant, avait remarqué Mme de Staël, « les pratiques religieuses sont à la religion ce que les ailes sont à l'oiseau »... La messe à Michel-Ange n'est plus obligatoire : une contrainte de plus qui s'est envolée. (De mon temps à Ponthieu, elle était bihebdomadaire.) Les retraites annuelles sont seulement « proposées ». La très ancienne congrégation d'Enfants de Marie n'existe plus.

Le bénévolat reste aussi actif qu'autrefois – c'est un point sur lequel les mères ont toujours beaucoup insisté –, mais il est plus diversifié, les élèves, informées par la télévision, s'intéressant à ce qui se passe dans le monde entier et pas seulement dans leur orbite ; elles font ainsi partie d'organisations humanitaires s'occupant d'abolition de la torture ou de prisonniers, sans négliger toutefois les cas tragiques plus proches que leur indique la toujours vivante Société de Saint-Vincent-de-Paul. Cette ouverture au monde n'est pas sans étonner celles qui, comme moi, ont été élevées avec l'interdiction de lire les journaux afin de rester dans l'ignorance des faits divers!

La hiérarchie est moins visible que jadis dans l'établissement. Les séances de notes, au cérémonial si bien réglé, ont été supprimées; les parents reçoivent seulement un bulletin qui ne comporte que des notes scolaires: adieu celles de conduite, politesse, ordre et tenue! Inutile de dire que les révérences se sont aussi envolées... Les termes « mère et révérende mère » ont disparu avec le port de l'habit et sont remplacés par celui de « sœur ». L'abolition des signes distinctifs a entraîné une nette diminution du respect ou tout au moins de ses marques extérieures. Qu'on en juge par un exemple : une supérieure de Michel-Ange, mère Françoise-Agnès, surnommée à cause de ses initiales Maf, était très aimée : à son départ pour la maison de Meudon, en 1988, on organisa une grande fête. A la place des discours d'antan, ponctués de révérences, voici les adieux qui lui furent faits : « Tirade des MAFS, Cyrano de Bergemal, acte V, scène 5 » :

L'élève : Voilà, Maf s'en va!
L'autre : Ah non, c'est un peu court, jeune fille!
On pourrait dire, ô Dieu, mieux que cette broutille,
En variant le ton – par exemple, cela :
(Nerveux :) Mais fallait-il vraiment que Meudon l'enlevât
A la neuve couvée qui déjà tend les bras?
(Descriptif :) C'est un roc, c'est un bac, c'est une cha-
[noinesse,
Agrémentée parfois d'un beau foulard Hermès...
(Dramatique :) C'est la mère Rouge quand elle enseigne!
(Dynamique :) Courez, éliminez, ô filles structurées!
(Cavalier :) Et « MAF »! s'écria-t-elle en un juron osé.
(Enfin, parodiant Pyrame en un sanglot :)
A la fois sœur et mère en son vaste bureau,
Elle cachait son cœur sous l'aile de son voile;
Et voilà que maintenant elle met à la voile!

On voit qu'à défaut d'un respect compassé, un affectueux esprit de famille est toujours présent aux Oiseaux! C'est la seule chose peut-être qui subsiste d'autrefois... La mère ainsi fêtée apparemment ne se formalisa pas de ce style moderne. Plusieurs élèves continuèrent à lui rendre visite à sa nouvelle adresse : elle les questionnait sur leur vie – non sur leur âme, comme de notre temps!

Les professeurs, toutes de sexe féminin, sont jeunes dans l'ensemble; plus elles sont âgées, meilleures elles sont, à ce qu'on dit, comme le bon vin : l'expérience joue, le zèle ne suffit pas. Il n'y a pas de barrières entre elles et les élèves qui ne craignent pas d'aller les voir pour critiquer leur cours ou discuter des notes qu'elles ont obtenues. Cette attitude n'est pas sans rappeler celle des étudiants d'Université qui en fin d'année notent leurs professeurs.

Les cours magistraux existent, mais moins nombreux qu'autrefois : on demande aux élèves non plus de prendre des citations en notes mais d'effectuer par elles-mêmes des recherches dans des ouvrages qu'on leur indique : elles ont ainsi une approche personnelle des auteurs. Le professeur fait ensuite un cours magistral de synthèse. L'idée de base est que ce que l'on découvre par soi-même, on le retient mieux, et qu'on fait bien ce qu'on fait avec plaisir, à son rythme, c'est-à-dire quand on a envie de le faire. La méthode Montessori a fait son chemin dans les esprits...

Bien qu'aux Oiseaux l'ambiance soit spécialement détendue – cela a toujours été la marque de la maison par rapport aux autres – plusieurs élèves souffrent du stress : la raison en est sans doute l'angoisse des examens et l'inquiétude devant l'avenir – dans quelle voie s'orienter? –, mais aussi le surmenage, dû au nombre d'activités annexes qui leur sont proposées : judo, danse, équitation, tennis, musique, dessin... L'anorexie, inconnue autrefois mais relativement répandue aujourd'hui, est bien le signe d'un déséquilibre général.

Quels sont les côtés positifs de cette éducation qui repose sur le brassage des êtres et des idées? La curiosité d'esprit, la tolérance, le goût de l'initiative, le sens des responsabilités. Et les défauts? Ceux de l'époque contemporaine – à commencer par l'esprit de consommation et l'argent facile. De notre temps, très peu de monnaie nous glissait entre les mains, nos dépenses de papeterie faites au bureau des « fournitures » étaient mises sur la note des parents, l'argent de poche n'existait pas. Le mot même d'argent était tabou, on ne le prononçait pas. Tout étant « home made », la cuisine et souvent les robes, on ne discutait que de la qualité. Maintenant que tout s'achète à l'extérieur, on discute du rapport qualité/prix – et l'on devient snob, chacun se vantant de posséder l'objet de la marque la plus chère. La relative disparition de l'uniforme qui se cantonne au bleu marine et au blanc – finis les cols bleu ciel ! – favorise la comparaison entre les diverses pièces de l'habillement. Elle engendre aussi la coquetterie. Mais apparemment c'est un défaut qui ne dure pas si l'on en juge par le spectacle qu'offre la rue... Dès qu'ils le peuvent, les jeunes cherchent à gagner de l'argent en effectuant des « petits boulots » afin de s'assurer une indépendance financière et pouvoir acheter ce qui leur fait plaisir, objets ou voyage ; mais ils sont également très généreux et donnent avec autant de facilité qu'ils dépensent, de telle sorte qu'il existe entre eux une réelle entraide : l'argent leur glisse entre les doigts.

Finalement Michel-Ange est resté mesuré dans ses changements... jusqu'à présent, mais la mixité prévue dans les grandes classes promet beaucoup de bouleversements. Cette maison a su allier libéralisme et protection, ce qui fait qu'elle n'a pas connu de problèmes de drogue et que la tenue des mœurs dans l'ensemble est restée bonne. La discipline y est assez stricte, même si les renvois d'élèves sont rares : à l'inverse d'autrefois leur motif est plus souvent scolaire que disciplinaire. Comme, ainsi que nous l'avons répété, on y a l'esprit de famille, on fait confiance aux élèves, on cherche à aider celles qui sont en difficulté et non à les « enfoncer » comme c'est parfois le cas ailleurs : tant pis si la moyenne au bac s'en ressent un tantinet !

Le véritable problème auquel sont confrontés les Oiseaux est le même que celui qui se pose à toutes les institutions libres pour jeunes filles : quel but, quel modèle proposer aujourd'hui à la femme chrétienne ? Deux idées-forces sont en concurrence : celle de « service », qui dominait autrefois, celle d' « épanouissement personnel » qui prime aujourd'hui : on n'est pas obligé, dit-on, de rendre service si l'on trouve à s'épanouir mieux en suivant ce que l'on croit être sa vocation. Le professeur Tubiana a posé une interrogation du même genre dans son livre *Le Refus du réel :* « Le problème de l'éducation, écrit-il, est d'abord celui de l'idéal que l'on se propose pour l'homme de demain. La réponse à cette question aurait été claire il y a cent ans ou même quarante ans. Elle serait aujourd'hui ambiguë ou hésitante et c'est là une des sources du malaise de la jeunesse. »

POSTFACE

IN PARADISIUM DEDUCANT TE ANGELI

L'intérêt d'une monographie de couvent comme celle-ci est de faire prendre conscience, grâce à un exemple précis, du changement extraordinaire survenu dans les mœurs et les mentalités, surtout depuis un demi-siècle. Ce serait un tort, cependant, de tout rejeter du passé : si beaucoup de coutumes et d'idées ne sont plus adaptées à l'époque actuelle, beaucoup d'autres demeurent valables. Jusqu'ici j'ai apporté un témoignage collectif, fruit de nombreux interrogatoires, dorénavant je parle en mon nom propre.

Ce qui frappe, lorsqu'on lit les témoignages des anciennes couventines cités au fil de ces pages, c'est leur nostalgie des émotions religieuses qu'elles avaient éprouvées dans leur adolescence, et que les orages de leur vie ne purent engloutir. Il existait incontestablement jadis une poésie des chapelles et cérémonies liturgiques, difficile à saisir pour les sensibilités modernes. J'y pensais un jour, assistant à une messe d'anciennes élèves rue Michel-Ange : quelle émotion esthétique éprouver dans cette salle transformée en lieu de culte, avec une moquette moutarde dans le chœur, une allée de linoléum, le plafond peint en bleu foncé, et quelques tuyaux de plomberie de-ci, de-là? Heureusement des bouquets de fleurs arrangés avec goût égayaient les yeux. On avait relégué dans le vestibule la Vierge fidèle de mon enfance, ainsi qu'un portrait en mosaïque de mère Alix. Il faut reconnaître que, depuis cette visite, la chapelle a subi de grandes transformations de forme, taille et décoration qui l'ont beaucoup améliorée : le mur du fond est devenu une sorte de vaste panoramique à peine esquissé qui évolue avec les saisons liturgiques : tantôt sable du désert, tantôt crête de montagne...

Je regrette la sécheresse qui caractérise le plus souvent depuis le Concile les lieux de culte et la liturgie – alors qu'au cours des siècles et dans tous les pays l'art sacré a constitué la partie la plus importante de l'art tout court. Après la beauté architecturale des églises du Moyen Age, véritables défis portés aux lois de la pesanteur – qu'il leur arrivait de perdre, leurs voûtes s'écroulant – celle des églises jésuites du XVIIe siècle a résidé dans une décoration intérieure exubérante et luxueuse. Un supérieur de l'ordre, le père Crasset, écrivait en 1679 : « On ne peut nier que le peuple et les personnes grossières, dont le nombre est incomparablement plus grand que celui des savants et des spirituels, ne soient excités à louer et à honorer Dieu par les riches ornements de nos églises. Ce temple si spacieux, ces autels si bien parés, ces cérémonies si augustes, ces vêtements si riches et si précieux, tous ces vases d'or et d'argent, toutes ces images si bien travaillées ne contribuent pas peu à conserver la majesté de nos sacrements et à imprimer du respect pour les choses saintes. Vous trouverez peu de gens qui ne sentent plus de dévotion à prier Dieu dans une église grande et bien ornée que dans un lieu sale, pauvre et négligé [1]. » A cette époque-là on considérait que le meilleur chemin pour obtenir la conversion c'était de s'adresser au cœur et à l'imagination. Cette façon de voir ne serait-elle plus valable ?

Enjambons un siècle et demi... Donald Mitchell, un Américain, en voyage à Paris sous le règne de Louis-Philippe, fut frappé par le côté plaisant des offices religieux : « La religion, à Paris, a davantage la vivacité d'un sentiment que le sérieux d'un devoir accaparant... Les fidèles... écoutent la prière, le sermon attentivement. Mais il m'a toujours semblé que c'était une attention... qui doit quelque chose à la présence des images, aux nervures des hautes arcades, aux parfums des herbes brûlées, une attention qui peut être fort dévote, avec quelque présence imaginaire ou réelle de Dieu dans l'âme, mais très rarement cette attention que les protestants appellent un “ cœur brisé et contrit ”. – Aucun peuple ne supporterait moins bien que les Parisiens des églises nues et une prédication austère [...]. Pourquoi un homme attristé irait-il à l'église pour s'en retourner plus triste encore, c'est ce qu'ils ne sauraient comprendre [2]. »

Venons-en à notre époque, aux années 1960 : je me souviens d'un enterrement auquel j'assistai et dont je n'ai pas oublié la beauté. Tandis que dans l'église, en contrebas du village, le cercueil d'une vieille servante, porté sur les épaules des hommes, avançait solennellement vers l'autel, les verrières gothiques s'illuminèrent sous les rayons du soleil, un chant merveilleux emplit les voûtes augustes : « In Paradisium deducant te angeli... (Qu'au Paradis te conduisent les troupes des Anges...). » Quelle prodigalité de beauté ! Quelles obsèques royales pour cette humble chrétienne !

Ce chant, ai-je appris, date du IXe siècle ; c'est le plus antique du répertoire chrétien. Lequel, des élèves du catéchisme d'aujourd'hui, en comprendrait le sens ? En dehors de l'obstacle du latin, qui entend encore parler du paradis et des anges ? Ainsi la question se pose-t-elle dans l'Église catholique pour de nombreux sujets.

Je me demande si la désertion actuelle des lieux de culte ne vient pas de ce que les offices y sont plus austères et ressemblent davantage aux offices protestants... On a dépouillé les nefs de leurs statues, les cérémonies de leur faste, les célébrants de leurs ornements... Quelle distraction y trouver ? Or je crois qu'il existe une distraction salutaire, celle qui vous arrache à vos soucis journaliers et à la glue de la monotonie – celle que procuraient les messes de jadis... Voici le souvenir qu'elles m'ont laissé : « Le vaisseau de l'église appareille pour un voyage dans l'invisible, dans l'au-delà... Les têtes s'inclinent, les genoux fléchissent, les mains se joignent, les ors de l'autel brillent, les ornements scintillent, la musique s'élève jusqu'aux voûtes, une langue étrangère résonne aux oreilles. Les esprits quittent la terre connue du quotidien, et leurs soucis s'estompent comme les rochers de la plage vus du large.

« Le vaisseau, avec sa cargaison d'âmes, gagne la pleine mer. A la ligne de l'horizon, seul un fil ténu sépare l'océan du ciel, l'élément liquide de l'élément gazeux. On croit même passer insensiblement de l'un à l'autre.

« Puis au bout d'une traversée de trois quarts d'heure le navire se rapproche de la terre... Il aborde le quai... Des rumeurs se font entendre, des gens s'agitent... On s'apprête à descendre sur la terre ferme. »

Telles étaient les messes de mon enfance.

Cette évasion est-elle utile ? Actuellement on prétend que non. Et pourtant toutes les religions l'ont recherchée. On raconte que Vladimir, prince de Kiev vers l'an mille, envoya des ambassadeurs à Constantinople pour le renseigner sur les religions juive, musulmane, chrétienne ; ils lui rapportèrent que le culte à Sainte-Sophie était tellement splendide qu'ils ne savaient plus s'ils étaient sur terre ou au ciel – ce qui décida de son adhésion à la religion chrétienne dont il devint un saint canonisé.

Au Japon les rites ancestraux de la cérémonie du thé, qui évoquent pour un catholique la liturgie de la messe, ont pour but de libérer l'âme de ses préoccupations et de la mettre en harmonie avec la nature grâce à des objets et des gestes simples mais empreints de beauté. Dieu est « le Vrai, le Beau et le Bon ». On a trop tendance aujourd'hui à oublier qu'il se révèle partiellement dans la beauté : ce devrait être l'objet de la liturgie de chercher à rendre manifeste sa présence de cette manière-là.

Le sentiment de dépaysement qu'on éprouve en entrant dans une église est parfois très agréable : on se trouve dans un autre monde, on voit les choses différemment comme au cours d'un voyage. On a l'impression de laisser sa vie de tous les jours à la porte, de déposer son fardeau. Cette paix, c'est un peu le but (ou l'effet) du culte dans toutes les religions ; c'était ainsi avant le Concile, ce l'est moins depuis. Pour les gens nerveux ou soucieux ce dépaysement était un facteur d'équilibre : il changeait les idées et procurait une détente que l'on va maintenant chercher dans les séances de yoga ou de relaxation. Cela permettait de se ressourcer, pour employer un mot qui n'existait pas, de reprendre forces et courage, et éventuellement de devenir meilleur !

On reprochera sans doute à certains de ne pas aimer le changement... Mais de même qu'il existe une langue maternelle, il existe aussi une religion maternelle, et s'il est très difficile d'être parfaitement bilingue, il l'est tout autant, d'acquérir une nouvelle sensibilité religieuse. Quand Érasme mourut, qui connaissait le latin mieux que quiconque et correspondait dans cette langue avec tous les savants d'Europe, sa dernière parole fut : « Mon Dieu ! » en hollandais, la langue de son enfance. Un exemple plus récent est tout aussi significatif : à la cinq centième séance d'*Apostrophes* Pivot interrogeait Julien Green, dont on sait qu'il écrit ses livres tantôt en anglais, tantôt en français : « Et quand vous priez, lui demandait-il, dans quelle langue vous adressez-vous à Dieu? – Drôle de question... En anglais, parce que c'est en anglais que ma mère m'a appris mes prières. » Cette phrase résume le problème de l'intégrisme : elle explique l'extrême difficulté qu'éprouvent certains à changer les habitudes qui ont formé leur personnalité religieuse. Un amusant quatrain (de cinq vers!) du XVIIe siècle qui courut au moment de la querelle du quiétisme s'applique bien à notre époque :

Dans ces combats où vos prélats de France
Semblent chercher la vérité,
L'un dit qu'on détruit l'espérance,
L'autre se plaint que c'est la charité.
C'est la foi qu'on détruit, et personne n'y pense.

Qu'est-ce que la liturgie, sinon de vieux usages transmis de siècle en siècle? Et la tradition est-elle autre chose qu'une boule de neige qui roule et se grossit de l'expérience des ans? Proust écrivant *Le Temps retrouvé* montrait que lorsqu'un souvenir et l'instant présent se confondent on éprouve un sentiment de bonheur intense car le temps n'existe plus. C'est dans cette optique qu'il faut essayer de comprendre ce qu'est la sensibilité religieuse : tout notre passé religieux affleure dans notre sentiment religieux présent sans que nous nous en doutions. On ne peut l'abolir, quoi qu'on veuille. Il y a donc un véritable danger à faire une coupure avec le passé en religion. Qui n'a entendu de vieilles personnes dire : « A mon âge on ne peut changer de religion! » Le rôle du rite c'est de faire revivre le passé par la lecture de textes anciens et la répétition de gestes depuis longtemps fixés.

La mode actuelle est à l'anonymat, avec en contrepoint un vedettariat excessif dû aux émissions de télévision. D'une façon générale le souci de l'égalitarisme et de l'uniformité règne dans les esprits au détriment du respect de la personnalité et de l'originalité de chacun qui ont bien du mal à s'épanouir. Le goût de l'anonymat se manifeste de façon particulièrement visible au niveau du costume qui de nos jours se compose essentiellement pour les deux sexes d'un blue-jean, d'un tee-shirt, d'un anorak et de baskets dans la moitié du monde. Ce glissement vers l'incognito et vers un nivellement général ne cesse de s'accélérer avec les années, mais il commençait déjà à apparaître au siècle dernier. Dans les *Mémoires d'outre-tombe*, Chateaubriand déplorait la disparition des singularités vestimentaires par lesquelles s'exprimait jusqu'alors la diversité – et la richesse – de la nature humaine : « La variété des costumes avait cessé ; le vieux monde s'effaçait ; on avait endossé la casaque uniforme du monde nouveau... »

Cependant dans notre enfance les rues chatoyaient encore des couleurs vives et des ors des tenues militaires, et il subsistait un grand nombre de costumes : nationaux, comme les pantalons bouffants des femmes serbes, régionaux, comme les « bajolets » des Champenoises ou les coiffes aériennes des femmes d'Ouessant, professionnels, tels les voiles bleus des nurses, religieux, innombrables, chaque ordre ayant le sien, le plus légendaire étant celui des Filles de Saint-Vincent-de-Paul avec leurs ailes palpitantes ; il ne faudrait pas omettre l'uniforme noir « à perpétuité » des orphelins, ou celui à boutons dorés des collégiens, non plus que les tenues de deuil : les voiles de crêpe (comme en portait déjà Marie Stuart) surmontant le bonnet blanc des veuves ou noir des mères, et les brassards des hommes, non plus que la sempiternelle vêture bleu et blanc, des pieds à la tête, des enfants voués à la Vierge comme le fut Jean-Paul Sartre. Il est inutile de dire qu'il n'existait aucune tenue « unisexe » : dès le berceau les bébés se différenciaient, bleus les garçons, roses les filles. En voyant la façon dont quelqu'un était habillé on savait immédiatement comment l'aborder car il existait une ritualisation des gestes sociaux : on devait manifester du respect à l'égard de ceux qui étaient au-dessus de soi, parents et supérieurs. L'anonymat existant moins que de nos jours, chacun se sentait davantage responsable de ses actes. J'étais si habituée aux signes distinctifs que dans mon jeune âge je crus l'histoire que me racontaient mes parents : qu'un fil invisible reliait les alliances des gens mariés, visible pour eux seuls !

Mais le plus beau costume était le vêtement liturgique, dont la couleur changeait avec les fêtes et les saisons, comme les fleurs du jardin, et dont la somptuosité contribuait à rehausser l'éclat des jours de liesse. On peut regretter sans doute la bigarrure des costumes de jadis, qui font partie du folkore cher à notre enfance et sont relégués au musée de la Mode, mais on regrettera surtout la noblesse des habits religieux, aux longs plis et aux toiles empesées, et la beauté chatoyante des chasubles. Ils avaient leur prestige – comme l'uniforme militaire. « L'ennui naquit un jour de l'uniformité » – et la médiocrité aussi. Autrement dit, peut être jugée en partie responsable de la désertion des églises une privation d'ordre esthétique : leur dépouillement glacial et la disparition des costumes ecclésiastiques. La beauté mène à Dieu, et on a fermé ce chemin-là. Avoir le sens du sacré, c'est savoir qu'on peut transfigurer le quotidien. « L'amour sacré de la patrie » s'entretient par la cérémonie du salut aux couleurs...

Aux Oiseaux, comment arrivait-on à susciter notre ferveur? Par la splendeur des cérémonies, sans doute, qui évoquaient la grandeur de Dieu, mais aussi en nous expliquant que cet être si grand était aussi notre créateur et notre Père, en nous présentant Dieu comme notre plus grand ami, celui qui devrait être notre premier confident. En effet, un Dieu dont on vous rabâche qu'il s'intéresse aux autres, et dont on ne vous dit jamais qu'il s'intéresse à vous, comment l'aimerait-on? Il reste une entité. C'est l'inverse de ce que nous ont appris au cours des siècles Socrate prêtant l'oreille à son « démon », Jeanne d'Arc écoutant ses « voix », Kant découvrant dans « la voix de sa conscience » une preuve de l'existence de Dieu, Pasteur disant : « Les Grecs nous ont légué un des plus beaux mots de notre langue, le mot *enthousiasme*, un *dieu intérieur*... Heureux celui qui porte en soi un dieu! »

LE CIEL EST BLEU DERRIÈRE LES NUAGES

Étant considérée comme une bonne élève par les religieuses et les professeurs, et comme une bonne fille par mes parents, j'avais tendance, l'amour-propre aidant, à leur retourner le compliment, et par voie de conséquence à me fier entièrement à leur jugement. Pendant trente ans j'ai continué dans cette optique et surtout pensé « par les autres », croyant que les personnes plus âgées et plus expérimentées avaient toutes les chances de penser de façon plus juste que moi – attitude à coup sûr partagée par beaucoup de mes anciennes compagnes de classe. Et puis il y a eu un déclic... Ce que l'on m'avait enseigné comme parole d'évangile était voué subitement aux gémonies... Dans un placard de ma chambre à la campagne se trouvaient, enfermés à double tour, des vases sacrés pour la chapelle, calice et ciboire, recouverts de soies brodées, que pour tout l'or du monde je n'aurais touchés de mes mains de peur de commettre un sacrilège... On nous avait appris en classe que seule la sœur sacristine, ayant reçu une permission spéciale, avait le droit de toucher les objets destinés à recevoir le Corps et le Sang du Christ, mais aucune autre religieuse. Ici c'était une de mes belles-sœurs qui avait ce privilège. La nuit, à la campagne, parfois je pensais à cet étrange dépôt dans la muraille, avec la vague idée qu'il me protégeait... Après le concile ces objets sacrés étaient considérés ni plus ni moins que la vaisselle dont on se servait pour les messes en plein air ou dans les logements H.L.M. des prêtres ouvriers.

Dans l'ombre morale qui fut la mienne, certaines phrases de théologiens me rassurèrent : il y eut d'abord le célèbre toast porté par le cardinal Newman à la fin d'un banquet : « Je bois à ma conscience d'abord et au pape ensuite. » Et aussi certains passages du livre *Le Courage du théologien* du père Karl Rahner : « Si quelqu'un vient me dire : “ Vois-tu, je ne comprends pas ce que peut vouloir dire l'Immaculée Conception de la mère de Dieu, je n'arrive absolument pas à m'en tirer ”, je lui dirais : “ Mon cher ami, tu n'as vraiment pas de raison de nier cette vérité, mais si pour le moment tu n'arrives pas à y voir clair et que tu as déjà assez à faire à croire en Dieu et en la vie éternelle, tu as parfaitement le droit dans l'Église de te contenter de ton Christianisme, tu n'as pas besoin d'apprendre ton catéchisme par cœur et de faire comme si tu pouvais t'y retrouver en tout [3]. ” »

Un autre exemple me rasséréna : quand nous étions en philo, on nous avait emmenées, le jour de la Saint-Thomas-d'Aquin, assister à la messe au couvent des Dominicains faubourg Saint-Honoré, car ce docteur de l'Église, vénéré comme la plus grande gloire de l'ordre après saint Dominique, est aussi considéré comme le patron des philosophes. Quel ne fut pas mon étonnement, bien des années plus tard, d'apprendre qu'il avait été « contesté de son temps, souvent traité d'hérétique, combattu comme moderniste par des théologiens traditionalistes (de tendance augustinienne), révoqué de Paris par son propre ordre dominicain, condamné par les autorités ecclésiastiques de Paris et Oxford [4] ». On nous avait appris l'histoire sainte, on ne nous avait pas dit qu'il y avait également une histoire des dogmes; jeunes, nous croyions que l'évolution de l'Église s'était faite doucement, comme une fleur qui déploie ses pétales – alors qu'en fait l'Église actuelle est bien plutôt le résultat de luttes et de cassures.

En fin de compte, qu'est-ce qu'avoir l'esprit religieux? C'est être optimiste, c'est croire que « le ciel est bleu derrière les nuages », c'est être convaincu que le bien triomphera du mal, que la lutte des deux n'est qu'apparente, que c'est le bien qui est le fondement et la source de toute chose; que ce qui nous paraît absurde ne l'est que parce que nos yeux manquent de clairvoyance: c'est un peu le pari proposé par Pascal; comme m'a dit un oncle mourant: « Je crois à la vie. »

Il y a le goût pour la vie du jeune enfant, qui personnifie la joie de vivre; la religion, c'est ce goût raisonné. « Je crois en Dieu », c'est finalement toujours: je crois que le bien est au fond de tout, que le bien aura le dernier mot. Sinon, ayant le sentiment de la perfection, nous serions supérieurs à un Dieu qui ne serait pas parfait, ce qui par définition est impossible. C'est en gros l'argument ontologique de saint Anselme: cette idée du Bien absolu, comment l'aurions-nous si Dieu ne l'avait mise en nous?

« Hors de l'Église, point de salut » n'a plus cours. Être religieux, c'est quand même croire, de façon mystérieuse, quelque chose d'incompréhensible : que la prière peut être exaucée... qu'on peut influer sur Dieu.

Voici quelques méditations que j'ai jetées sur le papier au fil des ans, et que je ne renie pas : « Automne 1978. Le jardin est tranquille, au sein de la ville bruissante. De temps à autre une feuille tombe – regardez comme elles tombent bien, disait Cyrano! Tout cet or semble dire que l'instant est un trésor pour qui veut le saisir... Tout est bien, voilà les mots clés...

« De l'autre côté de la sphère terrestre, quelques pierres

éparpillées dans un jardin zen, entourées de gravier ratissé dont les stries dessinent des cercles autour d'elles, font dire aux moines qui les contemplent qu'ils entendent " les pierres pousser ", c'est-à-dire que le même acte créateur les soutient dans l'existence, elles et eux, et qu'une vie circule dans leur immobilité semblable au sang qui alimente la dureté de leurs os : Tout est bien, l'instant se suffit. »

Ailleurs, dans un modeste couvent de province, des sœurs, clairsemées par la crise du concile, font oraison... Qu'est-ce à dire? « Moi et mon Dieu, Dieu seul suffit. »

Les sages et les mystiques de tous les horizons se ressemblent, qu'ils aient des affinités avec une religion ou une autre. « Fiat », disent-ils, tout est bien. Même la mort. Quoi qu'on ait pu dire, ce n'est pas la Foi, ce n'est pas la Charité qui les guide, c'est la petite fille Espérance.

Je crois qu'un sentiment quelque peu panthéistique d'union à Dieu à travers la nature est à la source de tous les sentiments religieux. L'homme a formé l'idée de la Divinité afin de donner une explication au monde : c'est le Dieu créateur – et aussi parce qu'il croyait à la survie de ses morts : Dieu, roi d'un autre royaume, celui où pénètrent les morts.

Dans chacun de nous, à certaines heures, apparaît un sage ou un mystique qui s'ignore, parce qu'à un certain moment chacun s'est senti en harmonie avec le monde par la poésie, la musique, la science ou l'amour; à côté de ce don ineffable généreusement offert à tous les hommes éclate la diversité des religions qui cherchent à favoriser, à développer, à reproduire ces instants bénis. Il est étrange de constater à quel point les itinéraires des mystiques de diverses origines se ressemblent – nuit, néant, vide, alors que les religions diffèrent. On dirait qu'ils dépassent les images qui leur ont été transmises pour arriver à un sentiment très nu, sans images... Le sentiment de la présence de Dieu, ce n'est pas celui du Christ faisant ceci ou cela, c'est beaucoup plus vague, beaucoup plus flou, beaucoup plus mystérieux...

La démystification accomplie par notre époque ne touche en somme à rien d'essentiel car les saints sont toujours parvenus à un sentiment de présence obscure, par-delà toutes les images. Pour eux elles n'ont été que des moyens. *La Nuit privée d'étoiles* est le titre évocateur que le bénédictin Thomas Merton donna à l'un de ses livres. Il faudrait dire que la conscience religieuse depuis qu'elle existe n'est jamais sortie de la nuit – mais d'une nuit étoilée.

Malheureusement l'homme n'a pas voulu rester dans la nuit. C'est pourquoi il a fabriqué des dieux à sa ressemblance, depuis l'aurore du monde. Temples asiatiques, églises européennes : des statues partout. Pourquoi appeler chez les autres superstition ou infantilisme ce qu'on appelle culte ou dévotion chez soi ? Ne pas dire aux autres qu'on a trouvé Dieu : on a trouvé le sien, pas le leur : chacun a son Dieu à soi. Le Dieu qui vous plaît, à moi ne me plaît pas.

La religion devrait évoquer, non définir. Les psaumes parlaient par images, les Évangiles aussi. Les dogmes sont trop catégoriques.

Dieu : sensible au cœur, non à la raison, disait Pascal.

Pourquoi un catéchisme ? Le sentiment religieux se forme, s'éduque comme un autre (on essaie bien de développer chez l'enfant le sens musical, artistique ou littéraire). Ensuite : une suite d'efforts dans la vie est toujours nécessaire pour progresser, pour obtenir un résultat quelconque. Le sentiment religieux, lui aussi, s'entretient par des efforts : c'est le rôle du culte, des offices, qui sont des « exercices religieux ». Toute religion réclame des actes d'obéissance à des règles qu'elle impose, une discipline. On sait d'expérience que si l'effort n'est pas rendu obligatoire, la plupart du temps il n'est pas accompli. D'où la nécessité d'un cadre qui soutienne (d'une « règle » dans les ordres religieux).

LE TEMPS, CE GRAND SCULPTEUR

Mais cette règle, ce culte, ce catéchisme ne peuvent qu'évoluer, car ils sont soumis au temps, ce grand sculpteur, disait Malraux. Le temps burine l'histoire humaine comme le relief de la terre : nous ne connaissons que le visage qu'il leur a donné. L'original à tout jamais nous échappe. Il faut s'en souvenir si l'on ne veut pas éprouver d'angoisses mortelles le jour où l'on découvre que ce que l'on croyait « parole d'évangile » n'était que le fruit d'une lente maturation de l'esprit humain... Car c'est au cours des siècles que les articles du *Credo* se sont élaborés, exégètes et historiens de l'Église indiquent quand et comment.

La religion que nous présente Hans Kung, c'est-à-dire la nouvelle forme, adaptée aux exigences scientifiques de notre temps, que selon lui devrait revêtir la religion chrétienne, est assez décevante : elle est en effet plus centrée sur l'homme que sur Dieu. Mais ce n'est pas parce que les formes passées de la religion sont périmées qu'elle ne peut en prendre d'autres aussi exaltantes : tout au long de l'histoire humaine elle a évolué, il est naturel qu'elle continue à le faire... Et c'est une tâche qui mérite qu'on s'y adonne, de l'aider à découvrir ces nouvelles formes.

L'élan mystique qui n'a cessé de nourrir la foi chrétienne depuis les origines continuera à la nourrir... Combien de ces prières qu'ont prononcées nos aïeux correspondent encore aux besoins de notre temps...? Quelle n'est pas la vogue de cette prière de saint François d'Assise qu'on récite maintenant à moult messes de mariage : « Là où est la haine, que je mette l'amour... » La religion n'est jamais qu'un moyen, qu'une recherche dont Dieu est le but. Dans tous les pays, elle a toujours eu besoin de symboles car Dieu est ineffable, c'est-à-dire qu'on n'en peut parler que par analogie : ceux d'autrefois peuvent souvent être valables si l'on sait les transposer. Le problème aujourd'hui est seulement de ne plus « prendre les choses au pied de la lettre ». « Je crois au Dieu qui a fait les hommes, non au Dieu que les hommes ont fait », disait un poète, Alphonse Karr. Cependant, chacun, englué dans sa pauvre argile, aurait bien du mal à se faire une idée de Dieu s'il ne profitait de celle qu'ont élaborée les générations successives.

Paul de Tarse a dit que les Grecs étaient le peuple le plus religieux du monde parce qu'en plus de leurs nombreux temples ils avaient su élever un autel « au dieu inconnu ». A celui-ci aussi Nietzsche, après avoir quitté Sorrèze, le célèbre couvent dominicain où il avait cru avoir la révélation de l'inexprimable, dédia ces vers :

Encore une fois, avant que je ne sorte d'ici
J'élève solitaire mes mains
Haut vers toi mon refuge
A qui dans le profond de mon âme
Dieu inconnu
Solennellement je consacre
Un autel
Que veux-tu, Inconnu, Dieu?

On retrouve exactement la même idée au Japon, formulée dans une analogie célèbre, l'histoire de la perle noire : « Houang-ti [...] se promenait un jour au nord de la rivière rouge. Il gravissait le mont Kouen-louen lorsqu'il perdit sa perle noire. Il la fit rechercher par Intelligence, mais Intelligence ne la trouva pas. Alors il envoya Perspicacité, qui ne la trouva pas non plus ; puis Analyse qui ne la trouva pas davantage. Enfin il envoya Sans Image, qui la retrouva [5]. »

Il est curieux de noter qu'à notre époque ceux qui ont le mieux parlé de l'âme mystique et exercé la plus grande influence spirituelle ne faisaient pas partie de l'Église. On a prétendu que les philosophes Bergson et Simone Weil n'ont pas voulu entrer dans l'Église catholique pour ne pas lâcher les Juifs alors persécutés par les nazis. S'ils n'ont pas sauté le pas, n'est-ce pas plutôt que leur intelligence se refusait à adhérer pleinement à sa doctrine ? On peut s'interroger de la même façon sur la religion de Lavelle, qui avait pourtant si bien le sentiment de la « présence totale » qu'il en fit le thème d'un de ses livres. Péguy, Léon Bloy se situaient eux aussi aux frontières de l'Église. Autrement dit : on peut avoir une vie mystique intense sans être catholique.

Ceci ne veut pas dire qu'il ne faille pas l'être... Mais il faut savoir que l'Église va probablement subir une mutation doctrinale.

Il est instructif d'apprendre que les textes que l'on possède de l'Ancien et du Nouveau Testament – fragments de papyrus et morceaux de parchemin – sont relativement récents : « Nous n'avons pas de document original du Nouveau Testament, mais seulement des copies. Les manuscrits complets [...] ne remontent pas au-delà du IVe siècle : des fragments plus anciens mis à part, trois cents ans environ séparent donc la rédaction originale du texte conservé [6]. »

Il est aussi intéressant de savoir que peut-être aucun évangéliste n'a connu le Christ, qu'en tout cas aucun n'a rédigé son évangile peu après les événements : la date la meilleure serait quarante ans après sa mort. Les Évangiles sont donc le fruit d'une réflexion sur des événements passés, ou sur les témoignages d'autres hommes. On ne peut être sûr que le Christ a prononcé exactement les paroles qu'ils rapportent : il n'y a que des probabilités.

Des découvertes récentes ont changé la portée de certains passages de la Bible : ainsi la traduction de textes babyloniens a prouvé que l'histoire de l'arche de Noé existait antérieurement dans d'autres civilisations. Les manuscrits de la mer Morte ont projeté un jour nouveau sur des passages de l'Ancien et du Nouveau Testament. De nouvelles découvertes pourraient avoir lieu : que penser d'une foi qui dépendrait de fouilles? Mais on ne peut qu'être édifié par la fascination qu'exerce la Bible, et le nombre de savants qui au cours de millénaires ont consacré leur vie à décrypter ce livre immense, le plus étudié du monde : leurs interprétations n'ont cessé d'évoluer, leur causant souvent beaucoup d'ennuis. Ces dernières années l'exégèse a progressé à pas de géant, du coup elle fait remettre plusieurs « points » en question.

Cependant il ne faut pas attacher trop d'importance à ces changements, si essentiels soient-ils. Le mysticisme, c'est-à-dire le sentiment religieux, est indépendant de la croyance dans les dogmes : la preuve en est qu'il est répandu dans le monde entier; il n'a donc pas à souffrir ou à faiblir si ceux-ci évoluent dans leur formulation. Certaines personnes professent des croyances que nous jugeons déraisonnables : mais elles portent parfois, nous semble-t-il, de meilleurs fruits que ceux qui pensent raisonnablement à nos yeux. Notre cœur balance d'un côté, notre intelligence de l'autre. Pascal une fois de plus voyait juste : « La raison a beau crier, elle ne peut mettre le prix aux choses. »

Qu'est-ce que la beauté? Elle est impossible à définir. On sait seulement qu'une certaine unanimité se fait autour d'elle et que des hommes se donnent un mal infini pour essayer de l'atteindre. Mais elle échappe à la science. On reconnaît que l'art et la musique existent, que ce n'est pas de la pure imagination : on devrait penser la même chose du sentiment religieux. Tout sur cette terre ne se démontre pas, ne s'explique pas, ne se mesure pas.

Comme le Beau, Dieu aussi est sensible au cœur d'un grand nombre.

Ce qui nuit à la religion catholique, c'est que son Église, au cours des siècles, s'est compliquée (donnant naissance à mille dévotions et au culte de mille saints), a pris des apparences qu'on a pu juger magiques (comme dans l'administration des sacrements dont la liste fut seulement fixée au XIIe siècle), est devenue tatillonne (avec par exemple les règles du jeûne qui existaient jusqu'à la guerre, à l'image de celles des autres religions), enfin autoritaire et hiérarchisée, aux yeux de certains esprits, à outrance (l'infaillibilité pontificale n'a été proclamée un dogme qu'en 1870). Mais il faut considérer cette évolution avec le sang-froid de l'historien : à mesure qu'une société s'accroît il lui est nécessaire d'être structurée pour survivre. Le but de la religion comme son nom l'indique c'est de relier – relier l'homme à Dieu : il est normal que chaque époque ait cherché les moyens qui lui paraissaient les mieux adaptés pour y parvenir. L'affirmation de Merleau-Ponty : « C'est la situation qui crée la conscience » est en partie vraie. Le concile Vatican II a bouleversé beaucoup d'habitudes et d'attitudes; maintenant, aux théologiens de jouer. Leur rôle n'est pas facile : on a changé les gestes de la foi sans fournir d'explications, il faut dire maintenant si la doctrine qui les sous-tendait elle aussi a partiellement changé...

Si bien des croyances de jadis sont de nos jours difficiles à maintenir, il n'en faut pas déduire qu'on doive les rejeter entièrement; il faut plutôt chercher la vérité cachée qu'elles contiennent, comme l'amande dans le fruit. L'image de Platon reste valable dans une interprétation évolutive : sur les murs de la caverne où nous nous trouvons enfermés se profilent des ombres qui évoquent « autre chose »; au fil du temps, suivant les civilisations, la surface du mur change, et donc les ombres aussi... Mais cela ne veut pas dire que les vraies réalités qui projettent ces ombres et qui sont à l'extérieur de la caverne aient changé...

Il faut considérer avec lucidité ce qu'on appelle les vérités de la foi, garder son bon sens, se dire qu'une révision est parfois nécessaire, mais se dire aussi que si tant d'hommes intelligents les ont crues en d'autres temps, c'est qu'il y avait en elles quelque chose d'impérissable et de nécessaire à l'homme. Que c'étaient les images, valables pour une époque, pour une civilisation, de la réalité invisible – que ce sont en somme de précieux symboles. On ne peut rejeter impunément le passé sans perdre son âme : c'est pourquoi on ne peut faire table rase de toutes ces croyances.

La religion de l'ère scientifique, au cours de laquelle ont

été découvertes en physique la théorie de la relativité, et en sciences naturelles l'évolution du cosmos et des espèces vivantes, doit se considérer, elle aussi, comme « relative » et « évolutive ». Elle ne doit pas tant dire que suggérer, et savoir qu'elle appartient au domaine du sentiment, qui ne peut être mis en équation. A l'*Histoire du sentiment religieux* de l'abbé Bremond, quelle nouvelle page notre époque va-t-elle ajouter? Il me semble que la mystique actuelle devrait s'inspirer de celle du père Teilhard de Chardin, qui décèle dans l'histoire du cosmos un sens, une orientation...

J'ai commencé cet ouvrage en citant Augustin Cournot; sur le point de le terminer, je me référerai à lui de nouveau : « Nous ne sommes plus au XVIIe siècle [...]. Ni Pascal, ni Bossuet n'avaient d'idée de la géologie, de l'ethnologie; les nouveaux horizons qu'ont ouverts l'exégèse, la critique, l'archéologie [...] leur étaient inconnus... [Actuellement] l'apologétique chrétienne peut prendre trois directions, suivant que les arguments dont elle se prévaut sont tirés des sciences, de la critique des textes et des témoignages, enfin de l'histoire. Figurez-vous [...] que la plaidoirie se partage entre trois avocats, dont l'un appartient à l'Académie des Sciences, un second à l'Académie des Inscriptions, un troisième à l'Académie des Sciences morales et politiques. Vous vous apercevrez que les deux premiers avocats détiennent de mauvais dossiers, mais non le troisième, l'avocat spécialiste d'Histoire [...]. Serait-il raisonnable que la règle de conduite de l'homme et des sociétés dépendît de la discussion d'un témoignage, de la “ leçon ” d'un manuscrit? La langue que nous parlons n'est après tout [...] qu'une langue “ comme une autre ” : mais, de bonne foi, la religion que nos pères nous ont transmise n'est pas une religion “ comme une autre ”. Elle remplit dans l'histoire du monde civilisé un rôle unique, sans équivalent, sans analogue. Les grandes lignes de l'Histoire, voilà le vrai champ de l'apologétique chrétienne, celui où elle a tous les avantages de l'offensive [7]. »

J'imagine parfois avec un peu d'inquiétude les mères des Oiseaux se penchant des balcons du ciel sur ce que j'écris... Sans doute mes croyances ne sont-elles plus l'exacte réplique de ce qu'elles m'ont enseigné, mais mes convictions sont restées les mêmes, ou si l'on veut, mon adhésion n'a pas varié quant à l'essentiel. Le poète anglais Browning écrivait avec subtilité :

Ainsi nous n'avons gagné de par notre incroyance
Qu'une vie de doute que fait varier la foi
Au lieu d'une vie de foi modifiée par le doute :
L'échiquier était blanc, disions-nous – nous dirons qu'il est
[noir[8].

L'échiquier, pour moi, est toujours resté blanc, à l'inverse du poète anglais. Je n'ai pas à rougir devant les mères de mes prises de position, mais, récemment, des idées se sont répandues, des ouvrages de spécialistes ont été diffusés, des théories exégétiques et théologiques se sont propagées qu'elles ignoraient et dont il faut bien tenir compte. Par contre, en ce qui concerne mon goût pour vivre dans une « bulle », je dois reconnaître que ce n'était pas le leur : toujours elles nous ont enseigné que nous étions des privilégiées, et qu'en conséquence nous devions faire profiter autrui de nos talents divers; elles ont toujours essayé de nous ouvrir aux autres et nous faire assumer des responsabilités sociales. Mais écrire, parfois, exige le retrait.

Dans cet ouvrage, plus qu'un enseignement féminin, ce que j'ai voulu photographier, c'est une éducation de couvent, et plus encore, un moment de la spiritualité catholique. J'aime infiniment la définition que Baudelaire a donnée de la religion :

[...] Cet ardent sanglot qui roule d'âge en âge
Et vient mourir au bord de votre éternité...

Au fil des pages j'ai essayé de faire entendre quel fut, dans cette rumeur immense, le murmure des Oiseaux. Dans l'avenir, comment se fera-t-il entendre? Je l'ignore...

Qu'importe le passé, mon travail imparfait,
Si vous faites, demain, ce que je n'ai pas fait!
J'accepte également, et d'une âme ravie,
Le combat de la mort ou celui de la vie;

J'aurai bien accompli mon devoir et ma loi
Si vous êtes meilleurs et plus heureux que moi.

VICTOR DE LAPRADE.

C'est ainsi que parlaient les mères de ma jeunesse, avec grandeur et humilité, et c'est en leur rendant cet hommage que je désire finir.

NOTES

AVANT-PROPOS et CHAPITRE 1

1. Augustin Cournot, *Traité de l'enchaînement des idées fondamentales dans les sciences et dans l'histoire,* 1861, t. I, p. VI.
2. *La France et les Français,* La Pléiade, 1972, p. 634.
3. *Mémoires de l'Académie des Sciences, Belles-Lettres et Arts de Clermont-Ferrand,* t. XXIII, p. 56. Cf. Pierre Riché, *Éducation et culture dans l'Occident barbare, VIe-VIIIe siècle,* 1960.
4. Jean Décarreaux, *Moines et monastères à l'époque de Charlemagne,* 1980, p. 196.
5. Michel Parisse, *Les Nonnes au Moyen Age,* Paris, 1983, p. 9.
6. E. Pognon, *La Vie quotidienne en l'an mille,* 1981, pp. 205-206.
7. Pierre Riché, *Les Carolingiens,* 1983, p. 213.
8. Georges et Régine Pernoud, *Le Tour de France médiéval,* 1982, p. 18.
9. *Histoire mondiale de l'éducation,* publiée sous la direction de G. Mialaret et J. Vial, P.U.F., 1981, t. I, p. 282.
10. Le Roy Ladurie, *Montaillou, village occitan, de 1294 à 1324,* 1975, p. 358.
11. Philippe Ariès, in *La France et les Français, op. cit.,* p. 911.
12. P. Rousselot, *Histoire de l'éducation des femmes en France,* 1883, t. I, p. 21.
13. *Ibid.,* p. 11.
14. *Le Jardin des délices de l'abbesse Herrade de Landsberg,* Alsatia, 1968.
15. Régine Pernoud, *Héloïse et Abélard,* 1981.
16. Cf. Eileen Power, *La Femme au Moyen Age,* trad. de l'anglais, 1979, pp. 107-108.
17. Cité par Simone de Beauvoir, *Le Deuxième Sexe,* 1949, t. I, pp. 171-172.
18. *Histoire mondiale de l'éducation, op. cit.,* t. II, p. 183.
19. J.-C. Margolin, *Érasme,* 1967, p. 121.

20. Cf. Rousselot, *op. cit.*
21. Cf. Stefan Zweig, *Marie Stuart*, 1936.
22. Cf. Philippe Erlanger, *Diane de Poitiers*, 1955.
23. Cf. Rousselot, *op. cit.*, p. 180.
24. Montaigne, *Essais*, livre III, ch. v, La Pléiade.
25. Michèle Sarde, *Regard sur les Françaises, x^e^-xxe siècle*, 1984, p. 422.
26. Montaigne, *op. cit.*, livre I, ch. xxvi, pp.172-175.
27. Luther, W A 15, 47.
28. *Id.*, W A 301, 265.
29. Marc Lienhard, *Martin Luther, un temps, une vie, un message*, 1983, p. 304.
30. *Ibid.*, p. 344.
31. *Histoire des catholiques en France du xve siècle à nos jours*, sous la direction de François Lebrun, 1980, p. 162.
32. Jean Delumeau, *Le Catholicisme entre Luther et Voltaire*, 1971, p. 353.
33. R. Pernoud, *Héloïse et Abélard*, *op. cit.*, p. 117.

CHAPITRE 2

1. Gaétan Bernoville, *Sainte Angèle Mérici*, 1947.
2. Thérèse Ledochowska, *Angèle Mérici*, Rome, 1967, t. I, p. 173.
3. *Ibid.*, t. II, p. 172.
4. Marie-Andrée Jégou, *Les Ursulines du Faubourg Saint-Jacques à Paris*, 1607-1662, P.U.F., 1981, p. 38.
5. Mère Marie de Chantal Gueudré, *Histoire de l'ordre des Ursulines en France*, Paris, 1960, t. II, p. 5.
6. *Ibid.*, t. II, p. 226.
7. Extrait des Entretiens aux Filles de la Charité.
8. Jean Bedel, *La Vie du révérend Père Fourier, dit vulgairement le Père de Mataincour*, Paris, 1645.
9. Lettre de saint Pierre Fourier au père Bedel du 19 novembre 1633.
10. Saint Pierre Fourier, *Correspondance 1598-1640*, recueillie, classée et annotée par Hélène Derréal, Presses universitaires de Nancy, t. I, II, III, IV, 1986 et suiv.
11. *La Vie de la vénérable mère Alix Le Clerc, fondatrice, première mère et religieuse de l'ordre de la congrégation de Notre-Dame, contenant la Relation d'icelle, écrite et signée de la même mère, par commandement de ses supérieurs*, etc. (suivie des *Éclaircissements de la Mère Angélique Milly)*, Nancy, 1666, p. 164. Cf. Hélène Derréal, *La Bienheureuse Alix Le Clerc et ses écrits*, Nancy, 1947.
12. Saint Pierre Fourier, *Correspondance*, *op. cit.*, t. I, p. 322.

13. *Relation, op. cit.*
14. *La Vie de la mère Alix Le Clerc,* rééditée par A. Gandelet, Bruxelles, 1882.
15. Saint Pierre Fourier, *Correspondance, op. cit.*, t. I, pp. 2 et 68.
16. *Relation, op. cit.*
17. J. Bedel, *op. cit.*, p. 94.
18. *Remarque des actions de vertu que la Mère a pratiquées, et de quelques grâces extraordinaires, tiré des Mémoires des religieuses qui ont vécu avec elles,* in Gandelet, *op. cit.*, p. 230.
19. *Éclaircissements,* in *Relation, op. cit.*, pp. 70-71.
20. *Remarque,* in Gandelet, p. 241.
21. *Éclaircissements,* in *La Vie de la vénérable mère Alix Le Clerc, op. cit.*, pp. 90 et 86.
22. P. d'Hangest, *Histoire générale du Bienheureux Pierre Fourier,* cité par E. Renard, *Vie de Mère Alix Le Clerc,* Paris, 1938.
23. Cl. Dulong, *La Vie quotidienne des femmes au Grand Siècle,* 1984, p. 224.
24. Alban Fournier, *Une épidémie de sorcellerie en Lorraine aux* XVIe-XVIIe *siècles,* Nancy, 1892, p. 32.
25. P. Chaunu, *La Civilisation de l'Europe classique,* 1971, p. 485.
26. Saint Pierre Fourier, *Correspondance, op. cit.*, t. I, p. 51.
27. Guy Cabourdin, *op. cit.*, p. 278.
28. Saint Pierre Fourier, *Correspondance,* t. III, pp. 127-128.
29. *Remarque,* in Gandelet, p. 175.
30. *Éclaircissement,* in *La Vie de la mère Alix Le Clerc,* 1666, *op. cit.*, p. 229.
31. *Remarque,* in Gandelet, p. 251.
32. *Ibid.*, p. 263. Les citations suivantes sont extraites de ce même texte, pp. 207, 208, 193, 195, 187, 221, 222.
33. *Éclaircissement,* in *La Vie* de 1666, p. 232.
34. *Remarque,* pp. 181, 211, 179.
35. Ph. Péchenard, *Histoire de la Congrégation de Notre-Dame de Reims,* 1886, t. II, p. 285.
36. Edmond Renard, *op. cit.*, p. 392. Voir Hélène Derréal, *Un missionnaire de la Contre-Réforme, saint Pierre Fourier,* Paris, 1965.
37. J. Bedel, *op. cit.*
38. Saint Pierre Fourier, *Correspondance,* t. I, p. 80.
39. *Ibid.*, p. 55.
40. J. Bedel, p. 218.
41. *Correspondance,* pp. 43, 79, 83, 90, 100. Cf. Rencontres de Lorraine, Conférence de sœur Hélène Derréal, « Rapports de saint Pierre Fourier et d'Alix Le Clerc ».
42. Abbé Jacques Choux, *La Découverte et l'identification du corps d'Alix Le Clerc.*
43. Proust, *Le Côté de Guermantes.*
44. J. Bedel, *op. cit.*, p. 13.

45. *Correspondance,* t. II, p. 268.
46. M. Cord'homme, *Un éducateur du xvi*[e] *siècle, saint Pierre Fourier,* Moulins, 1932.
47. *Vrayes Constitutions,* 1649, et *Usages des religieuses de la Congrégation de Notre-Dame,* 1690.
48. *Correspondance,* t. I, p. 6.
49. *Histoire mondiale de l'éducation, op. cit.,* t. II, p. 350.
50. Saint Pierre Fourier, *op. cit.,* t. I, p. 49.
51. *Ibid.,* p. 388.
52. *Ibid.,* p. 433.
53. *Ibid.,* t. IV, lettre du 9-9-1634.
54. Statuts de la congrégation de Notre-Dame, Nancy, 1647.
55. J. Bedel, *op. cit.,* p. 197.

CHAPITRE 3

1. É. Keller, *Les Congrégations religieuses en France,* 1880.
2. Daniel-Rops, in *Bulletin de la Société des amis de Montaigne,* n° 15.
3. M.-C. Gueudré, *op. cit.,* t. II.
4. Saint Pierre Fourier, *Correspondance,* t. I, p. 411.
5. *Ibid.,* p. 338 et suiv.
6. *Ibid.,* pp. 203-205 et 217.
7. *Ibid.,* p. 165.
8. Cf. Bernard Ancien, Président de la Société historique et archéologique de Soissons, décédé en 1987.
9. Cl. Dormay, *Histoire de la ville de Soissons,* 1663, t. II, p. 548.
10. Saint Pierre Fourier, *Correspondance,* t. I, p. 318.
11. Nello Dalle Vedove, *Leopoldina Naudet, 1773-1834.*
12. Hébert, *Histoire de Château-Thierry,* manuscrit de la bibliothèque municipale de Château-Thierry.
13. Hébert, *op. cit.,* pp. 183 et 197.
14. *Ibid.*
15. Cf. père Victor Delaporte, *Le Monastère des Oiseaux,* Paris 1899, p. 26; René Bazin, *Un monastère de saint Pierre Fourier, les Oiseaux,* Paris, 1932, pp. 167 à 169. (R. Bazin avait une petite-fille religieuse dans ce monastère.)
16. *Le Sacre des rois,* collectif, Les Belles Lettres, colloque de 1975 à Reims.
17. Musée Carnavalet, Couvent des Augustines de la Congrégation Notre-Dame rue de Navarre, hors-texte du *Bulletin* n° 6 de la Société Chateaubriand, qui avait figuré dans *Le Monde illustré* du 28-4-1883.
18. *Almanach du Voyageur à Paris,* par M. Thiery, 1785, p. 162.
19. Delaporte, *op. cit.,* p. 48. (Nous nous référerons souvent à cet

ouvrage de base, le père Delaporte ayant eu accès à des archives de l'ordre aujourd'hui disparues.)

20. Mme Roland de la Platière, *Une éducation bourgeoise au* XVIIIe *siècle*... Extraits de *Mémoires*, Paris, 1964, pp. 49 à 61.

21. Mme Roland, *Lettres*, annotées par C.A. Dauban, 1867, t. II, lettres du 1-11 et 2-12-1779, 27-1-1780.

22. Lucien Perey, *Histoire d'une grande dame au* XVIIIe *siècle, la princesse Hélène de Ligne*, Paris, 1887, t. I et II.

23. *Ibid.*, pp. 82 à 90.

24. *Ibid.*

25. *Ibid.*

26. Comte de Luppé, *Les Jeunes Filles à la fin du* XVIIIe *siècle*, Paris, 1925, p. 191.

27. *Lettres de Geneviève de Malboissière à Adélaïde Méliand*, 1761-1766, publiées avec une introduction et des notes par le comte de Luppé, Paris, 1925, pp. VII et XXI.

28. Jo Gérard, *La Révolution belge de 1789*, Éditions Collet.

29. Lucien Perey, *op. cit.*, p. 138.

30. J. Racine, Lettre du 4-1-1699, *Œuvres complètes*, La Pléiade, t. II, p. 641.

31. Sainte-Beuve, *Portraits de femmes.*

32. L. Perey, *op. cit.*, p. 137-138.

33. Cf. Rousselot, *op. cit.*, t. II, p. 77 : Mme de Maintenon, *Conseils et instructions*, t. I, p. 32.

34. Comte de Luppé, *op. cit.*, p. 209.

35. Lettres de G. de Malboissière, *op. cit.*, p. XXXV.

36. Simone de Beauvoir, *Le Deuxième Sexe*, *op. cit.*, t. I, p. 175.

37. Olivier Blanc, *La Dernière Lettre*, 1984, p. 620.

38. L. Perey, *op. cit.*, t. II, p. 300.

39. F. Funck-Brentano, *Scènes et tableaux de la Révolution*, 1934, p. 162.

40. Cf. Mme de Maintenon, *Lettres sur l'éducation des filles*, publiées par M. Th. Lavallée, Paris, 1854, et Th. Lavallée, *Madame de Maintenon et la Maison royale de Saint-Cyr.*

41. M.P. Boyé « Halte à Port-Royal des Champs », in Robert Sabatier, *La Poésie au* XXe *siècle*, t. I.

42. Sainte-Beuve, *Port-Royal*, 1860, t. III, pp. 421-422.

43. Montherlant, *Port-Royal.*

44. L. Maggiolo, *État récapitulatif et comparatif*, p. 5.

45. Y. Poutet, *Le* XVIIe *siècle et les origines lasalliennes*, 1970, t. I.

46. Abbé L. Carrez, *Histoire du premier monastère de la Congrégation de Notre-Dame*, 1906, t. II, p. VIII.

47. A. de Besancenet, *Le Bienheureux Pierre Fourier*, 1864, pp. 244 à 247.

48. R. Bazin, *op. cit.*, p. 162.

49. *Ibid.*, p. 163.

50. R. Bazin, *op. cit.*
51. Gandelet, *Les Fleurs de Notre-Dame,* t. IV, pp. 108 et suiv.
52. *Ibid.*, t. V, pp. 141 et suiv.
53. *Mémoires de l'Académie de Metz,* 1880-1881, p. 531.
54. Notice sur la R.M. Françoise-Madeleine de Suève, du monastère de Charonne.

CHAPITRE 4

1. P. Chaunu, *Figaro* du 1-11-86.
2. P. et M.-L. Biver, *Abbayes, monastères et couvents de femmes à Paris des origines à la fin du XVIIIe siècle,* 1975.
3. Archives nationales, S/46391.
4. M.-E. Aubry, *Annales de l'Est,* 1974, *La Congrégation Notre-Dame à Nancy aux XVIIe et XVIIIe siècles.*
5. René Bazin, *op. cit.*
6. J. Boussoulade, *Moniales et hospitalières dans la tourmente révolutionnaire (Les Communautés de religieuses de l'ancien diocèse de Paris de 1789 à 1801),* 1962, p. 60.
7. R. Bazin, *op. cit.*, pp. 172-173.
8. P. Chaunu, *Figaro* du 9-2-85.
9. *Histoire des catholiques en France,* sous la direction de F. Lebrun, p. 261.
10. *La Congrégation Notre-Dame, son école à Reims depuis 1634,* par J.-P. Taillard, Reims, 1985, p. 25.
11. Archives nationales, F7 7360.
12. R. Bazin, *op. cit.*, pp. 171 à 176.
13. J. Boussoulade, « Les Religieuses et les serments », avril-juin 1953, in *Annales historiques de la Révolution française.*
14. Gandelet, *Les Fleurs de Notre-Dame, op. cit.*, t. V, p. 104.
15. R. Bazin, *op. cit.*, pp.182-183.
16. *Ibid.*, p. 179.
17. Gandelet, *op. cit.*, t. VI, p. 137.
18. R. Bazin, *op. cit.*, p. 184.
19. André Chénier.
20. G. Perier de Feral, *La Maison d'arrêt des Oiseaux, d'après les Souvenirs de captivité du président de Dompierre d'Hornoy,* 1955, cité par Olivier Blanc, *La Dernière Lettre,* 1984, pp. 89-90.
21. J. Boussoulade, *op. cit.*, p. 176.
22. Chateaubriand, *Mémoires d'outre-tombe,* t. I, livre IX, 3.
23. Archives nationales, F7 6291, p. 18.
24. Père Delaporte, *Le Monastère des Oiseaux.*
25. R. Sédillot, *Le Coût de la Révolution,* p. 22.
26. Cité par J. Tulard, *Les Révolutions,* p. 93.

CHAPITRE 5

1. Delaporte, *op. cit.*, p. 66.
2. *Ibid.*, pp. 71-72.
3. *Ibid.*, 90 et suiv.
4. *Ibid.*, 115.
5. *Ibid.*, 117.
6. *Ibid.*, 127.
7. *Ibid.*, 156.
8. *Ibid.*, 160.
9. Comtesse de Boigne, *Mémoires*, t. III, p. 355.
10. Delaporte, *op. cit.*, p. 165.
11. Chateaubriand, *Mémoires d'outre-tombe, op. cit.*
12. Delaporte, *op. cit.*, p. 176.
13. *Ibid.*, p. 179-180.
14. Mère Marie Saint-Charles, *Religieuse de la Congrégation de Notre-Dame, ancienne supérieure au monastère dit des Oiseaux*, p. 17.
15. Delaporte, *op. cit.*, pp. 192-193.
16. *Ibid.*, p. 219.
17. Louis Veuillot, *Correspondance*, t. III, pp. 326-327.
18. *Vie de la Révérende Mère Marie des Anges, 1819-1885, supérieure du monastère du Roule de la congrégation de Notre-Dame*, par une religieuse de sa congrégation, 1888, p. 86.
19. Delaporte, *op. cit.*, p. 248.
20. *Ibid.*, p. 301.
21. *Ibid.*, p. 314.
22. Mère Saint-Jérôme, *Vie de la mère Marie-Anne de La Fruglaye*, 1865.
23. Delaporte, *op. cit.*, p. 350.
24. *Ibid.*, p. 380.
25. *Ibid.*, p. 387.
26. *Ibid.*, p. 389.
27. *Mémorial des Enfants de Marie de la Congrégation prima primaria établie dans le monastère des religieuses de la Congrégation de Notre-Dame, Maison dite des Oiseaux*, 1re partie, 1862, p. 160.
28. Chateaubriand, *Mémoires d'outre-tombe*, op. cit., t. II, livre V, VI.
29. Mme de Stolz, ancienne élève de l'Abbaye-aux-Bois, *Notice sur le premier monastère de la Congrégation de Notre-Dame à Paris*, 1877.
30. Gandelet, *Les Fleurs de Notre-Dame*, t. VI, p. 11.
31. Duchesse d'Abrantès, *Livre des Cent et un*, t. I, 1831.
32. *Mémoires d'outre-tombe, op. cit.*, t. III, partie 2, livre VII, 1, p. 309.

33. *Ibid.*, livre VI, p. 329.
34. *Ibid.*, livre XXIII, pp. 395-396.
35. Mme de Girardin, *Lettres parisiennes du vicomte de Launay,* t. II, 1841.
36. *Journal* de l'abbé Mugnier, p. 118.
37. Delaporte, *op. cit.*, pp. 80 et 64.
38. *Vie de la révérende mère Marie des Anges, op. cit.*
39. *Ibid.*, p. 175.
40. Michelet, *Nos fils,* livre II, ch. I.
41. Isabelle Bricard, *Saintes ou Pouliches*, 1986, note 10 du ch. I.
42. *Vie de la révérende mère Marie des Anges*, op. cit., p. 173.
43. *Ibid.*, p. 397.
44. *Ibid.*, p. 399.
45. *Ibid.*, p. 400.
46. Émile Keller, *Les Congrégations religieuses en France, leurs œuvres et leurs services,* 1880.
47. *Fleurs de Notre-Dame, op. cit.*, p. 69.
48. George Sand, *Histoire de ma vie*, t. XI, pp. 238-241.
49. *Ibid.*, 256-262.
50. *Ibid.*, p. 268-275.
51. *Ibid.*, p. 294-295.
52. *Ibid.*, p. 59.
53. *Ibid.*, p. 259.
54. *Ibid.*, p. 192.
55. *Mémorial des Enfants de Marie, op. cit.*, 2e partie (par la mère Saint-Jérôme), 1863, pp. 34-54.

CHAPITRE 6

1. Cf. F. Bluche, *La Vie quotidienne au temps de Louis XVI*, 1980, p. 198.
2. *Histoire du catholicisme en France*, sous la direction de François Lebrun, 1980, p. 166.
3. R. Chartier, M.-M. Compère, D. Julia, *L'Éducation en France du XVe au XVIIIe siècle*, 1976, p. 37.
4. « L'instruction publique en France pendant la Révolution », *Discours, Rapports,* par C. Hippeau, 1881.
5. A. de Rohan-Chabot, *Les Écoles de campagne en Lorraine au XVIIIe siècle,* 1969, p. 212.
6. *Ibid.*
7. *Ibid.*, p. 213.
8. *Ibid.*, p. 215.
9. *Ibid.*
10. Renan, *Souvenirs d'enfance et de jeunesse*, p. 148.

11. P. Chevallier, *La Séparation de l'Église et de l'État: Jules Ferry et Léon XIII*, 1981, p. 133.
12. Claude Langlois, *Le Catholicisme au féminin: les congrégations françaises à supérieure générale au XIXe siècle*, 1985, p. 117.
13. Vicomte de Girardin, *Lettres parisiennes*, t. II, p. 306.
14. Daniel-Rops, *L'Église des Révolutions*, 1960, p. 902.
15. C. Langlois, *op. cit.*, p. 79.
16. Ghislain de Diesbach, *La Double Vie de la duchesse Colonna*, 1988.
17. Daniel Stern, *Mes souvenirs*, 1806-1833, 1877, pp. 152-159.
18. Abbé Mugnier, *Journal* du 27-4-1915.
19. *Souvenirs de famille, les origines de l'Assomption*, 1898, 4 tomes; F. Mayeur, *L'Enseignement secondaire des jeunes filles*, 1977.
20. *Études pour le centenaire de la mort de Cournot*, 1977.
21. Renan, *op. cit.*, p. 136.
22. P. Chevallier, *op. cit.*, p. 254.
23. *Ibid.*, p. 248.
24. *Ibid.*, p. 254.
25. Vicomtesse d'Adhémar, *Une religieuse réformatrice, la révérende mère Marie du Sacré-Cœur*, 1908, p. 44.
26. *Mémorial des Enfants de Marie*, op. cit., 2e partie.
27. *Les Fleurs de Notre-Dame*, op. cit., t. V, p. 117.
28. A. Latreille et R. Rémond, *op. cit.*, t. III, pp. 485-486.
29. F. Auburtin, *Le Régime abject*, 1928, pp. 206-209.

CHAPITRE 7

1. A. Cournot, *op. cit.*, t. II, p. 145.
2. J. Delumeau, *La Première Communion, quatre siècles d'histoire*, 1987, p. 21.
3. Chateaubriand, *Mémoires d'outre-tombe*, p. 329 de l'édition de 1849.
4. Abbé Mugnier, *op. cit.*, p. 552.
5. M. Yourcenar, *Les Yeux ouverts*, 1980, pp. 35, 41, 305, 329.
6. Konrad Lorenz, *Les Huit Péchés capitaux de notre civilisation*, 1973, p. 44.
7. Louis Chatelet, *L'Europe des dévots*, 1988, p. 22.

CHAPITRE 8

1. Colette, *L'Étoile Vesper*.
2. Grantland Rice, cité dans *Londres*, éditions Autrement.
3. J. de Viguerie, *L'Instruction des enfants, XVIe-XVIIe siècle*, 1978.

POSTFACE

1. Wilhelm, *La Vie quotidienne au Marais au XVIIe siècle*, p. 111.
2. Bertier de Sauvigny, *op. cit.*, p. 196.
3. Rahner, *Le Courage du théologien*, 1985, p. 140.
4. Hans Kung, *Dieu existe-t-il?*, 1981, p. 36.
5. *Le Sens du Tao*, 1985.
6. Oscar Cullmann, *Le Nouveau Testament*, 1966, p. 7.
7. A. Cournot, *op. cit.*, t. II, pp. 416-420.
8. Browning, *Bishop Boulgram's Apology*.

Les jeunes filles de bonne famille
interprétée par
PAROLES DE HENRI KUBNICK
MUSIQUE DE GUY LAFARGE
JACQUELINE RICARD
GINETTE GARCIN
GEORGETTE PLANA
JACQUES HELIAN
ODETTE LAURE
CHRISTINE ELLSEN
IMPRIMÉ EN FRANCE
ÉDITIONS JOUBERT · PARIS

LES JEUNES FILLES DE BONNE FAMILLE

Paroles de **Henri KUBNICK**

Musique de **Guy LAFARGE**

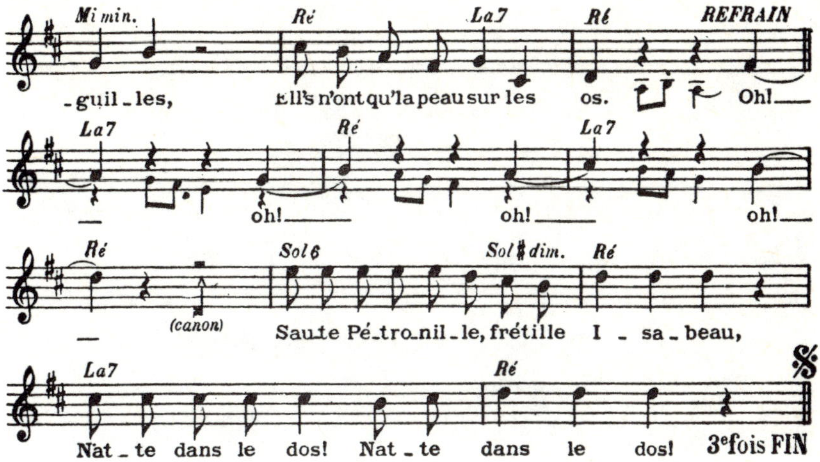

2

Les jeun's fill's de bonn' famille
Vont au couvent des Oiseaux,
Ell's tricottent des résilles
Et font d'la peinture à l'eau.
Ell's gambad'nt sous les charmilles,
Jouent au volant, au cerceau,
Ell's se nourriss'nt de lentilles
Et récitent le Credo.
Pour la gloir' de leur famille,
On leur apprend à taper sur un piano...
Gentiment ell's s'égosillent
A rossignoler des trilles.
Le soir, ell's se déshabillent
Derrière un petit rideau,
En cachette ell's se maquillent
En rêvant d'un Roméo!

au Refrain

3

Les jeun's fill's de bonn' famille
Quitt'nt le couvent des Oiseaux...
Puis s'en vont, toutes gentilles,
Faire un mariag' comm' il faut.
Plus de credo, plus d'lentilles,
Viv' le caviar et l'perdreau!
Le champagn' les émoustille
Ell's apprennent le tango.
Ell's fréquent'nt de joyeux drilles,
Et pendant que leur mari est au bureau,
Comm' des foll's elles gambillent
De Montmartre à la Bastille.
Mais quand ell's auront un' fille,
Ell's l'appel'ront Isabeau,
L'habill'ront jusqu'aux chevilles,
Et l'enverront aux Oiseaux.

au Refrain

Grav. Imp. Michel DILLARD, Paris

TABLE

Cet ouvrage a été réalisé par la
SOCIÉTÉ NOUVELLE FIRMIN-DIDOT
Mesnil-sur-l'Estrée
pour le compte des Éditions Perrin
en mars 1991

Imprimé en France
Dépôt légal : Mars 1991
N° d'édition : 982 – N° d'impression : 17015